KB168476

내일 살해당할 것처럼 써라

Now Write! Mysteries

: Suspense, Crime, Thriller, and Other Mystery Fiction Exercises from Today's Best
Writers and Teachers by Sherry Ellis, Laurie Lamson

Copyright © 2011 by Sherry Ellis and Laurie Lamson

All rights reserved including the right of reproduction in whole or in part in any form.

This Korean edition was published by DARUN Publisher in 2022 by arrangement
with Susan Schulman,

A Literary Agency, New York through KCC(Korea Copyright Center Inc.), Seoul.

이 책은 (주)한국저작권센터(KCC)를 통한 저작권자와의 독점 계약으로
다른에서 출간되었습니다. 저작권법에 의해 한국 내에서 보호를 받는 저작물이므로
무단 전재와 무단 복제를 금합니다.

내일 살해당할

것처럼

압도적 몰입감을 선사하는 미스터리 창작법 65

써라

루이즈 페니 외 지음 | 셰리 엘리스·로리 램슨 엮음 | 지여울 옮김

다른

차례

3장   주인공, 악당, 조연, 관계

4장 문체, 시점, 대화, 배경

5장 동기, 단서, 액션, 반전

6장   퇴고

7장   시리즈물 기획

1장

자료 조사

세 단계만 거치면 전문가와 연결된다

스티븐 제이 슈워츠

작품을 시작하기 전에, 나는 내가 '조사에 빠져 뒹굴거리기'라고 부르는 작업을 하길 좋아한다. 가끔은 '풍덩 빠지기', '우려내기', '깊은 곳으로 뛰어들기'라고 부르기도 한다. 조사 작업은 몸으로 부딪쳐야 하는 일이다. 직접 발로 뛰는 조사를 통해 우리는 자기 자신에 대해서, 또한 자신이 창조해낸 인물에 대해서 인터넷이나 책을 통해서는 절대 배울 수 없는 사실들을 발견하게 된다. 출간한 책이 없으면 인터뷰를 요청할 자격이 없다고 생각하는 사람이 있다. 말도 안 되는 생각이다. 작가는 질문을 던지는 사람이며, 알아야 할 필요가 있는 사람이다. 스스로를 작가라고 소개하고 곧장 앞으로 나서라. 우리는 우리가 궁금해하는 무언가에 대해 말해줄 수 있는 사람이 누구인지 아는 사람을 알고 있을 가능성이 높다. 주위의 지인들에게 연락하여 원하는 정보를 알고 있는 누군가를 수소문하라.

나는 세 단계만 거치면 우리가 알고 싶은 모든 대답을 지닌 사람과 연결될 수 있다고 생각한다. 첫 번째 소설인《불러바드Boulevard》를 쓸 당시 나는 로스앤젤레스 검시관 사무소에 어떻게든 연락할 방도를 찾고자 속을 태우고 있었다. 아는 사람 모두에게 전화를 걸어 검시관 사무소에 다리를 놓아줄 수 있는지 물었지만 실마리를 가진 사람이 아무도 없었다. 결국 참지 못한 나머지 무작정 검시관 사무소장에게 이메일을 보냈다. 답장을 받으리라고는 생각도 못 했지만 사무소장은 답장을 보내 검시관 사무소를 방문하여 내부를 견학하고 자신을 인터뷰해도 좋다는 뜻을 전해왔다. 약 30분 동안 검시관 사무소를 둘러보며 200구가 넘는 시체와 여섯 곳에서 동시에 진행되는 검시 현장을 목격했다. 기이한 고요함이 감도는 그곳에는 우리가 상상할 수 있는 온갖 종류의 죽음과 부패가 있었다. 이 경험은 시체가 등장하는 글에 대한 내 사고 방식 자체를 통째로 바꾸어놓았다. 집으로 돌아와 나는 검시관 사무소에서 벌어지는 장면을 전부 다시 새로 썼다. 책으로 조사한 내용으로는 방금 내가 목격하고 온 세계의 본질을 절대로 잡아낼 수 없었기 때문이다.

《불러바드》의 주인공 헤이든 글래스는 두 번째 소설인

《비트Beat》에서 샌프란시스코에 간다. 책을 쓰면서 나는 샌프란시스코 경찰서에서 일하는 경찰들과 함께 몇 달을 보냈다. 마약반 경찰과 경사, 순찰 경관과 함께 경찰차를 타고 돌아다니는가 하면, 지서장과 시의회 의원들을 인터뷰했으며, 텐더로인에서 벌어지는 매춘 단속과 도보 순찰에 따라나섰고, 의견을 내놓고자 하는 모든 사람의 이야기에 귀를 기울였다.

노스비치에서는 경찰들과 함께 있는 내 모습이 얼마나 자주 목격되었는지, 그 동네 사람들은 내가 잠복 중인 경찰이 아니라는 말을 아직까지 믿지 않을 정도다.

누군가를 만나면 나는 그 사람이 된다. 자료 조사를 통해 국제 우주정거장의 비행사가 되기도 했고 심해 잠수함의 조종사, 우주 정거장 미르호에 탑승한 소련 출신 우주 비행사, 노벨상을 수상한 물리학자, 인신매매단의 손으로부터 여자들을 보호하는 단체의 일원, FBI 특수 요원이 되기도 했다.

《비트》를 쓰기 위해 여섯 달 동안 자료 조사를 하고 나서, 불현듯 소설 마감까지 세 달밖에 남지 않았다는 사실을 깨달았다. 도대체 나는 무슨 생각을 하고 있었던 거지?

자료 조사. 나는 자료 조사에 대해 생각하고 있었다.

지금 쓰고 있는 소설에 나오는 주제 중 아무거나 두 가지 이상 골라 그 분야의 전문가를 만나 이야기를 들어보자. 예컨대 소설에 체스 선수권에서 우승한 인물이 등장한다면, 주위에 그랜드 마스터(국제 체스 연맹이 부여하는 체스 선수의 최상위 칭호. ―옮긴이)가 있는지 수소문한 다음 그 사람에게 연락하여 함께 점심 식사를 하자고 부탁해보는 거다. 내가 사는 도시에서 일어나는 범죄 사건에 대해 쓰고 있다면, 동네 경찰이나 형사와의 인터뷰 자리를 마련한다. 다른 사람이 대신 해준 조사에 의존해서는 안 된다. 직접 몸으로 부딪치며 조사에 나서라.

한번 만났던 상담역들과 연락을 유지하면서 이따금 이메일을 보내 추가적으로 궁금한 사항을 물어보자. 소설의 일부를 한번 읽어봐 달라고, 그 안에 그 사람들의 세계가 정확하고 현실성 있게 담겨 있는지 확인해달라고 부탁해도 좋다.

마지막으로, 책에 수록될 감사의 말을 쓸 때 그 사람들의 이름을 잊어서는 안 된다.

법 과학 수사 기법은
현장마다
다르다

앤드리아 캠벨

나는 비공식적인 방법으로 법 과학계에 들어왔다. 한 가톨릭 신부와 함께 필적학 즉 사람들의 필적을 분석하는 학문을 공부했는데, 이 신부는 부부들과 여학교의 학생들 혹은 남자 교도소의 재소자들을 상담하는 데 필적학을 응용하고 있었다. 나는 과학자들이 필적학을 일종의 사이비 학문으로 생각하며 신문에 나오는 별점만큼도 인정하지 않는다는 사실을 전혀 몰랐다. 하지만 필적학에 대한 지식 덕분에 미국법과학조사관협회American College of Forensic Examiners의 일원이 될 수 있었다. 지금은 1만 5,000명이 넘는 전문가들이 회원으로 있지만 당시 내 회원 번호는 471번이었다. 이 협회에 가입하면서 법 집행 분야에서 활동하는 경찰과 FBI 요원과 과학자를 조사하고, 그들에 대해 글을 쓰고, 그들과 함께 연구할 기회가 생겼다. 얼마 지나지 않아 나는 FBI 요원이자 유명한 범죄 프로파일러인 존 더글러스John Douglas에게 행동 프로파일링을 배웠으며, 두개골을 이용하는 법 과학 조각 분야의 선구자인 베티 팻 갯리프Betty Pat Gatliff와 함께 점토를 빚는 한편, 유명한 법 과학 화가이자 〈미국의 지명수배자America's Most Wanted〉의 단골 출연자인 캐런 T. 테일러Karen T. Taylor의 감독 아래 목격자의 증언에 따라 그림을 그리고 있었다!

당신이 만약 미스터리나 스릴러 등 여러 장르에서 형법과 법 과학 수사에 대한 내용을 다루겠다면, 충고 하나 하겠다. 제대로 쓰라. 제정신이 아닌 인물들이 절박한 상황에 몰려 절박한 행동을 하는 모습을 전개하고 분석하는 과정에 박진감 넘치는 세부 사항을 덧붙이기 위해서는 제대로 된 조사가 필요하다. 여기에 몇 가지 도움이 될 만한 조사 기술을 소개한다.

미스터리나 스릴러에 등장하는 인물들이 수사를 진행하는 방식과 수사 과정에 대한 세부 사항, 범죄 사건과 관련한 인물들의 진술은 반드시 진짜처럼 보여야만 한다. 저 밖에 있는 독자의 세계에는 전문가가 수두룩하다. 무언가를 날조하거나 신빙성 없는 이야기를 지어낸다면 작가로서의 신뢰는 물론 그보다 중요한 독자들을 잃게 될 것이다. 활자화된 실수는 씻어낼 수 없다. 바로 사과하면 끝인 말실수와는 달리 글에서의 실수는 책이 출간되어 있는 동안 계속 거기에 남아 있다.

또한 작가라면 마땅히 틀에 박힌 표현을 삼가려고 노력해야 한다. 틀에 박힌 표현이란 이리저리 남용되며 진부한 표현을 말한다. 실제로 미스터리 소설이나 영화에서 경찰에 대한 상투적인 묘사가 등장할 때마다 법 집행 분야에서 일하는 사람들은 화를 낸다.

나는 《작가The Writer》지에 글을 한 편 기고하고 홈페이지에 짤막한 관련 기사를 하나 게재해 인기를 끌었다. 제목은 바로 〈경찰들이 소설에서 보고 싶어 하지 않는 것 Top10〉. 이 기사에서 나는 그야말로 케케묵은, 그리고 대개 틀리기 십상인 경찰의 인물 설정에 대해 지적했다. 이를테면 경찰은 언제나 도넛을 먹고 있다거나 알코올 의존에 시달린다고 묘사되는 관행 말이다. 오늘날의 경찰은 우리 주위의 평범한 사람들과 마찬가지로 운동을 하고 생수를 마시며 친구가 술을 끊도록 돕는 사람일지도 모르는데. 한편 그들은 누군가에게 당장 총을 던지고 항복하라고 요구하거나, 총에 맞기 직전 자동차 문 뒤에 숨거나 하는 말도 안 되는 상황에 처할 가능성도 희박하다. 정말 죽고 싶은 사람이라면 그럴지도 모르겠지만.

자, 이제 경찰과 수사 과정, 범죄 현장에 대한 절차적·기술적 세부 사항을 올바르게 그려내는 일이 얼마나 중요한지 알게 되었을 것이다. 그렇다면 어떻게 조사해야 할까? 이어지는 내용을 따라 해보고 다듬어 '나만의' 방법을 찾아보자.

자신이 살고 있는 동네 경찰서를 찾아가 경찰이 순찰을 도는 동안 순찰차에 함께 타게 해달라고 부탁한다면 궁극의 조사원 자리에 오를 수 있다. 그러나 여기에는 책임 문제가 뒤따르며 경찰서에서 작가에게도 보험을 적용해주지는 않을 테니 아마도 그렇게까지 하기는 어려울 것이다.

차선책은 경찰관과 친구가 되어 궁금한 사항을 물어보면서 자세한 정보를 수집하는 방법이다. 하지만 이런 질의응답 시간은 한 번으로 끝내야 한다는 점을 명심하라. 경찰 또한 자기 생활이 있으며 작가들을 돕기 위해 무한정 시간을 낼 수는 없는 노릇이니까. 여러 곳에서 정보를 수집한 뒤 곧장 핵심을 찌르는 질문으로 들어간다면 인터뷰 시간을 단축할 수 있을 것이다.

정보원을 찾지 못할 경우 대안은 공개재판이 열릴 때마다 형사재판을 방청하는 방법이다. 일반적으로 검사는 경찰과 법 과학 전문가를 불러 그들의 '일과'를 개괄하도록 요청한다. 대개 사건을 이해하기 쉽도록 시간 순서에 따라 서술하므로 그들의 작업 과정을 순서대로 들을 수 있다.

정보를 얻는 또 다른 방법은 학술서나 일반서, 정기간행물을 읽는 것이다. 형사 사법학 학위가 있거나 범죄학과 관련한 경력이 있다면 전문 학술 단체에 가입하여 그 단체에서 발행하는 간행물과 소식지를 구독하고 그 단체에서 주최하는 학회와 연수에 참여할 수 있다. 정식으로 훈련받은 법 과학 조각가이자 화가인 나는 국제 감식협회International Association for Identification의 회원으로 해마다 협회에서 주최하는 연수에 참여할 수 있었다. 거기서 손바닥 전체의 지문을 뜨는 방법부터 마약을 만드는 방법, 증거를 수집하는 올바른 방법에 이르기까지 온갖 것을 배웠다. 실제로 너무나 많은 훈련 과정이 있기 때문에 이런 것들이 대중에게 공개되었다고 하더라도 혼자서는 도저히 배울 엄두를 내지 못했을 것이다.

수사 기술을 배우기 위해 어떤 방법을 사용하든 간에 한 가지 알아둘 점이 있다. 표준적인 수사 방법이란 존재하지 않는다는 사실이다. 관할 구역마다 수사 방법은 다르기 마련이다. 아칸소 핫스프링스의 형사들이 증거를 수집하는 방식은 텍사스의 오스틴, 캘리포니아의 산타바바라, 뉴욕의 지역 경찰이 증거를 수집하는 방식과 다를 것이다. 어떤 임무를 어떤 절차에 따라 수행하는지는 그 부서의 역량과 시간 배분 방식, 훈련 방식에 따라 달라진다.

앞서 말한 모든 방법을 적절히 조합하여 활용하라. 그러면 형사의 수사와 경찰의 업무 처리 절차를 가능한 한 정확하게 그려내는 데 필요한 정보를 손에 넣을 수 있을 것이다.

현실의 세부 사항이 상상력을 증폭시킨다

헨리 창

나에게는 그 순간을 사는 일만큼 생동감 넘치는 일이 없다. 바로 현실이 상상력을 증폭시키는 순간이다. 나에게 창작이란 이지적이기보다는 본능적이며 감각적인 것이다. 바로 이런 이유로 어떤 작가들은 경찰과 함께 순찰차를 타고 다니거나 소방관과 함께 소방차에 올라 출동한다.

이 경험주의적 방법은 나에게 잘 들어맞는다. 내가 뉴욕의 차이나타운(바로 내 범죄 미스터리 작품 속 장소다.)에서 거리의 깡패, 도박장, 부패한 경찰, 조직폭력배, 마약상, 중국의 조직범죄를 보며 자라났기 때문이다. 《차이나타운의 심장박동Chinatwon Beat》은 나에게는 공기처럼 자연스러운 것이었다.

나는 차이나타운의 비열한 거리, 당구장과 노래방과 영업 시간 이후에도 문을 여는 술집들이 운집한 세계에서 벌어지는 폭력을 이미 경험해 보았다. 차이나타운 주변 지역의 분위기에도 익숙했다. 맨해튼의 로워 이스트사이드에 자리한 각양각색의 이민자 거주 지역을 자동차를 타고 쏘다닌 덕분이다. 이야기를 쓰기로 결심하기 전부터, 이야기를 쓰기 위한 목소리를 찾기 전부터 나는 이미 이 배경 안에서 살고 있었고 이 배경을 잘 알고 있었다. 이야기라는 관점에서 볼 때 스스로 생각해내야 할 것은 별로 없었던 셈이다.

하지만 차이나타운에서 실제로 벌어지는 일들, 즉 그 광경과 사람과 감정을 기록하는 것은 또 다른 문제다. 제대로 기록을 남기기 위해서는 주머니에 들어갈 만큼 작은 녹음기와 카메라를 들고 다녀야겠지만, 범죄자들의 지하 세계를 어슬렁거릴 때 이런 도구는 금물이다.

또한 말할 필요도 없는 일이지만, 도박장이나 마약 제조장 같은 곳에서 조직폭력배들이 어슬렁거리고 있을 때 필기첩을 꺼내 메모를 해서도 안 된다. 이럴 때는 관찰만 하면서 주위 환경에 녹아든 다음, 그곳에서 벌어지는 일에 가담하는 편이 좋다. 물론 자신이나 다른 사람에게 딱히 해가 되는 일이 아니라면 말이다(위험한 일일 경우에는 가장 가까운 출구를 찾으라). 나는 한 시간 동안 관찰한 내용을 화장실에서 몇 문장과 핵심 단어로 요약하여 서둘러 팔뚝에 적어 넣기도 했다. 그렇다, 스파이처럼 아주 비밀스러운 짓을 하는 것이다. 종잇조각을 찾을 수 없을 땐 손바닥에 숫자와 기호를 적어 넣기도 했다. 또한 한 번 쓰고 버리는 종이 성냥갑이나 트럼프 같은 물건이라도 나중에 그 장소에 대한 기억이나 인상, 새로운 생각을 떠오르게 해줄 법한 경우에는 몰래 챙겨 오기도 했다.

그러니까 기본적으로는 기억에만 의존해야 한다는 뜻이다. 수상쩍은 친구들과 어울려 흥청거리는 밤을 보낸 뒤, 기억이 드문드문 남아 있더라도 말이다. 나 같은 경우, 기억을 되짚어볼 기회는 대개 이른 새벽 세 시에서 여섯 시 사이에 찾아왔다. 도박장과 늦게 여는 술집도 모두 문을 닫고 난 뒤, 차이나타운에 느릿한 발걸음으로 새벽이 찾아오는 시간. 바로 이 시간이 오면 우리는 밤샘 영업을 하는 차이나타운의 싸구려 음식점에 모여 앉아 주린 배를 달래려 김이 모락모락 나는 광둥식 덮밥을 주문했다. 내가 식탁에 비치된 냅킨 위에 맹렬한 기세로 글을 써 내려가노라면 거리의 소년들은 나를 놀려댔다. 그럴 즈음 소년들은 이미 나를 신뢰하고 있었다.

"뭘 또 끄적거리고 있어." 소년들이 킬킬거리며 놀리면 나는 이렇게 대답했다. "그래야 한다니까. 우리 이야기가 이렇게 중요한데 안 할 수가 있나?"

차이나타운의 형제들과 함께 보내는 밤에는 어김없이 평소 인연이 없는 도시적인 경험을 할 수 있었다. 성적인 광경과 폭력으로 점철된, 어둡고 추한 현실을 그대로 드러내는 경험.

내일 살해당할 것처럼 써라

피해자가 될 때도 있었고 보복에 나설 때도 있었다. 이런 사건들에서 겪은 두려움과 분노는 내 소설 속 인물과 그들의 행동에 그대로 반영되었다. 누군가 칼을 쥔 채 내게 다가오기 전까지는, 누군가 내 얼굴에 총구를 겨누기 전까지는 이런 종류의 감정을 절대로 명확하게 이해하지 못하는 법이다.

경험의. 경험에 의한. 다시 한 번 말하지만, 반드시 위험을 무릅쓰고 조사를 해야만 한다고 권하는 것이 아니다. 하지만 적어도 글을 쓰는 작가라면 이렇게 육체적으로, 정서적으로 큰 충격을 남기는 경험을 포착해내려고 노력해야 한다. 이런 경험을 통해 우리는 인간의 본성을 이해하는 한편 소설 속 배경과 인물에 감정적인 풍경을 부여할 수 있기 때문이다.

중요한 부분을 쓸 때면, 나는 항상 거리로 나가 비와 바람과 햇살을 피부로 직접 느끼고자 한다. 그럴 때마다 뉴욕의 차이나타운이라는 배경은 스스로 자신의 모습을 펼쳐 보인다.

이야기의 배경이 되는 곳에 대해 생각해보자. 주요 사건이 벌어지는 계절은 언제인가? 사건이 야외에서 벌어진다면 날씨의 변화에 따라 배경의 모습과 느낌이 어떻게 달라지는지 염두에 두어야 한다. 뉴욕에는 사계절이 있으며 각 계절은 뚜렷하게 구분된다. 봄, 여름, 가을, 겨울이 바뀔 때마다 각기 다른 날씨가 펼쳐진다. 배경이 되는 곳의 기후가 어떻든지 간에, 날씨는 이야기를 풍부하게 하는 요소로 활용될 수 있다. 우리는 자신이 만들어내는 환경의 사소한 특징까지 잘 알고 있어야 한다. 이야기에 포함되는 이런 세부 사항은 그 진정성을 한 층 강화시킨다.

비가 내리는 날이면 차이나타운 대로의 차양막 밑에서 글을 쓰고 있는 내 모습을 쉽게 발견할 수 있을 것이다. 그럴 때 나는 이런 광경을 본다. 빗줄기가 후드득 쏟아지기 시작하면 거리의 모습이 삽시간에 바뀐다. 중국인들이 발걸음을 재촉하기 시작하면서 한결 분주해진다. 도로를 메운 트럭과 승용차들이 나아가는 속도가 느릿해지는 반면에 배달부들은 사람들 사이를 헤치며 발길을 재촉한다. 비에 젖는 것을 개의치 않는 몇몇 사람은 아랑곳없이 제 나름의 보조에 맞춰 걸음을 옮긴다. 보도의 행상인들은 서둘러 우산 판매 가판대를 차린다.

눈이 60센티미터 넘게 내리는 1월이면 거리의 풍경이 사뭇 달라진다. 동네 사람들은 한쪽으로 치워놓은 더러운 눈 무더기 옆을 지나다니며 볼일을 본다. 7월이 되어 뜨거운 열기가 검은 아스팔트에서 피어오르기 시작하면 차이나타운 사람들은 그 숨 막힐 듯한 열기와 습기 속에서 한층 느릿한 속도로 움직인다. 춘절에는 새해를 축하하는 사람들로 온 거리가 북적인다. 행운과 경사를 의미하는 붉은빛과 금빛이 도처에서 넘실거린다. 불꽃놀이가 펼쳐지는가 하면 사자탈을 쓰고 춤추는 사람들과 아름다운 왕후들이 탄 장식 수레와 악대가 행진을 벌인다. 이 무렵 차이나타운은 걸어다닐 수도 없을 정도로 붐빈다.

거리를 관찰하고 있노라면, 이 배경을 소설 속에서 어떻게 다르게 활용할 수 있을지 새로운 착상이 떠오른다. 섭씨 40도가 넘는 불볕더위가 기승을 부리는 날씨와 얼어붙을 듯이 추운 날씨에서 벌어지는 사건은 무언가 전혀 다른 것이 되지 않을까? 배경의 날씨가 달라지면 그 안에서 살고 있는 인물들은 어떤 영향을 받게 될까?

바로 이런 일이《개의 해Year of the Dog》에 등장하는 중요한 총격전 장면에서 일어난다. 날씨 때문에 촉발된 일련의 사건들이 폭력적이고 파멸적인 결과로 치닫게 되는 것이다.《붉은 비취Red Jade》의 모든 사건에서도 날씨가 중요한 역할을 한다.

좀 더 알고 싶다면? 책을 읽기를.

| 실전 연습 |

소설에서 중요한 배경이 되는 야외의 한 장소를 고른 다음 여러 가지 다양한 시간대에 걸쳐 그곳을 관찰해보자. 아침과 점심, 출퇴근 시간, 저녁 등 각 시간대별로 그 장소를 오가는 사람들의 행동이 어떻게 달라질까? 그곳에서 시간대에 따라 다르게 벌어지는 일들은 소설 속 인물들이 그곳에서 하는 행동들에 어떤 영향을 미칠까?

겨울에 그 장소는 어떤 모습을 하고 있는가? 여름 혹은 가을에는 어떤 느낌인가? 뇌우가 몰아칠 때는 무슨 일이 일어나는가? 그곳에서 정기적으로 치러지는 계절 행사나 전통 행사(거리 축제 혹은 가두 행진 같은)가 있는가? 이런 질문에 답하는 동안 우리는 유연하게 상상을 펼치며 이야기의 요소를 강화할 수 있다. 언제나 기록을 남기라. 관찰하라. 그리고 자신의 모든 감각을 활용하라.

어떤 색이 보이는가(밝고 유쾌한 색인지, 차분한 색인지)? 색이 정서적 배경을 만드는가(이를테면 장례 행렬에서처럼)? 무슨 소리가 들리는가(자동차의 소음인지, 길거리의 음악인지)? 무슨 냄새가 나는가(맛있는 음식의 냄새인지, 쓰레기에서 풍기는 악취인지)? 《차이나타운의 심장박동》을 읽은 한 독자는 이렇게 말했다. "이 소설을 읽다 보면 두부 굽는 냄새가 풍겨오는 기분이 든다." 공기가 피부에 닿는 느낌은 어떤가(끈적한지, 축축한지)? 배경의 맛을 느낄 수 있는 특별한 음식이 있는가(과일 가게라든가 빵집, 거리 음식점이 있는지)?

이 연습은 우리가 선택한 배경의 자연스러운 느낌을 포착하도록 돕는다. 이를 통해 어떻게 하면 제 역할을 톡톡히 수행하는 배경을 만들어낼 수 있을지 본능적으로 이해하게 될 것이다. 그 배경의 생생한 무대를 바탕으로 마음껏 상상력을 펼쳐보자. 늘 나오는 말이지만, 배경은 또 하나의 인물일 수 있다.

외국이 배경일 때는 문화적 요소를 고려한다

크리스토퍼 G. 무어

외국을 배경으로 미스터리를 쓰는 경우, 장소는 이야기 안에서 중요한 역할을 수행한다. 문화란 그 지역에 살고 있는 모든 이가 자신들의 정체성을 이루는 근간으로 널리 인정하는 언어, 종교, 관습, 의례, 역사를 의미한다. 그러므로 미국인 탐정이 방콕을 무대로 등장할 경우, 이야기는 보스턴이나 토론토를 배경으로 할 때처럼 설득력 있게 흘러가지 않기 마련이다.

탐정은 방콕의 거리를 거닐며 각 집마다 모셔진 '사당'이며 그 앞에 바쳐진 공물을 본다. 오토바이 택시가 지나다니고 길거리 상인들은 그야말로 온갖 것을 판다. 간판에는 태국어가 쓰여 있다. 이런 광경은 문화의 외적이고 시각적인 측면이다.

탐정이 태국인과 이야기를 나누거나 사무실 혹은 집으로 들어가면 문화의 또 다른 측면이 모습을 드러낸다.

호기심과 주의 깊은 관찰력은 어떤 작가든 반드시 갖추어야 할 자질이다. 특히 외국을 배경으로 글을 쓰는 경우 이런 자질 혹은 기술이 반드시 필요하다. 범죄소설을 쓰는 작가라면 사법제도를 잘 파악해야 할 뿐만 아니라 한 사회의 사회적·경제적 구조에서 반쯤만 드러난 갈등을 파악하고, 사람들로 하여금 범죄를 저지르게 만드는 요인도 이해하고 있어야 한다. 탐욕과 야망, 기회, 나약함, 교육의 결핍, 나쁜 주변 환경, 결손가정, 여러 종류의 학대 등 모든 것이 그 원인이 될 수 있다.

언어와 종교, 문화, 역사에서의 작은 차이 때문에 한 사람의 정체성이 근본적으로 달라지기도 하는 것이 사실이다. 다시 말해 인간은 대부분 문화 의존적인 존재다. 소설을 쓰는 작가의 임무는 소설 속 인물이 살아가는 목표, 그들이 하는 선택에 신빙성을 부여하고 그 문화에서 살아가는 사람이 실제로 마주할 법한 현실적인 장애를 그려내는 것이다.

소설은 사회학 교과서가 아니다. 역사서나 어학 교재도 아니다. 관찰과 질문, 조사를 통해 정보를 수집하는 것은 독자들에게 길고 지루한 배경 설명을 읽는다는 느낌을 주지 않으면서 사회와 역사, 언어의 산물인 인물을 표현하기 위함이다. 인물을 그가 일하며 살고 있는 문화의 맥락에 잘 들어맞게 창조하는 작가들은 독자가 '낯선' 세계로 들어와 그 세계를 경험할 수 있는 길을 마련한다. 한번 그 세계에 들어온 독자들은 또한 자신이 살고 있는 문화를 되짚어 생각하고 자신이라면 어떻게 행동했을지 상상하는 즐거움을 누릴 수 있다.

나의 친한 친구 가운데 미국에서 고등학교를 다닌 태국인이 있다. 영민할 뿐 아니라 영어도 유창하게 잘하는 친구다. 본명은 아니지만 나는 이 친구를 쿤 댕('쿤'은 우리나라의 '~씨' 같은 경칭으로 이름 앞에 붙여 부르는 호칭이며 '댕'은 태국어로 '빨간'이라는 뜻이다. ─옮긴이)이라 부른다. 두 미국인 친구가 쿤 댕과 그 가족을 만나러 태국을 찾아왔다.

쿤 댕의 어머니는 두 미국인을 집으로 초대했다. 귀족적인 성품을 지녔으며 영어를 유창하게 잘하는 분이었다. 태국 문화에 대해 미리 공부해 온 것이 분명한 두 미국인은 어머니 댁의 문 앞에 도착했을 때 신발을 벗기 시작했다. 이는 태국의 오랜 관습이다. 태국인은 가정집에 들어가기 전에 반드시 신발을 벗는다. 이들이 신발을 벗기 위해 몸을 구부리자 쿤 댕의 어머니는 수고스럽게 그럴 필요 없다고 말했다. 두 친구는 고개를 들고 신발을 벗어도 괜찮다고 대답했다. 어머니가 재차 그럴 필요 없다고 고집하여 두 미국인은 신발을 신은 채 집 안으로 들어가 차를 마시며 즐거운 시간을 보냈다.

그날 저녁 쿤 댕은 어머니에게 전화 한 통을 받았다. 어머니는 쿤 댕과 친구들 때문에 몹시 기분이 상해 있었다. 도대체 왜? 쿤 댕의 친구들이 무례하게도 신발을 신고 집 안에 들어왔기 때문이다! 그 친구들은 태국 문화에 대해 아무것도 모른다 니? 길거리에서 불결한 배설물을 밟았을지도 모를 신발을 신고 집 안에 들어와서 온갖 병균과 세균을 묻히고 다녔다는 사실에 어머니는 크게 불쾌해하고 있었다. "하지만 어머니, 저도 바로 옆에 있었어요. 어머니가 굳이 신발을 벗지 않아도 된다고 말씀하셨잖아요. 한 번도 아니고 두 번이나요." 그러나 어머니는 굽히지 않고 같은 대답을 고집했다. "어찌 되었든 태국의 집 안에서는 신발을 신으면 안 되는 거야."

이는 이야기 만들기에 활용할 수 있는 고전적인 문화적 결례다. 어머니는 예의를 차렸다. 태국 사람들은 예의와 환대를 다른 무엇보다도 중요하게 생각하며 손님들에게 좋은 인상을 주고 싶어 한다. 하지만 태국 집에 초대받은 손님은, 주인이 신발을 신고 있어도 된다고 아무리 고집하더라도 실제로는 자신의 말에 따르지 않길 기대한다는 사실을 알아야 한다. 주인은 손님들이 자신의 말을 못 들은 척하고 신발을 벗어주기를 바란다. 예의 차리는 말을 곧이곧대로 받아들여서는 안 되는 것이다. 하지만 그 두 미국인이 어떻게 이런 것을 알 수 있었겠는가? 태국 여행 안내서는 절대로 가르쳐주지 않는 점이다.

여기에 이야기의 중요한 핵심이 있다. 소설가는 여행 안내서에서 절대 가르쳐주지 않는 문화적 측면이 드러나는 사건들을 이야기에서 펼쳐내야 한다. 자신의 독자들에게 신뢰를 주고 낯선 외국 땅까지 따라오게 하고 싶다면 작가는 독자를 곧장 사건의 핵심으로 데려와 미스터리를 밝혀내는 한편, 현지인들이 어떻게 살아가는지를 보여주면서 이를 이야기의 일부로 끌어들여야 한다.

결국 작가는 문화적 탐정이 되어야 한다. 작가의 임무는 실종된 이들을 추적하는 것이 아니라 사회 안에 존재하는 힘, 다시 말해 그곳에 살고 있는 사람들의 심리와 생각을 형성하며 그들 행동의 토대가 되는 힘을 추적하는 것이다.

뛰어난 문화적 탐정은 아침을 먹는 순간부터 사무실에서 일을 하고 식당에서 밥을 먹고 술집에서 술을 마시고 밤에 사람들과 어울려 노는 시간에 이르기까지, 현지인들이 일상생활을 어떻게 꾸려나가는지 관찰하며 단서를 찾는다. 그리고 자신이 찾아낸 단서를 끊임없이 저울질하고 평가하면서 추론을 재검토한다. 작가가 이 과정을 헤쳐나가는 동안 독자는 그 정신적인 검토 과정에 동행하게 된다.

여기에서 작가의 과제는, 세부 사항에 대해 지루하게 늘어놓지 않고 외국어와 현지의 은어를 최소한으로 자제하며 이 작업을 수행하는 일이다. 낯선 요소를 지나치게 많이 사용하면 독자가 관심을 잃지는 않더라도 혼란을 일으키기 쉽다. 바로 그렇기 때문에 훌륭한 글이란 세부 사항을 이야기와 인물 안으로 끌어들이는 글, 그 결과 이야기의 진행에 따라 이런 요소들이 자연스럽게 드러나게 되는 글이다. 독자는 책을 읽고 전문가가 되리라 기대하지 않는다. 독자는 이야기를 읽는다. 여행 안내서나 회고록, 전기, 문화사 교양서, 어학 교재를 읽는 독자와는 다른 이유로 소설책을 펼쳐 드는 것이다.

다음 소설의 무대를 홍콩이나 호찌민, 방콕, 도쿄로 삼고 싶다면 세상에는 이 장소들에 대해 속속들이 잘 알고 있는 사람이 수두룩하다는 사실을 기억하라. 게다가 이들이 알고 있는 정보는 단순히 어느 호텔이 가장 지내기 좋은지, 가장 맛있는 농어 요리를 먹으려면 어디로 가야 하는지 같은 여행 안내서용 지식에서 그치지 않는다. 그 지역의 문화와 언어, 역사를 잘 이해하는 사람들은 음정이 잘못되거나 박자가 늘어질 때 이를 단박에 분간해내고 음악을 꺼버리는 음악가처럼, 우리가 알아채기도 전에 책을 덮어버리고 말 것이다.

독자를 실망시키기 않기 위해서는 훌륭한 문화적 탐정이 되어야 한다. 소설의 배경으로 삼은 장소에 살고 있는 친구들이 있다면, 그들은 우리가 언제 신발을 신고 벗어야 하는지 알려줄 좋은 조언자가 될 것이다.

| 실전 연습 |

태국 방콕에서 열리는 장례식 장면을 쓰려고 한다. 고인은 고국을 떠나 오랫동안 태국에서 살아온 외국인으로, 태국인 아내와 두 자녀를 두었다. 장례식에는 태국인과 외국인이 모두 참석할 예정이

며, 사흘 동안 저녁 일곱 시 반마다 사원에서 모일 것이다.

불교 사원에서 벌어지는 활동들을 계속 기록하자. 승려는 무슨 역할을 하는가? 장례식에 참석한 손님들을 대접하는 음식은 어디에서 나오는가? 장례식 자리에서 태국인과 외국인은 어떤 식으로 어울리는가? 한자리에 모여 앉는가? 함께 이야기를 나누는가? 서로에게 호의적으로 행동하는가? 장례식에서 미망인과 자녀들의 역할은 무엇는가? 이 역할은 인물과 문화와 장소를 보여주는 데 어떤 식으로 작용하는가? 화장하는 날 아침에는 어떤 일이 벌어지는가? 누가 화장 의식에 참석하는가? 누가 그 의식을 주재하는가? 관은 어떻게 생겼는가? 의식은 어떤 식으로 진행되는가? 장례식에서 일어나는 사건들을 차례대로 자세히 기술해보자.

이야기의 주인공이 뉴욕에서 온 고인의 형제라고 가정하자. 이 인물은 태국에 와본 적이 없다. 오랜 세월 동안 형과 소원하게 지내온 것이다. 장례식 첫날 사원에 발을 들여놓았을 때, 주인공은 어떤 인상을 받게 될까? 장례 의식의 의미를 이해할 수 있을까? 또한 중요한 문제. 주인공은 고인의 미망인과 자녀와 친구들을 통해 그동안 형이 살아온 인생을 이해할 수 있게 될까? 이 상황에서 형을 잃은 주인공의 슬픔과 상실감은 어떤 식으로 표현될까?

진실은 허구 안에 있다

로버트 S. 레빈슨

10여 년 전 내 첫 번째 소설 《엘비스와 메릴린의 정사The Elvis and Marilyn Affair》가 출간되었을 무렵이다. 《내셔널 인콰이어러National Enquirer》지(미국 슈퍼마켓에서 판매되는 대중 잡지. 가십을 주로 다루는 것으로 알려져 있다. ―옮긴이)에서 연락을 해왔다. 이 미스터리 소설에 등장하는 연애담에 진실이 얼마나 담겨 있는지 궁금하다는 것이다. 이 주간지의 여기자는 시대의 아이콘인 두 사람이 실제로 서로에게 푹 빠진 적이 있는지, 정말 그렇다면 그 일에 대해 내가 얼마나 구체적으로 알고 있는지 궁금해했다.

　사전 조사를 충실히 해온 여기자는 영화계와 음악계의 광

범위한 배후 사정은 물론, 내가 쇼 비즈니스계의 거물들과 어울릴 기회가 잦았다는 사실도 알고 있었다. 여기자는 내가 엘비스 프레슬리Elvis Presley의 절친한 친구로 꼽힐 만큼 그 스타와 자주 만나거나 가깝게 지내지는 않았지만 그를 비롯하여 그의 친구 중 일부와 어울려 지냈다는 사실도 알고 있었다. 내가 메릴린 먼로Marilyn Monroe와 서로 친근하게 이름을 부르고 지내던, 먼로의 절친한 친구들을 상대한 적이 있다는 사실도.

"어떻게 생각해요?" 여기자는 독자에게 큰 떡밥을 던지면서 지면을 확보해 줄 특집 기사를 쓰기 위해 필요한 몇 가지 대답을 듣고 싶어 안달이었다. 그녀의 기사를 읽은 독자들이 가장 가까운 서점으로 달려가 《엘비스와 메릴린의 정사》를 사서 읽도록 하려면 뭐라고 해야 했을까?

어떻게 대답해야 할지 망설이는 척하면서 잠시 침묵을 지키다가 나는 이렇게 말했다.

"진실은 소설 안에 있습니다."

여기자는 얼굴을 찌푸리며 당혹스러운 표정을 지었다.

"그러니까 1950년대 엘비스와 메릴린이 폭스사에서 영화를 찍고 있을 당시 서로 만나기 시작해서 실제로 심각하고 뜨거운 연애를 했다는 말인가요? 제 말이 맞습니까?"

"내 책에 나온 바로는 그렇다는 거죠. 소설의 이야기가 그렇다는 겁니다. 내가 아니고요."

"소설의 첫 번째 원칙은 자신이 아는 것을 쓰는 것 아닌 가요?"

"그렇다고들 하더군요."

"지금 그 말을 인정한다는 뜻으로 받아들이겠습니다."

"내 소설에 대해서라면, 물론입니다. 하지만 그게 다예요."

"그렇다면 엘비스와 메릴린이 같은 침대 이불 속에 있지 않았다는 말인가요?"

"책을 읽었다면서요. 그쪽에서 말해보시죠."

여기자는 손바닥을 내보이며 내 말을 막더니 이런저런 물건으로 불룩한 커다란 손가방에서 책을 한 권 꺼냈다. 책등은 꺾여 있었고 책장마다 노란 딱지 같은 것이 잔뜩 붙어 있었다. 기자는 딱지가 붙은 쪽을 아무 데나 한군데 펼치더니 밑줄 그어놓은 구절을 소리 내어 읽기 시작했다.

"나는 그게 진정한 연애였다고는 생각하지 않는다. 어쩌면 정사라는 표현도 너무 과할지 모른다. 그저 잠깐 즐기는 바람 같은 것이었다. 이 일은 고작 두어 달쯤 지속되다가 과거로 사라져버렸다. 그녀는 급격한 허리케인처럼 그를 덮쳤다. 당시 엘이 이미 여자를 마음대로 골라잡을 수 있는 위치였다고는 해도, 이 성숙한 섹스의 여신이 기꺼이 그의 몸 아래 자신의 몸을 누리려 한다는 것이 엘 같은 젊은 남자에게 어떤 기분을 안 겨주었을지 굳이 설명할 필요는 없을 것이다."

여기자는 완벽한 곡선을 그리는 눈썹을 치올렸다. 내가 말했다.

"내가 한 말이 아닙니다. 소설에 등장하는 인물이 한 말이 죠."

"작가는 자신이 아는 것을 씁니다. 그리고 진실은 허구 안 에 있고요."

기자는 테니스 대회 우승자만큼이나 빠르고 정확한 솜씨 로 내가 한 말을 다시 나에게 되돌려주었다.

"나는 사람들을 죽이고 다니는 살인자에 대해서도 씁니 다. 하지만 어떤 살인자하고도 알고 지내지 않는걸요. 나 자신 또한 누굴 죽여본 적이 없고요."

"한때 새뮤얼 셰퍼드Samuel Sheppard 박사와 알고 지내지 않 았습니까? 박사는 자기 아내를 살해한 혐의로 유죄판결을 받 았죠."

"나중에 뒤집혔습니다. 두 번째로 재판을 받았을 땐 무죄 였죠……. 게다가 박사는 책에 나오지도 않잖아요."

"어쩌면 정신적인 의미에서 나온다고 볼 수 있지 않을까요? 작가의 지식이라는 측면에서요. 자신이 아는 것을 쓴다면서요? 다른 이름으로 등장하는 것은 아닙니까? 당신은 실제의 이름으로 등장하는 실제의 인물들을 허구의 인물과 뒤섞어 사용하죠. 그렇다면 그 허구의 인물 또한 변장을 했을 뿐 다른 실존 인물이 될 수 있는 것 아닙니까? 여기에 대해서는 어떻게 생각하세요?"

내가 할 수 있는 최선은 했던 말을 되풀이하는 것뿐이었다.

"진실은 허구 안에 있습니다."

이런 식의 대화가 30분쯤 더 이어진 끝에 기자는 메릴린과 엘비스의 연애담에 작가의 도를 넘은 상상력에서 비롯된 허구 이상의 무언가가 있는지에 대해서는 아무것도 캐내지 못한 채 돌아갔다. 그러나…….

1년 후 이 기자가 돌아왔다. 칼럼니스트 닐 걸리버Neil Gulliver와 '드라마계의 섹스 여왕'인 여배우 스티비 매리너Stevie Marriner가 등장하는 시리즈의 두 번째 소설《제임스 딘의 정사The James Dean Affair》가 막 출간되었을 무렵에.

여기자는 전화 인터뷰를 통해 이 이야기의 뿌리를 캐내려 들었다. 제임스 딘이 '리틀 바스타드'라 부르던 애마 포르쉐

스파이더를 타고 달리다 고속도로에서 큰 자동차 사고를 내고 사망하기 전 가깝게 지내던 사람들이 기이하고 원인을 알 수 없는 미심쩍은 죽음을 맞이한 원인에 딘 자신이 어떤 역할을 하지 않았는지에 대해서였다. 이렇게 죽음을 맞이한 사람 중에는 자살한 것으로 추정되는 배우 닉 애덤스Nick Adams가 있었고, 경찰이 '묻지 마'식 강도로 규정한 사건에서 살해당한 살 미네오Sal Mineo가 있었고, 카탈리나 섬에서 우발적인 사고로 물에 빠져 숨진 내털리 우드Natalie Wood가 있었다.

"내가 조사한 바에 따르면 이 책은 이들의 사망을 하나로 묶어 딘과 연관 지어 다루면서 이런 사건이 어떻게, 왜 일어났는지를 파헤치는 유일한 책입니다. 허구 안에 진실이 있나요, 아니면 그저 진실 안에 허구가 더 많을 뿐인가요?"

"나는 알고 있는 사실을 썼습니다. 그들이 모두 사망했다는 사실을 알고 있지요."

"언젠가 액터스 스튜디오(1947년에 창립된 배우 양성 기관으로 제임스 딘과 메릴린 먼로 등이 이곳 출신이다. ―옮긴이)와 관련한 일을 하지 않았습니까? 그때 딘과 가까웠던 수많은 동료 배우와 알고 지내지 않았습니까?

리 스트라스버그Lee Strasberg(액터스 스튜디오의 설립자이자 예술 감독. ―옮긴이)는 물론이고요. 그 뒤 쓰게 된 이 소설의 출처는 사실 그 사람들 아닙니까? 어디에서 우연히 들은 이야기를 소설로 쓴 것 아닙니까?"

"그렇다면 논픽션이 되지 않았을까요?"

"말해주세요."

하지만 나는 말하지 않았다. 계속 이런 식으로 옥신각신한 끝에 여기자는 나한테서 표제 기사로 쓸 만한 정보는 아무것도 얻어내지 못하리라는 결론을 다시 한 번 확인하고 전화를 끊었다. 그로부터 1년 뒤…….

나의 세 번째 '정사Affair' 시리즈인 《존 레논의 정사John Lennon Affair》에는 닐과 스티비는 물론 다른 허구의 인물들이 실제 음악계의 스타 수십 명과 함께 등장한다. 존 레논을 살해한 정신 나간 사회 부적응자 마크 D. 채프먼Mark D. Chapman도 등장인물 중 하나다.

처음 두 권의 소설에서와 마찬가지로, 이 책에서 나는 내가 아는 사실과 내가 아는 인물을 적당히 뒤섞어 등장시켰다. 어떤 인물은 다른 이들보다 중요한 역할을 하기도 하고, 어떤 인물은 카메오처럼 잠깐 등장했다 사라지기도 하고, 어떤 인물은 군중 장면에서 잠시 스치듯 나오기도 한다. 실제 인물을 이야기에 뒤섞으면서 나는 사실에 기반을 둔 배경에, 혹은 처음부터 완전히 만들어낸 허구의 배경에 현실감을 부여한다. 이 점에 대해서는 〈작가의 말〉에서 한층 자세하게 설명했다.

독자는 자신이 소설 안에 조심스럽게 정체를 숨기고 있는 진실의 조각들을, 이 소설이 실화를 바탕으로 한 이야기라고 소리 높이 외치는 현실의 조각들을 찾아냈다고 생각할지도 모른다. 물론 그런 생각은 틀렸다.

나는 빌릴 만한 가치가 있는 기억, 그 위에 무언가를 쌓아 올릴 가치가 있는 기억을 여기에서 조금, 저기에서 조금 오려다가 경이로운 창작과 상상의 세계에 붙여 넣었을 뿐이다. 과거에 일어난 사건들과 과거에 만난 사람들로 만들어진 콜라주인 셈이다. 여기에는 인디언 보호구역 근처 황무지 마을의 도박장 옆에서 뉴스 보도국을 운영했던 내 경험도 포함되어 있다.

기껏해야 우연일 뿐이다. 그뿐이다.

하지만 여기에서 살짝 고백하자면 그저 우연인 것만은 아니다. 나는 현실과 허구를, 허구와 현실을 짝지으면서 실존 인물의 이름과 실제 일어났던 사건을, 실제 그 일을 겪었던 사람의 입을 통해 소설 안에 끼워 넣었다. 조사에는 크게 의존하지 않았다. 조사를 하면 애초에 연예인의 자존심을 만족시키기 위해 만들어진 일화들밖에 건질 것이 없기 때문이다. 숨기고, 못 본 체하고, 다른 모습으로 꾸미고, 당혹스러운 진실에 호의적인 빛을 비추는 일화들 말이다. 어떤 이름을 붙여도 거짓말은 거짓말이다.

나는 '정사' 시리즈의 네 번째 책《앤디 워홀의 정사Andy Warhol Affair》(처음에는《뜨거운 물감Hot Paint》이라는 제목으로 출간되었다)에 수록된〈작가의 말〉에서 내가 글을 쓰는 과정의 실례를 독자에게 소개했다.

소설 안에서 록 스타 리치 새비지Richie Savage를 중심으로 벌어지는 워홀과의 만남은, 매디슨 스퀘어 가든에서 열리는 리치의 스탠딩 콘서트에서 닐 걸리버가 워홀을 이끌고 무대 위로 올라가 앰프 뒤편에서 무대를 지켜보는 장면에서 절정을 맞이한다. 실제 이 사건은 소설에서 표현된 그대로 일어났다. 단지 록 스타가 숀 캐시디Shaun Cassidy였고 닐 걸리버 자리에 작가가 있었을 뿐이다.

아주 오랫동안 나는 나 자신이 무언가 새롭고 신선한 양식을 만들어냈다고 생각해왔다. 바로 내가 '자서전적 소설'이라 부르는 양식이다. 하지만 그렇지 않았다. 젠장. 나와 내 자아가 진실에 자기기만적인 허구를 적용하고 있었을 뿐이다. 사실 나는 적어도 1800년대까지 거슬러 올라가는 거대한 집단에 속해 있었던 것이다.

당시 찰스 디킨스Charles Dickens와 루이자 메이 올컷Louisa May Alcott 같은 작가들 또한, 심지어 레프 톨스토이Lev Tolstoy 역시 자신의 삶을 반영하는 소설을 썼다. 다만 이름과 장소를 바

내일 살해당할 것처럼 써라

꾸고 좀 더 극적인 효과를 자아내기 위해 사건을 재구성했을 뿐이다. 이들의 뒤를 잇는 수많은 작가 역시 자기 자신에 비추어 주인공을 창조했다. 이들은 자신이 인생에서 경험한 사건들을 예술적 목적에 따라 혹은 주제 의식에 따라 변형을 가해 소설의 줄거리 안에 끼워 넣었다. 자서전적 소설은 내가 등장하기 훨씬 전부터 이미 그 효과가 입증된, 평범하고 진부하다고 할 만큼이나 낡은 개념이었다.

그다음 보통 '역사소설'이라고들 부르는 양식이 등장했다. E. L. 닥터로E. L. Doctorow를 비롯한 여러 작가가 놀라운 상상력으로 창조한 허구의 인물들을 실존 인물과 짝지어 등장시켰다.《래그타임Ragtime》에서 닥터로는 헨리 포드Henry Ford와 해리 후디니Harry Houdini, 엠마 골드만Emma Goldman, 부커 T. 워싱턴Booker T. Washington, 스탠퍼드 화이트Stanford White 그리고 그 아름다운 에벌린 네즈빗Evelyn Nesbit의 인생을 차용했다.《빌리 배스게이트Billy Bathgate》에서는 더치 슐츠Dutch Schultz와 찰스 '러키' 루치아노Charles 'Lucky' Luciano와 대항하여 싸운 뉴욕 검찰총장 토머스 E. 듀이Tomas E. Dewey를 빌려 썼다.

내가 닥터로나 앞서 언급한 다른 작가들과 다른 점은, 그저 이름만 알고 있는 인물이 아닌 직접 알고 지낸 사람들을 중심인물로 등장시키고 내가 살아온 역사를 이야기에 엮어 넣었다는 점이다. 네 편의 '정사' 시리즈와 그 뒤를 이은 다섯 편의 미스터리·스릴러 소설을 통해 내가 이 장르에 새롭게 도입한 요소가 있다면 아마도 이런 점일 것이다. 내가 한 일을 가리키는 명칭이 있을지 모르겠다. 사실 여기에 이름이 필요한지도 잘 모르겠다. 어쨌든, 이름에 무슨 의미가 있단 말인가?

| **실전 연습** |

자신의 인생에서 겪은 인상적인 사건을 소설 속 주인공에게 적용시켜보자. 그 경험 외에 다른 부분에서 주인공이 작가를 닮을 필요는 없다. 그런 다음, 경험에 등장하는 실존 인물을 실제 이름과 실제 모습 그대로 소설 속에 등장시키자. 마지막으로 자신이 처음부터 만들어낸, 혹은 살면서 만난 여러 사람을 조합한 허구의 인물을 등장시켜 진실과 허구가 뒤섞인 장면을 만드는 것이다. 자, 이제 독자들이 어디에서 허구가 끝나고 어디에서 진실이 시작되는지 궁금해하도록 내버려두자.

2장

플롯, 시작, 갈등, 전개

플롯을 짤 때
여섯 가지 실수는
꼭 피하자

리스 허시

당신이 처음 소설을 쓰기 시작했다면, 아마도 초심자의 자만심으로 자신이 전에 없던 새로운 무언가를 창조해내리라 생각할 수도 있다. 미스터리와 스릴러를 읽고 쓰는 방식을 영원히 뒤집어놓을 만한 독창적인 걸작을 쓰게 되리라 생각할지도 모른다. 그리고 나중에야, 여기에는 규칙이 있다는 사실을 알게 된다.

규칙이라는 말은 지나치게 느껴질 수도 있다. 기대치라는 표현이 좀 더 적합할 것이다. 첫 번째 소설《내부자The Insider》를 쓰고 고쳐 쓰는 동안, 나는 내 작품을 고집스럽게 거절하는 에이전트와 예비 독자들의 의견을 들으며 내가 이런 규칙 중 몇 가지를 위반했다는 사실을 느리게나마 조금씩 배우게 되었다. 마침내 선 안쪽에만 색칠해야 한다는 사실을 깨달은 뒤에야 에이전트와 출판사를 찾아 정착할 수 있었다.

스릴러는 로큰롤 음악과 비슷하다. 두 분야에서 가장 중요하게 여겨지는 가치 중 하나는 바로 즉시성이다. 기본적인 요소들이 굳게 확립되어 있는 한편 각종 변주와 표현을 위한 거의 무한에 가까운 장이 마련되어 있다. 몇 가지 기본적인 코드 진행과 3분 남짓한 제한된 시간만으로도 우리는 〈아이 워너 비 세데이티드I Wanna Be Sedated〉에서 〈스트로베리 필즈 포에버Strawberry Fields Forever〉에 이르기까지 모든 것을 얻을 수 있다. 그러나 이런 규칙에서 너무 멀리 나아가는 경우, 이를테면 비틀스The Beatles의 〈레볼루션 9Revolution 9〉 같은 곡처럼 흥미롭기는 하지만 라디오에서 한 번도 흘러나오지 못하는 곡이 탄생할 수도 있다.

플롯을 짤 때 저지르기 쉬운 실수들을 소개한다. 나는 이 대부분을 경험을 통해 배웠다.

푸념을 늘어놓는 도입부

처음에는 에이전트, 나중에는 편집자의 관심을 사로잡기 위해 빠른 속도로 책을 시작할 필요가 있다. 아주 빠르고 강력한 도입부가 필요하다. 에이전트가 원고를 끝까지 읽을지의 여부는 대개 첫 번째 장에서 판가름 나기 때문이다. 도입부에서 강렬한 인상을 주지 못한다면 훌륭한 결말 같은 건 전혀 중요하지 않을 수도 있다. 물론 시작부터 누군가를 죽이는 방법은 항상 효과가 있다.

소극적인 주인공

주인공이 가장 흥미로워지는 순간은 무언가 행동을 통해 이야기의 갈등을 해결하려고 할 때다. 주인공이 아무렇게나 던져진 코르크 마개처럼 사건의 바다 위를 그저 둥둥 떠다니기만 한다면 독자는 주인공에 대해 흥미를 느끼지 못할 것이다. 본격 문학에는 우유부단함과 권태로 무기력해진 인물이 가득할 수 있지만 스릴러에서는, 절대 안 된다.

정이 안 가는 주인공

독자가 소설 전체에 걸쳐 주인공의 뒤를 따라가야 한다면 독자가 그 인물에게 호감을 느끼는 편이 좋다. 작가로서 우리는 독자가 인물과 유대감을 형성하도록 도울 수 있다. 왜 주인공에 애착을 (작가가 애착을 느끼는 만큼) 느껴야 하는지 그 이유를 적극적으로 제시하라(되도록이면 이야기의 초반에 제시하는 편이 좋다). 소설의 주인공이 뭔가 고결하거나 용감하거나 재미있는 일을 하게 만들라. 혹은 그저 나약한 모습을 보여주어도 좋다. 그렇다, 이는 독자를 조종하는 일이다. 하지만 스릴러(그리고 대부분의 소설)를 쓴다는 것은 본질적으로 독자를 조종하는 일이다.

아는 것만 쓰기(혹은 모르는 것만 쓰기)

스릴러는 그 속성상 속도와 사건에 대한 기대감에 의존하기 때문에 어느 정도 과장이 있을 수밖에 없다. 우리가 안팎으로 속속들이 알고 있는 배경과 인물을 기반 삼아 이야기를 만들어나간다면 그 생생함은 좀 더 허구적인 부분으로까지 옮겨갈 수 있다. 이를테면 내가 만든 주인공은 샌프란시스코의 큰 법률 사무소에서 일하는 기업 변호사다. 나는 이 세계에 대해서만큼은 아주 잘 알고 있다. 물론 내가 그 세계의 사실적인 묘사에만 매달렸다면 내 스릴러는 실사 보고서만큼의 스릴도 없었을 것이다. 하지만 법률 사무소의 세계를 충분히 현실감 있게 그려내지 않았다면, 위험을 무릅쓰고 소설 속 세계를 러시아 마피아의 영역까지 확장했을 때 독자가 기꺼이 속아주려고 하지 않았을 것이다.

초반에 배경 설명 늘어놓기

첫 장에서 주인공을 소개할 때 작가는 주인공에 대한 모든 것을 털어 놓고 싶은 충동을 느끼기 마련이다. 부디 참아내기를. 인물의 과거사에 관한 지루한 설명보다 더 빨리 원고를 덮게 만드는 것은 없다. 정보를 전달할 때는 설명하는 것보다 보여주는 것이 한층 효과적이다. 꼭 설명을 통해 전달해야 하는 정보가 있다면 한번에 쏟아붓지 말고 여러 차례에 걸쳐 조금씩 나누어 설명해야 한다.

장면 없이 플롯만 쓰기

스릴러는 대개 플롯을 중심으로 진행되기 마련이다. 폭력적인 사건들이 꼬리에 꼬리를 물고 발생한다. 그러나 작가가 이야기를 A 지점에서 B 지점, C 지점으로 이어가는 일에만 치중하고 이야기에 생명을 불어 넣는 배경과 인물의 세부 사항에 주의를 기울이지 않는다면 소설은 지나치게 기계적으로 변해버리기 쉽다. 빠른 속도감을 유지하는 것이 가장 중요하지만, 이야기의 A 지점과 B 지점과 C 지점을 재미있는 놀이터로 만드는 일도 중요하다. 소설의 플롯을 구상할 때 장면을 어떻게 풀어낼지 생각해두는 일이 도움이 된다. 소설의 각 장이 독립된 장면으로서 각기 나름의 존재 가치를 지니도록 만들라. 배경과 인물의 상호 관계와 인물 전개의 측면에서 흥미로운 장면을 쓰는 '동시에' 플롯을 진행시킬 수 있다면 독자는 계속해서 책장을 넘기게 될 가능성이 크다. 사실, 독자가 계속 책장을 넘기게 만드는 것이 결국 스릴러의 전부라고 해도 과언이 아니다.

| 실전 연습 |

소설이 시작되는 처음 다섯 장의 개요를 작성하라. 이 다섯 장은 에이전트나 출판사가 원고를 선택하도록 만드는 중요한 역할을

수행해야 한다. 개요를 완성한 다음 질문을 던져보자.

- 첫 번째 장이 독자의 멱살을 잡아끌며 관심을 사로잡는가? 그리고 너무 뻔한 질문이긴 하지만 첫 장에 시체가 등장하는가?
- 주인공은 주도적으로 움직이고 있는가, 아니면 상황에 휘둘리는가?
- 이 다섯 장이 끝날 무렵 독자는 주인공을 좋아하게 되는가?
- 작가가 잘 아는 흥미로운 세계로 들어왔다는 기분을 느낄 수 있을 만큼 독자를 충분히 납득시키는가?
- 주인공의 배경을 설명하는 내용이 얼마나 많이 전달되는가? 독자가 상황을 이해할 수 있을 만큼은 충분해야 하지만 모든 것을 다 알았다고 생각할 정도로 많아서는 안 된다.
- 다섯 장 각각이 하나의 장면으로서 독립성을 가지는가? 각 장마다 다른 장과 구별되는 인물의 상호 관계와 배경이 등장하는가?

인물 B는
권총을 들고
들어온다

손 둘리틀

서평가들은 가끔 '플롯 중심'의 이야기와 '인물 중심'의 이야기를 구분하여 표현한다. 독자로서 우리는 이런 용어가 의미하는 바를 기본적으로 이해하고 있다(플롯은 사건, 인물은 감정). 또한 미스터리와 스릴러 소설의 작가로서 우리는 흡입력 있는 플롯이 얼마나 중요한지 잘 알고 있다.

그러나 아무리 뛰어나고 반전에 반전을 거듭하며 맹렬히 돌진하는 미스터리나 스릴러 소설이라 할지라도 인물을 희생하면서 훌륭한 플롯(훌륭한 이야기)을 펼치지 않는다. 이야기는 인물에서부터 시작한다. 그리고 작가가 진정한 의미에서 이야기에 몰입하고 있다면, 그 반대 또한 진실이다.

극작가인 존 구아르John Gaure는 이렇게 말했다. "나는 조루즈 페이도Georges Feydeau가 주창한 극작의 원칙을 좋아한다. 인물 A: 인물 B를 만나지 않는 이상 내 인생은 완벽해. 똑똑. 인물 B 들어온다."

나는 이 원칙을 즐겨 이용하여 플롯과 인물관계에서 불순물을 걸러낸다. 인물 B가 찾아와 문을 두드리지 않는다면 플롯은 생겨나지 않을 것이다. 그런데 왜 인물 B의 등장으로 인물 A의 인생이 뒤틀리게 되는 것인가? 이 사람들은 누구인가? 가족극을 쓰고 있다면 아마도 인물 B는 정신적인 상처를 짊어진 채 등장할 것이다. 미스터리를 쓰고 있다면 아마도 인물 B는 권총을 들고 등장할 것이다. 스릴러 소설을 쓰고 있다면 아마도 인물 B는 기관총을 들고 등장할 것이다.

그러나 장르가 무엇이든 간에, 인물의 날실과 플롯의 씨실이 유기적으로 뒤엉킬 때 이야기의 흐름이 가장 견고해진다.

| 실전 연습 |

1단계

세 명의 인물이 함께 차를 타고 어디론가 향하고 있다.

- 맨디(운전자): 예술사 박사 학위를 받았지만 지금은 한 회사의

인적 자원 관리부에서 일하고 있다. 문신을 했지만 옷으로 숨기고 있다. 한 번 결혼했지만 지금은 혼자다. 아이는 없지만 언젠가 어머니가 되고 싶어 한다.

- 르네(조수석): 식당의 종업원으로 일하고 있다. 문신을 했으며 문신을 숨길 생각이 없다. 가끔 학교에 다시 다니고 싶다고 생각하지만 마음 깊은 곳에서는 그런 일은 없으리라는 걸 알고 있다. 얼마 전 담배를 끊었다.

- 저스틴(혼자서 뒷좌석을 차지하고 있다): 맨디와 르네보다 어리지만 나이 차이가 그렇게 많이 나지는 않는다. 고등학교를 졸업하고 대학에 갔다가 학교를 그만두었다. 부모님이 자동차 사고로 사망하면서 많은 유산을 물려받았지만 지금까지는 유산에서 단 한 푼도 꺼내 쓰지 않았다.

여기서 할 일은 이 인물들을 데리고 소설을 쓰기 위한 대략적인 플롯을 짜는 것이다. 도움이 될 만한 질문들을 소개한다.

- 이들은 어디로 향하고 있는가?
- 이 세 인물은 어떻게 이 차에 함께 타게 되었는가?
- 이 인물들이 이 여행에서 바라는 것은 무엇인가? 한 인물이 바라는 것이 다른 인물(들)이 바라는 것과 상충되기도 하는가?

- 이 여행에 대해서(혹은 서로에 대해서) 다른 두 인물은 모르는 무언가를 알고 있는 인물이 있는가?
- 이 세 인물이 향하는 목적지까지 어떤 장애물이 있는가?
- 이 인물들은 시간에 맞추어 목적지에 도착할 수 있을까? 아니, 도착이나 할 수 있을까?

단지 여러분이 생각을 펼치고 플롯을 구상할 토대를 마련하기 위해 만든 질문이니 전부 답을 해야 할 필요는 없다. 전혀 답을 하지 않고 넘어가도 좋다(하지만 틀림없이 몇 가지 질문에는 자연스럽게 답이 나오게 될 것이다). 한 가지만 명심하라. 이 차가 A에서 B까지 아무런 사건 없이 이동하게 된다면, 플롯은 없다.

어떤 종류의 플롯을 만들어낼지에 대해서는 마음대로 결정해도 좋지만 질문에 답을 할 때는 항상 이야기의 수수께끼가 한층 심화되는 방향으로(첫 번째 질문에서 세 번째 질문까지), 혹은 이야기의 긴장감이 한층 높아지는 방향(다섯 번째 질문)으로 답을 생각해내자.

- 요령 1: 다섯 번째 질문, 즉 장애물에 대한 대답을 생각할 때 자동차 외부에서 나타날 수 있는 장애물(자동차 바퀴에 바람이 빠진다, 도로 위에 말코손바닥사슴이 나타난다, 악천후가 닥친다, 군대의 공습을 받는다)과 자동차 내부에서 나타날 수 있는 장애물

(인물 사이의 갈등)에 대해서 생각해 보자.

- 요령 2 : 막다른 길이다 싶으면 다섯 번째 질문으로 돌아가라.

2단계

1단계 연습을 통해 인물들에서 이야기를 끌어냈다. 이제 플롯을 가지고 자동차로 돌아가자. 자동차 안에서 앉은 자리를 전부 바꾸어본다. 운전석에 다른 인물을 앉히는 것이 중요하다.

역시 단 한 시간만을 투자하여 플롯을 바꾸지 않고, 1단계에서 설명한 등장인물에 대한 개괄적인 설정에서 크게 벗어나지 않으며, 맨디와 르네와 저스틴이 새로 배정된 자리에 자연스럽게 잘 맞아떨어지도록 만들 수 있는지 살펴보자.

- 요령 3 : 이 작업을 하기 위해서는 아마도 인물들에 대해 지금 알고 있는 것보다 한층 자세히 알아야 할 것이다.

이제 완성된 플롯을 살펴보자. 방금 머릿속에서 짜낸 이 두 종류의 이야기는 플롯 중심의 이야기인가, 인물 중심의 이야기인가? 행운이 따른다면, 지금껏 대답했던 그 어떤 질문보다도 답하기 어려운 질문이 될 것이다.

범죄가 일으킨
결과에 대해
생각하라

윌 라벤더

서스펜스의 거장 앨프리드 히치콕Alfred Hitchcock은 본격 미스터리 영화의 연출을 거부했다. 미스터리 장르는 결말 부분이 너무 큰 비중을 차지한다는 이유에서였다. 작가로서 우리는 히치콕이 거절한 이유를 이해할 수 있다. 미스터리 장르는 그 속성상 결말부가 너무 중요한 의미를 지니기 때문에 다른 플롯 요소들이 위협받기 쉽다. 마지막 반전을 생각해내야 한다는 부담감에 짓눌린 나머지 얼마나 많은 작가가 책 중반부에서 더 이상 나아가지 못하고 끙끙거려왔는가?

한번은 에이전트가 초고의 단 두 쪽만을 보내달라고 요청한 적이 있었다. 두 쪽이라니! 나는 순간 생각했다. '단 두 쪽

밖에 안 읽고 이 사람은 도대체 무엇을 알 수 있단 말인가?' 그러나 사람들은 실제로 이런 식으로 책을 고른다. 서점에서 책을 집어 든 다음 표지를 훑어보고 첫 장을 펼치는 사람들이 실제로 몇 쪽이나 읽어보겠는가? 기껏해야 한 쪽 아니면 두 쪽이다. 작가는 이들로 하여금 서가에서 책을 집어 들고 계산대로 향하게 만들어야 할 의무를 지고 있다.

소설 작법 강의에서 나는 미끼의 필요성에 대해 이야기한다. 독자를 사정없이 끌어당겨 이야기의 토끼 굴 속으로 떨어뜨릴 만한 미끼 말이다. 강의가 끝나면 학생들은 나를 쳐다보다가 대개 다음 두 가지로 정리되는 단순한 질문을 던진다. 첫 번째 질문은 이러하다. "지금 작업하는 제 원고 도입부의 어디가 잘못된 건가요?"

문제를 해결하기 위해서는 우선 문제가 존재한다는 사실을 인식해야만 한다. 학생들의 원고를 읽고 나 자신의 소설을 쓰는 동안 나는 미스터리 소설의 도입부에 대부분 다음 세 가지의 큰 문제가 존재한다는 결론에 도달했다.

첫째, 아무 사건도 일어나지 않는다. 둘째, 사건이 충분히 많이 일어나지 않는다. 셋째, 사건이 잘못된 순서로 일어난다.

이야기라면 마땅히 그 서두에서 독자에게 정보와 극적인 갈등을 전달해야 한다는 가정하에, 이 세 가지 문제는 중요한 의미를 지닌다. 정말 단순하기 그지없는 방법이지만 책의 서두에서 사건을 일으켜버린다면, 거의 예외 없이 한층 구미가 당기는 미끼를 던질 수 있다. 소설을 망가뜨리는 것은 대개 "사건은 이야기의 중반에서 일어나야 한다." 혹은 "내 소설은 미스터리지 액션이 아니다."라고 생각하는 작가의 신념이다.

이런 생각 자체가 오산이다. 모든 책에는 그 첫 쪽에서 이야기를 앞으로 끌고 나갈 수 있는 사건이 필요하다. 그 사건이 외부에서 일어나든 인물의 마음속에서 일어나든 상관없다. 아무런 풍파 없이 터벅터벅 진행되는 서두를 읽을 때면 나는 거의 예외 없이 책을 덮어버리고 줄지어 나를 기다리고 있는 다른 책을 집어 든다.

도입부에 대해 내가 자주 받는 두 번째 질문은 이것이다. "어떻게?" 어떻게 흥미로운 사건들이 올바른 순서로 일어나는 도입부를 창작해낼 수 있을까? 뛰어난 도입부가 지녀야 하는 기본적인 요소에는 무엇이 있을까? 어떻게 하면 에이전트가 덥석 미끼를 물고 우리의 원고를 읽어보게 만들 수 있을까? 그리고 궁극적으로, 어떻게 하면 책을 훑어보는 사람을, 책을 사서 읽는 독자로 끌어들일 수 있을까?

뛰어난 도입부를 쓸 수 있는 요령이 하나뿐인 것은 아니며, 여기에는 수많은 방법이 존재한다. 작가의 목소리가 강한 인상을 남겨야 한다. 속도감이 있어야 한다. 주인공 혹은 이야기의 주요 인물을 흥미로우면서도 날카롭게 표현해야 한다. 그리고 이 모든 일을 고작 몇백 단어 안에 해치워야 한다. 어느 누구도 소설을 쓰는 일이 쉽다고는 말하지 않았다.

하지만 뛰어난 도입부를 쓸 수 있는 한 가지 쉬운 요령이 있다. "범죄에 대해 생각하지 말라. 범죄가 일으킨 결과에 대해 생각하라." 미스터리 장르는 본질적으로 범죄와 범죄를 저지른 사람들을 다룬다. 그리고 그중 수많은 원고의 약점은 오직 범죄에 대해서만 다루며 그것이 초래한 결과에 대해서는 간과하고 넘어간다는 점이다. 누가 그 범죄로 인해 피해를 입었는가? 그 끔찍한 사건을 겪은 후 사람들의 몸과 마음에는 어떤 상처가 남았는가?

여기 한 가지 훌륭한 예를 들겠다. 토머스 해리스Thomas Harris가 쓴 그 위대한 《양들의 침묵Silence of the Lambs》은, 적어도 내게는 20세기 후반에 쓰인 가장 훌륭한 장르 소설이다. 해리스는 독자에게 미끼를 던지기 위해 두 가지 영리한 수법을 쓴다. 그 첫 번째. 해리스는 독자가 만족할 만큼 사건을 충분히 보여준다. 실제 범죄와는 관계가 없는 사건이다.

소설의 핵심이 되는 사건과 용의자는 처음 50쪽을 넘길 때까지 등장하지 않는다. 해리스는 단지 주인공에게 임무를 부여할 뿐이다. 그 임무란 단지 심리 평가에 불과하다. 소설이 시작된 지 단지 세 쪽 만에 독자는 임무가 무엇인지, 클라리스가 임무를 받아들였는지, 임무를 앞둔 클라리스가 얼마나 불안해하는지, 이 모든 것을 파악하게 된다. 속도감 없는 사건 하나만으로 그렇게 된 것이다. 폭발도, 칼부림도, 피도, 시체도 등장하지 않는다. 그저 바닥에 흩어진 퍼즐 조각뿐이다. 해리스에게 이것만으로도 충분하다.

그러나 그 처음 몇 쪽에서 또 다른 흥미로운 일이 벌어진다. 일단 감옥 안으로 들어간 독자는 다시 한 번 은연중에 한니발이 저지른 범죄의 속성을 알게 된다. 그리고 그가 저지른 범죄로 미루어 한니발의 정체를 짐작한다. 한니발은 어떤 부류의 사람인가, 어떤 사람을 망가뜨렸는가, 어떤 일을 할 수 있는가. 그야말로 뛰어난 작가인 해리스는 한니발이 저지른 범죄에 대해 이야기하고 추론하고 은연중에 암시를 던지면서 이 모든 것을 매끄럽게 전달한다. 어떤 것도 직접 보여주지는 않는다. 아직은 아니다. 그러기엔 재능이 너무 뛰어난 것이다.

너무나 빈번하게 작가들은 범죄 해결 과정으로 서둘러 뛰어들고 싶어 한다. 어서 시체를 보여주고 범죄를 수사하는 경찰을 소개하고 사건의 해결을 향해 줄거리를 밀어붙이고 싶어 한다. 나는 미스터리 소설의 도입부가 이보다 훨씬 교묘하게 짜일 수 있다고 생각한다. 그리고 책장에 나오지 않는 일에 대해 더 많이 다룰 수 있다고도.

여기에서는 독자의 구미를 끌어당기는 강렬한 미끼를 창작하는 연습법을 소개한다.

　　　　　　　　　내일 살해당할 것처럼 써라

방화 혐의를 받고 있는 용의자를 심문하는 경찰에 대한 이야기를 단편이나 중편, 장편 소설로 만든다고 생각하고 그 도입부를 써본다. 도입부는 두 쪽 분량이어야 한다. 여기에 한 가지 조건이 있다. 심문실 안에서 벌어진 일 자체를 언급해서는 안 된다. 이 도입부는 전적으로 심문이 시작되기 전 혹은 끝나고 난 다음 일어난 일을 중심으로 전개되어야만 한다.

이 연습을 통해 우리는 사건의 급격한 전개나 할리우드식 속도감이라는 틀에서 벗어나 이야기의 미끼를 생각할 수 있다. 눈앞에 닥친 임무를 바라보는 복잡한 심경 또한 미끼가 될 수 있다. 도입부의 중요성에 대해 숙고한 다음, 어떻게 해야 이 두 쪽을 읽은 독자들이 그 이후를 궁금해하며 우리의 뒤를 따라올는지 고민하라.

도입부를 다 쓴 다음엔 도입부 안에서 얼마나 많은 일이 일어나는지 생각해 보자. 서점에서 책을 뒤적이는 사람을 만족시킬 만큼 사건이 충분히 발생하는가? 사건이 올바른 순서로 일어나는가? 과거 회상 장면을 쓰지 않으면서(거의 대부분의 경우 사용하지 않을 것을 권한다), 또한 노골적으로 플롯을 드러내지 않으면서 어떻게 그 까다로운 독자를 낚기에 충분한 내용을 도입부에 채워 넣을 수 있을까?

행운을 빈다. 즐겁게 글을 쓰길.

결말보다
첫 문장이
더 중요하다

소피 해나

아마 쉰 번도 넘을 것이다. 사람들은 나한테 어떤 소설을 읽어
보라고 권한 다음, 내가 그 소설에 대해 좀 더 자세하게 말해달
라고 부탁하면 이렇게 덧붙인다. "그 책 정말 몰입감이 끝내줘.
특히 157쪽부터는 말이지!"

그러면 나는 눈살을 찌푸리고 미심쩍어하며 묻는다. "아
하, 그렇구나. 그냥 궁금해서 그러는데 157쪽 전까지는 어때?
흡입력이 있어? 그럭저럭 흥미로운 정도인가? 아니면…… 간
신히 참을 만한 수준?"

"어이쿠야, 참을 만한 수준 근처에도 못 가." 그들은 신이
나서 대답한다. "156쪽까지는 복잡하기만 하고 어찌나 지루하

내일 살해당할 것처럼 써라

던지 손목을 잘라버리고 싶을 지경이었다니까. 하지만 꾹 참고 계속 읽었더니 그만한 가치가 있더라고. 157쪽부터는 끝까지는 그야말로 걸작이거든.”

어, 잠깐만. 아니다, 그렇지 않다. 어떤 소설이 후반부만 훌륭하다면 이 소설은 절반도 훌륭한 소설이 아니다. 이는 졸작이다. 내가 가장 좋아하는 범죄 장르 작가인 루스 렌델Ruth Rendell은 “책의 첫 장, 첫 문장에서부터 독자를 사로잡는 것이 작가의 책무”라고 말한 적이 있다. 모든 작가가 응당 그래야 하듯, 렌델 또한 그 부분에서 스스로에게 엄격했다. 렌델은 책 안의 모든 문장 하나하나가 중요하다고 생각했다. 렌델의 주장에 따르면 소설의 모든 문장은 독자로 하여금 책을 내려놓을 생각조차 떠올리지 못하도록 해야 한다. 렌델이 쓴(혹은 렌델이 바버라 바인Barbara Vine이라는 필명으로 쓴 작품) 책 중 아무것이나 펼쳐 들고 그 첫 문장을 읽어보라. 말 그대로 독자를 책 안으로 잡아당기는 힘을 느낄 수 있을 지경이다.

이를테면 렌델이 쓴 《활자 잔혹극A Judgement in Stone》은 이렇게 시작된다. “유니스 파치먼은 글을 읽을 줄도 쓸 줄도 몰랐기 때문에 커버데일 일가를 죽였다.” 이는 범죄 장르를 시작하는 첫 문장으로 믿을 수 없을 만큼 무모하다. 독자가 책의 결말 부분에서 밝혀지기만을 마음 졸이며 기다리는 모든 사건의 전말을 전부 터놓고 말해줄 태세다. 누가 누구를 죽였는지, 왜 죽였는지에 대한 해답 말이다. 그럼에도 불구하고 이 첫 문장은 대단한 효과를 발휘한다. 이는 독자에게 모든 것을 다 말해주는 동시에 아무것도 말해주지 않는 문장이다. 누가, 무슨 짓을, 왜 저질렀는지는 단지 시작에 불과하다는 사실을 깨닫는 동시에 독자는 이렇게 요약된 사실 뒤에 숨은 사정을, 줄이지 않은 완전한 형태의 이야기를 듣고 싶어 하게 된다. 렌델은 표면적으로 책의 첫머리부터 독자에게 '모든 것'을 다 털어놓는 척하면서 오히려 소설의 긴장감을 끌어올린다. '어이, 잠깐만.' 독자는 살짝 당황하여 생각한다. '천천히 제대로 이야기해줘.' 이토록 신속하고 형식적인 목소리로 있는 그대로의 사실만을 전달하려 할 때, 독자는 작가가 얼렁뚱땅 넘어가려 한다는 느낌에 휩싸이며, 제대로 된 완전한 이야기를 찾아 듣고야 말겠다는 결심을 한층 굳힌다.

여기에서 논란이 될 법한 발언을 하나 하겠다. 소설, 특히 스릴러 장르에서는 훌륭한 결말보다 훌륭한 서두가 한층 더 중요하다. 자, 이제 누군가 화를 내기 전에 서둘러 이 발언을 부연하도록 하자. 두말할 필요도 없는 일이지만 이상적인 세계에서는 사람들이 읽고 쓰는 소설의 처음부터 끝까지 전부 훌륭해야 한다. 그리고 작가라면 누구나 이를 목표로 삼아야 할 것이다.

하지만 우리는 이상적인 세계에 살고 있지 않으며 그러므로 나는 내 의견을 고수하려 한다. 반드시 둘 중 하나만을 골라야 하는 난감한 상황에 처한다면 나는 언제나 훌륭한 결말 대신 훌륭한 서두를 선택할 것이다.

여기 이름을 밝히지는 않겠지만 내가 좋아하는 한 미스터리 작가는 한결같이 결말 부분이 실망스러워 탄식이 나오는 작품을 쓴다. 하지만 매년 이 작가의 새로운 책이 출간될 때마다 나는 기쁜 마음으로 서점으로 뛰어가 책을 산다. 왜? 이 작가가 쓴 서두를 그 어느 작가의 것보다 좋아하니까. 중반부 역시 상당히 훌륭하다. 이 작가의 작품을 읽을 때면 99퍼센트의 확률로 정말 즐기면서 책을 읽을 수 있다. 물론 결말 부분도 훌륭했더라면 더 바랄 나위가 없었겠지만 사람이 모든 것을 다 가질 수는 없는 법이다. 이 작가의 결말 부분이 아무리 뛰어나더라도 서두가 그저 그랬다면 나는 아마 채 열 쪽도 넘기지 못했을 것이다.

심리 서스펜스 장르의 서두를 쓸 때 내가 사용하는 방법은 최대한 전전긍긍하는 것이다. 이 작업은 내가 소설의 첫 문장을 고민하면서 시작된다. 일단 렌델의 현명한 말을 떠올린 다음 생각한다. '좋아. 지금 저 밖에는 소설이 수백만, 수백억 권 나와 있어. 아마도 대부분 내 소설보다 나은 작품이겠지. 내 책을 집어 드는 사람 또한 바로 그런 의심을 품고 그 의심이 맞는지 확인하려 들 거야. 내 소설을 던져버리고 좀 더 나은 작가가 쓴 작품을 집어 들 핑계를 찾으려 하겠지. 어떻게 하면 그 일을 막을 수 있을까? 책이 시작되는 첫머리에 어떤 단어를 채워 넣어야 책이 마치 초강력 접착제인 양, 마치 마약인 양 독자

에게 찰싹 들러붙어 책을 내려놓을 생각조차 못 하게 할 수 있을까?'

첫 문장은 독자를 소설에 빠뜨리는 역할을 해야 한다. 두 번째 문장과 세 번째 문장 또한 독자의 발목을 잡고 놓아주지 않아야 한다. 지붕 전체에 비가 새는 곳이 없기를 바라는 것과 마찬가지로 우리는 원고 전체를 꼼꼼히 점검하여 독자의 관심이 새어 나가는 곳은 없는지 확인해야 한다. 소설의 첫 문장은 작가가 발휘하는 최고의 능력을 자신감 있게 보여주면서 뒤에 더 재미있는 내용이 따라온다는 점을 약속해야 한다. "나를 좀 봐! 잠깐 보기만 했는데도 이렇게 재미있다고! 좀 더 읽어 본다면 얼마나 더 재미있어지겠니?"

렌델이 쓴 《활자 잔혹극》의 서두를 다시 한 번 보자. 이 문장이 뛰어난 또 다른 이유는, 이 첫 문장을 통해 렌델이 독자들에게 아주 효과적으로 자신의 능력을 자랑하고 있다는 점이다. "나는 다른 작가들이 나중을 위해 아껴두는 사실을 처음부터 이렇게 다 터놓고 시작하는 사람이야. 그렇다면 나중을 위해 아껴둔 비장의 무기들이 얼마나 재미있겠니?"

충분히 전전긍긍했다는 확신이 들면 그다음 단계는 그 불안감에 비관론을 조금 섞어 넣는 것이다. 독자를 자기편으로 끌어들이기 위한 완벽한 첫 문장을 짜낼 때는, 독자가 기꺼이 내 책에 기회를 주려는 친절하고 너그러운 사람들이라고 생각해서는 안 된다. 퉁명스럽고 참을성 없으며 놀랄 만큼 쉽사리

지루해하는 사람들이라고 가정하라. 이는 곧 한층 열심히 노력하고 한층 만족스러운 결과물을 내야 한다는 뜻이다.

대부분의 작가에게 가장 엄격한 비평가는 그 자신이다. 그러므로 직접 쓴 작품을 읽으면서 스스로 반응을 주의 깊게 관찰하라. 방금 써놓은 첫 문장으로 시작하는 책이 있다면 계속 읽어나갈 것인가? 지루해지기 시작하면 바로 멈추라.

독자의 관심을 사로잡는 것 외에도 첫 문장은 또한 의문의 여지를 남기거나 소설의 독특한 분위기를 전달하는 역할을, 혹은 이 두 가지 역할을 동시에 수행해야 한다. 《활자 잔혹극》의 첫 문장은 이 임무를 멋들어지게 완수한다. 독자들에게 이제 막 심리 범죄 소설을 읽기 시작했다는 사실을 알려준다는 점에서 나는 렌델보다 더 효과적인 방법을 도무지 생각해낼 수 없다. 대프니 듀 모리에Daphne du Maurier가 쓴 《레베카Rebecca》의 첫 문장, 그 우아하며 날카로우며 불길한 기운을 풍기는 첫 문장, "지난밤 나는 다시 맨덜리 저택으로 돌아가는 꿈을 꾸었다."를 통해 독자는 이 책에 대해 여러 가지 사실을 읽어낼 수 있다. 이 특별한 집, 맨덜리 저택이 소설에서 중요한 역할을 하리라는 점, 과거가 어떻게 현재에 따라붙는지가 핵심 주제가 되리라는 점, 소설의 글투와 분위기가 재치 있고 가볍기보다는 고요하며 무언가에 홀린 듯한 분위기로 흘러가리라는 점을 짐작할 수 있다.

작가라면 응당 훌륭한 첫 문장을 만들어내기 위해 항상

최선을 다해야 한다. 첫 문장은 독자의 마음을 사로잡는 것은 물론 소설에 대한 정보를 전달하고 의문의 여지를 남기고 독자를 애태우는 역할을 수행하는 한편, 마음속으로 읽을 때 운율이 느껴지는 문장이어야 한다. 전달하는 그 이상을 약속하며 작가를 두려움에 떨게 만들어야 한다. 그리고 작가는 그 첫 문장이 약속하는 기대치에 부응해야만 한다. 어떤 책이 완벽한 결말로 끝날 가능성은 그 책이 완벽한 서두로 시작될 때 훌쩍 높아진다.

| 실전 연습 |

이 연습에는 몇 가지 단계가 있다. 이 단계들을 차례차례 밟아나가야 한다. 한 단계라도 빼놓으면 효과는 없다.

1단계

자신이 쓰고 싶은, 이상향에서나 가능할 법한 소설의 광고문을 작성하라. 요약본이 아니고 광고문이라는 점을 명심하라. 다시 말해 결말을 매듭짓거나 줄거리를 설명할 필요가 없다는 뜻이다. 이 세상을 다 가지게 해준다는 식의 터무니없는 약속을 해도 좋고, 말끝을 흐려도 좋고, "그래서 과연 어떻게 되었을까?"라는 질문으로 끝맺어도 좋다. 대답할 수 없는 질문을 던지고 지키지 못할 약속을 남발하라. 필요한 것은 착상을 떠올리는 것뿐이며 그 생각을 완전히 정리할 필요는 없다.

상상을 펼치기 전부터 기대에 부응하지 못할까 싶어 걱정을 하고 있다면 상상력은 멀리 뻗어나갈 수 없다. 이 시간만큼은 사람들을 실망시키지 않을까 하는 걱정을 접어두라. 필요하다면 언제든지 화가 난 독자를 피해 도망쳐 숨을 수 있다. 기대를 한껏 부풀리는 광고문을 작성하라. 일단 두려움을 떨쳐내기만 하면 그 기대를 충분히 만족시킬 수 있게 될 것이다. 그리고 안전한 선 뒤에서만 숨어 있지 않은 스스로를 기특하게 생각하게 될 것이다.

2단계

이제 자신이 이미 이 소설을 완성했으며 이 작품이 걸작이라고 상상의 나래를 펼쳐보자(주인공이 어떻게 이야기를 해결할 것인지 자세한 세부 사항에 대해서는 아직 걱정할 필요가 없다. 뛰어난 반전을 생각해내지 못할 수 있다는 걱정도 접어 두라). 가상의 비평가 두 명을 만들어 아직 쓰지 않은 이 소설에 대한 비평을 각각 한 편씩 쓰게 만들어라. 이들에게 마음대로 이름을 붙여주어도 좋다. 두 비평가는 이 작품을 침이 마르도록 칭찬해야 한다. 소설 전체를 칭찬할지 구체적인 부분을 짚어 칭찬할지도 마음대로 하라.

이 가상의 비평가는 이렇게 말할지도 모른다. "심장이 멎을 듯

충격적인 그 마지막 장면은 몇 주일 동안이나 내 머릿속을 맴돌았다." 바로 이것이다. 이것이 비결의 일부다. 당신은 이제 소설이 어떤 식으로 완성되든 간에 경탄할 만한 마지막 장면으로 끝나게 된다는 사실을 알게 되었다. 정확히 어떤 식으로 경탄할 만하다는 것일까? 그건 이제 당신의 손에 달려 있다. 하지만 충격적이고 경탄할 만한 마지막 장면을 염두에 두고 글을 써나가면 그 장면을 떠올리는 데 분명 도움이 될 것이다.

3단계

자, 이제 첫 문장을 쓸 차례다. 하지만 그저 멍하니 앉아 경탄을 자아내는 뛰어난 첫 문장을 한 번에 써내려고 애쓰지 말라. 물론 이런 문장을 쓰는 것이 궁극적 목표이긴 하다. 하지만 처음부터 뛰어난 문장을 쓰려고 한다면 아마 몇 달 동안 텅 빈 화면만을 멍하니 쳐다보고 있게 될 것이다. 그러므로 처음에는 뛰어난 문장 대신 평범한 문장이나 평범한 수준에도 못 미치는 문장을 써보려고 하자. 내킨다면 그야말로 형편없는 첫 문장을 써도 좋다. 이 훌륭한 소설의 서두에서 당신이 이루길 바라는 모든 것을 망가뜨릴 만한 첫 문장이 있다면 과연 어떤 문장일까? 그 문장을 원고지에 쓰거나 컴퓨터 화면에 입력하라. 그다음 그 문장에서 무엇이 잘못되었는지 스스로 물어보라. 그 문장을 고쳐 쓰라. 계속해서 고쳐 쓰라. 이 말은 곧 어느 시점에 이르러 문장 전체가 완전히 달라지게 된다는 뜻이다.

4단계

자, 이제 다음 두 가지 결과 중 하나가 나타나게 될 것이다. 첫 문장을 고쳐 쓰고 또 고쳐 쓴 결과 어느새 훌륭한 첫 문장이 나타나 있거나, 혹은 문장을 고쳐 쓰느라 바쁘게 머리를 굴리는 중에 전혀 다른 뜻밖의 훌륭한 첫 문장이 불현듯 머릿속에 떠오르는 것이다(이렇게 될 가능성이 더 높다). 여기서 핵심은 이 문장이 우리가 쓰려고 머리를 싸매고 고민하던 문장과는 전혀 거리가 먼 것이라는 점이다. 이 첫 문장은 너무도 완벽하고 마음에 쏙 들기 때문에 이제 당신은 내가 시키는 일에 더 이상 신경 쓰지 않게 된다. 내가 썩 물러나도 괜찮을 만큼 너무도 훌륭한 문장이다. 축하한다. 드디어 해낸 것이다!

독자를 화나게
만드는 속임수는
피하자

가 앤서니 헤이우드

나는 사기꾼을 싫어한다. 사기꾼은 게으르기 때문이다. 이들은 자신이 바라는 목적을 손쉽게 달성하기 위해 모두가 준수하는 규칙을 교묘하게 회피한다. 얼굴을 맞대고 거짓말을 늘어놓으면서 우리가 눈치채지 못하길 기대한다.

통찰력 있는 독자라면 대부분 옛 서부 시대 사람들이 포커 사기꾼을 경멸하던 것과 같은 수준으로 사기꾼 작가들을 경멸한다. 속임수를 부리는 미스터리 작가는 작가와 독자 사이의 암묵적인 계약을 깨트린다. 그 계약이란 바로 작품에서 작가가 언제나 정정당당하게 독자와 승부를 벌인다는 약속이다. 단지 A라는 사건을 B라는 상황에 끼워 넣기 위해 일어날 법한 일의 범위를 억지로 잡아 늘이지 않겠다는 약속 말이다.

어디까지 진실이고 어디까지 거짓인지 독자가 끊임없이 추측하게 만드는 일은 물론 훌륭한 미스터리 작가들이 가장 잘하는 일이다. 하지만 그러기 위해서 작가는 논리나 신빙성에 합당한 예의를 갖추어야 한다. 독자가 작가의 능숙하고 교묘한 솜씨에 감탄하게 만들기 위한 핵심은, 플롯 안에서 독자가 품을 법한 의문점을 모두 예상한 다음 그 의문점이 확실하고 이치에 맞는 방식으로 해소되고 있는지를 거듭 확인하는 것이다.

이 고단한 작업을 피하려면 결국 속임수를 써야 한다. 즉 다음과 같은 유형의 나쁜 짓을 저질러야 한다.

모순

소설의 한 시점에서 어떤 사실 혹은 어떤 행동 양식을 설정한 다음 단지 플롯 전개에 필요하다는 이유로 이를 180도 뒤집어버리는 행위. 이를테면 소설 전반에 걸쳐 어떤 인물을 '조니'라고 부르다가 어느 시점에서 단지 이 인물을 실제보다 한층 결백하게 보이게 하려고, 혹은 죄가 있어 보이게 하려고 갑자기 '존'이라 부르는 것이다.

뻔한 의문점 무시하기

뻔한 의문점이 무엇인지 몇 가지 예를 들겠다. '그녀는 왜 그런 짓을 저지르려 하는가?', '그 일은 어디에서 비롯된 것인

가?', '그는 A 대신 B를 해야 했을 텐데?'

미스터리 작가에게는 독자보다 한발 앞서 생각해야 한다는 임무가 있다. 여기에는 작가가 납득시키려 애쓰고 있는 이야기에 대해 독자가 떠올릴 법한 모든 의문점을 예상하는 일도 포함된다. 명백히 설명이 필요한 어떤 문제에 대해 설명을 등한시하는 행동은 용납될 수 없다. 여기 경험에 근거한 원칙이 하나 있다. 이야기 전개가 현실에서 있을 법하지 않을수록 독자를 납득시키기 위해 상세한 근거를 제시해야 한다는 것이다.

논리 무시하기

돼지는 날지 못하고 개는 말을 할 수 없으며 부지방 검사는 젓가락만을 이용하여 최신형 자동차의 시동을 걸 수 없다. 이야기 안에서 검사가 차를 타고 그 자리에서 빠져나가는 일이 '아무리' 필요하다 해도, 안 되는 건 안 되는 거다. 주인공을 위기에 빠뜨렸는데 억지스럽지 않게 벗어나는 방법을 작가도 주인공도 생각해낼 수 없다면, 그 위기를 없애버리고 좀 더 빠져나오기 쉬운 위기로 대체하라. 대강 위기에서 벗어나는 것처럼 꾸며내고는 독자들이 눈치채지 못하기만 바라고 있어서는 안 된다. 독자는 눈치챈다. 내 말을 믿어도 좋다.

레드 헤링(느닷없는 등장과 퇴장)

레드 헤링red herring, 즉 훈제 청어를 꺼내 드는 일이란, 제

내일 살해당할 것처럼 써라

대로 된 설명 없이 아무 상관도 없는 사물이나 인물을 난데없이 등장시키고 그런 다음 다시 퇴장시키는 행위를 의미한다(레드 헤링은 독한 냄새가 나는 붉은 '훈제 청어'를 뜻한다. 이 냄새를 이용해 사냥개의 후각을 교란시킨 데서 유래한 표현으로, '논점을 흐리기 위해 주제와 상관없는 엉뚱한 일을 언급하여 사람의 관심을 돌리는 행위'를 말한다. 미스터리 장르에서는 독자를 속이기 위해 제시하는 잘못된 단서나 용의자를 의미하기도 한다.—옮긴이). '모순'과 마찬가지로 이 속임수는 대개 플롯을 억지로 짜 맞추거나 일부러 독자의 관심을 잘못된 방향으로 돌리기 위해 사용된다. 예를 들어 주인공이 용의자의 옷장 서랍에서 붉은 고무로 만든 개구리와 자신이 쫓고 있던 연쇄 살인범의 이름이 쓰인 아주 특이한 명함을 발견하는데, 결말에 이르러 용의자는 살인범이 아니라는 사실이 밝혀지지만 용의자의 집에 있던 개구리에 대해서는 아무런 설명도 없는 것이다.

지나치게 우연에 의존하기

그렇다, 세상은 정말로 좁아서 우체국에서 한 번 마주쳤을 뿐인 두 사람의 주민등록번호 앞 여섯 자리 숫자가 똑같을 수도 있다. 그러나 작가가 전혀 있을 법하지 않는 우연에 의존하여 미스터리 소설의 사건을 해결하려 한다면 올바른 정신을 지닌 독자는 절대 그 작가를 용서하지 않을 것이다. 가능한 한 이야기 전체에서 우연을 일체 배제하라.

독자를 소설에 등장하는 인물처럼 취급하기

예를 들면 이런 것이다. 사이코패스 해리엇은 소설 전체에 걸쳐 독자와 주인공을 속이기 위해 절름발이인 척한다. 그런데 해리엇이 자기 집 주방에서 혼자 저녁 식사를 준비하는 장면에서도 해리엇은 '여전히 다리를 전다'. 어째서? 누구를 위해서? 물론 독자를 속이기 위해서다. 해리엇은 자기 집 주방에서도 독자가 자신을 지켜본다는 사실을 알고 있는 것이다. 그리고 독자가 지켜보는 중에 해리엇이 자신의 정체를 밝혀버린다면 이야기는 엉망이 될 것이다. 여기 새로운 규칙이 있다. 어떤 인물이 혼자 있을 때 어떤 식으로 행동하는지 독자에게 알려주고 싶지 않다면 그 인물을 방에 혼자 내버려두지 말라.

진부한 장치에 의존하기

종이 성냥갑에 휘갈겨 쓴 전화번호가 발견된다. 장전된 총이 결정적인 순간 갑자기 고장 나버린다. 살인범이 이렇다 할 이유 없이 모든 범죄를 자백해버린다. 이런 것들은 전부 셜록 홈스가 왓슨에게 처음으로 "기초 중의 기초"라고 말한 이래 그저 그런 미스터리 작가들이 닳고 닳도록 사용해온 싸구려 장치다. 작가가 아마추어에 불과하다는 사실을 확연하게 보여주는 징표이니 여기에는 가까이 가지도 말라.

포기하기

더 이상 빠져나갈 구멍이 없는 막다른 골목으로 스스로를 몰아넣고 나니 이야기에 흥미가 없어졌거나 혹은 더 이상 미룰 수 없는 마감이 닥쳐온 경우다. 이유야 어떻든 이 골칫덩이와 더 이상 씨름하고 싶지 않은 작가는 그저 빨리 끝내버리고 싶은 마음에 아무렇게나 결말을 내고는 불만족스러운 독자를 피해 도망쳐버린다. 날림으로 작업한 책을 읽으면서 독자가 그 사실을 눈치채지 못할 것이라고 생각하는가? 꿈도 꾸지 말라. 결말이 엉망진창인 작품을 쓰지 않기 위한 최선의 방법은 책 한 권쓰는 작업을 술집에서의 싸움처럼 생각하는 것이다. 다시 말해 제대로 끝맺을 자신이 없다면 아예 시작조차 하지 말라.

여기에서 정리한 속임수들은 범죄보다 추리 장르에서 한층 확연하게 나타난다. 추리 장르의 구조가 한층 복잡하기도 하고, 속임수를 쓸 법한 부분을 독자들이 더 집중해서 읽기 때문이기도 하다. 그렇다고 해서 범죄 장르에서 속임수를 저지르는 일이 용서된다는 뜻은 아니다. 풀리지 않는 의문이 자아내는 긴장감은 추리 장르에서와 마찬가지로 범죄 장르를 이끌어가는 주요한 요소이기 때문이다. 이런 의문을 만족스럽게, 다시 말해 현실성을 띠며 해소하지 못한다면 그 태만은 추리 장르에서만큼이나 나쁘다. 범죄 장르 작가들이 추리 장르 작가들보다 훨씬 더 제약 없이 글을 쓴다는 점을 보면 어쩌면 범죄 장르에서의 속임수가 더 나쁜 짓일지도 모른다. 염두에 두어야 할 규칙이 별로 없는 상황에서(단서도, 용의자도, 이곳저곳 던져두어야 할 '레드 헤링'도 없는 상황에서) 작가가 더 성실하고 정정당당하게 승부해주길 바라는 것이 과한 요구는 아니지 않은가?

어쩌다 실수로 플롯에 뻥 뚫린 구멍을 남기는 일과 일부러 그 구멍을 씹던 껌으로 메워버리는 일은 전혀 별개의 문제다. 지금부터라도 자신의 작품에 대강 메꾸어놓은 부분이 있는지 점검하는 습관을 들이고 그런 부분을 없애버리라. 이 작업에 얼마나 수고가 드는지는 상관없다. 아마추어라면 모르지만 프로라면 응당 감수해야만 하는 일이다.

| 실전 연습 |

상황 1

책의 결말에서나 밝혀지게 될 사실이지만 도린은 남편의 정부인 실라를 살해하고 그 시체를 자기 차의 트렁크에 숨겨두었다. 남편 조를 기차역까지 데려다주던 길에 갑자기 자동차 타이어에 바람이 빠지는 바람에 도린은 길 한쪽에 차를 세워야 한다.

- 과제: 3인칭 시점으로 두 쪽짜리 장면을 써보자. 이 장면에서 도린은 바람 빠진 타이어를 수리하려는 조를 말려 트렁크를

열지 못하게 해야 한다. 독자가 나중에 찾아볼 수 있도록 도린의 죄책감을 암시하는 씨앗을 여기저기에 뿌려두자.

- 피해야 할 속임수: 도린이 실라를 살해한 사실과 모순되는 말이나 행동을 하는 일.

상황 2

강력반 경찰인 루 그레이가 살인 용의자의 어두컴컴한 창고를 수색하고 있던 중에 갑자기 어둠 속에 숨어 있던 살인자가 튀어나와 그레이를 총으로 쏘아 죽인다. 그레이가 죽기 직전 본 것은, 살인자가 매고 있던 독특한 무늬의 넥타이. 바로 그레이와 짝을 지어 함께 일하는 동료인 윌 베넷이 자주 매는 넥타이와 같은 것이다.

- 과제: 그레이의 동료인 베넷이 살인자가 '아니라면' 살인자는 어떻게 이 넥타이를 매게 되었을까? 이를 합리적으로 설명할 수 있는 상황을 세 가지 생각해내자.
- 피해야 할 속임수: 우연에 의존하기.

상황 3

일급 수사관인 앤지 웬트워스는 이중 살인이 벌어진 범죄 현장을 수사하고 있다. 경찰은 이미 범죄 현장을 이 잡듯이 철저하게 조사했지만 범인의 정체를 밝힐 만한 아무런 단서도 찾아내지 못했다. 한편 앤지는 경찰이 미처 발견하지 못한 무언가를 발견한다. 살인 자가 있을지도 모를 특정 장소로 안내해주는 단서다.

- 과제 : 앤지가 우연히 발견할 만한 단서를 네 가지 생각해내자. 이 단서는 경찰이 못 보고 지나칠 수 있을 만한 것이어야 하며, 살인자의 은신처가 어디인지 암시하는 것이어야 한다.
- 피해야 할 속임수 : 닳고 닳은 진부한 장치에 의존하기.

상황 4

1인칭 시점 소설의 화자인 해리 차일스는 이따금 일시적인 기억상 실에 시달린다. 해리는 경찰이 찾고 있는 젊은 여성만을 살해하는 연쇄살인범이 혹시 자신이 아닌지 의심을 품고 있다.

- 과제 : 위에서 설명한 상황에서 독자들이 품을 법한 의문점을 적어도 다섯 가지 이상 생각해내자.
- 피해야 할 속임수 : 뻔히 보이는 의문점을 미리 예상하지 못하 거나 해결해 주지 않는 것.

인물을 등장시킬 때
인상적인 세부 사항을
활용하라

할리 제인 코자크

미스터리와 스릴러 장르는 등장인물이 많은 것으로 유명하다. 일반적으로 범죄의 희생자, 그리고 정의의 사도와 악당이 있다. 거기에 정의의 사도의 조력자, 악당의 친구, 희생자의 유족, 정의의 사도의 적들이 있으며 연인이 될 가능성이 있는 사람이 한두 명, 경찰이 두어 명, 마지막으로 살인 용의자가 수두룩하니 등장한다. 어쩌면 반려동물도 한 마리쯤 나올지 모른다.

물론 다른 장르에서도 인물은 많이 등장할 수 있다. 다만 미스터리와 스릴러 장르에서는 이야기가 속도감 있게 진행되어야 하는데, 그 속도감이라는 것은 길게 늘어지는 인물의 일대기나 이를테면 신발의 모습에 대한 장황한 묘사와는 좀처럼 양립할 수 없는 법이다.

'인상적인 세부 사항'을 생각해내라. '인상적인 세부 사항'이란 상대적으로 지면을 많이 차지하지 않으면서 파격적일 만큼 재미있는 인물, 장소, 심리, 날씨 묘사를 의미한다. 혹은 소름이 끼치거나 흥미롭거나 깊은 인상을 남기는 묘사일 수도 있다. '인상적인 세부 사항'은 그 성격이 전혀 다른 두 가지 문제의 해결책으로 유용하게 사용할 수 있다.

첫 번째 문제는 '정보 과잉'이다. 소설에서 누군가를 소개하면서 지면을 많이 할애한다면, 혹은 그저 이름만 언급하는 경우에도 작가는 독자에게 이렇게 말하는 셈이다. "잘 들어. 이 여자는 내 이야기에서 중요한 역할을 할 거야." 하지만 이 여자(편의상 어슐러라고 부르자)가 단지 22쪽에 등장하는 택시 운전기사로 주인공을 A 지점에서 B 지점으로 이동시키는 역에 불과하다면 작가는 독자들이 무의식적으로 이 어슐러(유치원에 다닐 무렵 괴혈병으로 어머니를 잃고 양부모 밑에서 전문대학을 졸업한 후 결혼했지만 남편에게 학대를 받아 새 인생을 시작하기 위해 대륙을 가로질러 이사해 자신의 택시 회사를 차렸다.)가 다시 등장하길 기다리면서 쓸데없이 감정을 소모하기를 바라지 않을 것이다.

어슐러가 5장에서 사망하거나 34장에서 갑자기 나타나 주인공을 구출하지 않을 것이라면 독자의 감정은 주인공이나 주인공의 고양이를 위해 아껴두라. 택시를 모는 이 여자에 대해 독자가 꼭 알아두어야 할 사실이 있다면 아마도 그녀가 솔트레이크시티에서 메츠 야구 모자(메츠는 뉴욕을 연고지로 하는 프로야구 팀이다. ─옮긴이)를 쓰고 다닌다는 점이 전부일 것이다.

두 번째 문제는 첫 번째 문제와 반대인 '정보 결핍'이다. 예를 들어 스티브라는 인물이 소설 초반에 처음 등장한 이후 100쪽마다 한 차례씩 튀어나와 사건 전개에 중요한 역할을 수행한 다음 브라질로 돌아가버린다고 생각해보자. 독자는 중요한 순간마다 "스티브? 도대체 이 스티브는 누구야?"라고 생각하면서 이야기에 제대로 몰입하지 못하게 된다.

그렇다고 해서 스티브가 이야기에 등장할 때마다 "해리엇의 새언니의 오빠인 스티브"라고 그 정체를 설명하는 꼬리표를 읽는 일은 따분하기 짝이 없다. 모든 세부 사항이 인상적인 사실을 알려주는 것은 아니며 어떤 세부 사항은 지독하게 지루하다. 어떤 인물의 나이와 눈 색깔, 키에 대해 읽는 일은 재미가 없다. 바로 그런 까닭에 우리는 운전면허증을 문학이라 부르지 않는 것이다.

판에 박힌 묘사나 진부한 형용사 또한 지루하다. 예를 들어 어떤 여자가 금발에 아주 아름답다고 표현하는 것이다. 혹은 레이먼드 챈들러Raymond Chandler가 《안녕 내 사랑Farewell, My Lovely》에서 했듯이 "금발이다. 주교가 스테인드글라스를 걷어차 구멍을 낼 정도의 금발이다."라고 표현할 수도 있다.

그 해리엇의 새언니의 오빠인 스티브는 전혀 눈에 띄지 않을 정도로 평범한 중년 남성이지만 단 한 가지 눈에 띄는 세

부적인 특징을 지니고 있을지도 모른다. 바로 손톱. 스티브는
손톱에 프렌치 매니큐어를 하고 있는 것이다.

아니면 윌리엄을 예로 들어보자. 몸에 털이 많은 남자인
윌리엄은 셔츠 깃 사이로 털들이 삐죽이 고개를 내밀고 있으
며 팔 전체는 물론 손등에까지 털이 수북하게 나 있다. 털을 보
고 깜짝 놀란 세라는 고개를 돌리지도 못한 채 윌리엄이 라텍
스 고무장갑을 끼는 모습을 멍하니 쳐다보고만 있다. 정신이
다른 데 팔린 나머지 세라는 윌리엄이 자궁 경부암에 대해 뭐
라고 하는 말을 제대로 듣지 못한다. 털이 그렇게 많은 사람이
라면 산부인과 의사보다 자동차 정비공이나 맹수 사냥꾼 같은
다른 일을 하는 편이 더 어울리겠다고 세라는 생각한다. 이런
세부 사항은 정신적인 책갈피처럼 작용하여 독자가 나중에 산
부인과 의사 윌리엄과 마주칠 때 굳이 책장을 앞으로 넘겨보
지 않고도 윌리엄을 기억할 수 있는 가능성을 높인다. 적어도
독자는 윌리엄에 대한 세라의 감정을 기억할 수 있을 것이다.

| 실전 연습 |

여기에서는 사람들을 찾아보는 연습을 소개한다. TV에 나오는 사
람보다는 현실에서 마주치는 사람들이 좋다. 어딘가에 줄을 서 있
거나 지하철을 타고 있거나 커피숍에서 누군가를 기다리는 사람

내일 살해당할 것처럼 써라

을 관찰하면서 한 사람에 한 가지씩 '인상적인 세부 사항'을 부여해보자.

다음의 단어를 사용해서는 안 된다. 예쁘다, 잘생겼다, 아름답다, 못생겼다, 귀엽다, 대단하다. 광고 문구나 정치 선전문에 나올 법한 표현도 마찬가지다. 간결하면 좋지만 반드시 그럴 필요는 없다. '인상적인 세부 사항'은 한 단어에서 확장되어 탄생하기도 한다. '저체중'이라는 단어는 "그 여자는 말라도 너무 말랐다. '탄수화물 섭취를 조심하고 있어요.' 정도로 마른 게 아니라 '뱃속에 촌충이 있대요.' 정도로 말랐다." 같은 표현으로 바뀔 수 있으며 '나이가 지긋한'이라는 표현은 "그 여자의 할머니 같은 머리카락은 너무 가늘고 부드럽고 빈약하여 마치 빨래 건조기에서 보푸라기를 모아 얹어놓은 것처럼 보였다."로 바꾸어 쓸 수 있다.

현실의 세계는 색다른 사람들로 넘쳐나며 대개의 경우 이는 우리가 컴퓨터 화면 앞에 앉아 펼치는 상상의 범위를 훌쩍 뛰어넘는다. 이 연습의 목적은 이메일과 SNS, 온라인의 프로필("가족의 가치를 중시하고 해변에서의 산책을 좋아합니다.")이 난무하는 시대에 인간을 묘사하는 새롭고 신선한 방법을 찾는 것이다. 바로 더 나은 그림을 그리기 위해서, 그리고 우리 자신을 깜짝 놀라게 만들기 위해서.

개요를
짜느냐,
마느냐

앤디 스트라카

범죄 소설에 대한 믿을 수 없을 만큼 엄청난 착상이 마침내 구체적으로 떠오르기 시작했다. 적어도 머릿속에서는 말이다. 그렇다면 이제 어떻게 해야 할까?

수많은 사람이 주장하는 바에 따르면 가장 먼저 해야 할 일은 (특히 미스터리 장르의 경우에는) 상세한 개요를 작성하는 것이다. 개요를 작성하면서 인물 하나하나에 살을 붙이고 모든 반전에 대해 꼼꼼하게 계획을 세우는 일. 어쨌든 청사진도 없이 집을 지을 수는 없는 노릇이니까.

상세한 개요가 있다면 발생할 가능성이 있는 충돌이나 어려움에 대비할 수 있으며 각 장면의 세부 사항에 휘둘리지 않고 전체적인 그림을 생각할 수 있다. 또한 막다른 곳에 몰린 부차적 줄거리를 구출하느라 소중한 시간을 낭비하지 않을 수 있다. 실제로 인터넷에 간단한 검색만 해도 책에서 시작해서 소프트웨어 프로그램에 이르기까지, 이 반드시 필요해 보이지만 벅찬 과업을 완수할 수 있게 도와준다고 주장하는 수십 가지 도구를 찾아낼 수 있다. 게다가 전부 이치에 맞는 말처럼 들린다. 그렇지 않은가?

너무 빨리 결론을 내리지는 말자.

개요 짜기가 얼마나 중요한지에 대해서 할 말은 많다. 나 또한 개요를 짜기도 한다. 하지만 개요를 짜지 않는 경우도 그만큼 많다. 경험에 비추어볼 때 책을 내고 그 나름의 성공을 거두었다는 범죄 소설 작가들에게 개요를 짜느냐고 물어본다면 아마 깜짝 놀랄 것이다. 대답이 그야말로 각양각색일 테니 말이다.

이를테면 위대한 추리 소설가인 도널드 웨스트레이크Donald Westlake는 한 명문 대학과 연계하여 개최된 명망 있는 학회에서 개요 짜기에 대한 질문을 받은 적이 있다. 청중의 대다수였던 수많은 작가가 작품을 쓰는 데 도움이 될 만한 소중한 정보를 배우기를 기대하고 있었다.

"나는 스스로 '이야기가 이끄는 힘'이라고 부르는 방법을 사용합니다." 웨스트레이크는 무표정한 얼굴로 대답했다.

"이야기가 이끄는 힘? 그게 뭡니까?" 질문자는 자기 자리에서 몸을 앞으로 내밀며 물었다.

질문자 주위에 있던 다른 청중들 또한 마찬가지로 몸을 바로 세우며 필기첩을 준비하고 펜을 든 채 귀를 쫑긋 세웠다. 청중은 질문자가 웨스트레이크의 마술 같은 비법을 제대로 짚어냈다고 생각했다. 웨스트레이크가 수백 권의 소설과 논픽션을 써내고 에드거상을 세 차례나 수상하고 미국미스터리작가협회에서 영예로운 '그랜드 마스터' 칭호를 받을 수 있었던 비법 말이다. 마침내 웨스트레이크가 입을 열었다. "사실 아주 간단합니다. 글을 써나가면서 그때그때 지어내는 겁니다."

우리가 웨스트레이크의 방법을 적용할 수 있든 없든 간에 진실은 다음과 같다. 우리는 흠잡을 데 없이 완벽하게 흐름에 맞추어 재단된 사건이 벌어지고, 전형적인 인물상을 그대로 그린 듯한 인물이 등장하고, 청중을 압도하기 위해 설계된 완벽하고 훌륭한 계획에 따라 모든 요소가 조화롭게 어우러지는 책이나 영화를 본 적이 있다. 다만 압도되지 않았을 뿐이다. 이런 이야기는 독자나 청중을 압도시키기는커녕 아무런 호응도 얻지 못한다. 작위적이고 과장된 나머지 우리는 이야기의 생명이 새어 나가버렸다는 느낌을 받는다. 속아 넘어간 듯한 기분이 든다. 숨을 쉬며 살아가는 인물들이 그렇게 행동할 리가 없으며 사건들이 그렇게 깔끔하게 차곡차곡 쌓일 리가 없다. 이야기의 마법과 놀라움을 빚어내는 즉흥성을 가로채기당한 것이다.

그러므로 개요를 짜느냐, 짜지 않느냐, 그것이 문제다. (윌리엄 셰익스피어William Shakespeare가 좀 더 멋들어지게 표현한 대로)

내일 살해당할 것처럼 써라

"잔혹한 운명의 팔매질과 화살을 마음속으로 감내하는 것과 무기를 들고 고난의 바다에 맞서는 것, 어느 쪽이 더 고귀한 일인가?" 답은 당신에게 달려 있다.

소설을 창작해낸다는 것은 진정한 의미에서의 연금술이다. 작가는 반드시 완전한 백지상태에서 시작하여 시행착오를 거쳐 자신에게 최선인 방법을 찾아내야만 한다. 어떤 작가들은 일련의 메모 카드를 사용한다. 어떤 작가들은 스토리보드를 이용한다. 어떤 작가들은 곧장 글쓰기에 돌입하여 더 이상 쓸 말이 없을 때까지 써 내려간다. 어떤 작가들은 몇 시간이고 어두운 방 안에 앉아 이야기를 구상하고 상세한 개요를 꼼꼼하게 작성한 후에야 글쓰기에 착수한다. 한편 나처럼 이 방법과 저 방법을 결합하는 작가들도 있다. 글을 조금 쓴 다음 개요를 조금 짜고 글에 구상 메모를 붙여 넣고 '이야기가 이끄는 힘'을 사용하는 한편, 이따금 이야기에서 한발 물러나 몇 장 분량의 개요를 미리 짜두기도 한다.

어떤 방법을 쓰든 상관없지만 미리 계획한 세부 사항은 반드시 이야기를 견고하게 하기 위한 장치로 사용되어야 한다. 훌륭하게 만들어진 미스터리 소설은 독자가 알지 못하는 사이 불안감과 긴장감을 한 겹 한 겹 쌓아 올린다. 훌륭한 범죄 소설이라면 놀랄 만한 반전을 비롯해 독자의 허를 찌르는 부분과 함께 적당한 양의 '레드 헤링'까지 갖추고 있다. 틀에 박힌 공식으로는 이런 마법을 부릴 수 없다. 마법은 인물과 배경에 정확히 맞물리는 방식으로만 성취된다. 어떤 요소가 이야기에 자연스럽게 어울리지 못한다면 반드시 삭제되어야 한다.

누군가 결말을 염두에 두고 글을 쓰는지에 대해 물을 때마다 나는 항상 그렇다고 대답한다. 하지만 이 말은 애매모호한 일반론일 경우가 많다. E. L. 닥터로가 소설 쓰는 일에 대해 남긴, 작가들 사이에서 자주 인용되는 말이 이를 가장 잘 표현해줄 것이다. "소설을 쓰는 일이란 밤에 자동차를 운전하는 일과 같다. 전조등이 닿는 범위 너머로는 아무것도 볼 수 없지만 어쨌든 목적지에 제대로 도착하기는 하는 것이다."

《차가운 사냥감Cold Quarry》을 쓰기 시작할 무렵 내 머릿속에 들어 있던 것은 오직 소설을 시작하는 첫 문장뿐이었다. "스키 마스크를 쓴 남자가 떨리는 손으로 12구경짜리 모스버그 산탄총의 총구를 내 관자놀이에 겨누었다." 나는 막연하게 이 남자가 아마 젊을 것이고 과격주의 단체나 불법 무장 단체의 일원일 것이라 생각하고 있었지만 그게 다였다.

산탄총을 들고 다니는 인물이 어떤 인생을 살고 있는지에 대한 세부 사항 또한 시작 단계에서는 불명확했다. 어쨌든 이 인물은 마스크를 쓰고 있었던 것이다.

작가로서 우리는 자신에게 어떤 방법이 최선인지 알아내기 위해 스스로의 생각을 잘 알아야 할 필요가 있다. 처음 소설에 착수할 때 머릿속에는 단지 어렴풋한 윤곽, 그러니까 특별한 인물과 흥미로운 사건, 뛰어난 반전이 있는 결말밖에 존재하지 않을지도 모른다. 이 어렴풋한 윤곽에서 총천연색으로 펼쳐지는 풍성한 영화를 창조하기까지 결코 쉬운 여정은 아닐 테지만 한번 노력해볼 가치는 있을 것이다.

그리고 결국 우리는 제대로 된 범죄 소설을 쓰는 작가가 된 자신을 발견하게 될 것이다.

| 실전 연습 |

1단계

진도가 잘 나가지 않는 소설의 한 장, 혹은 한 부 전체를 고른다. 각 장면의 세부 사항을 써넣은 메모 카드를 이용하여 이 장의 개요를 짜보자. 인물 소묘를 할 때도 메모 카드를 활용하라.

2단계

그다음 같은 장을 두고 고전적인 개요 양식, 즉 표제가 있고 그 표제가 점점 더 상세한 세부 사항으로 나누어지는 양식으로 개요를 짜보자.

3단계

개요 짜기 프로그램이나 글쓰기 프로그램 중 마음에 드는 것이 있는지 찾아 보자(이런 프로그램은 대개 무료 시험판을 제공한다). 이 프로그램을 이용하여 아까와 같은 장의 개요를 짜보자.

4단계

계속해서 같은 장을 두고 이번에는 이야기에 깊숙이 몰입하여 글을 써보자.

써나가면서 그때그때 지어내는 것이다. 글이 막힌다는 기분이 들면 잠시 멈추고 개요의 세부 사항을 작성하라.

5단계

위의 연습을 다 시험해본 다음 자신에게 가장 잘 맞는 방법을 찾아내라. 여러 방법을 혼합하여 자신만의 방법을 만들어내도 좋다.

6단계

찾아낸 방법을 좋아하는 소설 혹은 베스트셀러에 적용시켜보자. 베스트셀러의 한 장에서 따낸 개요가 자신이 쓴 작품의 개요와 어떻게 다른지 비교해 보라. 자신이 쓴 개요를 어떻게 개선할 수 있는지 살펴보라.

정보를
이야기 속에
교묘하게 흘려라

사이먼 브렛

작가가 독자보다 굉장히 유리한 점이 하나 있다. 소설 전체의 내용을 다 알고 있다는 것. 하지만 아주 드물게 작가가 전체 이야기를 다 알지 못한 채 소설을 쓰기 시작하는 경우도 있다. 한 가지 착상을 발판으로 다른 착상들이 꼬리에 꼬리를 물고 떠오르길 바라며 글을 써나가는 것이다. 인물이 성장(변화)하기 시작하면서 갈등도 전개되기 시작한다. 작가의 마음속에서 배경이 좀 더 견실하고 타당한 곳으로 자리 잡는다. 플롯이 떠오른다. 이야기가 점차 형태를 갖추어나간다.

　이야기를 창작하는 데 옳고 그른 방법이란 존재하지 않는다. 어떤 작가는 머릿속에서 이야기 전체의 구조를 다 계획해

두지 않고서는 글쓰기에 착수하지 않는다. 어떤 작가는 흥미를 불러일으키는 한 문장만으로 글을 쓰기 시작하여 글이 어떻게 나아가는지를 지켜본다. 어떤 작가는 초고야말로 글 쓰는 과정에서 가장 흥미로운 결과물이라 생각하고 또한 초고가 작가에게 이야기를 들려준다고 생각하여 나중에 원고에 손대는 일을 불쾌하게 여긴다. 어떤 작가들은 초고를 아직 다듬지 않은 거대한 재료 덩어리라 여기고 커다란 돌을 다듬어 예술 작품을 만들어내는 조각가처럼 이것을 자르고 깎아 자신만의 작품을 완성해낸다. 이런 작가들에게 글쓰기의 즐거움은 글을 쳐내고 고쳐 쓰고 다듬는 데 있다.

그러나 어떤 과정을 거쳐 글을 쓰든지, 작가가 이야기 전체를 파악하게 되는 순간이 오기 마련이다. 이때 작가는 중요한 결정을 내려야 한다. 이야기의 어느 시점에서 이야기의 어느 정도까지를 독자가 알도록 만들고 싶은가?

이 문제는 모든 글쓰기에서 중요하지만 특히 내가 전문으로 하는 두 장르, 즉 범죄 소설과 코미디 소설에서는 한층 중요하다. 이 두 장르에서는 정보를 너무 아끼거나 많이 털어놓을 때 이야기의 효과가 약해지기 때문이다. 예를 들어 내 여동생은 이런 농담을 한 적이 있다. "노트르담의 도시락에 대해 아주 재미있는 농담을 들었지 뭐야." 내가 그 농담이 뭔지 묻자 여동생은 농담을 하기 위한 예비 질문을 던졌다. "플라스틱 통에 담아 종 치는 줄에 매단 게 뭐게?" 모른다고 대답하니 여동생은 말했다. "노트르담의 도시락이지!"(도시락을 뜻하는 런치 팩lunchpack과 꼽추를 뜻하는 헌치백hunchback의 발음이 비슷한 것을 이용한 농담이다. 《노트르담의 꼽추Hunchback of Notre Dame》는 물론 빅토르 위고Victor Hugo의 유명한 소설 제목이다. —옮긴이) 내가 전혀 반응을 보이지 않자 여동생은 실망했다. 하지만 그것은 여동생이 핵심 정보를 너무 빨리 누설했기 때문이다.

이야기를 풀어가는 일도 이와 같다. 작가는 이야기를 서서히 풀어나가면서 모든 실마리와 세부 사항을 최적의 순간까지 아껴두었다 밝혀야 한다. 수많은 작가가 이렇게 생각하며 소설의 계획을 세운다. '그 시점에서 이 사건이 일어나게 하려면 미리 준비를 해놓아야겠군.'

그런 이유로 정보의 전달은 책이나 연극, 영화 대본을 쓸 때 가장 다루기 어려운 문제의 하나로 꼽힌다. 여기에서는 많은 양의 정보가 가능한 한 짧은 시간 안에 전달되어야 한다. 시각적인 매체에서 정보 전달은 비교적 쉽다. 인물의 외모, 거주 환경, 옷차림, 소지품은 모두 인물에 대해 파악할 수 있도록 관객을 돕는 역할을 한다. 게다가 이 모든 정보는 인물이 무대로 걸어 나오는 순간, 혹은 화면에 등장하는 순간 한꺼번에 전달되는 것이다.

책의 경우 이런 지름길이 없다. 모든 세부 사항은 묘사를 통해 전달되어야 하지만 이 묘사 단락이 어느 정도나 필요한지는 전적으로 작가의 결정에 달려 있다. 그리고 여기에는 일반적으로 통용되는 원칙이 있다. 가능한 한 묘사를 최소화하는 것을 목표로 삼으라. 이야기에서 인물의 키가 중요한 역할을 하는 경우에만 독자에게 그 인물의 키에 대해 말하라. 그게 아니라면 굳이 키에 대해 언급할 필요가 없다. 예전 찰스 디킨스의 시대에서처럼 새 인물이 등장할 때마다 그 인물 묘사에 두 쪽이나 할애하면서 소개하는 일은 이제 전혀 필요하지 않다. 그 인물이 어디에서 학교를 다녔는지, 부모가 무슨 일을 하며 생계를 꾸렸는지, 형제가 몇 명인지, 어린 시절이 행복했는지를 비롯하여 무수히 많은 세부 사항에도 같은 원칙이 적용된다. 독자들이 스스로 상상을 펼쳐 이런 부분을 채워 넣도록 내버려두라. 독자들이 마음속에 자신만의 인물상을 그리도록 내버려두라. 지금 하고 있는 이야기에 직접 관련이 있는 정보만을 전달하라.

어떤 작가들은 모든 인물을 자세하게 파악해두지 않고서는, 각 인물의 개인적인 정보를 망라한 두꺼운 자료집을 만들어두지 않고서는 소설 쓰기에 착수할 수 없다고 말한다. 내 의견을 묻는다면, 이는 그저 또 다른 회피에 불과하다. 그리고 이 세상에 작가만큼 회피에 능숙한 사람들은 없다. 실제로 '글을 써야 하는' 그 무시무시한 순간을 미룰 수만 있다면 그 어떤 핑곗거리라도 열렬한 환영을 받는 것이다.

적절한 정보 전달이 중요하다는 것은 곧 어떤 종류의 글이든 그 도입부를 가장 많이 고쳐 쓰게 된다는 사실을 의미한

내일 살해당할 것처럼 써라

다. 이야기를 만들어내는 중에 새로운 착상이 떠오르면 이미 써놓은 장, 써놓은 장면에 새롭게 추가된 정보를 덧붙여야 한다. 대부분의 작가는 이 작업을 어렵게 생각한다. 정보를 전달하는 작업에서 작가로서 자신의 솜씨가 못미덥게 느껴진다고? 책장으로 가서 셰익스피어의 전집 중 〈폭풍우〉를 꺼내 펼쳐 볼 것을 권한다. 이 고전 희곡의 1막 2장에서 정보 전달의 가장 안 좋은 예 중 한 가지를 발견할 수 있다. 처음 284행에 걸쳐, 딸 미란다가 "아버지 그다음에는 무슨 일이 있었나요?"라고 중간중간 끼어드는 것을 제외하고는 프로스페로의 독백만으로 이야기의 배경, 즉 과거에 대한 설명이 펼쳐진다. 서투르고 지루하기 짝이 없다. 이토록 위대한 거장조차 정보 전달에 어려움을 겪었던 것이다.

달리 방도가 없다. 독자 혹은 관객은 어떻게든 정보를 전달받아야 한다. 그리고 작가의 솜씨가 진정한 의미에서 시험을 받는 곳이 바로 그 '어떻게'다. 특히 범죄 장르의 경우 플롯은 대개 세부 사항에 의존하게 되는 경우가 많다. 이런 세부 사항은 독자가 그런 사실은 읽지 못했다고 주장할 수 없도록 반드시 전달되어야 하는 한편 독자가 쉽게 눈치채지 못하도록 이야기 속에 묻혀 은근슬쩍 전달되어야만 한다. 겉으로는 아주 사소해 보이는 무언가가 나중에 가서 이야기의 축이 되는 중요한 역할을 하는 것으로 밝혀지는 것이다.

이런 종류의 정보를 이야기 속에서 교묘하게 흘리는 솜

씨는 가히 마술사의 솜씨와 비견할 만하다. 마술사는 화려하고 빠른 화술로 관객의 관심을 다른 곳에 붙잡아 두면서 자신의 손이 하는 일을 눈치채지 못하게 만든다. 이와 마찬가지로 소설가도 독자의 주의를 다른 곳으로 돌리면서 어떤 세부 사항이 얼마나 중요한지를 감추는 자신만의 방법을 습득해야 한다. 여기에서 작가가 해야 할 일은 그저 스토리텔링의 기본 원칙을 충실히 따르는 일뿐이다. 그 장면을 아주 극적으로, 혹은 아주 재미있거나 흥미진진하게 만들라. 독자가 이야기에 감정적으로 몰입한 나머지 작가가 슬그머니 이야기 안에 흘려둔 사실들을 부지불식간에 그대로 받아들이게 만들라.

책은 상호 교류적인 매체라는 사실을 항상 명심하자. 작가와 독자의 관계는 발전할 수도 있고 변화할 수도 있지만 결코 사라질 수는 없다. 솜씨 좋은 작가라면 이야기의 어느 시점에서든 자신의 글이 독자에게 미치는 영향을 의식해야 한다. 이런 것이 바로 이야기를 한다는 것, 즉 스토리텔링의 전부이기 때문이다.

| 실전 연습 |

정보를 효율적으로 전달하는 솜씨를 키우는 데 효과적인 연습은, 독자가 눈치채지 못하게 슬그머니 전달하고 싶은 정보가 담긴 대

내일 살해당할 것처럼 써라

화를 한 쪽 써보는 것이다. 예를 들어 그 정보가 이런 것이라고 하자. "목사는 한때 프로 축구 선수로 활약한 적이 있다." 이 사실을 장황하게 직접 설명하지 않으면서 전달할 수 있는 여러 가지 다양한 방법을 생각해보자. 이 연습의 목표는 짧은 대화 장면을 아주 흥미진진하게 만들어서 독자들이 대화의 내용에 귀를 기울이기보다 그 극적인 상황에 한층 몰입하게 만드는 것이다. 유일한 제한 조건은, 너무 많은 정보 사이에 중요한 정보를 숨기면 안 된다는 것.

이 연습은 작가 모임에서 한층 효과를 발휘할 수 있다. 모임의 사회자는 여러 장의 작은 종이에 서로 다른 단순한 정보들을 각각 한 가지씩 적어 넣는다. 참가자들은 모자나 주머니 안에서 섞은 종잇조각을 한 장씩 집어 든다. 그다음 거기에 적힌 정보를 담은 대화 장면을 쓴다. 다들 작업을 마친 뒤 한 사람씩 돌아가면서 자신이 쓴 글을 소리 내어 읽으면 나머지 사람들이 그 안에 숨겨진 정보가 무엇인지 알아맞히는 것이다. 놀이의 재미까지 겸비한 이 연습을 통해 독자의 주의를 다른 곳으로 돌리는 작가의 책략을 익힐 수 있다.

책장을 넘기게
만드는 핵심은
긴장감이다

짐 네이피어

'절대 손에서 놓을 수 없는 책'이라는 말은 범죄 장르 작가가 들을 수 있는 최고의 칭찬 중 하나다. 이 달콤한 말의 음악 같은 울림에는 종종 또 다른 유쾌한 소리, 바로 금전등록기의 듣기 좋은 짤랑거리는 소리가 따라오기 마련이다.

눈앞에서 펼쳐지는 듯한 생생한 배경에 흥미로운 인물들이 설득력 있는 플롯을 따라 활약하도록 만드는 일은 물론 중요하다. 하지만 모든 '손에서 놓을 수 없는 책'의 핵심에는 서스펜스, 즉 '긴장감'이 존재한다. 책장을 넘기면 이제 막 무언가 끔찍한 일이 일어날 것 같다는 두려움. 어떤 면에서 스릴러 소설을 읽는 일은 고속도로의 사고 현장 옆을 지나치는 일과

내일 살해당할 것처럼 써라

비슷하다. 우리는 그 장면을 보고 싶지 않고 보지 말아야 한다고 생각하지만 결국 보고야 마는 것이다. 단지 소설을 읽고 나서는 죄책감을 느낄 필요가 없다.

독자들이 염려하는 누군가에게 무언가 끔찍한 일이 닥칠지도 모른다는 공포를 심어주기 위해서는 우선 독자들이 적극적인 방식으로 공감할 수 있는 인물을 창조해내야만 한다(이 말은 주인공을 착한 사람으로 만들어야 한다는 뜻이 아니다). 그다음 이 인물의 상처받기 쉬운 나약한 부분을 공략한다. 약점은 신체적인 것일 수도 있고 심리적인 것일 수도 있으며 혹은 그저 상황의 문제, 즉 안 좋은 시기에 안 좋은 장소에 있었다든가 하는 것일 수도 있다.

가장 효과적으로 긴장감 혹은 공포감을 불러일으키는 방법은 공포를 '점층적'으로 쌓아 올리는 것이다. 그래서 독자 자신의 공포증을 증폭시키고 불길한 일이 바로 목전에 닥쳐왔다는 기분을 최고조로 끌어올리는 것이다.

두 가지 예를 들어보자. 〈적과의 동침Sleeping with the Enemy〉에서 로라는 폭력적이며 강박 장애를 지닌 남편 마틴에게서 도망친다. 로라는 자신이 바다에 빠져 죽은 것처럼 꾸미고 작은 마을로 도망가 새로운 신분으로 살아간다. 그리고 그곳에서 시험 삼아 새로운 사람을 만나기 시작한다. 한편 아내가 죽지 않았을 거라는 의심을 품은 남편은 아내를 찾아나선다. 어느 날 집에 돌아온 로라는 주방 찬장에 놓인 통조림들이 하나같이 상표 이름이 앞으로 향하도록 가지런히 정렬되어 있는 모습을 발견한다. 공포에 사로잡힌 로라는 자신이 그날 아침 아무렇게나 던져 놓은 수건이 아직도 그 자리에 널브러져 있는지 확인하기 위해 욕실로 달려간다. 얼룩 한 점 없는 수건이 수건걸이에 가지런히 걸려 있다. 의심의 여지가 없다. 마틴이 쫓아온 것이다.

이와 비슷한 또 하나의 예로, 노련한 솜씨를 자랑하는 스릴러 작가 피터 제임스Peter James는 자신의 스릴러 소설《데드 심플Dead Simple》에서 주요 전제를 다음과 같이 설정한다. 젊은 사업가인 마이클은 결혼을 앞두고 있다. 마이클의 친한 친구 네 사람이 마이클을 위한 총각 파티를 열어준다. 평범한 총각 파티와 다른 게 있다면, 마이클은 짓궂은 장난을 좋아하는 사람으로 네 친구들 모두 한 번쯤 그 장난의 희생양이 된 적이 있다는 점이다. 총각 파티가 그동안 당했던 장난의 앙갚음을 할 기회가 된 것이다. 마이클이 기분 좋게 취하자 친구들은 그를 차에 태워 시골의 외딴곳으로 데려간다. 거기서 얕은 구덩이에 묻어놓은 관 속에 그를 가두어버리고 겨우 숨만 쉴 수 있도록 땅 위까지 올라오는 대롱을 꽂아준다. 그런 다음 친구들은 마이클이 몇 시간 동안 불안에 떨도록 내버려둘 작정으로 근처 술집으로 출발한다. 그러나 운명은 친구들의 계획을 엉망진창으로 망쳐버린다. 친구들이 탄 승합차가 근처 도로에 접어들 무렵 차가 큰 트럭과 정면으로 충돌하고 만 것이다. 친구 셋

내일 살해당할 것처럼 써라

은 그 자리에서 숨을 거두고 유일하게 살아남은 네 번째 친구는 혼수 상태에 빠져 자신들이 저지른 일에 대해 아무한테도 털어놓지 못한 채 병원으로 실려 간다. 마이클은 완전히 홀로 남겨진 것이다. 그는 친구들이 자신을 버릴 리 없다고 자신하며 그들을 기다리지만 운명은 마이클을 위해 또 다른 뜻밖의 선물을 마련해두고 있다. 마이클이 갇혀 있던 관, 친구들이 이날을 위해 훔쳐 온 싸구려 관 안으로 지하수가 새어 들어오기 시작한 것이다…….

이 뛰어난 두 이야기는 각각 독자의 공감을 불러일으킬 만한 인물 설정에서 시작된다. 그다음 공포스러운 상황을 마련하고 그 위로 긴장감을 겹겹이 쌓아 올리면서 독자가 희생자의 공포를 직접 체감하도록 유도한다. 〈적과의 동침〉에서 로라는 상처받기 쉬우며 외로운 인물이다. 남편이 자신을 뒤쫓아왔다는 사실을 깨달았을 때는 이미 밤이 깊어 있었다. "난 당신 없이 살 수 없어. 당신도 나 없이는 살지 못하게 하겠어."라고 주장하는 정신병자를 로라는 혼자 힘으로 맞서야만 한다.

《데드 심플》에서 마이클은 수많은 사람이 두려워하는 모든 상황의 조건을 다 갖추고 있다. 좁은 장소에 갇혔다. 관 속은 어둡고 물이 새어 들어온다. 혼자 버려졌다. 무력하다. 어느 누구도 마이클이 있는 곳을 알지 못한다.

이 두 가지 예에서 작가들은 각각 독자의 공감을 살 만한 주인공을 철저하게 고립되고 희망이 보이지 않는 절박한 상황에 처하게 만들어 그 약점을 공략한다.

긴장감을 효과적으로 창작해낸다는 것은 단지 어떤 장면에 특정 요소를 끼워 넣는 것 이상을 의미한다. 인물이 무언가 낯선 소리를 듣게 되는 상황 자체만으로는 독자의 등골을 오싹하게 만들지 못한다. 하지만 요즘 들어 자주 낯선 소리가 들려왔다는 상황을 전제하고 그 인물이 맹인에 혼자 산다는 설정을 통해 바깥 세계와 단절시킨(사이코패스가 전화선을 잘랐다거나) '연후에' 문 바깥의 마룻바닥이 삐걱거리게 만든다면, 독자의 흥미를 책장에 단단히 붙들어 놓는 데 거의 성공했다고 할 수 있다(고전에서 이를 잘 보여주는 매혹적인 예로는 그 위대한 오드리 헵번Audrey Hepburn이 연기한 〈어두워질 때까지Wait Until Dark〉가 있다).

| 실전 연습 |

1단계

누구에게나 자신만의 공포가 있다. 자신이 가장 무서워하는 상황을 상상하여 그 공포심을 토대 삼아 공포스러운 장면을 써보자. 불이 무서운가? 물인가? 높은 곳? 뱀? 자신이 그 두려운 상황에 처했다고 상상한 다음 어떻게 하면 그 상황이 '한층 악화될'지 상상력을 발휘해보자.

이를테면 숲 속에서 길을 잃었다고 생각해본다. 밤이 점점 깊어가면서 자칫 얼어 죽을 만큼 기온이 낮아지고 있다. 아무도 우리가 어디 있는지 모른다. 이제 상황을 한 단계 악화시키면? 우리는 같이 있는 한 사람을 책임져야 한다. 아직 어리고 겁에 질린 아이다. 그 상황에 걸맞은 소리와 광경과 냄새의 목록을 작성한 다음 이들을 조합하여 한두 단락 정도를 써본다. 각 요소를 하나씩 더해가면서 긴장감을 서서히 높이자. 각 요소에 대한 주인공의 반응을 덧붙이는 일을 잊지 말라. 주인공이 아이의 손을 아플 정도로 세게 잡는가? 식은땀을 흘리는가? 아니면 일부러 태연한 척하며 아이를 안심시키는가? 주인공이 감추려는 공포를 아이가 간파해내는가?

2단계

친근하고 유쾌한 배경을 상상한다. 이를테면 쾌청하고 햇살 좋은 날 자동차를 몰고 시골길을 달리는 장면. 이제 돌발적인 사건이 하나씩 일어나기 시작한다. 백미러에 커다란 검은 픽업트럭이 모습을 드러낸다. 창유리에 색이 입혀져 주인공은 운전자를 알아볼 수 없다. 트럭이 주인공의 차 뒤로 바짝 따라붙자 백미러에는 온통 트럭의 모습밖에 비치지 않는다. 도로에 다른 차는 한 대도 보이지 않는다. 자동차 뒤로 바짝 따라붙은 트럭은 사정없이 주인공을 압박하며 뒤쪽 범퍼를 밀어붙인다. 속도를 줄이려 해봐도 트럭이 밀어붙이는 힘이 너무 세다. 옆 좌석의 휴대전화를 집어 들지만 여기에서는 전화가 터지지 않는다는 사실을 알게 될 뿐이다. 다음 모퉁이를 도는 순간 최악의 악몽이 현실로 닥쳐온다. 바로 앞에서 도로 공사가 한창이다. 도로는 거대한 토목기계에 완전히 가로막혀 있다……

마지막 충고. 글 쓰는 일은 직업이라기보다 천직이다(혹은 천직이어야 한다). 무엇보다 즐겁게 쓰길! 창작해낸 결과가 마음에 들지 않으면 언제든 삭제 키를 누를 수 있다는 사실을 명심하라. 조각가와 비교하면, 이는 작가가 누릴 수 있는 커다란 장점이다!

갈등이
부족하면
이야기가 느려진다

헨리 페레스

의심이 들면 한 남자에게 총을 들려 문을 열고 들어오게 만
들라.

— 레이먼드 챈들러

소설을 원고지 450매에서 600매쯤 썼다. 아직까지 원고
는 복잡한 문제와 가능성으로 넘쳐난다. 그런데 벽에 부딪쳤
다. 이야기의 속도가 점점 느려지기 시작하더니 자칫 완전히
멈추어버릴 지경이다. 신인이든 경험이 많든, 작가라면 누구나
이런 일을 겪기 마련이다. 대체로 2막을 쓸 무렵 이런 일이 생
기기 쉽다.

이런 현상이 나타나는 원인은 거의 매번 똑같다. 갈등. 더 정확히 표현하자면 갈등의 부재. 이는 신인 작가들이 흔히 겪는 문제다. 이야기의 중심 줄거리를 다듬는 데 시간을 엄청나게 투자한 다음에야 중심 줄거리가 아무리 강력하다 한들 그것만으로는 소설 전체를 떠받치기에 부족하다는 사실을 깨닫는 것이다. 이런 문제가 발생한다는 것은 이야기 자체가, 어쩌면 인물마저도, 400쪽에서 600쪽에 이르는 소설 전체에 걸쳐 독자를 견인할 수 있을 만큼 충분히 깊숙이 뻗어나가지 못했다는 의미일 수도 있다. 여기에 갈등을 덧붙일 필요가 있다.

두 가지 기본적인 방법이 있다. 첫 번째 방법은 주인공이 나아가는 길목에 새로운 장애물을 배치하는 것. 이렇게 하면 이야기에 활기를 불어넣을 수 있지만 이 방법을 너무 자주 남용하거나 서투르게 사용한다면 이야기가 억지로 꾸며낸 듯 부자연스러워지게 되어 독자의 반감을 살 수 있다. 두 번째 방법은 부차적인 줄거리 한두 가지를 덧붙여 주인공의 인생을 한층 복잡하게 만드는 한편 인물들의 노고에 훼방을 놓는 일이다.

최선의 선택은 이 두 가지 방법을 적절하게 조합하여 사용하는 것이다. 즉 부차적인 줄거리에서 상황을 뒤얽히게 만드는 요소를 만들고 이를 곧 주인공을 가로막는 장애물로 이용하는 것. 이렇게 하면 이야기의 갈등은 한층 자연스러워 보일 수 있다.

내 첫 번째 스릴러 소설인 《킬링 레드Killing Red》에서 신문

내일 살해당할 것처럼 써라

보도 기자인 알렉스 차파는 살인의 표적이 된 한 여성을 살인 자보다 한발 앞서 찾아내야만 한다. 이것이 바로 주인공 차파 에게 주요 임무를 부여하고 소설 전체를 이끌고 나가는 중심 줄거리다. 하지만 이 소설에는 또한 두 가지의 중요한 부차적 인 줄거리가 존재한다. 하나는 이혼한 전 아내가 만나지 못하 게 하는 어린 딸과 계속 연락을 주고받으려는 차파의 고생담 이며, 다른 하나는 점차 사장되어 가는 언론계의 직장에서 계 속 마주할 수밖에 없는 여러 가지 문제다.

내 작품에는 일상에서 일어나는 사소한 문제가 주인공의 주요 임무 수행을 방해하는 지점이 곳곳에 등장한다. 일상에서 마주하는 골칫거리와 주인공이 이 골칫거리를 다루는 방식을 잘 활용한다면 한층 다층적인 인물, 단지 눈앞에 놓인 임무 하 나로만 정의할 수 없는 인물을 창조해낼 수 있는 한편 이야기 를 계속 앞으로 끌어나갈 계기를 마련할 수 있다.

또한 부차적인 문제와 그 문제가 일으키는 갈등을 잘 활 용한다면 어떤 인물에 대해 쓸데없이 길게 설명하지 않고도, 즉 한 쪽이 넘도록 이어지는 정보 폭탄을 떨어뜨리지 않고도 그 인 물의 과거사와 현재 상황을 독자에게 효율적으로 전달할 수 있 다. 사실 이 끝도 없이 짜증스럽게 이어지는 설명 단락이야말로 이야기를 앞으로 나아가지 못하게 붙잡아 두는 주범이다.

소설을 쓰려고 열심히 노력하는 작가들은 늘 비슷한 고민을 털어 놓는다. 머릿속에 이미 완전히 형태가 잡혀 있는 플롯에 어떻게 갈 등을 덧붙여야 좋을지 모르겠다는 것. 이미 훌륭한 계획이 짜여 있 으며 사건이 어떻게 해결되어야 하는지도 알고 있지만 불현듯 여 기서 저기로 연결해야 할 점들이 부족하다는 사실을 깨닫는 것이 다. 이 연습은 상상력에 불을 지피는 한편 현실에서 매일 마주하는 상황과 문제를 활용하여 이야기에 갈등을 덧붙이는 요령을 익히 기 위한 것이다.

1단계

매일의 일상에서 겪는 갈등에 초점을 맞추어 하루를 기록하는 일 기를 쓰라. 단지 배우자와의 의견 충돌이나 이웃 간의 다툼 같은 갈등만을 말하는 것은 아니다(물론 이런 갈등도 포함시켜야 한다). 우 리가 마주하는 온갖 종류의 갈등을 크든 작든 전부 기록하라. 내가 하고 싶은 일 혹은 해야 하는 일에 방해가 되는 것이라면 무엇이든 상관없다.

아침에 늦잠을 잤기 때문에 출근길에 서둘러야 했는가? 갈등이 다. 신용카드의 지출 한도가 이미 초과되었고 체크카드에 현금이 얼마 남아 있지 않기 때문에 주유를 한 다음 어떤 것으로 결제해야 할지 고민했는가? 갈등이다.

적어두라. 예산 삭감으로 인해 몇몇 사람의 자리가, 어쩌면 내 자리도 위태로워질 수 있다는 소문을 들었는가? 갈등이다.

우리는 매일매일 온갖 종류의 갈등을 경험하며 살아간다. 규모가 크거나 목숨을 위협하는 부류의 갈등은 아닐지도 모른다. 그러나 일상의 문제 역시 한층 큰 문제의 뿌리가 될 수 있다.

적어도 일주일에서 보름 이상, 가능하다면 한 달 정도까지 계속 일기를 쓰라. 너무 사소한 일이라는 이유로 일기에 적어 넣기를 주저하지 말라. 이 단계부터 편집을 시작할 필요는 없다.

2단계

적어둔 갈등 요소를 한번 훑어본 다음 적어도 대여섯 가지를 골라 그 요소를 재미있게 다시 쓴다. 상상력을 마음껏 발휘하면서 각각의 갈등 요소 뒤에 숨어 있을 법한 이유를 설명하는 작은 이야기를 꾸며내라.

지난주 아침에 늦잠을 잔 것은 사실 이웃집에서 밤새도록 이상한 소리가 들려오는 통에 잠을 설쳤기 때문이다. 그리고 이제 와 생각해보니 그날 이후 이웃집 부인이 자동차와 집을 오가는 모습은 몇 번 보았지만 그 남편의 모습은 단 한 번도 보지 못했다.

은행 계좌에 돈이 얼마 남지 않은 이유는 빈둥거리며 놀고먹는 사촌에게 수십만 원을 빌려주었기 때문일 수도 있다. 벌써 두 달 전의 일이지만 그 이후로 사촌은 연락 한 번 없다. 그리고 어째서 사촌에게 빌려준 금액보다 더 많은 돈이 은행 계좌에서 빠져나간 것 같지?

어쩌면 우리는 직장에서 모두가 염려하는 예산 삭감의 원인이 몇 주 전 목격한 그 젊은 여성과 관련이 있다는 사실을 알고 있을 지도 모른다. 그때 그 여성은 직장 상사의 자동차에 올라타고 있었다. 그리고 우리는 지난주 상사의 사무실로 들어갔을 때 우연히 보게 된, 목소리를 낮춘 채 통화하던 상사의 얼굴에 떠오른 절망적인 표정을 똑똑히 기억하고 있다.

이제 일상적인 갈등 요소는 살인을 저질렀을지 모를 이웃집 부인과, 계좌에서 돈을 훔쳐내고 있을지 모를 수상한 사촌과, 불륜으로 협박을 받고 있을지 모를 바람기 많은 직장 상사로 둔갑했다. 이런 식으로 적어둔 갈등 요소를 토대로 마음껏 이야기를 꾸며내자. 상상력을 마음껏 발휘하라.

3단계

이제 같은 방법을 주인공에게 적용시킬 차례. 지금만큼은 이미 써둔 내용이나 소설의 개요나 머릿속에 있는 착상을 신경 쓰지 말자. 그 대신 이야기가 시작되기 한 달 전의 시간으로 돌아가자.

주인공에게 평범한 일상은 어떤 모습이었나? 주인공은 어떤 갈등에 대처해야 했는가? 어떤 갈등이 해결되었고 어떤 갈등이 남아 있는가? 여기에 핵심 질문이 등장한다. 그중 어떤 갈등을 부차적 줄거리로 발전시켜 이야기에 엮어 넣을 수 있을까?

일상에서 마주하는 사건 뒤에 숨은 이야기를 지어내는 방법은 또한 소설의 악당이나 주변 인물에게 문제를 던져주고 그들에게 깊이를 부여하기 위한 목적으로도 활용될 수 있다.

일기를 쓰는 단계를 건너뛰고 인물들의 뒷이야기를 꾸며내는 단계로 곧장 넘어가도 괜찮겠냐고? 물론 그래도 된다. 하지만 대개의 경우 직접 겪은 일상의 경험을 본보기로 이용하는 편이 한층 적용하기 쉬울뿐더러 더 창의적인 결과를 끌어낼 수 있을 것이다.

중반부에
세 차례에 걸쳐
긴장감을 주자

제인 K. 클릴랜드

늘어지는 중반부는 미스터리 작가의 생존을 위협하는 맹독 같은 존재다. 처음에는 강렬하게(누군가가 독살되거나 뒤통수를 얻어맞으면서) 시작한다. 그다음 인물을 소개하고 설득력 있는 동기를 지닌 핵심 용의자들이 독자의 감시망에 걸리도록 기초 작업을 다진다. 그리고 탐정이 사건 수사를 시작한다. 그런데 소설이 4분의 1쯤 진행될 무렵 이야기의 속도가 엉금엉금 기어가는 거북이만큼이나 느려진다. 무슨 일이 일어날지 쉽사리 예측할 수 있게 되어버린다. 이제 어떻게 활기를 불어넣어야 할지 감조차 안 잡힌다.

해결책은 책의 중간 부분, 즉 책을 4등분했을 때 앞부분

내일 살해당할 것처럼 써라

과 뒷부분을 제외한 가운데 두 도막에서 모두 세 차례에 걸쳐 긴장감을 끌어올리는 것이다. 누군가를 죽이거나, 긴장감을 높이거나, 반전을 넣으라. 물론 말이야 쉽지만 실천은 어려운 법이다. 어떤 사건도 억지로 꾸며낸 듯 보이거나 우연에 의지해서는 안 되기 때문이다. 모든 사건은 인물에 기반을 두고 자연스럽게 발생해야만 한다. 마찬가지로 모든 인물 전개 또한 사건의 결과에 따라 자연스럽게 진행되어야 한다.

가장 효과적으로 긴장감을 끌어올리는 것은 일상적인 사건이다. 이를테면 식료품을 정리하고 있다가 갑자기 칼꽂이에서 칼이 하나 없어졌다는 사실을 발견하는 것이다. 한밤중에 현관 초인종이 울려 문구멍으로 밖을 내다보지만 밖에는 아무도 없다. 혼자 승강기를 탔는데 문이 닫히려는 순간 갑자기 문틈을 비집고 팔 하나가 쑥 들어온다.

소설을 네 부분으로 나누어 구성을 짠다면 중반부에서 어떻게 긴장감을 끌어올릴지 계획하기가 한층 쉬워진다. 네 부분으로 나뉜 소설의 첫 번째 도막에서 작가는 인물을 소개하고 배경을 설정하고 누군가를 죽인다. 마지막 도막에서는 모든 플롯의 실을 하나로 엮어 짜임새 있는 결말을 도출하고 범죄 사건을 해결하고 아직 해소되지 못한 의문점을 풀어낸다. 그리고 중반부인 두 번째와 세 번째 도막에서는 모두 세 차례에 걸쳐 위험한 고비를 더해주면서 긴장감을 높인다.

이를테면 소설 전체의 분량이 300쪽이라고 하자. 75쪽(첫 도막이 끝나는 부분)에서 225쪽(마지막 도막이 시작되는 부분) 사이의 150쪽 안에 이야기의 긴장을 끌어올릴 사건을 세 차례에 걸쳐 넣어주면 된다. 내 책을 예로 들어보자. '조시 프레스콧 골동품Josie Prescott Antiques' 시리즈의 여섯 번째 작품인 《치명적인 실Deadly Threads》의 중반부에 나는 다음과 같은 사건들을 집어넣었다.

1. 조시는 어두컴컴하고 추운 창고를 혼자 걷던 중 이상한 소리를 듣고 겁에 질린다.
2. 조시 골동품 가게의 직원인 그레첸이 총에 맞는다. 이때 조시가 그레첸 바로 옆에 서 있었기 때문에 독자는 그 총알이 조시를 겨냥한 것은 아닌지 의심하게 된다.
3. 그레첸의 집이 화재로 불타 무너진다. 이때 조시는 그레첸이 아직 집 안에 있다고 생각하여 그레첸을 구하려 한다.

첫 번째 사건에 대해 생각해보자. 이야기가 중반에 이르기 훨씬 전에 독자는 이미 열정 넘치는 인턴 직원 아바와 만난다. 아바는 골동품 감정 일을 배우게 되어 들뜬 상태이며 특히 조시가 감정을 위해 이제 막 빌려 온 빈티지 의상 수집품의 아름다움에 넋을 잃는다. 나는 또한 아바가 대학 다닐 나이의 그 또래와 마찬가지로 틈이 날 때마다 아이팟으로 음악을 듣는다는 사실을 책의 앞부분에 심어두었다(즉 미리 언급해 두었다). 여기 소개하는 발췌문에서 조시는 마치 동굴처럼 어두컴컴한 창고에서 혼자 걷던 중 이상한 소리를 듣는다. 부드럽게 바스락거리는 소리 뒤로 작게 치직거리는 소리가 들려온다.

"여보세요? 거기 누구 있나요?" 나는 큰 소리로 물었다.
정적이 흐르다 무언가 긁히는 소리가 들리더니 아마도 터벅터벅 걷는 듯한 가벼운 소리가 들리고, 그다음 다시 바스락거리다 치직거리는 소리가 들려왔다. 안에 누가 있는지 모르지만, 왜 대답을 하지 않는 것일까?
아무래도 이상했다. 어쩌면 다람쥐 같은 작은 동물이 창고로 숨어든 건지도 몰랐다. 정말로 겁에 질린 것은 아니었지만 빛이 하나도 없다시피 한 곳에서 혼자 낯설고 이상한 소리를 듣고 있자니 어쩐지 으스스한 기분이 들었다. 어리석게 굴지 말라고 스스로를 타일렀다. 업무 시간에 내 건물 안에 있는데 잘못될 일이 뭐가 있겠는가? 그래도 창고의 중앙 통로를 따라 걸어 내려가기 시작할 땐 차가운 바람이 창고 안을 한차례 휩쓸고 지나간 것처럼 등골이 오싹해졌다.

이 장면에서 조시가 사람 형태의 그림자 아래를 살금살금 지나갈 무렵 긴장감은 최고조에 달한다. 밖에 살인자가 돌아다니고 있다는 사실을 알고 있는 조시는 가슴이 두근거리고 맥박이 빨라진다. 우리는 누구나 조시에게 공감할 수 있다. 이런 상황에 처하면 어떤 기분이 들지 충분히 상상할 수 있기 때문이다. 조시가 마침내 아이팟으로 음악을 들으면서 비닐 포장이 되어 있는 의상을 뒤적거리고 있던 아바를 발견했을 때, 우리는 모두 안도의 한숨을 내쉰다. 임무가 완수되었다. 책의 중반부에 긴장감을 불어넣는 데 성공한 것이다.

독자가 한껏 공감할 수 있는, 등골을 오싹하게 만들고 긴장감을 고조시키는 사건을 생각해내고 싶다면 일상에서 뜻밖의 사건이 일어났을 때 어떤 기분이 들지 상상한 다음 그 사건을 겪는 기분을 감각적으로 묘사하라. 《치명적인 실》의 경우, 첫 번째 사건에서 조시는 어두컴컴한 장소에서 전혀 예상치 못한 정체불명의 형체를 본다(시각적인 사건). 두 번째 사건에서는 총성을 듣지만 총알이 어디에서 날아오는지 알지 못한다(청각적인 사건). 세 번째 사건에서는 아파트에서 연기가 뿜어져 나오는 광경을 보며 코를 찌르는 듯한 유독가스 냄새를 맡는다(후각적인 사건).

이런 사건을 겪는 인물의 기분을 생생하게 떠올려보자. 이 작업을 통해 우리는 현실적이면서 의미 있는 사건을 적절하게 선택하여 유쾌하리만큼 짜릿하고 무서운 긴장감을 이야기 안에 불어넣을 수 있다.

미스터리나 스릴러 장르를 쓸 때 가장 먼저 결정해야 하는 점으로 는 시대와 배경, 범죄의 종류, 주인공, 용의자들, 범인, 이야기를 전 개하며 군데군데 심어둘 단서, 중심 줄거리와 함께 엮어나갈 부차 적 줄거리 등이 있다. 이 모든 요소를 시간 순서에 따라 나열한 것 이 바로 플롯이다. 일단 플롯을 완성하고 난 다음에는 중반부가 축 늘어지지 않도록 앞에서 설명한 방법대로 뜻밖의 반전이나 깜짝 놀랄 만한 사건, 긴장감을 고조시키는 사건, 위기의 순간들을 세 차례에 걸쳐 이야기에 덧붙여 넣는다. 이때 감각을 활용할 수 있다 는 점을 염두에 두라.

- 주인공은 무엇을 볼 때 놀라거나 겁에 질리는가?
- 주인공은 무슨 소리를 들을 때 놀라거나 겁에 질리는가?
- 주인공은 무슨 맛이 느껴질 때 놀라거나 겁에 질리는가?
- 주인공은 무슨 냄새를 맡을 때 놀라거나 겁에 질리는가?
- 주인공은 무슨 감촉이 느껴질 때 놀라거나 겁에 질리는가?

인물은
플롯 전개를 위한
도구가 아니다

그레이엄 브라운

성공적인 소설이라면 갖추고 있어야 할 중요한 면모들이 있다. 여기서 내가 말하는 '성공적인 소설'이란 깊은 인상을 남기고 흥미진진하며 재미있는 소설로, 반드시 베스트셀러일 필요는 없다.

작가는 글의 세부 사항을 세밀하게 조정하는 중에도 넓은 시야로 작품 전체가 나아가는 큰 흐름에 집중해야 한다. 작가라면 누구나 작품 구상이 '으뜸'이고 반전은 그야말로 '뒤통수를 칠' 필요가 있으며 이야기는 '숨 가쁜' 속도로 흘러가야 한다는 사실을 안다. 대부분의 작가는 이런 조건을 충족시키는데 정신이 팔린 나머지 인물에 대해서는 까맣게 잊고 있는 듯 보인다.

어떤 경우 이는 의도적인 결과이기도 하다. 이야기는 '어떤 사건이 일어나는가?'의 문제에 대한 것이지 그 사건에 대해 사람들이 느끼는 기분이나 그 사건이 사람들에게 끼친 영향에 대한 것이 아니라고 주장하는 작가들도 있다.

어떤 경우 이는 의도적인 결과가 아닐 수도 있다. 작가가 자신이 만든 인물을 너무 잘 알고 있는 나머지 그 인물의 인간적인 측면에 대해서는 제대로 설명하지 않고 넘어가는 것이다. 이때 인물은 그저 플롯을 앞으로 끌고 나가기 위한 도구로 전락한다. 단지 적절한 순간에 단서를 발견하기 위한 도구, 혹은 그 밖의 목적을 위해 봉사하는 도구가 된다.

일부 주변 인물이라면 이런 도구로 사용될 수 있지만 소설의 주요 인물은 절대 이런 도구로 전락해서는 안 된다. 독자가 인물에 공감해주기를 바란다면, 독자가 그 인물을, 그리고 당신의 책을 기억해주기를 바란다면 결코 인물을 도구로 삼아서는 안 된다.

독자가 주인공과 교감하면서 그에게 자신의 모습을 투영할 수 있다면, 다시 말해 인물의 고통을 자신의 고통인 양 느낄 수 있다면 독자는 주인공이 목숨이 위태로울 만큼 위험하고 인상적인 장애물을 극복해 낼 때마다 마치 자신이 그 일을 해낸 듯한 기분을 맛보게 된다. 성공에 따라 엔도르핀이 분출하는 기분을 만끽하는 것이다. 독자가 작품을 기억하는 것은 바로 이런 기분 때문이다. 소설의 성공은 인물의 승리이자 독자의 승리인 법이니까.

스포츠를 좋아하는 팬의 경우를 생각해보자. 이들은 자신이 직접 터치다운을 하거나 공을 던지지 않았음에도 '우리가 완전히 이겨버린' 해에 대해 이야기한다. 글 또한 마찬가지다.

그렇다면 구체적으로 어떻게 해야 할까? 두 가지 방법을 이야기하겠다.

인물의 위기

이미 만들어놓은 인물을 데려다가 그들을 무너뜨리라. 작가는 인물을 불완전한 존재로 만들어야 한다. 인물에게 약점을 주고 실수하고 후회하게 만들라. 인물의 과거를 여러 가지 실패의 경험으로 장식해두어야 한다. 요컨대 인물을 인간답게 만들어야 한다는 뜻이다.

내 평생 최고의 영화로 꼽는 '007' 시리즈가 완벽한 예다. 나는 007 시리즈를 좋아한다. 훌륭한 곡예 신과 액션 신이 수도 없이 쏟아지며 재치가 빛나는 대사가 있고 매력이 흘러넘치는 여성들이 등장한다. 영화 자체도 숨 쉴 틈 없이 빠른 속도로 진행된다. 이미 50년 가까이 효과를 발휘하며 2조 원 이상을 벌어들인 공식이다. 내 소설을 비롯하여 수많은 소설이 007 시리즈의 영향을 받아 탄생했다. 하지만 한동안 007 시리즈 대부분은 나에게 흐릿한 인상으로밖에 남아 있지 않았다. 영화를

내일 살해당할 것처럼 써라

보고 있는 동안은 재미있지만 엔딩 크레디트가 올라간 이후에도 오랫동안 기억에 남는 영화라고는 할 수 없었다.

그런데 갑자기 새로운 작가진과 대니얼 크레이그Daniel Craig라는 새로운 제임스 본드가 등장한다. 어느 순간 우리 앞에 더 이상 완벽하지 않은 본드가 나타난 것이다. 크레이그의 본드는 첩보 분야에서 최고의 자리에 오른 인물이라기보다 오히려 추방자에 어울린다. 심지어 M조차 본드를 악한 취급하며 본드를 승진시킨 일이 실수였다고 생각한다.

그러므로 크레이그의 본드는 무언가 증명해내야 한다는 부담감을 진 채 누구와도 싸울 듯한 기세로 영화를 시작한다. 거기에서 모든 일이 내리막길로 굴러떨어진다. 크레이그의 본드는 여느 본드와는 다르게 본드 걸 베스퍼 린드와 지독한 사랑에 빠진다. 린드를 위해 목숨까지 걸지만 그 대가로 돌아오는 것은 린드가 자신과 조국을 배신했다는 사실뿐이다. 본드가 느끼는 그 씁쓸한 감정은 실제로 화면에 배어나는듯 보인다(책에서는 물론 그 감정이 책장에 배어나는 듯 느껴질 것이다). 그리고 이 본드는 그 결점과 나약함과 실패로 우리의 심금을 울린다. 우리는 그를, 발사되기 직전의 총처럼 위태로운 본드의 모습을 기억한다. 누가 그렇다고 말해주었기 때문이 아니라 우리가 그의 심경을 고스란히 함께 느끼기 때문이다.

인물의 매력적인 결점

주인공이 지닌 결점이 플롯에서 중요한 역할을 하도록 만들라. 이 가르침을 가장 잘 구현한 완벽한 사례는 역대 가장 훌륭한 스릴러 영화 중 하나인 〈본 아이덴티티The Bourne Identity〉다. 맷 데이먼Matt Damon이 주연을 맡은 이 영화를 보지 않은 사람이 있을까? 이 영화는 그야말로 환상적이다. 로버트 러들럼Robert Ludlum의 원작 소설 또한 영화만큼 훌륭하다.

이 이야기에 등장하는 위험 요소는 그리 독창적이라 할 수 없다. 전문 테러범들이 뉴욕에서 수많은 사람을 죽이려 한다. 독창적인 부분은 바로 제이슨 본이라는 인물이다. 제이슨은 그냥 결점이 있는 정도가 아니다. 그에게는 결점밖에 없다.

본의 가장 중요한 결점은 물론 그가 기억상실증을 앓고 있다는 사실이다. 이는 이야기에서 엄청나게 중요한 역할을 한다. 본을 죽이려 드는 사람들이 있는데 본 자신은 이들이 누구인지, 왜 이들이 자신을 죽이려 드는지 모른다. 따라서 본은 나약해지며 이는 본의 새로운 약점이 된다. 본은 또한 비극적인 숙명을 짊어지고 있다. 자신이 누구인지 기억해내지 못하면 무언가 끔찍한 일이 벌어지게 되지만(테러범들의 총격) 자신이 누구인지 기억해내면 그 진실 때문에 그의 인생에 남은 유일한 빛, 그와 친구가 되어준 여성을 떠나보내게 될지도 모른다.

본의 인생에 좋은 점이라고는 찾아볼 수 없지만 그가 근본적으로 선한 사람이며 올바른 일을 하려고 노력하기 때문에 우리는 그가 과거에 어떤 사람이었든 상관없이 그에게 감정을 이입한다. 누군들 과거에 저지른 잘못 한두 가지를 만회하려고 노력하고 있지 않을까? 그러므로 독자는 본의 편에 서서 본의 성공을 자신의 것처럼 느끼며 그 경험을 잊지 않는다.

독자를 자기편으로 끌어들여 그 기억 속에 각인되는 일, 이것이야말로 작가가 소설 속 인물에게 기대하는 역할이다.

| 실전 연습 |

1단계

주인공을 결점이 있는 사람으로, 비극을 겪고 있는 사람으로, 나약한 사람으로, 실패할 것 같은 사람으로 만드는 세 가지 방법을 생각해내라.

2단계

주인공이 지닌 약점을 플롯의 일부로 끌어들이라. 이야기에서 적을 물리치기 위해, 주인공은 자신의 약점을 부분적으로나마 극복해내야만 한다.

무엇이
인물을
움직이는가

캐시 피켄스

어느 날 공동묘지에서 나는 한 남자가 커다란 차에서 내리는 광경을 목격했다. 큰 키에 머리가 희끗희끗한 그 남자는 트렁크를 열고 빗자루와 전정가위를 꺼내 들더니 한 무덤 앞에 세워진 청동 묘비 주위를 정성스럽게 정리하기 시작했다. 나뭇가지를 다듬고 빗자루로 쓸어낸 다음 자신의 작업을 꼼꼼하게 점검했다. 깊이 사랑했던 아내와의 추억을 보살피는 것이 분명하다고 나는 생각했다.

그런데 내 안에 있는 작가의 면모가 불쑥 튀어나와, 헌신적이고 낭만적인 감정 말고 이 남자가 묘지를 찾아올 다른 이유는 없는지 묻기 시작했다. 극복할 수 없었던 슬픔 때문에?

아내를 미칠 지경으로 몰아갔던 강박 증세 때문에? 자신이 죽인 사람에 대한 죄책감 때문에? 자살하도록 내몰았다는 죄책감 때문에? 여기 묻힌 사람이 실은 아내가 아니라 오랫동안 아내를 마음고생시켰던 연인은 아닐까?

다른 동기는 다른 이야기를 이끌어낸다.

동기란 인물이 어떤 행동을 하게 되는 이유다. 인물의 동기, 그리고 그 인물의 동기에 다른 인물의 행동이 미치는 영향은 이야기를 이끌어 나가는 원동력이다. 설득력 있는 인물을 만들어내기 위해, 작가라면 반드시 각각의 인물을 움직이는 동기가 무엇인지 각 장마다 파악하고 있어야만 한다.

인물을 움직이는 동기가 무엇인지 알아내기 위해 작가가 던질 수 있는 가장 중요한 질문은 '왜?'이다. 작가가 인물들에게 "왜?"라고 자꾸 물어볼수록 작가는 그들의 동기 안으로 더 깊게 파고들어 갈 수 있다. 가장 먼저 생각할 수 있는 뻔한 답은 치워버리라. 우리가 하는 행동 뒤에는 대개 다층적인 이유가 숨겨져 있기 마련이다. 그중 가장 흥미로운 이유는 대부분 가장 깊숙이 숨겨져 있으며 심지어 그 자신조차 알아채지 못하기 쉽다.

인물의 동기에 더해 작가는 독자의 동기 또한 염두에 두어야 한다. 독자가 이 책을 펼쳐 든 이유는 무엇일까? 어떤 인물이 자신의 행동에 대해 강력하면서도 매력적인 동기를 지니고 있을 때, 독자는 그에게 끌리기 마련이다. 범죄 소설을 읽는 독자라면 수수께끼 해결하기를 좋아할 것이다. 또한 독자는 '선악'과 더불어 씨름하고 싶어 한다. 다른 무엇보다도 독자는 영웅(어두운 영웅이라 할지라도)을 좋아하며 '왜'라는 의문에 대한 해답을 얻고 싶어 한다. 현실에서는 '왜'라는 의문에 만족스러운 해답을 얻는 경우가 드물다. 그러므로 우리는 소설을 통해서나마 사람들이 왜 그런 짓을 저지르는지 이해하고 싶어 하는 것이다.

'왜'라는 질문에 대한 답을 찾아내기 위해, 나는 다음과 같은 방식으로 구조를 쌓아 올린다. 소설 속 인물은 Y라는 이유로 X를 바라지만 Z 때문에 뜻을 이루지 못한다. Y는 동기이며 Z는 갈등이다. 소설 속 모든 인물과 모든 장면과 모든 이야기 흐름에는 이 구조가 포함되어야만 한다.

범죄 장르에서 가장 중요한 사안으로, 탐정 혹은 수수께끼를 해결하는 인물에게는 반드시 사건에 뛰어들 만한 계기가 필요하다. 직업이라는 이유로 범죄 사건에 발을 담그는 주인공(변호사나 경찰, 사설탐정 등)이 나오는 작품에 비해, 아마추어 탐정이 등장하는 작품에서는 사건에 말려드는 그럴듯한 계기를 꾸며내는 일이 한층 어렵다. 작품이 시리즈로 진행된다면(범죄소설 독자들은 시리즈물을 좋아한다), 범죄를 해결하는 일에 종사하지 않는 주인공은 책마다 각기 다른 계기를 통해 사건 해결에 나서게 될 가능성이 높다.

소설 속 인물들은 이야기의 흐름에 밀려 이리저리 떠돌아다니기보다 이야기의 각 단계에서 강력한 무언가에 이끌려 행동해야 한다. 탐정의 목표는 범죄 사건을 해결하는 것이다. 그런데 왜 사건을 해결해야만 하는가? 그저 도넛이나 먹으면서 사건이 저절로 해결되기를 바라는 편이 훨씬 더 쉽지 않은가? 현실의 사설탐정은 사건을 해결하면 돈을 번다. 하지만 단지 이런 이유만으로 독자의 흥미를 끌 수 있을까? 소설에서든 현실에서든 선한 영웅을 움직이는 힘은 무엇일까? "그게 내 일이니까요."라는 말은 온갖 위험을 감수하고 자신의 모든 것을 거는 인물의 입에서 나올 때 한층 더 멋있게 들린다. 이들은 단지 월급 때문에 일을 하는 것이 아니다. 이들을 움직이는 힘은 자부심이나 두려움, 스스로를 지키려는 마음, 무고한 이(이름 없는 다수의 무고한 사람보다는 어떤 특정한 인물인 편이 더 설득력이 있다)를 보호하고 싶은 마음이다.

탐정은 왜 사건에 개입하고 싶어 하는가? 누군가 도움을 청했기 때문인가? 별로 설득력 있는 이유라고는 할 수 없지만 그렇게도 시작은 될 수 있다. 별다른 이유 없이 위험한 상황 주변을 배회하는 탐정보다는 낫다. 탐정은 사건에 개입하고 싶어 한다. 왜냐하면 누군가가 도움을 청했기 때문이다. 과거의 실패를 만회하고 싶기 때문이다. 무고하게 죄를 뒤집어쓴 사랑하는 사람을 돕고 싶기 때문이다. 혹은……. 구체적인 동기일수록 개인적이다. 개인적인 동기일수록 탐정과 인물에 한층 밀착하며 한층 강력하다.

강한 동기는 또한 강한 저항에 부딪쳐야만 한다. 무언가 중요한 것을 바라고 있는데 그것을 손쉽게 손에 넣어버린다면 이야기는 제대로 흘러가지 않는다. 모든 인물에게는 그들이 바라는 무언가와 '함께' 그것을 얻지 못하는 몇 가지 이유가 있어야 한다. 갈등은 동기와 이어져 있다. 그리고 바로 여기서 악당과 적대자가 등장한다.

탐정이나 영웅에게 적절한 동기를 부여하는 일이 절대적으로 필요하듯이, 악당이나 적대자에게 동기를 심어주는 일 또한 중요하다. 영웅이라면 몰라도, 작가가 악당에게 감정을 이입하기란 말처럼 쉽지 않다. 어떤 악당은 그야말로 극악무도하고, 어떤 악당은 뜻하지 않게 악행을 저지르기도 한다. 어쨌든 이 모든 악당에게는 영웅의 동기에 필적할 만큼 설득력 있는 동기가 필요하다. 동기에 설득력이 없다면 이야기는 밋밋해지며 그 안에 품은 잠재력은 결국 발휘되지 못한다.

악당의 머릿속에 들어가(혹은 어떤 장면에서 주인공을 방해하는 인물의 머릿속에 들어가) 그가 무엇을 원하는지, 그 이유는 무엇인지를 시간을 들여 곰곰이 생각해본다면 독자를 위해 한층 풍성한 이야기를 만들어낼 수 있다. 또한 악당이나 적대자 역시 장애에 부딪칠 수 있다는 사실을 명심하라. 악당의 장애물은 탐정일 수도 있고 범죄의 피해자일 수도 있고 악당이 하는 일을 방해하는 다른 인물일 수도 있다.

살인자는 왜 범죄를 저지르는가? 형사사건을 기소하는

검사라면 유죄를 증명하기 위해 동기가 반드시 필요한 것은 아니라고 말할 것이다.

그러면서도 한편으로는 배심원들이 품을 '왜?'라는 의문을 해소시켜줄 이야기를 끼워 맞추기 위해 죽을힘을 다해 노력할 것이다. 그 사람이 왜 그런 범죄를 저지르게 되었는지 배심원이 알고 싶어 하기 때문이다. 독자 또한 마찬가지다.

탐정은 물론 악당과 범죄의 피해자에게도 "왜?"라는 질문을 던지고 시간을 들여 그 이유를 곰곰이 생각해보자. 손쉽게 만들어 이리저리 갖다 붙일 수 있는 종이 모형 같은 답은 안 된다. 필요한 것은 독자들이 공감할 수 있는 피와 살을 지닌 인물이다. 독자가 그 인물을 별로 좋아하지 않는다 해도 상관없다. 계속 "왜?"라고 질문을 던지라. 그들이 진실을 털어놓을 때까지 계속해서 물으라.

| 실전 연습 |

1단계

좋아하는 책이나 영화, TV 드라마 가운데 하나를 골라 그 안에 등장하는 인물의 동기를 분석해보자. 이 인물은 Y라는 이유로 X를 원하지만 Z가 방해가 된다.

각 인물에게는 소설 전체에 걸쳐 이야기를 흘러가게 하는 동기도 있어야 하지만 각 장면 안에서의 행위를 이끄는 동기도 있어야 한다. 앤서니 파월Anthony Powell의《시간의 음악에 맞춰 춤을A Dance to the Music of Time》에서 닉은 자일스 삼촌이 어서 떠나주기를 바란다. 삼촌이 자신을 난처하게 만드는 '한편' 기숙사 방에서 담배를 피워 자신을 곤경에 빠뜨리기 때문이다. 자일스 삼촌은 돈을 구하기 위해 닉의 도움을 바라고 있다. 두 인물 모두에게 각각의 동기가 존재하는 것이다. 덕분에 자칫하면 단순했을 삼촌의 방문 장면이 읽어볼 가치가 있는 장면으로 변모한다.

당신이 선택한 작품에서 탐정이 사건에 발을 담그게 되는 계기는 무엇인가? 단순히 할 일이 없다거나 호기심 때문이라거나 하는 것보다는 더 그럴듯한 이유여야만 한다. 페리 메이슨(1960~1970년대에 방영된 동명의 미국 법정 드라마의 주인공. —옮긴이)은 왜 곤란한 사건을 도맡는가? 단지 그게 직업이기 때문만은 아니다. 어떤 사건에서 페리는 수임료를 제대로 받지 못하기도 한다.

그렇다면 페리는 왜 어려운 사건을 떠맡는 것일까? 난처한 상황에 빠진 소녀가 매력적인 데다 무력하기 때문에. 영웅이 되고 싶기 때문에. 사회의 약자를 돕고 싶기 때문에. 해밀턴 버거(같은 시리즈에 등장하는 지방 검사로 페리와 재판에서 맞붙는다. —옮긴이)를 괴롭히고 싶기 때문에. 자신의 한계를 시험해보고 싶기 때문에. 이야기속 탐정에게는 사건에 뛰어들 만한 무언가 설득력 있고 그럴듯한,

내일 살해당할 것처럼 써라

어쩌면 영웅적인 이유가 필요하다.

한편 범인은 왜 사람들이 맺은 가장 기본적인 계약 중 하나를 파기하면서까지 누군가를 죽이려 하는가? 오만은 빛나는 천사였던 루시퍼를 천국에서 추방시킨 대죄. 악당에게 "왜?"라는 질문을 끈질기게 던져보면 그 안에 여러 가지 다양한 모습(두려움, 혐오, 탐욕 등등)으로 둔갑하여 숨어 있는 병적인 형태의 오만을 발견하게 될 것이다.

2단계

이제 자신의 작품 속 인물을 살펴보자. 그 인물들에게 "왜?"라는 질문을 얼마나 자주 던지는가? 인물들이 자신이 바라는 것과 그 이유에 대한 진실을 실토했는가? 끈질기게 질문을 던지고 그 인물들 속으로 깊이 파고들어 그들을 움직이는 힘을 찾아내라. 그 내면의 욕망이야말로 훌륭한 소설을 창작하는 힘이 되어줄 것이다.

인물은 죽을 위기에 능동적으로 맞서야 한다

제임스 스콧 벨

'그래서 그다음엔 무슨 일이?'

이것이 작가가 독자의 마음속에 불 지피고 싶은 의문이다. 독자로 하여금 밤새도록 책장을 넘기게 만드는 힘이다. 이것은 바로 긴장감이다. 모든 소설에는 긴장감이 필수적이다.

소설에서의 긴장감이란 유쾌한 불확실성이다. 스릴러나 미스터리에 긴장감이 충만해야 한다는 것은 당연한 일이지만, 사실 긴장감은 인물 중심으로 전개되는 본격 소설에서도 극히 중요한 역할을 한다. 독자가 유쾌한 불확실성을 느끼지 못한다면 이야기는 질질 끌리기 시작한다. 사람들이 중간에 책을 덮어버리는 것은 바로 이런 이유 때문이다. 여기 그런 사태가 벌

내일 살해당할 것처럼 써라

어지지 않도록 하는 두 가지 방법을 소개한다.

죽음에 대한 위협

죽음에 대한 물리적 위협은 대다수 서스펜스 장르의 표준이라 할 수 있다. 연쇄 살인마가 나돌아 다니며, 강렬한 동기를 지닌 악당이 주인공을 죽이려 들고, 너무 많은 것을 아는 사람들을 침묵시키려는 악의적인 음모가 진행된다. 이 주제에 대한 변형은 넘쳐날 정도로 많다.

데이비드 모렐David Morrell의 작품《보호자Protector》에서는 책의 첫머리에서부터 죽음에 대한 위협이 등장한다. 전문 경호원인 캐버너는 50쪽가량 이어지는 추격 장면에서 프레스콧이라는 이름의 남자를 암살단의 손아귀에서 구출한다. 그들이 암살단에게 붙잡히면 그대로 죽은 목숨이라는 사실을 알고 있기 때문에 독자는 이들이 목숨을 건지는지 알아내기 위해 계속해서 책장을 넘긴다. 이 위기는 책 전체에 걸쳐 계속 이어진다.

한편 다른 종류의 죽음도 있다. 그중 하나는 사회적 죽음이다. 자신의 임무를 제대로 수행하지 못하는 경우 주인공은 생계 수단을 잃게 된다. 요컨대 반드시 성공을 거두어야 하는 것이다.

배리 리드Barry Reed의 작품《심판The Verdict》에서 마지막 사건을 맡은 빈털터리 변호사를 생각해보라. 이 사건은 그가 변호사로서의 삶을 되찾을 수 있는 마지막 기회다. 오명을 뒤집어쓴 경찰, 실패를 거듭한 탐정 등 사회에서 중요한 일을 하는 인물 누구에게나 이와 같은 갈등이 존재한다.

다음으로 심리적인 죽음이 있다. 심리적 죽음의 위협이 있다면 본격소설도 긴장감 넘치는 읽을거리로 변모한다. 등장인물이 계속 살아가야 할 이유를 찾지 못할 때, 과거에 자리한 어두운 의문을 해결하지 못할 때, 어린 시절에 입은 상처를 치유하지 못할 때 그 인물은 내면에서 죽어버린다. 삶은 견딜 수 없는 고통이 될 것이다.

재닛 피치Janet Fitch의 작품《화이트 올랜더White Oleander》에서 어린 애스트리드는 강한 의지를 지닌 어머니 잉그리드의 위험한 영향력에서 벗어나야 하는 한편, 양부모의 집에 존재하는 감정적인 갈등에서도 도망쳐야 한다. 이 책에서 애스트리드의 정신을 갉아먹는 위험은 책갈피마다 깊숙이 배어들어 있다.

이렇듯 죽음에 대한 여러 형태의 위협이 존재한다는 사실을 독자에게 설득력 있게 전달하기 위해서는 책의 초반에 그 핵심이 되는 문제가 주인공에게 어떤 의미인지 보여주어야 한다. 현재 쓰고 있는 책에 아직 이런 장면이 없다면 지금이라도 써 넣으라. 독자가 무엇이 위험에 처해 있는지 느낄 수 있도록 만들라.

공감할 수 있는 주인공

이야기 전체에 걸쳐 죽음에 대한 위협이 존재한다 하더라도 독자가 주인공을 진심으로 염려하지 않는다면 그 어떤 위협이 있다 한들 그리 걱정하지 않을 것이다. 그런 이유로 작가에게는 독자가 공감할 수 있는 주인공이 필요하다. 단순히 주인공을 이해하고 받아들이는 데서 그치지 않고 주인공의 입장에 완전히 공감할 때 독자는 주인공의 감정을 바로 옆에서 마치 자신의 일인 양 느끼게 된다.

공감할 수 있는 인물이란 첫 번째로 균형 잡힌 인물이다. 장점과 동시에 결점도 함께 지닌 인물. 완벽함에 공감할 수 있는 사람은 없다.

두 번째로 인물은 반드시 어느 정도는 용기가 있어야 한다. 주인공을 만드는 제1원칙은 주인공은 '겁쟁이가 아니어야 한다.'는 것이다. 겁쟁이는 그 자리에 주저앉아 주위에서 벌어지는 일을 그대로 받아들이는 사람, 행동하기보다 수동적으로 반응하는 사람이다. 주인공은 자신을 저지하는 세력에 맞서 행동하는 인물이어야 한다.

존 러츠John Lutz의 작품《밤의 전화The Night Caller》에서 한때 경찰이었던 에제키엘 쿠퍼는 "일자리도 사회생활도 삶의 목적도 없이" 동네를 방황하고 다니는 남자다. 암 투병 중이며 외동딸의 목숨을 살인자의 손에 잃었다. 딸의 장례식이 끝난 후 쿠퍼는 "슬픔을 동료 삼아 (……) 자기 연민을 친구 삼아" 자신의 아파트에 홀로 틀어박혀 지낸다.

하지만 러츠는 쿠퍼가 그 자리에 머물도록 내버려두지 않는다. 그 장 끝자락에서 쿠퍼는 경찰이 무슨 일을 벌이고 있는지 알아내기 위해 오랜 친구에게 도움을 청한다. "내일은 안된다. 오늘이어야 한다. 쿠퍼는 내일을 신뢰할 수 없었다."

독자가 등장인물에게 더 많은 감정을 투영할수록 책을 읽는 일은 한층 즐거운 경험이 될 것이다.

| 실전 연습 |

1단계

이야기에 어떤 종류의 죽음에 대한 위협이 존재하는가? 신체적 죽음이 아니라면 사회적 죽음이나 심리적 죽음에 대한 위협이 존재해야만 한다. 그 위험이 그리 크지 않다면 위험의 강도를 높일 수 있는 방법을 찾아보라. 그다음, 그 위험에 대해 독자가 납득할 수 있도록 인물에 대해 충분한 배경 설명을 덧붙이라.

2단계

주인공을 분석해보라. 결점이 있으며 인간다우면서도 강한 사람인가? 주인공이 불평 없이 보살피는 누군가가 있는가? 행동하는 사람인가? 이런 부분을 보충한다면 독자는 다음에 무슨 일이 벌어지는지 진심으로 궁금해할 것이다.

내일 살해당할 것처럼 써라

3장

주인공, 악당, 조연, 관계

강점과 약점이
공존하는
탐정을 만들자

닥 매컴버

몇 년 전 풋내기 작가로서 가공의 탐정을 만들어내기로 결심했을 무렵, 나는 초심자들이 흔히 하는 실수를 저질렀다. 내가 창조해낸 사설탐정은 사회와 거리를 둔 냉정한 개인주의자로 여자들과 가벼운 만남을 반복하며 하루 벌어 하루를 근근이 살아가는 인물이었다. 물론 술을 많이 마셨다.

그 당시 나는 로버트 B. 파커Robert B. Parker와 존 D. 맥도널드John D. MacDonald의 소설, 그리고 마이크 해머가 등장하는 하드보일드 탐정소설을 탐독하고 있었다. 이런 소설에 등장하는 탐정은 전부 로버트 미첨Robert Mitchum(20세기 초 활약했던 영화배우로 카리스마 넘치는 미국 남성상을 주로 연기했다. —옮긴이) 같은 부류의 남자였다. 즉 모든 여성이 꿈꾸는 낭만적인 연인이자 악당의 턱에 그 단단한 주먹을 거침없이 날리는, 남자 중의 남자 말이다. 나는 이들의 모습을 본떠 나의 탐정을 창조했다. 이 무렵 시도한 작품은 어느 출판사에서도 받아주지 않았다. 출판사에서는 이런 부류의 탐정을 이미 너무나 많이 보아왔던 것이다. 게다가 다른 작가들은 이런 인물을 그려내는 데 나보다 훨씬 더 솜씨가 뛰어났다. 오래지 않아 나는 여기서 한 걸음 더 나아가 나만의 고유한 인물을 만들어낼 필요가 있다는 사실을 깨달았다. 몇몇 작가는 이미 이 분야에 뛰어들자마자 이 사실을 깨닫고 행동으로 옮기고 있었다.

리 차일드Lee Child는 '잭 리처Jack Reacher' 시리즈가 탄생하게 된 과정을 이렇게 설명했다. "나는 다른 작가들이 어떻게 작업하는지 살펴보았습니다. 특히 마이클 코널리Michael Connelly를 유심히 살펴보았죠. 코널리의 작품을 읽자마자 이 책은 크게 성공하겠다고 생각했거든요. 성공할 작품과 굳이 경쟁할 필요는 없지 않습니까? 그래서 일부러 다른 작가들이 하지 않는 일을 모조리 했습니다. 술고래도 아니고 경찰도 아닌 주인공을 만들어낸 것이죠. 잭 리처는 여자나 일, 술 때문에 휘둘리지 않습니다. 그저 어느 날 모든 것을 버리고 떠난 사람입니다. 다른 사람을 도울 특별한 이유도 없이 그저 주위를 어슬렁거리죠. 하지만 싸움에서는 절대 물러나지 않는 인물입니다."

공군 특수부대에서 근무하고 있었던 나는 스스로 잘 알고 있는 세계 안에 탐정을 등장시키기로 결심했다. 내 상관이었던 한 인물을 본보기 삼아 군 수사대의 수사관으로 근무하는 인물을 탄생시킨 것이다. 탐정의 본보기가 되었던 상관은 전형적인 미국 군인과는 전혀 거리가 먼 인물이었다. 그는 어린 시절부터 전쟁을 치러온 작달막한 아시아인이었다. 그의 과거는 시련과 고난, 살아남기 위한 힘겨운 투쟁으로 점철되어 있었다. 그러나 그 차분한 얼굴에서는 그 어떤 고생의 흔적도 찾아 볼 수 없었다. 우리의 친교가 깊어지면서 그는 자신이 살아온 인생 이야기를 조금씩 털어놓았고 나는 그만 매료되고 말았다. 그에 대해 더 많은 이야기를 듣고 싶었으며, 얼마 후에는 다른 사람들 또한 그의 이야기를 듣고 싶어 할 것이라는 사실을 깨달았다.

내가 만들어낸 가공의 탐정 잭 리처는 완전한 베트남 사람으로 베트남인의 특징을 뚜렷하게 지니고 있다. 나는 그를 공군 특별 수사대OSI의 수사관으로 만들었다. 인종적인 차원에서 잭을 물 밖에 나온 물고기 같은 존재로 설정한 결과 자연스럽게 갈등이 빚어지게 되었고, 그 갈등을 통해 미국 독자에게 낯설게 여겨질 법한 잭의 개성을 보여줄 수 있었다. 그리고 이 시리즈는 인기를 얻었다.

탐정 주인공을 창작하기 앞서 나는 인물에게 부여하고 싶은 핵심 강점과 약점을 검토했다. 군인이라면 갖추고 있을 법한 기본적인 가치에서 몇 가지, 즉 강직함과 자신보다 임무를 우선시하는 마음, 우수한 능력을 골라내는 한편 여기에 잭만이 지닐 수 있는 고유한 특징을 몇 가지 덧붙였다. 불교 신자로서 잭은 윤회와 업業의 길을 믿으며, 그런 까닭에 범죄 현장과 살인 사건을 일반적인 미국인들과는 다른 관점에서 바라볼 수 있다. 한편 혼자 있고 싶어 하는 욕구라든가 냉담한 성품이라든가 예민한 장臟처럼, 잭에게는 그 힘겨운 과거에서 비롯된 약점도 있다. 소설 속 인물이 독자에게 깊은 인상을 남기기 위해서, 그 인물은 우리가 훌륭하다고 여길 법한 특징을 지녀야 하는 한편 전혀 예상치 못한 약점을 지니고 있어야 한다. 약점은 인물을 인간답게 만들며 감정을 이입할 수 있는 계기가 되어준다.

작가가 창조하는 탐정은 군인이나 경찰, 사설탐정일 수도 있다. 대학교 졸업자일 수도 있고 고등학교 중퇴자일 수도 있다. 요양원에서 여생을 보내던 70대 할머니일 수도 있고 현상금 사냥꾼으로 활동하는 강인한 여성일 수도, 다부진 흑인 레즈비언일 수도 있다.

탐정이 어떤 인물이든 간에 그를 이루는 핵심적인 특정을 만들어내고 그를 제대로 표현해내기 위해서, 작가는 그 인물이 과거 어떤 경험을 통해 지금의 모습에 이르게 되었는지를 알아야 한다. 그래야만 그 인물은 책갈피 사이에서 완전한 생명을 얻어 살아나게 될 것이다. 어린 시절에는 무슨 일이 있었는가? 누구의 손에서 키워졌는가? 부모인가, 조부모인가, 양부

내일 살해당할 것처럼 써라

모인가? 존경하는 사람은 누구인가? 누가 그에게 상처를 입혔으며 그는 그 상처에 어떻게 대처했는가? 어떤 일을 거쳐 결국 탐정이 되기에 이르렀는가?

참신한 문학적 인물을 창조하기 위해서 작가는 우선 그를 이루는 좋은 면과 나쁜 면이 무엇인지 결정해야 한다. 인물이 지닐 수 있는 강점으로는 도덕심과 용기, 지성, 재치, 자신감, 흔들림 없는 신념, 끈기, 강인함 같은 요소가 있을 수 있다. 인물에게 인간다운 면모를 부여하는 약점으로는 이기심과 소심함, 게으름, 알코올 의존, 투박함, 충동을 조절하지 못하는 근시안적 사고방식, 무관심, 소외감 등이 있을 수 있다.

어떤 특징은 이 두 가지 범주에 모두 속하기도 한다는 점을 혹시 알아차렸는가? 누군가는 술을 많이 마신다는 특징을 인물의 강점으로 꼽을지도 모른다. 마찬가지로 탐정 장르에서 오랜 전통으로 내려온 주인공의 개인주의적인 성향 또한 그 인물의 강점이 될 수도 있고 약점이 될 수도 있다. 이를테면 혼자 행동하는 것을 좋아하는 탐정이 다른 누군가와 진지한 관계를 맺는다면, 혼자 있고 싶은 마음과 자신의 가장 내밀한 생각을 그 사람과 함께 나누고자 하는 마음 사이에서 갈등한다. 인간은 감정적으로 복잡한 생물이니 여러 특징을 마음껏 뒤섞어보자.

- 야외에 있는 쇼핑몰이나 커피숍을 찾아간다. 그리고 주위 사람들을 관찰하며 눈에 띄는 특징을 기록해본다. 단지 옷차림 때문에 강해 보이거나 약해 보이는 사람이 있는가? 표정만으로 강해 보이거나 약해 보이는 사람이 있는가? 목소리는? 행동은? 강한 인상을 남기는 특징을 보이는 사람이 있다면 모두 기록해둔다.

- 인물의 강점과 약점에 대한 목록을 모두 열 가지 항목으로 작성한다. 그런 다음 항목을 각각 다섯 가지로 좁힌다. 주인공의 어떤 행동을 통해 이런 특징들을 보여줄 수 있을지 생각해보자.

- 좋아하는 탐정 소설을 읽거나 탐정이 등장하는 TV 드라마를 보면서 다른 작가들이 그 탐정의 강점과 약점을 어떤 식으로 보여주는지 유심히 살펴보자. 탐정이 하는 행동이나 그 동기를 설명하는 데 과거사가 동원되는가? 혹은 시청자는 다른 곳에서 이런 정보를 얻는가?

- 우리가 감탄하며 존경하는 사람들에 대해 생각해본다. 그런 사람들이 지닌 강점은 어떤 식으로 드러나는가?

- 성별을 뒤바꾸어본다. 남주인공 혹은 여주인공에 대해 생각한 다음 그들의 성별을 바꾼다고 가정해보자. 성별이 바뀌면 인물에 대해 알고 있던 사실이 어떻게 변하는가? 성별이 바뀌면서 새롭게 탄생한 인물은 먼저 상상했던 인물과 어떻게 달라지는가?

- 주인공이 적대자에 대항하는 방법을 세 가지 생각해보자. 여기에서 주인공에 대해 미처 알지 못했던 새로운 강점이나 약점을 발견할 수 있는가?

- 다른 사람의 성격에서 가장 못마땅한 특징은 무엇인가? 그 특징을 구현하는 인물을 만들어낸다. 그 특징에 의미를 부여하자. 악당이 이런 성격을 지니도록 만들 수도 있지만, 한편 주인공이 이런 못마땅한 면을 지니면서도 어떻게 공감을 이끌어낼 수 있을지 연구해보자.

- 소설 속 인물은 자신의 신념에 위배되는 행동을 해야만 하는 상황에 처할 수도 있다. 일을 하는 중에 도를 넘거나, 도의를 저버려야 하는 상황에 처한다면 주인공은 이 상황에 어떻게 대처할 것인가?

- 다른 민족 출신의 주인공은 미국의 전형적인 영웅 혹은 반영웅과 어떤 면에서 다른가? 강점과 약점이 드러나는 방식이 미국인 주인공과는 어떻게 다른가?

이런 질문들을 스스로 던지면서 작가는 탐정이 되는 인물을 구성하는 핵심 요소를 한층 능숙하게 다룰 수 있게 된다. 독자의 눈을 사로잡는 탐정은 정말 좋은 면과 정말 나쁜 면을 한 몸에 지니고 있는 인물이다.

독자는
색다른 주인공을
좋아한다

데보라 쿤츠

라스베이거스는 기이한 일이 많이 일어나는 곳이다. 소설가에게는 완벽한 사냥터가 아닐 수 없다. 라스베이거스에서 10년을 살아오는 동안 나는 이 죄악의 도시에서 자신의 자리를 찾은 사람은 모두 사회 부적응자라는 사실을 알게 되었다. 이곳에는 주위에서 흔히 볼 수 있을 법한 평범한 사람이 없다. 물론 그 덕분에 미스터리 소설을 쓰는 데 도움이 될 만한 온갖 종류의 놀라운 이야깃거리를 찾을 수 있기도 하지만, 한편 여러 가지 어려운 문제에 봉착하기도 한다. 그중에서 가장 심각한 문제는 바로 내가 선택한 소설의 주인공이었다.

　소설의 주인공이란 흥미로운 생물이다. 주인공은 작가가

만든 세상 속으로 독자를 이끌고 독자가 그 세상에 시간과 감정을 투자하도록 만드는 안내자 역할을 하는 동시에 이야기의 방향과 분위기를 결정하는 역할을 한다. 이상적인 주인공이란 독자에게 깊은 인상을 남기는 주인공, 독자가 공감하고 감정을 이입할 수 있는 주인공이다. 주인공이 겪는 갈등은 독자와 공감대를 형성해야 하며 그로 인해 독자가 주인공의 편에 서서 앞으로 겪게 될 사건들에 관심을 기울이도록 만들어야 한다.

한편 이야기를 풀어간다는 관점에서 주인공은 작가가 창조해낸 세계를 반영하거나 구현한다. 내가 라스베이거스에 대한 이야기를 쓰고 있기 때문에 필연적으로 내 주인공은 정상적이고 평범하며 견실한 인물일 수가 없다. 그러나 주인공은 독자가 반감을 품지 않을 만큼, 공감하기 어렵지 않을 만큼은 정상적인 측면을 지니고 있어야 한다. 이 두 가지 조건 사이에서 균형을 잡는 일이란 아슬아슬한 줄타기와도 같다.

엉뚱하지만 평범한 인물. 이런 모순되는 말이 어디 있단 말인가? 하지만 이 점에 대해 잘 생각해본다면 우리가 알고 있는 모든 사람은 충분히 평범하면서도 무언가 독특한 일면을 지니고 있음을 깨달을 수 있다.

작가로서 우리는 어떻게 이 두 가지 사이에서 균형을 잡을까? 어떻게 깊은 인상을 남기는 동시에 공감대를 형성할 수 있는 주인공을 창조해낼까? 독자의 기억에 남는 주인공은 일반적으로 약간 엉뚱한 구석을 지니고 있으며 의도적이든 아니든 그 갈고닦은 재치로 우리를 미소 짓게 만드는 인물인 경우가 많다. 한편 인상적인 주인공은 종종 뜻밖의 면모를 선보이기도 한다. 뜻밖의 면모를 선보이는 인물은 한층 흥미롭고 매력적이며, 흥미롭고 매력적이라는 것은 특히 주인공에게는 꼭 필요한 특징이다.

작가는 두 가지 서로 다른 방법을 통해 인물을 돋보이게 만들 수 있다. 인물에게 독특한 버릇을 부여하거나 혹은 색다르지만 공감할 수 있는 갈등을 안겨주는 것이다.

내 주인공을 둘러싼 배경 이야기를 지어내는 동안 나는 라스베이거스에 존재하는 온갖 기이하고 경탄스러운 것들에 대해 곰곰이 생각해 보았다. 이 도시에서 어린 시절을 보낸 사람은 어떤 사람으로 성장하게 될까? 그 결과 우리의 주인공 러키가 탄생했다. 30대 초반의 여성인 러키는 라스베이거스 중심지인 스트립에 있는 대규모 호텔의 고객 관리부장으로 일한다. 업무에서 탁월한 실력을 발휘하지만 개인적인 인생의 문제를 다루는 데는 그야말로 서투르기 짝이 없다. 러키는 과거에 창녀로 일하다 현재는 사창가 여주인이 된 어머니 아래서 아버지의 존재를 알지 못한 채 사창가 사람들과 어울리며 어린 시절을 보냈다. 온갖 종류의 상처를 경험한 끝에 인간의 나약함을 날카롭게 꿰뚫어 볼 수 있는 사람으로 성장한 것이다. 키가 180센티미터가 넘는 데다 여자치고 체격이 좋아 여장 남자들이 애용하는 가게에서 옷을 사 입어야 한다.

내일 살해당할 것처럼 써라

아름다운 사람들이 가득한 도시에서 결코 마음 편한 존재는 아닌 셈이다. 가장 절친한 친구는 하버드 MBA를 따고 줄리어드를 나온 인물로, 이성애자 남성이지만 여장 전문 배우로 활동하고 있다. 이 인물은 러키와 친구 이상의 관계가 되고 싶어 하지만 러키는 자신보다 여자 옷이 더 잘 어울리는 남자와 진지하게 사귀는 일에 대해 확신할 수가 없다.

색다른 인물을 주인공으로 삼을 때 발생하는 또 다른 어려움은 이 주인공을 중심으로 벌어지는 이야기에 다른 주변 인물들을 채워 넣어야 한다는 점이다. 라스베이거스 이야기에서 나는 주변 인물들을 전부 완전히 상식에서 벗어난 인물로 채워 넣고 싶은 충동을 억눌러야 했다. 그 충동을 따랐다면 내 색다른 주인공은 군중 속에 섞여 그리 눈에 띄지 않게 되었을 것이다. 이는 좋은 결과라고 할 수 없다. 나는 라스베이거스라는 도시의 각종 특이하고 진기한 특징 중에서 내 인물이 표현해야 할 것들을 주의 깊게 선별해야만 했다.

일반적으로 주변 인물을 창작할 때는 뻔히 예상되는 인물을 만든 다음 이를 적어도 90도 정도 비트는 방식을 사용한다. 사창가의 여주인인 러키의 어머니는 어떤 인물인가? 그녀는 호리호리한 몸매에 디자이너 의상을 걸치고 자신의 사업을 위해 로비를 벌이고 다니는 사람이다. 러키의 남자 친구는 생계 수단으로 여장을 하는 사람이고 러키의 비서는 유행에 뒤진 50대의 아줌마로 서른다섯 살짜리 호주 출신의 멋진 남자와 사귀고 있다. 러키의 비서는 바로 사람들이 라스베이거스에서 찾는 꿈, 라스베이거스에 있는 동안만이라도 즐기고 싶어 하는 환상을 상징하는 셈이다.

| 실전 연습 |

자, 그렇다면 어떻게 독자에게 깊은 인상을 남기는 자신만의 색다른 인물을 만들어낼 수 있을까?

경험이라는 우물은 작가가 계속해서 소재를 퍼다 쓰는 곳이다. 지금까지 살면서 만나온 사람 중 기억에 오래 남아 있는 사람들을 떠올려보자. 그들은 기억에 남을 만한 어떤 개성이나 특징을 지니고 있었는가?

그들에게 눈에 띄는 어떤 특별한 신체적인 특징이 있었는가? 마치 고양이를 연상시키는 눈동자를 지니고 있었는가? 키가 컸는가? 작았는가? 뚱뚱했는가? 말랐는가? 한쪽 다리가 다른 쪽 다리보다 길었는가? 머리카락이 보라색이었는가? 흔히 보기 힘든 특별한 능력이 있었는가? 혹시 피콜로를 연주할 줄 알았는가? 그게 아니라면 생업으로 굴착기를 몰았는가? 어린 시절 서커스용 말을 타본 적이 있었는가? 어느 여름 인기 록 밴드 그레이트풀 데드Grateful Dead를 쫓아다닌 적이 있었는가? 어쩌면 이들은 신기한 자동차를 운전하거나 비행기를 조종할 줄 알았을지도 모른다. 혹

내일 살해당할 것처럼 써라

은 초조할 때마다 종이로 학을 접었을지도. 어쩌면 그들의 직업이 특이할 수도 있다. 식당의 부주방장이라든가, 수의사의 조수라든가. 스트립 클럽에서 일하지만 내성적인 접수직원일지도 모른다.

혹은 삶의 목적과 생활 방식이 서로 모순되어 보이는 사람일지도 모른다. 50대 비서 아줌마가 서른다섯 살 호주 출신 섹시남과 사귈 수도 있고 사람을 신뢰하는 데 심각한 문제가 있는 여자가 평생 함께할 사람을 찾을 수도 있다. 이성애자 남성이 생업으로 여성 팝 스타인 셰어Cher 분장을 할 수도 있다.

처음에는 상상력을 한껏 발휘하여 인물을 만들고 난 다음 조금씩 부드럽게 다듬으면서 이야기에 맞게 고쳐 쓰라. 내 경우에는 웃음에 천금의 가치가 있다고 생각하므로 언제나 재미있는 인물을 만들어내는 것을 좋아한다.

• 경고: 너무 극단으로 흐르지 않도록 조심하라. 한 인물에게 색다른 특징은 한두 가지면 족하다. 그리고 어떤 인물에게 어떤 특징을 부여할지 까다롭게 고민하여 결정하라. 별난 특징과 색다른 인물이 너무 많으면 그 특징이 한꺼번에 뒤섞여 누가 누군지 알 수 없게 되어버리고 만다. 인상적인 인물을 만들어 내려던 애초의 목표와는 정반대의 결과가 되는 것이다.

왜
이 사건을
해결하려고 하는가?

로버타 이슬라입

소설을 쓰기 시작하기 전에 나는 개인 병원에서 임상심리학자로 일했다. 새로운 환자를 만나 심리 치료 상담을 시작하는 일은 언제나 가슴 설레는 도전이었다. 보통은 이런 질문으로 상담을 시작했다. "어떻게 도와드릴까요? 오늘 여기에는 왜 오셨나요?"

이 질문에 어떻게 대답하는지에 따라 나는 환자가 스스로를 어떻게 바라보고 있는지에 대해 수많은 정보를 읽어낼 수 있었다. 도움이 절실한 위기(아이가 아프다든가 배우자가 이혼을 요구하고 있다든가)를 겪고 있는가? 몇 년 동안 우울감에 시달려오다가 불현듯 더 이상은 그 슬픈 감정의 무게를 감당할 수 없다

내일 살해당할 것처럼 써라

는 생각이 들었는가? 누군가 가까운 사람이 꼭 도움을 받아봐야 한다고 고집을 부렸는가?

첫 상담 시간이 후반부로 접어들고 환자가 어떻게 여기까지 오게 되었는지 그 직접적인 사정을 어느 정도 파악하고 나면, 나는 보통 가족사에 대해 묻기 시작했다. 그리고 우리가 보낸 어린 시절의 경험에 따라 인간관계를 이해하는 방식이 얼마나 달라지는지를 환자에게 차근차근 설명했다. 그리고 우리는 대체로 이런 낡아빠진 정신적 기록을 질질 끌고 다니며 반드시 들어맞으리라는 보장도 없이 새로운 관계에 무조건 적용하려 든다는 사실도 설명했다.

어느 정도의 시간에 걸쳐 상담이 진행된 후에, 나는 환자가 이 세계 안에서 스스로의 모습이라 여기고 있는 그림이 전적으로 정확하지만은 않다는 사실을 함께 배워나갔다. 환자가 기억하는 훌륭한 어머니는 어쩌면 형이나 누나를 조금 편애했는지도 모른다. 가족 한 사람이 알코올 의존을 숨기려 들면서 나머지 식구들의 행동이 엇나가게 되었는지도 모른다. 상담을 통해 우리는 이렇게 켜켜이 쌓여온 가족사가 그 환자가 살아오며 내린 선택에 얼마나 큰 영향을 미쳤는지 살펴보았다. 그리고 환자가 일단 이 낡은 짐을 모두 내려놓을 수 있게 되면 그 자신이 필요하다고 생각하며 바라던 것들이 실제로는 자신에게 필요한 것이 아니라는 사실을 점차 깨닫게 되리라는 점을 차근차근 짚어나갔다.

심리학자로서 쌓아온 이런 경험을 나는 미스터리 소설을 쓰는 작업에 전적으로 활용할 수 있었다. 미스터리 소설에서 무엇보다 중요한 것은, 이 인물은 왜 사건을 해결하는 일에 흥미를 느끼는가 하는 질문이다. 직업적 탐정일 경우 질문에 답하기는 한결 쉽다(그게 직업이니까!). 하지만 미스터리 소설에서 주인공을 맡기에 가장 효과적인 직업인 경찰이나 사설탐정조차 복잡한 개인사의 영향에서 자유로울 수는 없다. 마이클 코널리가 창조한 해리 보슈는 이 점을 잘 보여주는 훌륭한 예다. 어린 시절 창녀였던 어머니가 살해당한 이후 보슈는 언제나 무고한 희생자들을 찾아다닌다.

특히 아마추어 탐정의 경우, 인물이 범죄 사건을 해결하는 일에 뛰어들 만한 합리적이며 설득력 있는 이유를 만들어내는 작업은 매우 중요하다. 작가는 인물의 개인사와 심리 상태 안에 범죄를 해결하고 싶어하는 절박한 마음을 적절하게 쌓아 올려야 한다. 무언가 그 인물이 간절히 바라고 있는 것(아마도 스스로는 의식하지 못할지도 모르지만)을 지금 눈앞의 문제가 가로막고 있는 것이다.

이를테면 《치명적인 충고Deadly Advice》의 도입부에서 최근 이혼한 심리학자인 리베카 버터먼은 평범하고 행복한 삶을 갈망한다. 리베카는 실패한 결혼 생활을 돌아보지 않은 채 앞으로 나아가고 싶어 한다. 그 무렵 리베카의 이웃 사람이 자살하는 사건이 벌어지고, 자식의 죽음이 자살이 아니라 살인이라는 확신을 품은 이웃의 어머니는 리베카에게 이 사건을 조사해달라고 간곡하게 부탁한다.

리베카는 그 부탁을 받아들인다. 이웃 사람과 알고 지내기 위해 노력하지 않은 일에 죄책감을 느끼기 때문이기도 하지만 여기에는 좀 더 미묘한 이유가 있다. 이웃의 죽음이 이 세상에 나 혼자 남겨졌다는 감정을 건드린 것이다. 그리고 홀로 남겨진 기분은 오래전 어린 시절 버림받았던 기억을 떠오르게 한다.

그렇다. 리베카 버터먼은 자신의 이웃에게 도대체 무슨 일이 벌어졌는지를 알아내고 싶기도 하지만 한편으로는 자신이 왜 이토록 외로운지 알고 싶은 것이다. 그래서 리베카는 평범한 사람이었다면 그러지 않았을 만큼 깊숙이 살인 사건을 파고든다. 인물의 심리가 어떤 식으로 작용하는지 조금은 감이 잡히는가?

이제 곧 출간될 '키웨스트 음식 비평가Key West Food Critic' 미스터리 시리즈 《살인의 맛A Taste for Murder》의 주인공 헤일리 스노는 버터먼 박사보다 젊고 그리 극적인 가족사를 짊어지고 있지도 않다. 헤일리는 새로운 남자 친구와 함께 지내기 위해 키웨스트로 이사하지만 남자 친구는 다른 여자를 만나면서 곧바로 헤일리를 차버린다. 발붙일 곳 없는 부평초 같은 기분으로 남겨진 헤일리는 자존감을 되찾을 방법을 찾으면서, 내심 새로운 남자 친구를 만나면 그렇게 되지 않을까 기대한다. 그러던 중 전 남자 친구의 새로운 여자가 살해된 채 발견된다. 당연한 결과로 헤일리가 용의 선상에 오른다. 그리고 마음속 격변을 겪고 있던 탓에 헤일리는 범죄 사건 깊숙이 발을 들이기에 쉬운 상태에 놓인다.

심리 치료에서와 마찬가지로 소설에서도 이야기가 진행됨에 따라 인물은 자기 자신에 대해 새로운 사실을 발견해야 하며, 그 깨달음을 계기로 변화해야 한다. 어쩌면 인물은 자신이 원한다고 생각했던 것들이 실제로 행복하다고 느끼기 위해, 사랑받을 자격이 있다고 느끼기 위해, 외로움을 덜기 위해 정말로 필요한 것이 아니었다는 사실을 깨닫기 시작할지도 모른다. 그로 인해 낡은 목표를 포기하고 좀 더 실질적인 목표를 추구할 수 있게 될지도 모른다.

| 실전 연습 |

다음 질문에 대한 답을 생각해보자. 좀 더 완성된 인물을 만들어내는 데 도움이 될 것이다.

- 인물을 이야기로 끌어들이는 요소는 무엇인가?(어떻게 도와드릴까요? 왜 지금인가요?)
- 책의 초반에서 이 인물은 자신이 바라는 목표를 어떻게 묘사

내일 살해당할 것처럼 써라

하는가?('어떻게 도와드릴까요?'는 곧 '인물은 자신이 무엇을 바란다고 이야기하는가?'라는 질문이 된다)

- 인물은 소설 속에서 자신이 마주하는 사건을 통해, 스스로에 대해 알게 된 사실을 통해 어떻게 변화하게 되는가?

- 인물을 다른 인물과 구분 짓는 특징은 무엇이 있는가?(내적으로, 외적으로)

- 인물이 범죄 사건을 해결하기 위해 나서는 이유는 무엇인가?(내적으로, 외적으로)

- 인물이 사건에 뛰어드는 이유에서 그의 가족사는 어떤 역할을 하는가?

인간답다는 것은
결함을 지니고
있다는 뜻이다

마샤 탤리

나는 시간이 날 때마다 소설을, 출간된 소설이든 출간되지 않은 소설이든 닥치는 대로 읽어본 사람이다. 그러면서 한 가지 확신하게 된 사실이 있다. 완벽한 인물은 완벽하게 지루하다. 탐정이 흥미로운 인물이 되려면 강점도 있어야 하지만 결점과 상처받기 쉬운 나약한 구석도 필요하다. 우리의 슈퍼맨조차 크립토나이트 앞에서는 무릎 꿇지 않았던가.

나는 총을 차고 돌아다니고 술을 많이 마시고 줄담배를 피우고 법의 경계를 넘나드는 탐정에 대해 이야기하는 것이 아니다. 또한 허벅지까지 올라오는 부츠를 신고 술을 마시고 욕지거리를 내뱉고 악당을 혼쭐내는 행실 나쁜 여주인공에 대

내일 살해당할 것처럼 써라

해 이야기를 하고 있는 것도 아니다. 정형화된 인물의 바다에서 눈에 잘 띄기 위해 우리의 인물은 인간다울 필요가 있다. 그리고 인간답다는 것은 결함을 지니고 있다는 뜻이다.

셜록 홈스와 애덤 댈글리시, 쿠르트 발란데르, 모스처럼 성미가 까다롭고 음울하며 사색적인 탐정을 생각해보라. 홈스는 오만하고 자기밖에 모르며 추론의 과학을 신봉하는 인물이다. 모스 또한 그렇다. "루이스, 나는 생각하지 않는다네. 오직 추론할 뿐이지."라고 《울버콧 이야기The Wolvercote Tongue》에서 말한다. 하지만 나에게는 모스가 홈스보다 한층 현실적인 인물로 여겨진다. 그건 아마도 모스가 고소공포증이 있고 피를 보면 몸을 움츠리는 데다 그를 창조한 콜린 덱스터Colin Dexter처럼 당뇨병으로 고생하고 있기 때문일 것이다. 헤닝 만켈Henning Mankell이 창조한 현대의 우울한 덴마크인인 발란데르도 마찬가지로 고혈당 증상과 싸우고 있다. 발란데르는 또한 아내와 별거하고 있는 한편 오만한 딸과 알츠하이머에 걸린 아버지를 돌보아야 한다. P. D. 제임스P. D. James가 만들어낸 탐정이자 시집을 낸 시인이기도 한 댈글리시 중령은 아내와 갓난아기였던 딸의 죽음을 아직도 극복하지 못하고 있다. 발란데르와 모스, 댈글리시는 그 자신 역시 인생의 문제와 마주하고 있으므로 어느 누구보다도 다른 사람의 고통에 깊이 공감할 수 있다. 그 결과, 독자 또한 이 인물들에게 한층 마음을 쓰게 된다.

탐정이 마주한 문제는 신체적인 것일 수도 있다. 암살범의 총에 맞아 휠체어 신세를 지게 된 샌프란시스코의 탐정 로 버트 T. 아이언사이드는 특수 장비가 갖춰진 자신의 승합차에 서 계속해서 범죄와의 전쟁을 수행한다. 뉴올리언스의 보험 조 사원인 마이클 롱스트리트는 맹인이다. T. C. 보일T. C. Boyle의 숨 가쁜 스릴러 《어서 말해봐Talk Talk》에 등장하는 주인공 데이 나 홀터는 청각 장애인이다.

탐정이 지닌 신체적 약점은 일시적인 것일 수도 있다. 앨 프리드 히치콕 감독의 스릴러 영화 〈이창Rear Window〉에서 사진 작가인 제프 제프리스는 다리가 부러져 휠체어 신세를 져야만 한다. 그동안 이웃 사람들을 관찰하면서 시간을 보내던 제프리 스는, 이웃집의 부인이 사라졌을 때 그녀가 살해당했다는 사실 을 증명하려다가 자신의 생명마저 위험에 몰아넣고 만다.

조세핀 테이Josephine Tey의 《진리는 시간의 딸The Daughter of Time》에 등장하는 스코틀랜드 야드(영국 런던 경찰국을 이르는 별 칭. ―옮긴이)의 앨런 그랜트 경감은 역시 다리가 부러진 탓에 병원 침대 신세를 지게 된다. 지루함과 싸우던 경감은 악명 높 은 리처드 3세의 초상화에 흥미를 느끼고 조카인 왕자들을 탑 에 가두어 살해했다는 리처드 3세의 누명을 벗기기 위해 조사 에 나선다. 이와 비슷한 이야기 구조가 1989년 골드 대거상 수 상작인 덱스터의 《옥스퍼드 운하 살인 사건The Wench is Dead》에 서도 등장한다. 옥스퍼드 병원에서 위궤양 치료를 받던 모스 경감은 1959년 운하를 오가는 배에서 벌어진 살인 사건에 대

　　　　　　　　　　　　　　내일 살해당할 것처럼 써라

한 기록을 읽게 된다. 모스 경감은 이 살인 사건의 범인으로 교수형을 당한 두 남자가 무죄라고 확신하면서 침대에 누운 채로 이 사실을 증명하기 위해 조사에 착수한다.

제프리스와 그랜트 경감, 모스 경감은 일시적으로 몸을 움직일 수 없는 처지에 처했기 때문에 사건을 조사하기 위해 지인과 친구 들의 힘을 빌린다. 하지만 그중 누구도 도나 앤드루스Donna Andrews의 시리즈에 등장하는 기이한 탐정 튜링 호퍼만큼 절실하게 다리를 필요로 하는 것은 아니다. 회사 컴퓨터에 갇힌 인공지능 인격인 튜링에게는 몸이 아예 존재하지 않는다!《살인 사건이 일어났습니다You've Got Murder》에서 자신을 만든 프로그래머가 알 수 없는 이유로 실종되자 튜링은 프로그래머가 살해당했다고 의심하면서 자신의 마이크로칩과 프로세서로 할 수 있는 수단, 이를테면 감시 카메라와 신용카드 기록, 데이터 목록은 물론 인간 동료인 팀과 모드까지 모두 이용하여 프로그래머의 행방을 찾아내려 한다.

한편 정신적, 심리적 문제를 지닌 탐정들도 있다. 애비게일 패지트Abigail Padgett의 1996년 소설《침묵의 아이Child of Silence》에 처음으로 등장하는 보 브래들리는 샌디에이고 소년 법원에서 일하는 아동 학대 조사관으로, 자신이 조울증을 앓고 있다는 사실을 사람들에게 숨기고 있다. 네 편까지 이어지는 시리즈에서 보는 조울증을 앓고 있기 때문에 자신에게 도움을 구하는 어린 의뢰인들의 심리를 정확하게 짚어내고 그들에게 깊이 공감할 수 있다. 독자들 또한 보가 조울증으로 고생하면서도 일과 생활을 제대로 꾸려나가기 위해 고군분투하는 모습을 지켜보며 그에게 깊이 공감하게 된다.

최근 심리적인 문제에 시달리는 탐정 가운데 가장 인기 있는 인물이라면 에이드리언 몽크를 따를 수 없다. 몽크는 강박 장애에 시달리는 탐정으로, 시즌 6의 어딘가에서 몽크 자신이 밝힌 바에 따르면 312가지가 되는 공포증이 있기 때문에 일상의 잡다한 일을 비서에게 의지하지 않고서는 살아갈 수 없다. 비서는 장을 보고 자동차로 몽크를 범죄 현장까지 데려다주며 곧바로 대령할 수 있는 손수건을 충분히 준비해둔다. 창작자인 앤디 브렉먼Andy Breckman의 말에 따르면, 몽크는 사소한 세부 사항에 대한 집착 때문에 사회생활을 제대로 꾸려나가지 못하며 가끔 범죄 수사에도 방해를 받지만(몽크는 범죄 현장에 뒤집혀 있는 가구를 똑바로 세워놓고 싶은 충동과 싸워야 한다) 바로 그 덕분에 탁월한 탐정이자 범죄심리학자가 될 수 있다. 몽크는 사진으로 찍어놓은 듯한 기억력을 지니고 있으며 동료에게는 별로 중요하게 보이지 않는 세부 사항의 단편을 모아 이를 기반으로 범죄가 일어난 과정 전체를 재구성하는 능력도 가지고 있다.

에드거상의 후보로 오른 스티브 해밀턴Steve Hamilton의 《자물쇠 장인The Lock Artist》은 마이크 스미스라는 매력적인 열여덟 살짜리 고아의 1인칭 시점으로 이야기가 전개된다. 장애로 말을 하지 못하는 마이크는 어떤 금고나 문도 열 수 있는 '금고털이'다. 당연한 결과로 온 세상의 범죄자들이 모두 마이크를 손에 넣고 싶어 한다. 마이크가 범죄자의 삶에서 탈출하기 위해 고군분투하는 동안, 침묵의 세계에서 문을 열고 나오기 위해 과거의 악몽을 끊임없이 되새기는 동안, 독자는 그의 좌절감("이 멍청한 벙어리 새끼, '아무 말이나' 좀 해보라고.")을 함께 느낀다.

마크 해던Mark Haddon의 매혹적인 작품《한밤중에 개에게 일어난 의문의 사건The Curious Incident of the Dog in the Night-Time》의 화자인 열다섯 살짜리 자폐증 환자 크리스토퍼 분은 "난 단지 몇 가지 행동 장애가 있을 뿐인 수학자야."라고 단언한다. 크리스토퍼는 자신에게 쏟아지는 방대한 양의 정보와 자극에 압도될 지경에 처하면서도 개가 살해당한 사건을 해결하고, 사라져버린 어머니를 찾기 위해 런던까지 여행하는가 하면, 상급 학력고사의 수학 과목에서 뛰어난 성적을 거두기도 한다.

이보다 어린 주인공이 등장하는 작품을 살펴보자. 앨런 브래들리Alan Bradley가 쓴《파이 바닥의 달콤함The Sweetness at the Bottom of the Pie》에 등장하는 열한 살짜리 플라비아는 그 태평스러운 태도로 결손가정이라는 자신의 상황에 대해서는 전혀 개의치 않으면서 믿음직스러운 자전거 글래디스를 타고 빨간 머리 남자 살인 사건을 해결한다.

어떤 탐정이 마주하는 문제는 그야말로 기이한 수준에 이르기도 한다. R. 스콧 바커R. Scott Bakker의 이색적인 작품《개의 훈련Disciple of the Dog》에서 반영웅 주인공인 디사이플 디스 매닝은 과잉기억 증후군을 앓고 있다. 즉 모든 것을 기억하는 완벽한 기억력을 지녔다는 뜻이다. "나에 대해 기억해야 하는 한 가지는 내가 절대 잊지 않는다는 것입니다. 그 어떤 것도요. 절대로요." 디스는 "화면을 정지시킬 수도 있고 앞으로 빨리 감을 수도 있고 잠시 멈추었다가 다시 재생할 수도 있다. (……) 이는 마치 자동 녹화 장치와 비슷하다. 월 사용료가 없다는 점이 다를 뿐이다". 디스는 종말론 종교의 신자들 사이에서 한 젊은 여성을 찾아내기 위해 수사 과정을 되풀이해 재생하면서 무언가 단서가 될 만한 미묘한 차이를 잡아내려 애쓴다.

디스와는 정반대의 문제를 지니고 있는 탐정이 있다면 어떨까? 크리스토퍼 놀런Christopher Nolan 감독의 뛰어난 명작 〈메멘토Memento〉에서 레너드 셸비는 아내가 강간당하고 살해된 후 머리에 충격을 받아 순행성 기억상실증에 걸린다. 다시 말해 두뇌에 더 이상 새로운 기억을 저장하지 못하게 된 것이다. 레너드는 아내를 죽인 살인자를 찾아다니는 동안 메모를 붙인 폴라로이드 사진과 노트를 이용해 자신만의 기억 체계를 만들어, 자신이 만나고 다닌 사람을 파악하고 자신이 기억하고 싶은 정보를 몸 곳곳에 문신으로 새겨 넣는다.

이렇게 정형화된 인물의 틀에서 벗어난 탐정, 별스럽고 기이하며 괴벽스럽고 독자의 예상을 훌쩍 뛰어넘는 탐정은 미스터리 장르의 새로운 장을 연다. 당신의 탐정 또한 그럴 수 있

내일 살해당할 것처럼 써라

다. 그렇다고 제프리 디버Jeffery Deaver의 작품에 등장하는 링컨 라임처럼 탐정을 전신 마비 환자로 만들라는 말은 아니다. 어떤 강점과 약점을 지니고 있든 간에 탐정은 독자의 관심을 사로잡을 수 있는 인물이어야 한다. 그리고 300~400쪽이 넘도록 이야기가 이어지는 동안 독자의 관심을 끝까지 견인할 수 있는 인물이어야 한다. 탐정을 그런 인물로 만들기 위해서 작가는 자신이 창조한 탐정을 안팎으로 속속들이 잘 알고 있어야만 한다. 자신이 만들어낸 탐정을 여러모로 시험해보라. 이를테면 탐정은 유괴된 아이가 단란한 가정에서 사랑을 듬뿍 받으며 행복하게 살고 있다는 사실을 알아냈다. 한편 친엄마는 마약에 중독된 전과자다. 이런 상황에서 탐정은 어떻게 행동할 것인가? 작가라면 마땅히 알고 있어야만 한다.

나의 소설《뼛속까지 노래하라Sing It to Her Bones》의 주인공인 해나 아이브스는 말한다. "암에 걸렸다는 사실을 알았을 때 나는 더 이상 누구의 허튼소리도 참아 넘기지 않겠다고 결심했다." 열 가지 사건을 해결하고 암과 싸워 이긴 다음에도 해나는 여전히 어떤 허튼소리도 용납하지 않는 인물로 남아 있다.

결함과 불완전함. 탐정에게 갈 길을 마련해주는 것은 바로 이런 요소다. 결점은 극복해야 하는 도전으로써 이야기를 앞으로 이끄는 힘이 된다. 작가가, 그리고 작가가 만들어낸 탐정이 그 결점을 솜씨 좋게 다룰 수만 있다면 그 결점은 바로 그의 가장 뛰어난 강점이 될 것이다.

1단계

스스로에게 묻자. 내가 만든 탐정에게 일어날 수 있는 가장 최악의 일은 무엇인가? 다시 한 번 묻자. 여기에서 일은 어떻게 더 악화될 수 있는가? 탐정이 이 난관을 도대체 어떻게 헤쳐나갈 것인지 적어도 두 쪽 이상의 글을 통해 이야기를 풀어나가 보자. 예를 들면 이러하다. 주인공은 사설탐정으로 가까스로 생계를 꾸려나가는 한편 전남편과 험난한 양육권 다툼을 벌이고 있다. 보육원에 아이를 데리러 가야 하는 시간에 이미 늦었는데 곤경에 빠진 고객이 전화를 걸어 도움을 청한다. "지금 와주셔야 해요! 탐정님이 필요해요."

2단계

더 나아가 보자. 약혼자가 납치되거나 아이가 실종되거나 테러범들이 음모를 꾸미고 있다. 이 사건을 조사하고 있는데 시간이 다 되어간다. 여기서 탐정에게 불리한 조건을 부여한다. 팔이 부러지든지 맹장이 파열되든지 배심원 임무에 소환되든지 대통령과의 저녁 식사에 초대되도록 만든다. 탐정이 이 난국을 어떻게 헤쳐나가는지, 탐정의 시점으로 몇 쪽에 걸쳐 풀어내라.

아마추어 탐정은
독자에게
쉽게 다가갈 수 있다

캐런 하퍼

대중매체에서 경찰이나 탐정, 법 과학 전문가가 주인공으로 등장하는 작품들이 인기를 얻고 있기는 하지만 독자들 사이에서는 아마추어 탐정이 등장하는 소설이 꾸준하게 인기를 끌며, 따라서 출판사에서도 줄곧 인기를 누린다. 아마추어 탐정이 등장하는 수많은 작품을 집필한 경험자로서 나는 어떻게 하면 책을 이끌어나가며 책을 팔리게 만드는 아마추어 탐정을 창조하고 이들에게 생명을 불어넣을 수 있는지, 그 방법에 대해 이야기하려 한다.

나는 장장 18년간 내가 만들어낸 아마추어 탐정들과 함께 성공적으로 일하고 있다. 심각한 범죄 사건을 해결해온(그리고 나를 베스트셀러 작가로 만들어준) 여주인공들은 장미 원예사이기도 했고 아미시 교파의 교사이기도 했고 스쿠버다이버, 농부, 위기의 소녀들을 위한 캠프 지도자, TV 앵커, 암 연구원이기도 했다. 아홉 편의 '영국 여왕Queen of England' 미스터리 시리즈에서는 베스 튜더Bess Tudor, 즉 엘리자베스 1세가 탐정으로 등장하기도 했다.

여기서는 먼저 아마추어 탐정이 꾸준히 인기를 끄는 이유부터 살펴보도록 하자. 우선 수많은 독자가 전문 탐정보다는 아마추어 탐정과 자신을 동일시하기가 쉽다는 이유가 있을 것이다. 그리고 독자가 주인공의 입장에 자신을 투영하게 만드는 일은 작가로서 해야 할 일 중 최우선의 임무다. '나에게도 이런 일이 일어날 수 있어. 이 인물이 나일 수도 있어!'라는 잠재의식의 힘은 강력하다.

또한 독자가 주인공에게 느끼는 유대감은 아마추어 탐정이 무언가 개인적인 것을 되찾거나 지키기 위해 범죄 사건을 해결하려고 고군분투하는 모습을 지켜보는 동안 한층 공고해진다. 범죄 전문 해결사가 그 뛰어난 실력을 발휘하여 사건을 해결하는 과정이 아무리 재미있다 한들 개인적인 무언가를 지키기 위해 애쓰는 아마추어 탐정의 모습이 한층 설득력 있게 다가오기 마련이다. 자신에게 크게 영향을 끼치는 그 무엇이 없었다면 아마추어 탐정은 사건 수사에 나서지 않았을 것이다. 이를테면 누군가 아는 사람, 혹은 사랑하는 사람이 유괴당하거나 살해당하지 않았다면 말이다.

직업의식이 투철한 전문 탐정이 범죄 사건을 해결하는 이야기도 재미있지만, 단순히 직업이기 때문이 아니라 그 사건에 무언가 많은 것이 걸려 있기 때문에 사건을 조사하는 것이라면 이야기는 한층 흥미로워진다. 사설탐정이나 경찰 수사 이야기를 쓰는 영화 각본가들은 이 전략을 잘 이해하고 있기 때문에 이따금 일부러 탐정의 개인적인 문제를 플롯에 엮어 넣기도 한다. TV에서 방영되는 경찰 드라마에서 수사관이 희생자를 알고 있거나 아니면 어떤 특별한 이유로 희생자와 자신을 동일시하는 경우가 얼마나 많이 등장하는가? 아마추어 탐정을 주인공으로 소설을 쓸 때에는 굳이 이런 수고를 들일 필요가 없다. 그리고 범죄 사건의 희생자는 주인공과 가까운 사이일수록 좋다.

아마추어 탐정을 주인공으로 하는 소설의 또 다른 매력은 수많은 독자가 첨단 기술을 이용한 범죄 해결에 질려버렸다는 데서 찾을 수 있다. 독자는 탐정이 지적 능력과 추론만으로 사건을 해결하던 그 옛날의 모습을 보고 싶어 한다. 또한 첨단 기술이 등장하지 않는 범죄 소설을 읽으면서 독자는 스스로 사건 해결에 도전하며 한층 순수하게 이야기를 즐길 수 있다. 온갖 기술과 스트레스로 가득한 일상에서 벗어나 잠시 쉬어갈 수 있는 것은 물론이다.

아마추어 탐정에게 흥미로운 직업이나 취미를 부여하는

것도 얼마든지 가능하다. 그 직업이나 취미가 사건 수사에 필요한 기술과 관련이 있는 것이라면 더욱 좋다. 또한 아마추어 탐정이라면 홀로 범인과 상대하게 만들어 긴장감 넘치는 장면을 쓰기도 쉽다(이 말은 곧 탐정의 절친한 친구나 연인을 경찰이나 형사로 설정하고 싶은 일반적인 충동을 자제하는 편이 좋다는 뜻이다).

그럼 이제 몇 가지 구체적인 착상을 끌어모아 자신만의 아마추어 탐정을 만들어보자.

| 실전 연습 |

1인칭 시점(아마추어 탐정이 자신의 이야기를 풀어나가는)이나 3인칭 시점(작가 혹은 외부의 관찰자가 이야기를 풀어나가는)으로 한 단락에서 세 단락 정도 범죄의 세부 사항을 설명하는 글을 쓴다.

- 누가 범죄로 인한 피해를 입었는가? 누가 살해되었는가?
- 피해자와 탐정은 어떤 관계인가?
- 탐정은 그 범죄에 대해 어떻게 알게 되었는가?
- 탐정은 어떤 반응을 보였는가?
- 경찰이 사건 수사에 나서는가?
- 왜 탐정은 스스로 범죄 사건을 해결하려 하는가?

내일 살해당할 것처럼 써라

자, 이제 역시 1인칭 시점이나 3인칭 시점으로 우리의 탐정이 이 범죄를 해결하는 데 필요한 자질 중 어떤 것을 갖추고 있는지를 한 단락 이상의 글로 설명하라. 타고난 특별한 재능인가, 직업에서 익힌 기술인가? 어쩌다 알게 된 중요한 단서인가, 내부 정보인가, 개인적인 관찰력인가?

이제 아마추어 탐정 소설을 쓰기 위한 플롯과 탐정을 이끌어낼 기본 준비가 되었다.

위기는
주인공을
어떻게 변화시키는가?

데버러 터렐 앳킨슨

작가로서 우리는 읽을 가치가 있는 이야기라면 마땅히 갈등을 다루고 있어야 한다는 소리를 수천 번도 넘게 들어왔다. 독자로서 우리는 갈등이 효과를 발휘하는 지점을 직관적으로 알아챈다. 그럴 때면 밤잠을 거르면서 그 책을 읽지만, 갈등이 제대로 효과를 발휘하지 못하면 책을 그저 덮어버리고 만다. 여기서는 주인공이 빠지게 되는 특정 종류의 위기와 함께 이 위기가 주인공에게, 그리고 독자에게 미치는 영향에 대해 살펴보려고 한다.

현실의 삶은 사람들이 살아가면서 얼마나 허다한 문제에 휘말리는지를 증명한다. 위험은 도처에 널려 있다. 신문(진실이라고 추정되는 정보)을 읽으면서 터무니없이 위험한 사고 소식에 깜짝 놀랄 때가 얼마나 많은가? 단지 방송국의 리얼리티 쇼에 나가고 싶다는 이유 하나만으로 자신의 아들이 헬륨을 가득 채운 풍선 안에 들어갔다고 주장하는 부모에 대해서 책을 쓴다면 독자들은 과연 이 이야기를 믿어줄까? 진실과 신빙성은 다르다. 작가는 주인공을 위기에 빠뜨리는 동시에 그 위기로 뛰어드는 주인공의 행동에 설득력을 부여할 책임을 지고 있다.

전통적인 서스펜스 장르에서 주인공은 강압적인 상황에 의해, 혹은 선택에 따라 스스로를 크나큰 위험에 빠뜨리는 행동을 저지르기 마련이다. 여기에서 작가는 주의 깊게 기초 작업을 해놓은 다음 주인공이 위험에 뛰어드는 이유를 선택하여 부여할 필요가 있다. 눈앞에 위험이 존재한다는 사실을 잘 알고 있는 주인공이 위험 속에 뛰어들 만한 합당한 이유가 있어야 하며 그 이유는 반드시 감정과 욕망, 절박함으로 가득 차 있어야 한다. 인물은 또한 위험을 무릅쓸 각오가 되어 있어야 한다.

마이클 코널리의 작품 《시인The Poet》의 주인공으로 덴버의 범죄 담당기자인 잭 매커보이는 자신의 쌍둥이 형이자 강력계 형사였던 숀 매커보이의 사망에 대해 특집 기사를 쓰는 임무를 맡는다. 숀은 스스로 쏜 총에 맞아 숨진 듯 보이며 당시 그가 타고 있던 자동차 유리창에는 에드거 앨런 포Edgar Allan Poe의 작품에서 인용된 글귀가 남겨져 있다. 잭은 절대 숀이 자살했을 리 없으며 그가 살해되었다고 확신한다. 범죄 담당기자로서 잭은 수사 자료를 손에 넣을 수 있을 뿐만 아니라 연줄과 정보원도 갖추고 있다. 그리고 사건을 조사하는 과정에서 적과 맞서기 위한 전문 지식과 역량을 쌓아나간다.

코널리는 단 한순간도, 잭이 악마처럼 흉악한 살인범과 마주하는 순간까지도 잭의 동기나 능력에 대한 독자의 의심을 허용하지 않는다. 점점 위기에 몰리면서 잭 자신은 회의에 시달릴지 모르지만 독자만은 절대 잭에게 의심을 품지 않는다. 그 자신의 불안감을 제외하고 잭이 마주하는 위험은 모두 형이 살인범이라는 형태를 띠고 외부에서 다가온다. 그리고 잭은 자신이 쌓아온 지식과 역량으로 그 위험천만한 적수와 겨루어야 한다.

위험이 외부에서 오기보다 주인공의 성격이나 마음가짐에서 비롯되는 경우도 있다. 잭 런던Jack London이 1908년에 발표한 단편 〈불을 지피다To Build a Fire〉에서 캐나다 유콘 주에 처음으로 발을 디딘 한 이름 없는 신출내기는 덩치가 커다란 토착종 허스키 한 마리와 함께 도보 여행길에 오른다. 이 남자가 침을 뱉고 그 침이 땅에 떨어지기도 전에 얼어붙는다는 사실을 무시하고 넘어갈 때, 독자는 그가 스스로를 위험에 몰아넣는 선택을 하게 되리라는 사실을 직감한다. 극한의 추위를 무시하는 남자는 위험한 행동을 하기 마련이다. 런던은 뛰어난 이야기 솜씨를 발휘하여 독자가 괴로운 마음으로 남자가 계속해서 실수를 저지르는 모습을 지켜보도록 만든다. 외부의 극한 상황에 남자의 무지가 더해지면서 이야기는 파멸적인 결과로 이어질 수밖에 없다.

조지프 콘래드Joseph Conrad는 《로드 짐Lord Jim》에서 독자의 공감을 불러일으키는 고난에 빠진 주인공을 소개한다. 어린 선원이었던 짐은 선장과 다른 선원의 뒤를 따라 침몰하는 배와 배에 타고 있던 승객을 저버리고 도망친다. 하지만 오로지 짐 혼자만이 법정에 서서 이 사건에 대해 재판을 받게 되며 재판 결과 짐은 1등항해사 자격을 박탈당하고 만다. 말로가 짐을 만나게 되는 것은 바로 이 시점이다. 말로는 선한 일을 하면서 숭고하고 모험적인 삶을 살고자 하는 짐에게 자신을 투영하는 한편 짐이 젊은 시절 저지른 실수에 대해 스스로를 용서하지 못하고 있다는 사실을 알아차린다. 결국 자신의 이상에 부응하여 살지 못했다는 실패감은 짐이 대의라고 생각하는 것을 위해 희생하는 이유가 된다.

콘래드는 주인공이 겪는 가장 큰 위기를 그 내면에서 비롯된 것으로 만들면서 명예와 숭고한 행동에 대한 중대한 질문을 던진다. 이 인공적인 개념은 무엇을 의미하는가? 어떤 인물이 신념에 따라 자신을 희생한다면 그 행동을 통해 이 인물은 명예를 회복하게 되는가?

작가는 위기에 처한 주인공을 통해 독자가 단순히 책장을 넘기는 것 이상의 목적을 달성해야 한다. 가장 흥미로운 갈등은 외적인 위험과 내적인 위험을 아우르는 한편 인물에게 압박을 가해 그의 반응을 시험하는 종류다. 주인공은 이야기 전개에 따라 지혜를 습득하고 역량을 키우며 최종 대결에 대한 준비를 갖추게 된다. 주인공이 장애물을 극복할 수도 있고 실패할 수도 있지만, 어떤 경우라도 주인공이 성장하고 변화해야만 한다는 사실은 변하지 않는다. 그 후 주인공이 자신의 행동에 의심을 품게 되는 음울한 자기성찰의 순간이 찾아온다. 런던의 이름 없는 여행자처럼 인물은 주의를 기울였어야 할 징후들을 무시해왔다는 사실을 깨닫는다. 오이디푸스가 신탁을 무시했기 때문에 이야기는 죽음, 교훈과 함께 비극적으로 끝을 맺을 수밖에 없는 것이다.

그리스인들은 '데우스 엑스 마키나deus ex machina('기계를 타고 내려오는 신'을 뜻하는 고대 그리스의 극작술. 초월적 힘으로 문제를 해결하는 결말을 말한다. —옮긴이)'를 사용할 수 있었을지 모르지만 오늘날의 작가에게는 이에 대한 선택권이 없다. 도움의 손길이 하늘에서 뚝 떨어지는 일은 없으며 잘생긴 남자 친구가 보석금을 내주는 일도 없고 주인공이 스스로 문제를 해결하기 전까지는 경찰차도 와주지 않는다. 주인공에게 필요한 교훈을 이미 가르쳤으니 이제 주인공이 그 교훈을 활용하도록 놓아둘 차례다.

아, 그리고 전혀 뜻밖의 사건을 덧붙이는 일을 잊지 말자. 인생에는 그런 일이 일어나기 마련이니까.

1단계

개략적인 이야기의 개요를 짜면서 주인공이 피해 갈 수 없는 위험과 마주하는 상황을 만들라. 영화 시나리오의 3막 구성을 이용하여 개요를 짜는 경우, 이 부분은 문제를 설정하는 1막이 될 것이다. 주인공을 궁지에 빠뜨려라.

2단계

모든 면에서 주인공에게 대항할 만한 적수를 상상하고 주인공이 적수를 물리치기 위해 반드시 배워야 하는 교훈을 세 가지 생각해내라. 교훈은 외적인 것일 수도 있고 내적인 것일 수도 있다. 쉽게 배울 수 없는 교훈이어야 한다. 실질적으로든 비유적으로든 주인공은 상처를 입어야 한다. 현실의 삶을 참고하자.

3단계

앞의 교훈 외에도 주인공이 지혜를 얻을 수 있는 세 가지 방법을 생각해내라. 주인공이 과거에 비웃던 다른 인물의 말에 귀를 기울이기 시작하는가?

4단계

어떤 인물도 예상치 못한 전혀 뜻밖의 반전을 세 가지 생각해내라. 한 경찰이 무장을 갖추고 마약상의 소굴을 습격하던 중 동료가 자신을 배신하고 마약상과 협력하고 있다는 사실을 알게 된다. 상황을 좀 더 밀어붙이라. 그리고 이런 사건이 일어나게 된 원인이 '큰 문제'와 어떤 식으로든 연결되어 있어야 한다는 점을 명심하자.

5단계

범인을 지성과 신체 능력 면에서 주인공과 대등한 인물로 설정해야 한다는 점을 명심하라. 범인이 주인공을 깜짝 놀라게 만들 만한 세 가지 사건을 생각해내라.

6단계

이제 주인공에게 최종 대결을 시키고 결말을 맺을 준비가 되었다. 앞 단계를 제대로 실행했다면 마음속에 이미 결말이 떠올랐을 것이다. 상상해둔 여러 장면 중에서 두 가지를 골라 글로 옮기라. 이제 소설의 뼈대를 세운 셈이다!

악당에게
설득력을
부여하자

매슈 딕스

모든 문학 작품에 등장하는 악당 중 가장 무시무시하면서도 가장 매력적인 인물은 인간적인 면모를 선보이며 독자의 마음에 호소하는 무언가를 지닌 인물이다. 이들은 악당이지만 독자가, 특히 우울한 날이면 남몰래 마음속으로 응원을 보낼 법한 (자신이 악당을 응원한다는 사실에 경악하면서도) 인물이다.

스티븐 킹Stephen Kings의 《미저리Misery》 속 애니 윌크스

토머스 해리스의 《양들의 침묵》 속 한니발 렉터

브램 스토커Bram Stoker의 《드라큘라Dracula》 속 드라큘라

셰익스피어의 〈오셀로Othello〉 속 이아고

이들은 모두 독자들이 마음을 빼앗길 수밖에 없는 악당들이다. 독자들이 이들을 좋아하는 이유는 간단하다. 작가가 이런 악당을 어둠 속에 내버려두는 대신 이들의 동기를 한층 깊이 이해하기 위해 그 그림자 속으로 대담하게 발을 들여놓았기 때문이다. 작가는 반드시 어둠 속으로 기꺼이 발을 들여놓을 수 있어야 한다. 여기 도움이 될 법한 세 가지 요령을 소개한다.

악당에게 감정을 이입하라

스스로 악당이라고 생각하는 사람은 거의 없다. 나의 작품인 《이매지너리 프렌드Memoirs of an Imaginary Friend》의 등장인물 중 한 사람은 이렇게 말한다. "어쩌면 우리 모두는 어느 누군가에게 악마일지도 몰라." 나는 이 말이 옳다고 생각한다. 도끼 살인마든 은행 강도든 심지어 아기 고양이를 잔인하게 죽이는 사람까지도, 그 자신의 마음속에는 온당하고 타당한 동기를 지니고 있기 마련이다. 그리고 작가가 이 동기를 아무런 선입견 없이 솔직하고 공정하게 표현할 때 악당은 흥미로워진다.

악당의 마음속으로 들어가라. 악당이 처한 상황에 감정을 이입하라. 악당처럼 생각하고 악당이 믿는 것을 믿을 때 세상이 어떻게 보일지 상상해보라. 도끼 살인마가 나이 든 할머니들을 도끼로 난도질해 죽여야 한다고 생각하게 된 이유는 무엇인가? 은행 강도는 어떤 변명으로 다른 사람의 돈을 훔치는 행위를 정당화하는가? 고양이 학대범은 무슨 사정으로 그 작은 동물에 반감을 품게 되었는가? 최고의 악당은 자신이 저지르는 악행에 나름의 이유를 지닌 악당이다.

피터 벤츨리Peter Benchley의 《죠스Jaws》에 등장하는 상어가 사람들을 잡아먹는 이유는, 진화 과정에서 다른 생물을 잡아먹고 살도록 만들어졌기 때문이다. 찰스 디킨스의 《위대한 유산Great Expectations》 속 해비셤은 결혼 사기를 당해 제단에 홀로 남겨진다. 셰익스피어의 〈리어왕King Lear〉 속 에드먼드는 서자 출신에 대한 부당한 대우와 장자들의 횡포에 대항하여 들고일어난다("자 이제 신들이여, 서자의 편을 들어주소서!"). 스티븐 킹의 《미저리》 속 애니 윌크스는 가상 인물인 미저리 채스테인을 구해내기 위해 작가 폴 셸던의 다리를 부러뜨린다. 심지어 빨간 망토 이야기의 못된 늑대조차 단순히 자연이 늑대에게 부여한 임무를 수행할 뿐이다. 즉 손에 들어오는 먹잇감을 잡아먹는 일 말이다.

이들은 모두 악당이다. 하지만 우리는 과연 그들의 악행을 힐책할 수 있는가?

악당의 어머니가 되어보라

너무 뻔하고 단순한 사실일지도 모르지만 모든 인물에게는 그들을 낳아준 어머니가 있다는 사실을 기억하라. 어머니는 아무리 극악무도한 자식이라도 그들을 여전히 사랑하며 결국에는 자식이 개과천선할 것이라는 희망을 놓지 않는 사람들이다.

그 어머니의 입장에 서서 생각하라. 악당의 어머니가 된 마음으로 생각하라. 어머니는 자식에 대해 어떤 이야기를 할 수 있을까?

후크 선장의 어머니는 아들이 사악한 길로 빠지게 된 이유를 피터팬이 그 팔을 잘라버린 탓이라고 생각할지도 모른다(흔히 사람들이 간과하는 사실인데 악어가 후크 선장의 팔을 먹어치운 것은 피터팬이 그것을 잘라낸 다음의 일이다). 모비딕의 어미 고래는 거대한 자기 자식이 흉포하게 행동하게 된 이유가 19세기 고래잡이들이 자식을 내버려두지 않고 계속 사냥하려 들며 괴롭혔기 때문이라고 탓할 수도 있다. 조지 오웰George Orwell의 《1984》에 등장하는 빅 브라더의 어머니는 컨트리클럽에서 함께 어울리는 명사들에게 아들의 독재적인 성향은 단순히 예의와 질서를 중시하는 마음에서 비롯된 결과일 뿐이라고 항변할지 모른다.

어머니들은 자식들의 가장 악랄한 소행에서도 어떻게든 옳은 구석을 찾아낼 수 있다. 작가는 바로 그 어머니가 된 기분으로 악당에게서 옳은 구석을 찾아보아야 한다. 그러면 악당을 인간답게 표현하기에 충분할 만큼 그에 대해 공감과 연민을 느끼게 될 것이다.

내일 살해당할 것처럼 써라

악당의 인생은 단순하지 않다

악당의 인생을 너무 단순하게 만들지 말라. 악당에게 결점이나 약점, 상처받기 쉬운 면이 있다면 아무리 극악무도한 악당이라 해도 독자에게 조금은 괜찮은 사람으로 다가갈 수 있다. 심지어 어떤 경우엔 완전한 영웅으로 변모하기도 한다.

로버트 L. 스티븐슨Robert L. Stevenson의 작품《보물섬Treasure Island》에 등장하는 악당 롱 존 실버는 나무 의족을 달고 있다는 신체적인 장애 외에도 짐 호킨스에 대해서만은 마음이 약해진다는 약점이 있다. 결국 이 약점은 실버가 실패하는 주요 원인으로 작용한다. 짐의 목을 간단히 그어버릴 수만 있었어도 실버는 고작 300~400기니가 아니라 보물을 모조리 들고 도망칠 수 있었을 것이다. 모든 문학 작품을 통틀어 가장 무시무시한 악당인 한니발 렉터를 보자. 한니발을 괴롭히는 프레더릭 칠튼 박사(무능하면서도 야심은 커서 남을 시기하는 심리학자보다 더 악랄한 존재가 어디 있을까?)의 존재와 한니발이 클라리스 스탈링에게 보이는 호감 덕분에 그는 거의 영웅에 가깝게 그려진다. 셰익스피어의 맥베스 부인은 죄책감에 시달린다. 루이스 캐럴Lewis Carroll의 작품 속 하트의 여왕은 계속해서 자신의 권위를 무너뜨리려는 하트의 왕에 대항해야 한다. 하이드 씨는 성가시게 계속 돌아와 몸을 차지하려는 지킬 박사와 싸워야 한다.

악당의 인생은 결코 단순하지 않다. 그리고 악당은 악당 없이 탄생하지 않는다. 이 사실을 명심한다면 우리의 악당은 그리 악해 보이지 않을 것이다.

| **실전 연습** |

악당 중 한 명을 선택하라. 직접 창조해도 좋고 문학 작품에서 한 사람을 골라내도 좋다. 그 악당이 자신이 저지른 범죄에 대해 재판을 받고 있다고 가정하라. 그다음 편지를 두 통 쓴다.

- 악당의 입장에서 그런 짓을 저지를 수밖에 없었던 온당한 이유를 들어 법정에 관용을 요청하는 편지를 쓴다(충분히 납득이 가도록 설명해야 한다).
- 악당 어머니의 입장에서 자식의 성품이 오해받았다는 점을 설명하면서 관용을 요청하는 편지를 쓴다.

강렬한 세부 사항으로
인물의 배경을
드러내자

할리 에프론

당신의 소설에 등장하는 한 인물의 모습을 머릿속에 그려본다. 체격과 피부색, 머리카락 색깔, 눈, 옷차림, 장신구, 자세, 흉터 등 그 인물이 어떤 식으로 보이는지 전체적인 모습을 떠올리자. 그다음 머릿속에서 이 인물을 움직인다. 인물은 어떤 자세로 서 있으며 어떤 자세로 앉으며 어떤 자세로 걷고 뛰는가? 인물은 불안하거나 심란하거나 불만스럽거나 신이 나거나 깜짝 놀랐을 때 어떤 행동을 통해 감정을 드러내는가?

이런 것들을 모두 기록한다면 인물의 세부 사항을 길게 나열한 목록을 만들 수 있다. 하지만 이 세부 사항을 소설에서 솜씨 없이 그저 전부 늘어놓기만 한다면 독자는 나가떨어질 수밖에 없다. 그 대신 목록에 있는 항목을 샅샅이 검토한 다음 인물의 개성을 가장 잘 보여주며 그의 배경을 넌지시 암시할 수 있을 만한 가장 강렬한 세부 사항을 고른다. 엄선된 세부 사항의 일부를 이야기의 초반에 소개한 다음, 이를 기반 삼아 이야기의 진행에 따라 다른 세부 사항들을 층층이 쌓아 올린다.

인물이 최초로 등장하는 순간은 독자의 마음속에서 그의 인상이 결정되는 순간이다. 이 중요한 때 마음속에 그려둔 인물의 신체적인 특징을 단순히 열거하면서 마치 기계적으로 색을 입힌 듯한 생기 없는 모형처럼 소개하는 대신, 작가는 인물의 강렬한 존재감을 뿜어낼 세부 사항을 찾아야 한다.

여기《푸른 물 위의 노란 배A Yellow Raft in Blue Water》의 예를 살펴보자. 이 장면에서 저자 마이클 도리스Michael Dorris는 아메리카 원주민 여성인 라요나의 어머니를 독자에게 소개한다. 라요나의 어머니는 병원 침대에서 혼자 카드놀이를 하고 있다.

엄마는 병원 침대의 등받이를 가장 높이 세운 채 베개를 무릎 아래 깔고 앉아 있다. 필요한 것은 모두 엄마의 손이 닿는 곳에 놓여 있다. 집중하느라 그 둥근 얼굴을 잔뜩 찌푸린 엄마의 모습은 마치 퀴즈 쇼 〈제퍼디!〉에 출연하여 시간을 다 쓰고 어쩔 줄 몰라 하는 참가자처럼 보인다. 엄마의 눈은 오직 카드의 숫자에만 쏠려 있다. 손가락에는 좋아하는 가느다란 자개 반지와 터키옥과 흑옥으로 두견새를 조각해

　　　　　　　　내일 살해당할 것처럼 써라

넣은 반지와 모래 거푸집으로 떠낸 거북이 모양 은반지가 끼워져 있다. 그 반지들 사이에서 가운뎃손가락에 끼워진 금으로 된 가느다란 결혼반지는 유독 작아 보인다. 자신의 왕좌에 앉아 엄마는 온통 카드놀이에만 정신을 쏟고 있다.

도리스가 엄마의 키나 체격, 눈동자 색, 머리 모양 같은 기본적인 정보에 대해서는 아무런 언급도 하지 않았다는 점을 눈여겨보자. 우리는 엄마가 무슨 옷을 입고 있는지, 손톱 손질은 했는지 전혀 알 수가 없다. 하지만 카드놀이에 완전히 정신을 쏟고 있는 모습과 침대에 앉은 자세, 결혼반지를 초라하게 보이게 만드는 다른 반지들에 대한 설명만으로도 엄마는 강렬한 존재감을 뿜어내며 살아 숨 쉬는 인물로 우리에게 다가온다.

다음 예는 같은 장면의 후반부에서 발췌한 것이다. 여기에서는 라요나의 아버지가 문가에 모습을 드러낸다. 도리스가 독자를 위해 선택한 세부 사항들을 눈여겨보자.

아버지는 몸집이 큰 사람치고 조용하게 움직이는 편이라 나는 아버지가 나타날 때마다 매번 깜짝 놀라고 만다. 큰 키에 딱 벌어진 체격의 아버지는 피부색이 나보다 한결 어두운 갈색이다. 아무렇게나 자라도록 내버려둔 아프로 머리에는 빗방울이 맺혀 있다. 우편배달부 제복과 무릎 언저리가 다 늘어난 회색 모직 바지는 축축하게 젖어 있다. 손목에는 구리와 쇠, 황동 세 가지 금속으로 만든 팔찌가 흐릿한 광택을 발한다. 나는 이 팔찌를 끼지 않은 아버지의 모습을 본 적이 없다. 환하게 불이 밝혀진 병실에 서 있는 것이 불편하고 초조한 듯 아버지는 입술을 축인다.

도리스는 몇 가지 신체적인 특징을 통해 아버지라는 인물의 존재감을 독자에게 각인시킨다. 그 체격(큰 키에 딱 벌어진 체격)과 피부색(나보다 한결 어두운 갈색), 긴 듯한 아프로 머리, 팔찌. 축축하게 젖은 제복에서 우리는 아버지가 우편배달부이며 아마도 일을 마치고 바로 병원으로 찾아왔음을 짐작할 수 있다.

아버지와 어머니의 대조는 확연하다. 어머니가 편안하게 자신만의 세상에 빠져 있는 한편 아버지는 거북스러워하며 입술을 축인다. 그리고 독자는 어떤 일이, 어쩌면 위험할지도 모를 일이 이제 막 벌어지리라는 기분에 휩싸인다.

등장인물이 살고 있는 허구의 세계를 여러 소도구로 채워넣고 이런 소도구에서 독자가 인물의 배경을 읽어내도록 만들라. 이를테면 누군가 한쪽에서만 잠을 잔 듯 보이는 퀸 사이즈 침대의 모습을 묘사함으로써 작가는 그 인물이 최근 배우자와 이별을 겪었다는 사실을 암시할 수 있다. 벽난로 선반 위에 놓인 납골함은 그의 배우자가 세상을 떠났다는 사실을 넌지시 보여준다. 자동 응답 전화기에 남자의 음성으로 녹음된 인사말 "죄송하지만 지금 우리는 전화를 받을 수가 없습니다."에서 독자는 그녀가 아직 새로운 사람을 만날 마음의 준비가 되지 않았음을 짐작할 수 있다.

가장 먼저 독자에게 보여줄 세부 사항은 무엇인가? 세부 사항을 주의 깊게 연출하기만 해도 어떤 인물과 그 인물을 둘러싼 상황을 여러 층에 걸쳐 다각도로 보여줄 수 있으며 이야기가 전개됨에 따라 독자는 인물을 깊이 이해할 수 있게 된다.

| 실전 연습 |

1단계

화면을 두 단으로 나누자. 왼쪽 단에는 주요 등장인물의 이름을 적은 다음 그 인물의 성격과 과거사를 가장 잘 보여줄 법한 핵심 요소를 나열하라. 일례를 소개한다.

잭 시버

- 인정머리 없고 성미 급한 사업가
- 아무도 믿지 않는다.
- 파산할 위기에 처했으며 이를 필사적으로 숨기려 한다.
- 고등학교 때 사귀었던 첫사랑을 잊지 못했다.
- 돈을 벌라는 아버지 뜻에 따라 음악가의 꿈을 포기했다.

2단계

다음으로 오른쪽 단에는 이 인물에 대한 세부 사항을 생각나는 대로 전부 적어 넣는다. 눈동자 색이나 키 같은 신체적인 특징은 물론 사무실이나 집처럼 인물이 생활하는 환경, 신발이나 서류 가방 같은 개인 소지품에서 집에 놓여 있는 가구에 이르기까지 망라한다. 자기검열은 안 된다. 가능한 많이 적어 넣으면서 인물과 인물의 물건과 인물의 환경을 마음 깊이 새기라.

3단계

오른쪽 단에 적은 세부 사항 중 왼쪽 단에 있는 인물의 핵심적인 특징을 보여줄 수 있는 항목을 초록색 형광펜으로 표시하라.

4단계

오른쪽 단에 적은 세부 사항 중 작가가 알면 좋지만 독자에게는 굳이 전달할 필요가 없는 항목을 빨간색 형광펜으로 표시하라.

5단계

인물에 대해 쓸 때는 초록색 형광펜으로 표시한 항목을 이용하여 이 인물이 누구인지 독자에게 보여주라. 소설이 진행됨에 따라 더 많은 세부 사항을 쌓아나가면서 인물에 깊이를 부여하라.

감정은
몸으로 표현할 때
더 효과적이다

소피 리틀필드

작가들이 감정에 대해 글을 쓰기 힘들다고 털어놓을 때마다 나는 깜짝 놀라고 만다. 인간은 감정적인 동물이다. 우리는 대부분 성인이 될 무렵까지 온갖 종류의 감정을 체험하며 성장한다. 혹여 경험하지 못한 부분이 있다 해도 다른 사람의 감정을 관찰하면서 그 공백을 채워 넣을 수 있다.

글쓰기에서 어려운 점이란 인물의 감정을 이해하는 일이 아닐 것이다. 작가들은 자신이 만든 인물이 어떤 감정을 느끼고 있는지, 즉 실망인지 기쁨인지 욕망인지 슬픔인지, 아니면 그 밖의 수많은 다른 감정 중 무엇을 느끼는지 너무나 잘 알고 있다고 말한다. 까다로운 것은 이야기의 흐름에 방해가 되지 않는 선에서 그 감정을 글로 옮겨놓는 일이다. 작가는 흔히 보여주기보다 설명하려 한다. "새런은 슬펐다." 숱한 작가가 이 부분에서 자신의 솜씨를 키워야 한다는 사실을 잘 알면서도 정작 어디에서부터 시작해야 좋을지 모른다.

감정을 효과적으로 표현하고 싶다면 우선 감정이 어떻게 느껴지고 어떻게 나타나는지 주의 깊게 관찰하는 법을 배워야 한다. 우리의 몸은 우리가 느끼는 감정을 그대로 반영하는 신뢰할 만한 장치다. 그러므로 어떤 감정에서 비롯된 몸의 감각을 주의 깊게 관찰하고 표현하는 연습을 통해 감정을 실감 나게 전달하는 요령을 터득할 수 있을 것이다. 한편 몸의 감각만큼이나 중요한 것은, 감정이 외부로 드러나는 방식이다. 감정에 따라 우리의 표정이나 안색, 목소리가 어떻게 달라지는가? 무의식적인 행동이나 몸짓은 어떻게 달라지는가? 이런 모습을 주의 깊게 관찰하는 습관을 들여야 한다.

독자를 쫓아버리는 가장 빠른 방법은 전혀 공감할 수 없는 주인공을 내세우는 일이다. 일반적으로 인물을 창조할 때 작가는 그 인물이 어떻게 행동하는지를 보여주면서 그 영웅적 자질을 증명하고 독자의 환심을 사려 한다. 하지만 인물의 매력은 그 인물이 하나의 선택을 할 때 어떤 감정적인 동기에 휘둘리는가의 문제에 따라서도 크게 좌우된다.

어려운 사건에 자신의 시간을 전부 투자해야 한다는 이유로 여자 친구를 차버리는 탐정은 차갑고 이기적인 인상을 남

내일 살해당할 것처럼 써라

기며 독자의 마음을 멀어지게 할 수 있다. 하지만 그 행동 뒤에 어떤 감정이 숨어 있는지 파헤쳐 본다면? 다음 두 가지 가능성을 생각해보자.

탐정은 살인자가 자신에 대해 너무 많이 알게 되는 것을, 그리고 그 정보를 이용하여 여자 친구를 비롯한 자신이 가장 아끼는 사람들을 통해 자신에게 상처를 줄까 봐 두려워하고 있다. 그래서 여자 친구의 마음을 밀어내는 것이다. 탐정을 지배하는 주요 감정은 두려움이다. 이야기가 진행됨에 따라 탐정은 또한 분노, 자기방어 같은 다른 감정을 느낄 수 있다.

탐정은 사건을 서툴게 처리한 탓에 상사에게 호된 질책을 듣는다. 그 때문에 자신은 존재할 필요가 없다고 생각했던 과거의 기억이 되살아난다. 이 감정은 어린 시절 부모가 편애하던 형제가 사고로 목숨을 잃은 뒤 자신이 방치되었던 일에 그 뿌리를 두고 있다. 탐정은 자신의 모든 시간을 일에 쏟아부으면서, 술을 마시면서, 어리석은 방식으로 위험을 무릅쓰면서 어떻게든 자신의 가치를 증명해내려 한다. 탐정을 지배하고 있는 주요 감정은 수치심이며 여기에는 슬픔과 분노가 뒤따른다.

첫 번째 예에서는 탐정이 자신의 감정과 동기를 잘 인식하는 반면 두 번째 예에서는 아예 의식조차 못 하고 있다. 이두 가지 예시 모두 이야기에서 효과적으로 활용될 수 있지만 두 번째의 경우 작가는 탐정이 느끼는 감정을 독자에게 간접적으로 전달해야 할 필요가 있다.

독자는 자신이 즐겨 읽는 책에 등장하는 인물을 잘 알고 있다, 제대로 이해하고 있다고 느끼길 원한다. 인물이 그런 행동을 할 만한 충분한 동기가 있는가? 인물이 정말로 그런 행동을 할 법한가? 이런 의문에 판단을 내리기 위해 독자는 무의식적으로 자신이 인물에 대해 알고 있는 사실을 동원하여 그가 하려는 행동과 선택에 대입한다.

독자가 인물에 대해 알고 있는 사실에는 인물의 과거사와 인간관계는 물론 그가 어떤 일을 받아들이는 태도와 감정 또한 포함되어 있다. 따라서 작가는 반드시 자신이 창조한 인물이 느낄 법한 감정의 종류를 잘 이해하고 있어야 한다. 그 인물이 가장 자주 느끼는 감정은 무엇인가? 그 감정에 대해 어떻게 생각하는가? 어떤 감정을 느끼려 하고 어떤 감정을 차단하는가? 감정을 억누를 때도 감정을 표현할 때만큼이나 신체적 반응과 행동이 수반된다는 사실을 명심하라.

자신의 글에서 감정을 표현하는 단어를 찾아내("얼은 격분했다") 그 단어를 감정적 체험을 표현하는 단어로 바꾸어보자.("얼은 입을 굳게 다물었다", "얼이 핸들을 세게 움켜쥐었다", "얼은 속이 뒤집히는 듯했다", "얼은 신중하게 말을 내뱉었다"). 이런 식으로 감정을 표현한다면 훨씬 더 강렬한 느낌을 줄 수 있다.

장르 소설에서 감정 표현의 중요성은 아무리 강조해도 부족하다. 감정 표현은 독자들의 관심을 받는 인물을 만들어내는 비결이다. 생생한 감정 없이는 소설의 진행에 따라 변화하는

내일 살해당할 것처럼 써라

인물의 입체감도 존재할 수 없다. 플롯이 얼마나 재미있는지와 상관없이 단순히 기계처럼 움직이기만 하는 인물은 이야기를 이끌어나갈 수 없는 법. 반면 그 감정이 충분히 전달되는 인물은 독자의 마음을 사로잡는다.

| **실전 연습** |

감정을 효과적으로 표현하는 첫걸음은 어떤 감정이 어떤 식으로 느껴지는지 스스로 예리하게 감지하는 일이다. 강렬한 감정이 느껴질 때 몸에서 어떤 감각이 나타나는지 주의 깊게 관찰하자

- 머리에서는 어떤 느낌이 드는가? 배는 어떤 느낌이 드는가?
- 신경은 어떤 느낌인가?
- 호흡은 어떻게 달라지는가?
- 얼마나 피곤한가? 얼마나 흥분되는가?
- 땀이 나는가? 눈물이 나는가?
- 얼굴이 달아오르는가, 붉어지는가, 얼굴에서 핏기가 가시는 기분인가?

계속 일기를 쓰면서 자신이 어떤 식으로 감정을 경험하는지에 대해 할 수 있는 한 많은 정보를 기록하라. 긍정적인 감정에서 부

정적인 감정까지, 감정의 모든 영역을 낱낱이 관찰하면서 비슷한 감정의 미묘한 차이를 분간해내려고 노력해보자. 이를테면 두려움은 불안이나 동요, 공포 등 그와 비슷해 보이는 감정들과 미묘하게 다를 수 있다.

자기 자신의 감정을 제대로 이해하게 된 다음에는 다른 사람들을 관찰하라. 사람들이 똑같은 감정을 어떻게 다른 식으로 표현하는지 눈여겨보라. 소심한 사람들은 남을 신경 쓰지 않는 사람들과는 분노를 표현하는 방식이 크게 다르기 마련이다.

마지막으로 앞서 소개한 항목을 이용하여 사람들에게 감정이 어떤 식으로 느껴지는지 말해달라고 부탁하자.

혼자서 사건을 해결할 수는 없다

실라 코널리

미스터리 소설에서는 어느 누구도 혼자 힘으로 사건을 해결할 수 없다. 수집해야 할 정보, 사람들에게서 캐내야 할 정보가 너무 많기 때문이다. 그리고 바로 이때 다른 인물이 등장한다.

　나는 정통 미스터리 소설을 쓰는 작가다. 이 장르에서 사건은 대개 작은 마을이나 소규모 공동체를 배경으로 발생한다. '과수원 미스터리Orchard Mystery' 시리즈를 처음 시작할 때 나는 실제 존재하는 집 한 채에서 착상을 얻었다. 내 6대조 할아버지가 1760년대에 지은 것으로, 전형적인 뉴잉글랜드 지방의 작은 마을에 있는 집이었다. 이렇다 내세울 산업이 없어 점점 인구가 줄어들고 있는, 현대사회에서 살아남기 위해 안간힘을 쓰는 전형적인 시골 마을. 나는 이 마을이 미스터리 소설의 완벽한 배경이 되어주리라 생각했다. 역사도 깊고 갈등도 깊다.

나는 주인공 맥 코리에게서 보스턴의 일자리와 남자 친구를 빼앗은 다음, 수입도 없고 친구도 없고 앞으로 무엇을 해야할지 아무런 계획도 없는 채로 이 마을에 몰아넣었다. 맥은 이곳 오수 정화조에서 전 남자 친구의 시체를 찾아낸다. 마을에 새로 이사 온 신참이자 죽은 사람을 알고 지낸 유일한 인물로당연한 수순에 따라 맥은 이 사건의 유력한 용의자가 된다.

하지만 이 책으로 시리즈가 시작된 이상 가엾은 맥을 감옥에 가게 둘 수는 없는 노릇이었다. 누군가 맥을 도와주어야한다는 점이 분명해지자 나는 맥이 사는 가상의 그랜퍼드 마을에 사람들을 채워 넣기 시작했다.

가장 처음 등장한 인물은 맥의 이웃에 사는 세스 채핀. 마을에 어떤 문제가 발생하면, 사람들은 개인적인 문제든 마을 전체의 문제든 상관 없이 세스를 찾아가 도움을 구한다(또한 세스는 오수 정화조를 설치한 배관공이기도 하다). 시리즈가 진행되는 동안 세스는 맥의 인생에서 점점 더 중요한 의미를 지니게 된다.

그다음 주립 경찰서의 형사가 등장한다. 이 형사는 당장맥을 체포해서 사건을 종결짓고 싶어 한다. 형사와 세스는 고등학교 시절부터 사이가 좋지 않았으며 현재까지도 자주 다툼을 벌이고, 결국 맥까지 그 다툼에 말려들게 된다.

수입이 필요한 맥은 그 집과 함께 딸려 온 과수원을 운영

내일 살해당할 것처럼 써라

하기로 결심하고 과수원 관리인 브리오나를 고용한다. 멕이 급료를 많이 주지 못하기 때문에 브리오나는 결국 멕과 한집에서 살며, 엄밀히 말해 친구라고는 할 수 없지만 멕에게 새로운 관점을 제시해주는 역할을 한다.

그다음 나는 멕에게 정말 필요한 친구를 만들어주기 시작했다. 세스의 여동생은 마을의 역사협회를 운영하는 인물로 예전에는 멕과 함께 보스턴에서 동료로 일하기도 했다. 그 후에도 시리즈가 계속 이어지면서 새로운 책을 쓸 때마다 새로운 인물들을 더해 넣었다.

소설에서 새로운 인물이 소개되는 과정은 현실 세계에서 한 마을로 새로 이사 간 신참이 마을 사람들과 사귀는 과정과 비슷하다. 멕은 차례차례 새로운 사람을 만나면서 서서히 그 마을의 일부로 동화되어간다. 하지만 이 과정은 무작위로 발생하지 않는다. 작가가 등장시키는 각 인물에게는 그 장소에 있어야 할 마땅한 이유가, 그것도 한 가지 이상의 이유가 있어야 한다. 처음에 친구로 나타난 인물이 어쩌면 살인자로 밝혀지게 될지도 모른다. 단지 가까운 친척이나 절친한 친구나 전에 일하던 직장의 멍청한 녀석을 책에 넣고 싶다는 이유로, 다른 인물 누구에게도 끼워 맞출 수 없는 날카로운 대사가 생각났다는 이유로 소설의 인물을 만들어서는 안 된다. 또한 아무 이유 없이 등장해서 단서를 흘린 다음 그 뒤로 영영 모습을 감추는 인물이 있어서도 안 된다.

소설 속 배경이 되는 마을을 어떤 식으로 지어나갈 것인가? 한 명
씩 차례차례 필요한 인물을 만들어보자.

- 주인공 : 주인공을 정의할 수 있는 특징이 무엇인가? 주인공은
  사교적인 성격인가, 내성적인 성격인가?
- 한패 : 주인공과 한패가 되는 이 인물의 성격은 주인공의 성격
  을 보완하는 것이어야 한다. 이 인물은 다음과 같은 중요한 역
  할을 수행한다.
  - 주인공의 의논 상대
  - 주인공 외 추가 관찰자(목격자)
  - 사건과 연관된 정보를 알 만한 사람들과 주인공을 연결하는 인맥
  - 필연적으로 문제에 휘말릴 수밖에 없는 주인공을 위한 예비 인력

- 법 집행 공무원 : 이들 없이는 범죄 사건이 해결되기 어렵다.
  이 인물은 주인공의 적대자나 협력자, 연인, 친구가 될 수도 있
  으며 혹은 이 전부를 한데 모은 역할을 할 수도 있다.
- 용의자 : 한 명 이상의 용의자가 필요하다. 독자는 도전을 즐기
  며 범죄 사건을 스스로 해결해보려 한다. 이 말은 곧 작가가 용
  의자를 다수로 준비해두어야 한다는 뜻이다. 얼마나 많은 용의

자를 준비할 것인지는 작가에게 달려 있지만 반드시 각 용의자마다 입체적인 성격을 부여해주어야 한다는 점을 명심하라.

소설 속에 등장하는 인물은 모두 어떤 식으로든 이야기에 도움이 되어야 한다. 이를테면 이러하다.

- 주인공에 대해 통찰력을 발휘하거나
- 사건의 단서를 제공하거나
- 진짜 범인에게서 독자의 주의를 돌리는 역할을 하거나
- 기분 전환이 되는 익살스러운 순간을 마련해주거나
- 지역적인 색채를 더해주는 역할을 하거나

이런 역할을 다양한 방식으로 짜 맞추어 사용할 수도 있으며 이야기의 진행에 따라 한 역할을 맡았던 인물이 다른 역할을 맡게 될 수도 있다. 책의 초반에는 익살스러운 역할로 등장했던 인물이 나중에 가서는 주인공의 연인이 될 수도 있고 살인자라는 사실이 밝혀질 수도 있다. 어떤 식으로 인물을 만들어도 좋다. 현실에 존재할 법한 입체적인 인물이라면.

무엇을 원하고
어디까지
감수할 수 있는가?

린 하이트먼

나는 인물을 좋아한다. 인물을 창작해내는 일도 좋아한다. 책을 쓸 때 종종 새로운 인물 창작 금지 조치를 취해야 할 정도다. 그렇게 하지 않으면 소설 쓰기의 다음 단계는 시작도 못 하게 되니 말이다. 이를테면 플롯 구상 같은 단계 말이다.

나에게는 플롯보다 인물을 떠올리는 일이 훨씬 쉽다. 어떤 작가들은 책을 보지만 나는 책의 목소리를 듣는다. 책의 인물들이 내 머릿속에 들어와 이야기를 한다. 인물들의 외형을 알아내는 것은 그보다 오래 걸린다. 내 초고를 읽은 독자들은 그 안에 등장하는 인물들이 어떻게 생겼는지 전혀 감을 잡지 못했다. 결국 나는 다시 앞 단계로 돌아가 내가 듣고 있는 목소

내일 살해당할 것처럼 써라

리만큼 강렬한 인물의 외형을 창작해내려고 노력해야만 했다.

독자들은 여러 가지 이유로 책을 산다. 표지가 마음에 들었거나 서평을 읽었거나 친구에게 추천을 받았을 수도 있다. 하지만 독자가 책을 계속 읽는 이유는 인물들과 교감하기 때문이다. 인물을 창작하는 단계에서는 그 목소리가 중요한 역할을 하지만 독자를 인물과 깊이 공감하게 만드는 것은 인물의 목소리도 외양도 아니다. 그것은 바로 인물을 움직이는 동기다. 인간으로서 우리는 모두 무언가를 갈망하며 살아간다. 그리고 역시 무언가를 갈망하는 인물을 자신과 가깝게 여긴다.

미스터리 소설 작가에게 인물의 동기는 언뜻 아주 쉬워 보일 수 있다. 살인 사건을 맡은 강력반 형사는 자신이 사건에 뛰어드는 동기가 무엇인지 자문하지 않는다. 사설탐정 또한 마찬가지다. 고객이 사무실로 찾아와 이야기를 늘어놓은 다음 사건을 해결해주는 대가로 돈을 지불하는 것이다. 하지만 탐정이 사건에 뛰어들고자 하는 동기는 나에게 플롯을 구성하는 중요한 핵심, 이야기를 앞으로 이끄는 동력으로 작용한다.

어떤 사람의 직업이 그 사람에 대해 알아야 할 모든 것을 말해주지 않듯이, 단순히 경찰이라는 직업은 그 인물을 흥미롭게 만들기에 부족하다. 이따금 이 인물은 왜 경찰이 되었는지의 질문으로 돌아가 흥미로운 이야깃거리를 찾아보아야 한다. 같은 집안에서, 심지어 DNA가 같은 일란성 쌍둥이 중에서도 경찰과 악당이 탄생할 수 있으며 경찰과 악당을 움직이는 동기 또한 항상 그렇게 다르지 않다.

아마추어 탐정의 경우 동기부여 작업이 한층 까다로울 수 있다. 제정신이라면 도대체 누가 살인자가 숨어 있을지도 모를 어두운 지하실에 제 발로 걸어 들어가려 하겠는가? 왜 경찰을 부르지 않는 거지? 이런 의문은 미스터리 소설을 쓰는 작가들이 해결해야 할 까다로운 과제다.

내 첫 작품 속 탐정은 로건 국제공항에서 근무하는 항공기 운항 부서의 관리자로 자신이 한 번도 만나보지 못한 전임자의 살인 사건을 조사한다. 첫 사건에서 탐정이 사건에 뛰어드는 동기를 찾는 일은 그리 어렵지 않았다. 단순히 호기심 그 자체가 강력한 동기일 수 있다. 하지만 탐정을 조금이라도 생각이라는 것을 할 줄 아는 사람으로 만들고 싶다면(적어도 나는 그랬다) 호기심은 어느 선까지만 유효하다. 일단 총알이 날아다니기 시작하고부터, 나는 분별을 되찾은 탐정이 그 자리에서 도망치지 못하게 하기 위해 꽤 그럴듯한 이유를 생각해내야만 했다. 여기에 이야기라면 마땅히 갖추어야 할 조건이 등장한다. 이야기는 계속 오르막길을 올라가야 한다. 주인공 앞에 놓이는 위험은 계속 커져야 하며 그에 따라 인물의 동기 또한 한층 강력해져야 한다. 그렇지 않으면 인물은 잘해봐야 멍청이가 되기 십상이며 최악의 경우 비현실적인 인물이 되어버린다.

소설이 진행되다 보면 주인공이 사건에서 손을 뗄 수 있는 기회, 혹은 그저 사건을 포기해버리고자 하는 지점이 여러

내일 살해당할 것처럼 써라

차례 등장하기 마련이다. 작가가 주인공이 가고 싶어 하지 않는 어두운 장소로 그를 몰아넣었기 때문이다. 어쩌면 그저 주인공이 사건 해결의 여정을 따라가기에 너무 지쳐버렸기 때문일지도 모른다. 이런 순간이 오면 작가는 주인공을 계속 사건에 참여하도록 만드는 새로운 동기를 생각해내야 한다. 주인공이 분별을 되찾아 이치에 맞는 행동을 한다면, 즉 사건을 내버려두려고 떠난다면 이야기도 거기서 끝나버릴 테니까 말이다. 이런 지점에서 악당은 대개 그 싸움을 개인적인 수준으로 끌어내리는 악행을 저지른다. 주인공의 아내를 납치하거나 가장 친한 친구를 때려눕히거나 개를 죽인다. 어떤 일을 저질러도 상관없다. 그 결과 주인공의 마음속에 피어난 동기가 사건을 포기하려던 마음을 돌리고 그 험준한 산(그 꼭대기에 어떤 좋은 일도 기다리고 있지 않다는 사실을 주인공 자신도, 독자도 잘 알고 있는)을 끝까지 오르게 만들 수 있을 만큼 강렬하기만 하다면.

가장 강력한 동기는 상실에서 비롯된다. 무언가를 빼앗길 때 가장 강렬한 감정이 솟아나는 법. 비통함, 증오심, 속죄의식, 자기혐오, 복수심도 있다. 어떤 동기는 가장 기본적인 욕구, 이를테면 그날 목숨을 부지하자 하는 마음에서 비롯되기도 한다. 혹은 그보다 한층 미묘하고 복잡한 심경, 무언가 내면적인 문제에서 생겨나기도 한다.

《몰타의 매The Maltese Falcon》에서 샘 스페이드는 겉으로는 그저 자신의 살인 혐의를 벗기 위해 사건을 조사하는 듯 보이지만 그 안에 숨은 동기는 동료를 죽인 범인을 찾고 싶은 마음이다. 이야기의 끝자락에서 샘은 말한다. "어떤 사람의 동료가 살해당하면 그 사람은 무슨 일이라도 해야만 하는 거라네." 단순하지만 강력하다. 실제로 샘은 자신의 동료를 그리 좋아하지도 않았으며 심지어 동료의 아내와 바람을 피우고 있었다. 하지만 사건을 조사하는 과정에서 샘의 진정한 동기가 밝혀진다. 바로 자신의 도덕적 신념을 지키려는 확고한 의지다.

이야기를 발전시키는 과정에서, 특히 이야기가 막혔다는 기분이 들 때마다 이 질문을 던져보자. "이 인물은 무엇을 원하는가?" 그다음 또 묻자. "이 인물은 자신이 바라는 것을 얻기 위해 어떤 일까지 감수할 수 있는가?" 이야기의 어느 부분에서라도 인물이 바라는 것이 그것을 얻기 위해 감수해야 할 수고만큼 가치 있는 것이 아니라면 무언가 조치를 취해야만 한다. 안 그러면 독자는 그 인물을 더 이상 믿지 않게 될 것이다. 믿지 않는 인물에게 공감하기란 어려운 노릇이다. 그리고 그에게 관심을 두지 않게 될 것이며 아마도 책을 덮어버린 뒤 다시는 펼쳐보지 않을 것이다.

주인공이 바라는 무언가의 가치를 높이든지 아니면 주인공이 감수해야 하는 고난의 강도를 낮추라. 하지만 나는 고난의 강도를 낮추는 일에는 절대 찬성하지 않는다. 점점 더 팽팽해지는 긴장감 속에 닥치는 고난과 역경이야말로 이야기를 앞으로 나아가게 하는 힘이기 때문이다. 그러므로 새로운 고난과

내일 살해당할 것처럼 써라

역경이 다가올 때마다 어떻게 하면 인물의 동기를 한층 강력하게 만들 수 있을지 고민하라. 여기 이 문제를 해결하는 한 가지 방법을 소개한다.

| 실전 연습 |

1단계: 인물 창작하기

시간 보내기 좋은 장소를 찾는다. 체육관도 좋고 커피숍도 좋고 교회도 좋다. 주위 사람들을 관찰한다. 서로 이야기를 나누고 있는 두 사람을 찾아, 경찰에 체포되지 않는 선에서 그 두 사람을 면밀하게 관찰하자. 우선 사소한 요소를 살핀다. 어떤 식으로 앉거나 서 있는지, 어떤 표정을 짓고 있는지, 옷차림은 어떤지, 서로의 말에 어떤 식으로 반응하는지. 소리가 들릴 만큼 가까운 거리라면 그 목소리에 귀를 기울이고 어떤 식으로 말을 하는지 몰래 엿듣는다. 겉모습의 특징 몇 가지를 적어둔 다음 이름을 지어준다.

2단계: 동기 찾아내기

이제 그 두 사람 중 한 사람이 다른 한 사람을 죽일 계획을 세우고 있다고 가정한다. 그를 단순한 흡혈귀나 소시오패스로 만들지는 말라. 이 연습의 목적은 동기를 찾아내는 것이기 때문이다. 마음대로 동기를 만들어준다. 참고할 만한 동기를 소개한다. 질투심, 복수심, 돈 혹은 명예에 대한 욕망. 일단 한 가지를 정한 다음 그 동기를 뒷받침할 수 있는 인물의 사정을 한두 쪽 정도로 설명한다. 어쩌면 그 인물은 다른 인물의 배우자와 바람을 피우고 있을지도 모른다. 어쩌면 두 사람은 가족이고, 부유한 아버지가 유언장에서 한 사람의 이름을 빼겠다고 선언했을지도 모른다. 한 인물이 다른 인물을 죽이고 싶어 하는, 충분히 설득력 있는 상황을 마련한다.

3단계 : 동기 파헤치기

일단 상황을 설정하고 난 다음 인물의 내면으로 깊이 파고들어 그 안에서 정말 망가져버린 것이 무엇인지 찾는다. 도대체 무슨 일이 있었기에 그 인물은 사람의 목숨을 빼앗을 지경에 이른 것인가? 그 일은 언제 일어났는가?

4단계 : 장면 쓰기

이전 단계를 모두 완수했다면 이제 두 인물이 등장하는 장면을 쓴다. 당신이 알아낸 사실에서 중요한 핵심을, 그 배경에 대한 구구절절한 설명 없이 어떻게 전달할까 여러모로 고민해보자. 명심하라. 말해서는 안 된다. 오로지 보여 주라.

내일 살해당할 것처럼 써라

개성은
인간관계 속에서
드러난다

제이든 테럴

여덟 살 무렵 나는 이언 세레일리어Ian Serraillier가 쓴 《은빛 검The Silver Sword》이라는 제목의 책을 읽었다. 가는 곳마다 이 책을 들고 다니면서 어찌나 읽고 또 읽었던지 책이 다 닳아 해질 지경이었다. 나치가 폴란드를 침공하여 발리츠키 가족이 뿔뿔이 흩어지던 장면을 읽으면서 눈물 범벅이 되어 울던 내 모습이 아직도 눈에 선하다.

40년하고도 몇 년이 더 지난 지금까지도, 나는 여전히 책임감 있는 루스와 통제 불능 브로니아, 의지가 굳은 에데크, 그리고 발리츠키 가족이 재회하면 자신이 있을 곳이 없어질까봐 두려움에 떨던 고아 얀을 기억한다. 이 책의 작가는 루스가 책임감 있는 사람이라고 말하지 않았다. 대신 루스가 사랑하는 사람들을 보살피는 모습을 보여주었다. 에데크가 의지가 굳은 사람이라고도 말하지 않았다. 대신 여동생을 찾아 보호해야 한다는 마음으로 몇 시간 동안이나 기차 바닥에 매달린 채 나치 포로수용소를 탈출한 소년의 모습을 보여주었다. 얀의 두려움에 대해 설명하지도 않았다. 대신 에데크에 대한 질투심과 소녀들을 향한 소유욕을 통해 두려움이라는 감정을 보여주었다.

이 책이 내 기억에 오래도록 남아 있던 이유는 바로 그 인물들, 다른 인물들과의 관계를 통해 스스로를 드러낸 인물들 덕분이었다. 작가가 되었을 때, 나는 독자들이 마음속에 남아 오래 기억되며 몇 번이고 다시 찾고 싶은 인물들을 만들어 내고 싶었다. 그리하여 사립탐정 주인공인 재러드 매킨이 탄생했다. 나는 매킨이 어떻게 '생겼는지' 알고 있었다. 30대 중반에 머리칼은 황회색으로 마치 말보로 담배 광고에 나올 법할 잘생긴 남자. 나는 매킨이 예전에 법 집행 분야에서 일했으며, 아버지가 베트남전쟁 당시 입었던 가죽 상의를 물려받아 입고 다닌다는 사실도 알고 있었다. 하지만 이런 것은 표면적인 특징일 뿐이었다. 매킨이 정말로 살아 숨 쉬기 시작한 것은 내가 매킨의 인간관계를 들쑤시며 조사하기 시작한 이후의 일이다.

매킨이 어떤 식으로 다른 사람들과 관계를 맺는지 질문을 던지다 보니 일정한 경향이 드러나기 시작했다. 그에게는 소년 시절부터 키워온 서른여섯 살짜리 단거리 경주마가 있다. 그는 또한 나이가 많은 아키타 종 개도 키우고 있다. 그는 헤어진 전 아내를 아직도 사랑하고 있다. 그와 함께 사는 친구는 에이즈에 걸린 동성애자로 유치원 시절부터 친구다. 내가 매킨의 인간관계를 펼쳐내는 동안 매킨이라는 인물의 핵심적인 특징이 드러나기 시작했다. 그는 자신이 사랑하는 것을 놓아주지 못하는 남자다. 이 중요한 특징은 재러드 매킨 시리즈를 이끄는 원동력이 되었다. 그의 인간관계를 살펴보는 데 충분한 시간을 들이지 않았다면 나는 이 특징을 놓쳐버리고 말았을 것이다.

내가 할 일을 제대로 해냈다면, 매킨이 다른 사람을 보호하려는 강한 욕구를 지닌 충직한 남자라는 사실을 굳이 독자들에게 말해줄 필요가 없다. 그가 함께 사는 친구를 보호하기 위해 동성애 혐오자에게 대항하는 모습을 보면서, 아들을 품에 안고 부드럽게 어르는 모습을 보면서, 자신을 배신한 여자를 보호하기 위해 일자리를 잃고 치욕을 당하는 모습을 지켜보면서 독자는 스스로 그 사실을 알게 될 것이다.

다음 연습을 통해 인간관계를 이용하여 인물을 한층 깊이 있고 복잡한 존재로 만들어보자

| 실전 연습 |

다음 질문에 대답해보자. 작가의 목소리로 답해도 좋고 인물의 목

소리로 답해도 좋다. 질문에 따라 적절하다고 생각되는 수준까지 자세하게 답한다. 깊이 파고들기를 두려워하지 말자. 인물에 대해 더 많은 것을 알수록 이야기는 한층 풍부해진다.

이 인물은 결혼을 했는가? 그렇다면 배우자와의 관계를 묘사하라. 결혼을 하지 않았다면 독신인가(한 번도 결혼하지 않았는가), 혹은 이혼했는가, 아니면 사별했는가? 이혼했다면 부부가 갈라서게 된 이유는 무엇인가? 전 배우자와는 어떤 관계를 유지하고 있는가? 사별했다면 무슨 일이 있었는가? 배우자를 잃은 슬픔을 극복했는가? 아직 슬픔에서 벗어나지 못하고 있는가, 아니면 이제 새로 시작할 준비가 되었는가? 한 번에 한 여자만 만나는 사람인가, 동시에 여러 여자를 만나고 다니는 바람둥이인가? 독신주의자인가? 독신이라면 진지한 연애를 하고 있는가, 진지하게 만날 사람을 찾고 있는가, 아니면 여러 사람과 가볍게 만나고 다니면서 그것에 만족하는가?

이 인물에게 자녀는 있는가? 있다면 아들인가, 딸인가? 나이는 몇 살인가? 이 인물이 자녀(들)와 어떻게 지내는지 관계를 각각 묘사하라. 이 인물에게 부모가 된다는 것은 어떤 의미인가? 자녀가 없다면 이유는 무엇인가? 자녀를 갖고 싶어 하는가? 자신이 부모라는 사실(부모가 아니라는 사실)에 대해 어떻게 생각하는가?

내일 살해당할 것처럼 써라

이 인물에게 형제나 자매가 있는가? 있다면 몇 명인가? 나이는 몇 살인가? 이 인물이 형제자매(들)와 어떻게 지내는지 그 관계를 각각 묘사하라. 외동이라면 그 사실은 그의 인생에서 어떤 의미를 지니는가?

부모는 생존해 있는가? 부모와의 사이가 어떤지(예전에는 어땠는지) 그 관계를 묘사하라.

이 인물은 가족에게 어떤 영향을 받았는가? 그리고 현재 어떤 영향을 받고 있는가?

이 인물은 혹시 반려동물을 키우고 있는가? 있다면 몇 마리인가? 어떤 동물인가? 반려동물의 이름은 무엇인가? 반려동물을 어떻게 생각하고 있는가? 어떤 상황에서 키우게 되었는가? 키우지 않는다면 그 이유는 무엇인가?

이 인물의 친구와 가까운 이들은 어떤 사람들인가? 이 인물이 가깝게 지내는 사람들과의 관계를 각각 자세하게 묘사하라. 그 관계로 인해 인물이 어떤 감정적 갈등을 겪고 어떤 영향을 받는지 빠짐없이 묘사하라.

이 인물에게 적이나 경쟁 상대가 있는가? 운명의 적수가 있는가? 그 적개심 혹은 경쟁의식은 어떤 식으로 시작되었는가? 무슨 일이 있었는지, 그 일로 주인공이 어떤 영향을 받았는지 묘사하라. 혹시 친구나 가까운 사람 가운데 이 인물과 경쟁 관계에 놓인 사람이 있는가? 그 상황에서 이 인물은 애정과 긴장감 혹은 애정과 배신감 사이에서 어떻게 균형을 잡는가?

이 인물이 일을 한다면 그의 고용주는, 고용인은, 함께 일하는 동료는 어떤 사람인가? 이 인물은 어떤 식으로 다른 사람과 교류하는가? 직장에서 이루어지는 각각의 인간관계를 필요한 만큼 자세하게 묘사하라.

이제 이 인물이 눈에 들어오기 시작하는가? 인물을 한층 깊이 알아간다는 기분이 드는가? 인물의 강점이 보이기 시작하는가? 결점이나 약점이 보이기 시작하는가?

이 인물을 충분히 이해하게 될 때까지 계속 질문을 던지라. 한 가지 질문에 답할 때마다 우리는 그에 대해 무언가를 더 알게 된다. 질문에 대답하다 보면 한 가지 답을 선택할 때마다 이후 선택의 폭이 좁아진다는 사실을 알아차리게 될 것이다. 새롭게 선택한 요소는 이전에 선택한 요소와 일관성이 있어야 한다. 그렇지 않다면 그 확연하게 드러나는 모순을 어떤 식으로든 해결해 주어야 한다. 예컨대 인물이 동료들 사이에서는 매력적이며 카리스마 넘치는 사람이지만 배우자에게는 냉담하고 강압적이라면, 작가는 그 이유를 이해하고 있어야 하며 독자들 또한 이해하도록 제대로 납득시켜야 한다.

선택의 여지를 하나씩 줄이면서, 혹은 전혀 생각지도 못한 선택을 하면서(그리고 그 선택의 이유를 설명하면서) 작가는 그 인물을 한층 선명하게 볼 수 있다. 주인공의 다양한 면모를 끌어낼 수 있는 인물들을 주변에 배치한다면 작가는 주인공을 한층 깊이 있고 복합적인 인물로 만들 수 있다. 책을 덮은 후에도 독자의 기억에 오래 남을 만한 인물 말이다.

인물이 적절한
역할을 맡고 있는지
확인하자

캐슬린 조지

인간 행동은 경이로울 정도로 복잡하며 신비에 싸여 있다. 사람의 목소리는 각각 고유한 특색을 지니고 있어서 우리는 전화를 걸어온 사람이 첫마디를 채 마치기도 전에 상대가 누구인지 알아낸다. 이따금 멀리서 걸어오는 모습만 보고도 누구인지 분간해내기도 한다. 사람은 각각 자신만의 고유한 리듬을, 그 생각과 움직임과 말투에 지니는 법이다.

이런 인물의 고유한 행동 양식을 포착하기 위한 각양각색의 방법이 있다. 배우들은 특히 어떤 인물의 행동 양식을 결정하기 위해 50가지가 넘는 항목이 들어 있는 표를 활용한다. 거기 있는 숱한 항목 중에는 호흡 방식(얕은가, 깊은가, 거친가, 부드

내일 살해당할 것처럼 써라

러운가), 위장의 소화 능력, 재정 상태(인물의 주머니에, 은행에, 침대 매트리스 밑에 돈이 얼마나 있는가), 감정을 나타내는 경향(억제하는 편인가, 표출하는 편인가), 종교적 신념 등이 있다.

작가들 또한 배우와 마찬가지로 인물의 고유한 행동 양식을 포착해내기 위해 노력한다. 작가도 배우와 똑같은 것을 알아야 한다. 미스터리 소설의 작가들은 특히 인물이 말하고 행동하는 방식(가령 어떤 식으로 말할 수 없는 비밀을 숨기고 아닌 척 시치미를 떼는지)에 크게 의지한다. 미스터리 장르가 다루는 것이 인물들의 말과 행동이기 때문이다. 나는 종종 이런 질문을 던진다. "머릿속에서 모든 요소를 떠올릴 수 있는가? 인물을 상상하면서 행동을 통제할 수 있는가?"

이상적으로 나는 작가의 입장이 계속 바뀌어야 한다고 생각한다. 스스로 인물의 입장이 되어 장면 안에서 모든 것을 느껴야 하는 순간이 있는 한편, 책 밖으로 나와 인물을 관조해야 하는, 그리고 그 장면을 연출해야 하는 순간이 있다. 이 연출 단계에서 나는 소설 속 인물에 연극이나 영화, TV에 출연하는 전문 배우를 대입해보는 것이 그 인물에 맞는 이미지를 찾는 일에 크게 도움이 된다는 사실을 발견했다. 나는 실재하는 배우의 이미지가 소설 속 인물이 말하고 움직이는 방식을 알려주기 시작하는 순간을 좋아한다. 그 강렬한 이미지(얼굴과 몸짓, 행동 방식과 목소리)가 덧입혀진 인물이 전혀 예상치 못했던 면모로 나를 깜짝 놀라게 하는 순간을 사랑한다.

연극 연출가로 활동하면서 배역을 정할 때, 나는 부차적인 역할에는 그리 들어맞지 않는 부류의 배우가 있다는 사실을 알게 되었다. 이들은 행동가, 지배자의 역할을 맡아야 한다. 한편 재치 있게 익살을 부리는 역할에는 잘 어울리지만 고약한 농담을 하거나 풍자적인 대사를 하는 역할에는 어울리지 않는 부류의 배우도 있다. 연출가는 한 장면에 존재하는 역학 관계를 계속 바로잡아 서로 다른 부류의 배우들이 어우러져 장면을 이끌어나가는 힘을 생성하도록 만들 책임이 있다.

한편 자주 거론되는 개념으로 미학적 무게가 있다. 미학적 관점에서 선천적으로 무거운 배우들이 있고 가벼운 배우들이 있다. 무거운 배우들(몸무게가 아닌 미학적 무게의 관점에서)은 움직임이 적고 단호한 사고방식을 지니는 한편, 가벼운 배우들은 순간순간 변하기 쉬우며 한층 유연하다.

내 시리즈의 주인공인 리처드 크리스티를 처음 창작해냈을 무렵 나는 크리스티의 미학적 무게를 무거운 편에 속한다고 보았다. 크리스티의 겉모습은 리엄 니슨Liam Neeson과 상당히 닮았다. 하지만 그 사고방식에서는 다른 배우를 불러낼 필요가 있었다. 몇몇 상황에서 나는 크리스티가 상당 부분 게이브리얼 번Gabriel Byrne 같은 면모를 지닌 게 아닐까 생각했다. 그게 정확히 무엇인지는 설명할 수 없었지만 번의 목소리와 이미지가 계속 떠오르면서 나에게 무슨 말인가를 하고 있었다.

내가 글로 옮겨낸(그리고 계속 써나가고 있는) 인물인 크리

내일 살해당할 것처럼 써라

스티는 사려깊지만 감정 기복이 심하고 명석하지만 자신의 존재를 지나치게 드러내지 않으려 하는, 개인적이고 종교적이며 죄의식을 품고 사는 인물이다. 나는 일찍이 크리스티를 궁극적인 아버지상이라고 표현한 바 있다. 소설에 등장하는 다른 인물들은 크리스티에게 이끌리며 어느 경우 지나치게 의존하기도 한다. 소설 안에서 거의 모든 인물이 크리스티와 사랑에 빠진다. 내가 번을 본 것은 〈밀러스 크로싱Miller's Crossing〉과 〈유주얼 서스펙트The Usual Suspects〉가 전부였다. 크리스티 역에 번이 떠올랐다는 사실에 어떤 의미가 있을까?

그 의미는 10년이 지난 후 번이 HBO에서 방영된 〈인 트리트먼트In Treatment〉에 출연했을 때야 밝혀지게 되었다. 드라마의 주인공인 폴 웨스턴 박사는 리처드 크리스티를 그대로 TV에 옮겨놓은 듯한 인물이었다. 가부장적이며 감정 기복이 심하고 내성적이며 남에게 쉽게 공감하고 정서가 불안정하다. 이 드라마에서 번은 그동안 내가 줄곧 품고 있던 이미지를 보여주었다. 그 이미지는 번의 겉모습 아래 숨어 있었던 것이다.

내가 만들어낸 탐정 콜린 그리어는 멕 라이언Meg Ryan 같은 헤어스타일에 얼굴도 약간 닮았다. 장난꾸러기처럼 굴면서 애교를 부릴 땐 멜리사 조지Melissa George 같다가도, 조심스럽고 사려 깊게 행동할 때면 스칼릿 조핸슨Scarlett Johansson처럼 보이기도 한다.

당신이 창작해낸 인물에 실제 배우를 대입해보라. 직감에 따라 배역을 정해보라. 실제 배우의 이미지는 상상력에 불을 붙이며 창작의 의지를 북돋는다. 이제 이미 잘 알고 있는 배우를 당신의 인물에 대입하여 살게 만드는 방법을 소개한다.

| **실전 연습** |

인물마다 특정 배우를 염두에 두고, 써놓은 소설 중 한 장면을 다시 고쳐 써 본다. 이를테면 두 인물이 대립하는 장면이 있는데 원하는 만큼 감정이 복잡하거나 층이 두텁게 전달되지 않는다고 하자.

대립하고 있는 두 인물에 조시 브롤린Josh Brolin과 래리 데이비드Larry David를 대입해보면 어떨까? 그 장면에 있을 줄 몰랐던 익살스러운 요소를 발견하게 될지도 모른다. 혹은 서로 무언가를 숨기려 드는 어머니와 딸의 장면을 염두에 두고 있다고 하자. 어머니와 딸 역할로 각각 로라 리니Laura Linney와 엘런 페이지Ellen Page를 대입해본다면 이 장면은 어떤 식으로 완성될까?

배역을 맡긴 배우에서 연상되는 세부 사항을 장면에 덧붙여 넣어도 좋다. 배우들을 여러 가지 다양한 방식으로 조합하여 시험해도 좋다. 무언가 제대로 들어맞지 않는다는 기분이 들 때에는 배역을 바꾸어본다. 분명히 해두자면, 나는 인물이 그 어떤 배우처럼 보이고 그 어떤 배우처럼 말하도록 써야 한다고 이야기하는 것이 아니다. 그저 인물이 어떤 누군가가 되도록 내버려두라.

인물이 적절한
동작을 표현하는지
확인하자

다이애나 올게인

훌륭한 미스터리 소설을 쓰는 데 가장 어려운 도전은 바로 설득력 있는 인물을 창조해내는 것이다. 작가가 어떻게 현실감 있는 살인자를 창작해낼 수 있겠는가? 작가가 살인자가 아닌 마당에 말이다! 다행히도 우리의 상상력에는 누구에게도 피해를 입히지 않으면서 재미있는 여행을 떠날 수 있는 능력이 있다. 그중에서도 어떤 인물의 머릿속으로 들어갈 수 있는 한 가지 방법은, 이야기 속 내용을 실제로 연기하면서 그들의 신발에 발을 넣어보는 것이다.

자신이 바로 그 인물이 되었다고 생각하고 실제로 자리에서 일어나 장면을 연기하는 순간 여러 가지 사실이 속속 밝혀지기 시작한다. 예컨대 힘이 센 인물이라면, 그 힘은 어디에서 나오는 것인가? 다리인가, 복근인가, 가슴인가? 인물이 조심스럽거나 내향적인 성격이라면 몸의 어느 부분을 움츠리고 있는가? 어떤 인물이 몸을 가누는 방식, 걷고 움직이는 방식은 그가 말하는 방식에도 영향을 미친다. 그리고 인물이 말하는 방식은 물론 글에도 영향을 미친다.

소설 속 인물들을 실제로 연기하면서 이야기를 어떻게 고치고 이끌어나가야 하는지에 대해 착상을 얻을 수도 있다. 연기를 통해 작가는 어떤 대화가 필요한지 알게 될 뿐만 아니라 그 인물을 움직이는 동기에 대해서도 이해할 수 있다. 한 장면에 등장하는 여러 인물을 차례대로 돌아가며 한 명씩 연기하면서, 작가는 각각의 인물이 다른 인물이나 다른 요소(장애물)의 방해를 물리치고 자신의 목적을 위해 행동해야 하는 장면에서 빚어지는 갈등을 한층 잘 이해할 수 있다.

여기 소개하는 연습의 가장 유용한 측면은 아마도 모든 인물이 각기 다르며 고유하다는 사실을 확인할 수 있다는 점일 것이다. 인물들은 각각 이야기를 그 나름의 방식으로 떠받친다. 모두가 제각기 복합적인 존재인 한편 인간다우며 공감할 수 있는 존재다.

재미있게 즐기면서 연습해보자. 상상력을 마음껏 발휘하고, 책에서 나와 무대에 서는 순간 거리낌을 모두 벗어 던져버리자.

1단계

대화가 있는 장면 하나를 이미 써두었다고? 좋다. 그 장면을 인쇄하라. 그런 게 없다면 2단계로 바로 넘어가라.

2단계

당장 자리에서 일어서라! 한 인물을 골라 연기를 해본다. 써놓은 대화 장면이 있다면 대사를 읽으며 몸을 움직여보라. 그 인물로서 존재할 때 어떤 '느낌'이 드는지 알아내라(그렇다, 이는 연극에서 쓰는 표현이다).

3단계

다음을 따라 해보자.

- 인물이 되어 걷기: 그 인물이 된 기분으로 걸어다닌다. 몸의 어떤 부분부터 앞으로 나가는가? 발을 내디딜 때 발바닥의 앞 부분이 먼저 닿는가, 뒤꿈치 부분이 먼저 닿는가? 이런 세부 사항의 변화에 따라 인물의 전체적인 느낌 또한 변하게 되는 가? 하나의 감정을 선택한 다음(분노, 수치심, 두려움, 사랑, 기대감……) 그 감정을 느끼면서 걸어본다. 인물의 몸에서 그 감정

은 어떤 식으로 느껴지는가? 어떤 현상이 나타나는가? 이제 인물이 걸어다닐 법한 특정 장소를 한곳 고르거나 걸어야 할 만한 이유 하나를 골라 걸어본다. 인물의 몸에 어떤 변화가 나타나는가?

- 인물만의 몸짓 찾기 : 연기하는 인물 각각에게 한 가지씩 고유한 몸짓을 부여한다. 소설 안에서 이 몸짓이 꼭 묘사될 필요는 없지만 이를 통해 아직 드러나지 않은 인물의 성격을 파악하는 데 도움을 받을 수 있다. 이 인물은 몸을 꼼지락거리는가, 손을 비트는가, 키득거리는가, 계속 시간을 확인하는가? 이런 몸짓을 통해 인물은 어떻게 정의되는가? 이 몸짓은 다른 인물에게 어떤 영향을 미치는가?

- 느리게 연기하기 : 소설 속 장면을 느린 동작으로 연기해본다. 이미 써놓은 장면도 좋고 즉흥적으로 만들어낸 장면도 좋다. 대사를 하면서 대사에 나오는 단어들과 연기하고 있는 인물 사이의 연결 고리를 찾아본다. 이 연습은 인물의 동기를 찾아내는 데 도움이 된다.

- 빠르게 연기하기 : 어떤 장면을 빠르게 연기하다 보면 이 인물의 동기가 변함없는지, 아니면 다른 것으로 바뀌었는지 알아낼 수 있다. 또한 장면을 서둘러 끝마치면서 장면에 위기감을 더해줄 수도 있다. 위기감이 그 인물이나 인물이 바라는 목표

내일 살해당할 것처럼 써라

와 잘 어울리는가?

- 속삭이거나 크게 소리 지르며 연기하기 : 속삭이거나 크게 소리를 지르며 연기해보면 소통하고자 하는 인물의 욕구를 한층 강화하는 한편 감정을 끌어올릴 수 있다. 다시 보통의 목소리로 돌아왔을 때, 소통하고 싶은 욕구가 그대로 남아 있는가?
- 물리적인 장애물 : 어떤 장면에서 인물들 사이에 물리적인 장애물(예를 들자면 문이나 의자, 호수 등)이 있다고 상상하며 연기해보자. 이런 장애물은 감정을 증폭시키는 역할을 할 것이다. 이 장애물이 인물에게 어떤 영향을 미치는가?

4단계

자, 이제 연기를 반복하며 다듬을 준비가 되었다. 여기 소개한 다양한 방법을 이용하여(얼마든지 자신만의 연기 연습 방법을 고안해내도 좋다) 다양한 인물과 장면을 연기해보자. 어떤 방법을 이용할 때 각 인물을 가장 잘 이해할 수 있는지 시험하라. 각각의 인물에 따라 인물을 파악하는 최적의 방법이 달라질 수 있다는 점을 염두에 둔다.

훌륭한 조연은
자신만의
동기가 있다

레이첼 브래디

미스터리 혹은 서스펜스 장르에 등장하는 인물의 배역을 정하는 일은 결코 하찮은 작업이 아니다. 이야기를 이끌고 나갈 만한 힘을 지닌, 개성이 뚜렷하며 잘 만들어진 주인공이 중요하다는 점에는 모든 사람이 동의할 것이다. 이와 마찬가지로 개성 있고 잘 만들어진 조연 또한 중요하다. 결국 이들은 주인공을 보조하는, 혹은 주인공을 죽이려 드는 인물이기 때문이다. 주인공 말고는 주인공에 대항할 만큼 사악하거나 특별한 인물이 아무도 없다면, 세상에서 가장 훌륭한 주인공인들 무슨 소용이 있겠는가?

누구나 오늘날의 자신이 있기까지 도움의 손길을 베풀어

내일 살해당할 것처럼 써라

준 중요한 사람들의 이름을 꼽을 수 있을 것이다. 또한 꼭 그래야만 한다면 자신을 어떤 식으로든 방해해온 사람들의 이름도 댈 수 있을 것이다. 한편 그 중간 어디쯤에 속하는 사람도 많다. 자신의 인생에 들어와 이렇다 할 인상을 남기지 못하고 떠나간 사람들이다.

미스터리와 서스펜스 장르에 필요한 속도감을 고려할 때, 마지막 범주에 속하는 사람들은 소설 속에 등장해서는 안 된다. 이를 제외하고 나면 주변 인물들이 반드시 속해야 하는 두 가지 범주가 남는다.

소설에 등장하는 조연은 첫째, 주인공을 돕거나 둘째, 주인공을 방해해야 한다. 조연이 어떻게 주인공을 돕거나 방해하는지, 그 과정이 독자에게 분명하게 드러날 필요는 없으며 드러나지 않아도 괜찮다. 하지만 작가는 조연 한 사람 한 사람이 어떻게 해서 책에 등장하는 영예를 누리게 되었는지 그 이유를 명확하게 파악하고 있어야 한다.

자신 안의 좋은 점을 최대한 끌어내는 사람들을 생각해보자. 당신을 웃게 만드는 사람은 누구인가? 당신을 달래주고 위로하는 사람은 누구인가? 당신이 갈 길을 제시해주는 사람은 누구인가? 한 사람을 골라보자. 이제부터 이 사람을 조력자라 부르겠다.

이제 당신을 정말 짜증스럽게 만드는 사람에 대해 생각해보자. 추어올리는 척하면서 비꼬는 말투로 당신을 비난하는 사

람인가, 잘난 체하고 아는 체하며 나서는 사람인가, 빈틈이라
곤 없는 완벽한 사커 맘('아이에게 축구를 시키는 엄마'라는 뜻으로
부유하고 자녀 교육에 열성적인 중산층 어머니를 가리키는 표현이다. ―
옮긴이)으로 물론 악의는 없겠지만 그저 같은 방에 있는 것만으
로 당신 자신이 부적격자라는 기분을 느끼게 하는 사람인가?
어떤 이름이 떠올랐는가? 그 사람이 방해자다.

자, 이제 어느 날 스트레스에 찌들어 완전히 녹초가 된 몸
을 이끌고 집으로 돌아오는 길이라고 상상해보자. 몸은 흠뻑
젖고 진흙투성이인데다 결정적으로 몹시 배가 고프다. 그런데
집 앞에 눈에 익은 차 한 대가 세워져 있다. 그 차가 조력자의
것일 때 어떤 기분이 드는가? 그 차가 방해자의 것일 때 어떤
기분이 드는가? 두 기분을 서로 비교해보자.

우리가 매일같이 만나는 사람들은 우리의 견해와 기분,
관점, 생산성, 생각에 지대한 영향을 미칠 수 있다. 이 사실은
작품 속 주인공에게도 똑같은 방식으로 적용된다. 작가는 주인
공을 방해할 수도 있고 주인공에게 생명줄을 던져줄 수도 있
다. 이는 순전히 집 앞에 누구를 나타나게 하는가의 문제다.

이따금 적대자가 좋은 사람인 척하며 자신을 숨기는 경우
도 있고 그 반대의 경우도 있다. 단 한 인물이, 이를테면 주인
공의 연인이 여러 장면에서 그때그때 벌어지는 일에 따라 이
두 가지 역할을 번갈아 수행할 수도 있다. 명심해야 할 핵심은
이것이다. 훌륭한 조연이라면 언제나 주인공을 돕거나 방해하

기 위한 무언가를 하고 있어야 한다는 점. 두리뭉실하고 어중간한 행동은 허용되지 않는다.

패션 디자이너들은 "단순한 것이 더 아름답다."라고 말한다. 소설에서도 마찬가지다. 모든 주변 인물이 어떤 식으로든 (물리적으로든 머리를 써서든 감정을 건드리든 혹은 그 밖의 다른 방식을 동원해서든) 탐정을 돕거나 방해하는 역할을 수행하고 있다면 원고는 한층 촘촘한 짜임새로 완성될 것이다. 단순한 것이 더 아름답다는 관점에서 인물 구성을 검토해 보라. 어떤 인물이 사건을 진전시키거나 후퇴시키지 않는다면, 주인공의 힘을 북돋거나 사기를 꺾지 않는다면 그 인물을 아예 없애버리거나 쓸모 있는 다른 인물과 합치는 방도를 고려해보라. 이런 방식으로 책에 등장하는 모든 인물에게 무언가 중요한 역할을 부여하자.

주변 인물이 언제나 의도적으로 주인공을 돕거나 방해하는 것은 아니다. 이를테면 장염에 걸려 앓아누운 아이는 혼자서 자신을 키우는 아빠가 자기 때문에 범죄 사건을 조사할 시간이 없다는 사실을 전혀 알지 못한다. 반대로 이모나 누나가 무심코 던진 격려의 말 한마디에 아마추어 탐정은 새로이 각오를 다지며 다시 돋보기를 닦고 사건 해결에 도전하게 될 수도 있다.

이런 인물은 플롯 구성에 있어 반드시 필요한 존재는 아닐지언정 본질적이고도 중요한 방식으로 주인공에게 영향력을 행사하는 인물이어야 한다. 비록 주인공 자신은 그 사실을 알아차리지 못한다 해도 말이다. 모든 장면에 등장하는 대화와 대립의 존재·이유에 대해 고민해보라.

소설의 모든 장면에서 주인공은 등장할 때와 조금은 변화된 모습으로 퇴장해야만 한다. 이는 누군가와 이야기를 나눈 후 단서를 찾아내는 일처럼 뚜렷한 외적 변화일 수도 있고 사건 해결의 진척에 대해 기분이 좋아지거나 나빠진다는 사소한 내적 변화일 수도 있다. 하지만 좋은 쪽으로든 나쁜 쪽으로든 주인공이 전혀 변화하지 않는다면, 그 장면과 그때 등장하는 조연은 어쩌면 이야기에 필요하지 않은 건지도 모른다.

현실 속 사람들과 마찬가지로 조연 또한 자기 자신만의 목적을 지니고 있다. 조연은 그 자신의 동기와 목적에 이끌려 주인공과 교류하고 행동한다. 각 장면마다 이 조연들이 무엇을 원하고 있는지 계속 질문을 던지라. 두말할 필요도 없이 주인공 또한 자신만의 목적을 지니고 있어야 하며 갈등이 발생하면 창의적인 방식으로 임기응변을 발휘하여 원하는 결과를 이끌어내야 한다.

| 실전 연습 |

1단계

주인공의 주요 조력자와 주요 방해자를 설정하자. 앞서 상상한, 집 앞 자동차 장면으로 돌아간다. 그 자리에 기진맥진하여 녹초가 된 주인공을 넣는다. 조력자가 기다리고 있는 경우와 방해자가 기다리고 있는 경우를 가정하고 각각 대화 장면을 쓴다. 누가 차 문을 열고 나오는지에 따라 탐정이 어떤 반응을 보이는지, 기분은 어떻게 바뀌는지 유심히 관찰하라.

조연은 이야기의 속도를 조절하기 위한 목적으로 유용하게 활용할 수 있다. 긴장감을 끌어올리고 강수를 둘 필요가 있다면 주인공에게 가장 방해가 되는 인물을 불러내라. 주인공에게 온갖 고생을 안겨주라. 주인공이 긴장을 풀고 새로운 단서를 조사해야 할 단계가 되면 조력자를 소환하라. 조력자는 주인공의 말을 귀담아들으면서 생각을 전환하는 계기를 마련하고 주인공을 압박하지 않는 수준에서 주인공의 의견에 반론을 제기하는 역할을 한다.

2단계

인물이 전혀 예상치 못한 행동을 보일 때 독자는 당혹감에 빠진다. 조력자가 알 수 없는 이유로 탐정을 방해하는 행동을 하는 장면을 쓰라. 방해자가 불가사의하게도 주인공에게 도움의 손길을 내미는 장면을 쓰라. 이 인물들은 왜 그런 행동을 하는가?

독자의 허를 찌르는 방식으로 사건이 벌어지는 시나리오에서 작가는 온갖 종류의 기회를 발견할 수 있다. 어떤 인물이 보이는 전혀 뜻밖의 행동은 미스터리와 서스펜스 장르에 빠져서는 안 될 두 가지 요소, 즉 오해와 갈등을 불러일으킬 수 있는 절호의 기회다.

4장

문체, 시점,
대화, 배경

나만의
문체를
시도하자

스티브 리스코

어느 날 에이전트가 내게 말했다. "문제는 출판사들에서 자기들이 내는 사설탐정 소설이 몇 편이나 되는지 세어볼 수 있다는 점입니다. 다른 종류의 책은 그럴 수가 없거든요."

참으로 옳은 말이다. 아마추어 탐정은 간호사일 수도 있고 교사일 수도 있고, 판매원이나 기자, 미용사, 개 훈련사 등 어떤 직업도 가질 수 있다. 그리고 이 각기 다른 세계에서 이야기의 다채로움이 탄생한다. 반면 사설탐정은, 여자든 남자든 상관없이 상당히 일정한 행동 양식을 보이며 계속 비슷비슷한 상황에 연루될 수밖에 없다. 다시 말해 사설탐정 소설에서는 엇비슷한 플롯이 반복되기 쉽다는 뜻이다.

그렇다면 이 엇비슷한 이야기들 중에서 어떻게 자신의 이야기가 눈에 띄도록 만들 수 있을까? 비밀은 표현 양식과 목소리에 있다.

여기서 표현 양식이란 작가가 자신의 이야기를 효과적으로 표현하기 위해 사용하는 온갖 기술적인 요소를 통칭한다. 배경과 회상, 풍자, 대화, 묘사 등 고등학교 시절 배웠던 모든 글쓰기 요소가 포함된다. 한편 목소리를 만들기 위해서는 서로 연관된 이야기의 세 요소가 필요하다. 인물, 시점, 태도. 그중 '태도'는 바로 국어 교사가 '글투'라 부르는 것이다.

이야기와 인물에는, 특히 자신의 시점으로 이야기를 풀어나가는 인물에게는 어떤 태도가 필요하다. 인물에게 태도가 없다면 그 인물과 독자와의 정서적인 교류는 이루어지지 않으며 결국 독자는 그 인물에 대해 관심을 잃고 책을 덮어버릴 것이다.

수많은 사람이 1인칭 시점이야말로 글을 쓰는 가장 자연스러운 방식이라고 주장한다. 하지만 그것이 얼마나 글을 망치기 쉬운 방법인지에 대해서는 말을 아낀다. "나는……"으로 시작하는 문장이 되풀이되면 지루해진 독자는 책을 덮어버린다. 이 문제를 어떻게 해결해야 할까?

오래전에 조지 개릿George Garrett은 1인칭 시점 소설에서 가장 기본적으로 필요한 '행위'는 항상 '이야기를 하는 행위'라는 사실을 지적했다. 인물은 자신의 이야기를 풀어나갈 필요가 있다. 이 말은 곧 그 인물에게 이야기를 할 이유가 있다는 뜻

내일 살해당할 것처럼 써라

이다. 이 이유에서 태도가 형성되며, 이 태도에서 인물 특유의 목소리가 탄생한다. 데니스 루헤인Dennis Lehane의 사설탐정 소설에서 화자로 등장하는 페트릭 켄지와 린다 반스Linda Barnes의 캘로타 칼라일, 재닛 에바노비치Janet Evanovich의 스테파니 플럼을 생각해보라.

전지적 작가 시점에서 화자는 모든 인물의 생각을 다 알고 있으며 벌어지는 모든 사건을 같은 거리를 두고 바라본다. 전지적 작가 시점은 몇 가지 부차적인 줄거리가 뒤얽힌 복합적인 이야기에 적합하지만 여러 다른 인물의 관점을 균일하게 통일시키다 보면 인물의 개성을 죽일 수 있다는 위험을 안고 있다.

다중 3인칭 관찰자 시점은 작가가 장면의 속도를 조절하고 긴장감을 조성하는 데 유용하다. 또한 세부 사항과 상황에 대한 인식이 각기 다른 개성과 태도를 지닌 다른 인물을 통해 여과되어 표현되기 때문에 목소리를 창조하는 데에도 큰 도움을 받을 수 있다.

작가는 어떤 인물의 태도, 즉 그 인물이 주위의 세계에 어떻게 대응하는가를 전달할 때 형상화와 운율을 이용한다. 형상화를 통해서는 그 인물만의 고유한 세계관과 관심사를 포착해낼 수 있다. 교사나 운동선수, 음악가, 정비공이 세계를 바라보는 방식은 그들이 세계를 대하는 방식에 따라 각각 달라지며 작가는 형상화를 통해 이를 구현할 수 있다. 어린이들은 대부분의 어른과 달리 시각보다 다른 감각에 크게 의존하며 여기서 어린이만의 독특한 목소리가 탄생한다. 어린이는 풍부한 어휘를 알지는 못하지만 자신이 알고 있는 것, 사탕이나 동물이나 옷을 통해 사물을 표현할 수 있다.

운율은 어휘와 구두점의 활용을 통해 탄생한다. 구두점이 별로 없고 강한 발음과 함께 짧게 끊어지는 문장(나의 선생님이 '헤밍웨이 스타일'이라 불렀던)은 쉼표가 많고 부드러운 발음으로 끝나며 대구를 이루는 구와 절이 나열된, 길고 시적인 문장과는 사뭇 다르게 느껴진다. 동사의 시제도 마찬가지다. 현재 시제의 글은 과거 시제에 비해 한층 직접적이며 신속하게 다가온다. 서브텍스트(대사 속에 숨어 있는 감정, 믿음, 동기, 입 밖에 내지 못한 생각) 또한 차이를 만드는 데 활용된다. 돈 윈슬로Don Winslow는 도시적인 배경과 인물을 활용하여 힘찬 현재 시제로 글을 쓴다. 그 결과 윈슬로의 글은 "이 빌어먹을 허튼소리를 '믿을' 수 있겠나?"라는 의미의 서브텍스트를 전달한다.

에바노비치가 창조한 스테파니 플럼은 머리칼을 부풀린 골수 저지걸(대개 뉴저지 출신으로 화려하게 꾸미는 것을 좋아하는 야단스러운 성격의 여성 을 가리키는 표현. ─옮긴이)로, 스테파니의 말에는 모든 일에 유난을 떠는 그녀 삶의 방식이 고스란히 드러난다. 이 부분이 얼마나 잘 표현되었는지 거의 모든 문장 끝에 붙은 반짝거리는 물음표를 볼 수 있을 지경이다. 리사 스코토라인Lisa Scottoline은 종종 메리 디넌지오의 관점으로 자신의 법정 스릴러 소설을 풀어나간다. 메리는 독실한 가톨릭 소녀에서 변호사가 된 인물로, 사건을 대하는 메리의 태도는 그 어머니의 요리만큼 풍부한 감칠맛을 이야기에 더해준다.

팻 콘로이Pat Conroy는 정교한 묘사와 대구를 이루는 절로 가득한 문장을, 번지점프 밧줄로 쓸 수 있을 만큼 길게 풀어낸다. 콘로이가 쓰는 문장의 장엄한 운율에서 세계에 대한 한층 숭고한 시각이 탄생한다. 비록 그가 창조한 인물의 악몽 속에서는 캉캉 춤을 춰대는 악마가 나오고 있지만 말이다. 스코틀랜드 작가 케이트 앳킨슨Kate Atkinson은 암시적인 말장난과 반어법을 사용하는 한편 영화, 문학, 록의 소재를 통해 자신의 인물에게 맥베스와 델타 블루스를 접목시킨 듯한 신랄한 인생관을 부여한다. 그다음에는 로버트 크레이스Robert Crais와 제임스 크럼리James Crumley, S. J. 로잔S. J. Rozan, 로런스 블록Laurence Block의 작품을 살펴보자.

바로 이것이 당신의 사설탐정 소설을 여러 다른 책 사이에서 돋보이게 만드는 비법이다. 이제 연습할 차례다.

| 실전 연습 |

누구에게도 영향을 주지 않을 법한 작은 사건에 대한 글을 한 쪽 쓰라. 비행기 추락 사고나 지진, 세무 감사 같은 사건은 안 된다. 연

인과 헤어지는 일도 복권에 당첨되는 일도 안 된다. 아침 식사로 시리얼을 먹으려는데 우유가 다 떨어졌다든가, 저녁거리를 전자레인지에 너무 오래 데운 나머지 플라스틱 용기가 녹아버렸다든가 하는 일상적인 사건이 좋다.

이제 같은 사건을 아래에 소개하는 표현 양식 중 적어도 여섯 가지 이상의 방법을 적용하여 다시 써보자. 사건의 기본이 되는 사실은 그대로 유지한다. 사용하는 어휘나 문장의 길이, 구두점을 달리하여 독특한 운율을 만들어 내면서 특유의 태도를 보여주도록 한다. 아마도 어떤 양식이 다른 양식보다 한층 적합하게 맞아떨어질 것이다. 그것이 이 연습의 핵심이다. 이를 통해 그 장면에 적용할 만한 목소리를 발견할 수 있으며 어쩌면 이 목소리를 책 전체에 적용할 수도 있을 것이다.

- 세 음절 미만의 짧은 단어만 사용한다.
- 한 줄 이상 넘어가는 문장을 쓰지 않는다.
- 모든 문장을 두 줄이 넘도록 길게 쓴다.
- 현재 시제를 사용한다.
- 2인칭 시점을 사용한다("너는 문을 연다……").
- 성경이나 신화, 셰익스피어를 간접적으로 언급한다.
- 실제로 만질 수 있는 이미지나 세부 사항을 사용한다.

- 다음에서 아무것이나 골라 언급한다. 야구, 음악, 장기, 요리, 운전·자동차, 날씨, 꽃.
- 피동사만을 사용한다.
- 줄임말을 사용하지 않는다.

같은 사건을
세 가지 시점으로
다시 보자

레베카 캔트렐

내 소설《연기의 자취A Trace of Smoke》에서 나는 살해되는 희생자가 자신의 목소리로 직접 이야기하도록 만들고 싶었다. 독자가 에른스트의 말을 직접 들으면서 그를 알고 사랑하게 되기를 바랐다. 에른스트가 살해되었을 때 누이인 해나 보겔이 무엇을 잃게 되었는지 이해할 수 있기를 바랐다. 살인자가 그의 목숨을 앗아 갈지언정 그의 목소리까지 빼앗도록 내버려두고 싶지 않았다.

내 초고에서, 에른스트가 이야기를 하는 곳은 저승이다. 유감스럽게도 이는 소설에 제대로 들어맞지 않았다. 내가 참석하는 글쓰기 모임에서는 이 부분을 두고 고심했고, 이후 내

내일 살해당할 것처럼 써라

에이전트가 되는 사람은 제일 먼저 이렇게 묻기도 했다. "내가 에이전트 일을 맡는다면 그 죽은 에른스트의 목소리를 원고에서 빼는 일을 생각해볼 의향이 있으신가요?"

물론 그럴 의향이 있었다. 결국 나는 그 장면들을 삭제했다. 하지만 에른스트의 목소리로 쓰인 장면에 실렸던 정보와 감정이 해나의 1인칭 시점으로 쓰이는 소설 안에 어떻게든 자리를 찾아야 한다는 사실을 의식하고 있었다. 나는 에른스트의 살해 사건과 그의 인생, 그의 경험을 두고 고심했던 시간 덕분에 에른스트가 결국 소설 안에서 강한 목소리를 얻게 되었다는 사실을 깨달았다.

또한 뜻밖의 수확을 거두었다. 피해자의 관점에서 살인 장면을 써봄으로써, 그 살인을 둘러싼 모든 사건에 대한 뚜렷한 그림을 떠올릴 수 있었던 것이다. 그렇게 나는 책에서 가장 핵심적인 장면의 광경과 소리, 감각을 포착해낼 수 있었다.

에른스트가 살해되는 장면에서는 에른스트와 그를 죽인 범인에 대해 수많은 사실이 드러난다. 여기서 비롯된 플롯의 실들이 나머지 이야기를 마지막까지 엮어나간다. 어쩌면 내가 여기에서 교훈을 얻었으리라 생각할지도 모른다. 하지만 아니었다. 두 번째 책《암살자의 밤A Night of Long Knives》을 쓸 때는 피해자의 시점에서 살인 장면을 써보면 좋겠다는 생각을 전혀 떠올리지 못한 것이다.

두 번째 책을 쓰는 동안 해나가 시체를 발견하는 장면으로 계속해서 되돌아가고 있는 나 자신을 발견한 다음에야, 나는 해나가 그토록 열심히 해결하려 하는 범죄 사건에 대해 내가 충분히 알지 못한다는 사실을 깨달았다. 그래서 자리를 잡고 앉아 희생자의 관점에서 살인 장면을 써 보았다. 이번에는 이 장면이 최종 원고에 들어가지 않으리라는 사실을 잘 알고 있었지만, 한편으로 이 작업을 통해 내가 얻게 될 통찰력과 명료함이 작품에 어떤 영향을 미치게 될지도 잘 알고 있었다.

| 실전 연습 |

글쓰기 연습으로 범죄 그 자체를 주의 깊게 검토해볼 것을 권한다. 구체적인 세부 사항과 감정에 초점을 맞추어보자. 각 장면마다 실제로 자신이 그 일을 겪는다고 상상을 하며 글을 써보자.

1단계

살인자의 시점으로 살인 장면을 묘사한다. 살인자가 희생자를 죽이는 이유는 무엇인가? 범죄는 계획된 것인가, 충동적으로 저질러진 것인가? 살인자는 무심결에 혹은 일부러 탐정을 속이기 위한 어떤 단서를 남기는가? 살인자는 어떤 감정을 느끼는가? 살인은 정확히 어떤 식으로 저질러지는가? 살인자의 행동 하나하나를 차례대로 설명하라. 세부 사항을 자세하게 검토하라.

2단계

완전히 똑같은 장면을 이번에는 살해된 희생자의 시점에서 써본다. 살인자는 희생자가 아는 사람인가? 희생자는 뜻밖의 사건에 깜짝 놀라는가? 희생자는 살인자와 맞서 싸우는가? 희생자는 무심코, 혹은 일부러 단서를 남기기 위한 어떤 행동을 하는가? 희생자는 신체적으로, 그리고 감정적으로 어떤 느낌을 경험하는가? 희생자가 자신이 죽게 된다는 사실을 처음으로 깨닫는 순간은(만일 그런 순간이 있다면) 언제인가? 독살의 경우처럼 자신이 죽게 되리라는 사실을 전혀 알지 못한 채 죽는다면 마지막으로 머릿속에서 떠올리는 생각이 무엇인지에 대해 써보라.

3단계

완전히 똑같은 장면을 이번에는 탐정의 시점에서 써본다. 범죄 현장을 찾은 탐정은 어떤 광경을 보게 되는가? 어떤 단서를 찾아내는가? 탐정이 살인 과정을 되짚어 상상하면서 실제로 혹은 머릿속에서 살인 사건을 재현하도록 만들자. 어떤 점을 발견하게 되는가? 살인 장면을 상상하면서 탐정은 희생자와 살인자에 대해 어떤 감정을 느끼는가? 그 감정으로 인해 탐정은 어떻게 변화하는가?

인물이 바뀌면
말투도
변해야 한다

엘리자베스 젤빈

목소리는 미스터리 장르에서도 가장 미스터리한 요소다. 우리
가 수많은 작품 중 어느 한 작가의 작품을 알아볼 수 있는 것
은 바로 이 목소리 때문이다. 소설 속 등장인물의 것이든 작가
자신의 것이든, 인상적인 목소리는 독자로 하여금 다시 책을
찾도록 만든다. 수많은 미스터리 소설이 시리즈로 집필되기 때
문에 미스터리 작가들은 엇비슷한 작업을 반복하기 마련이다.
독자들이 로버트 B. 파커Robert B. Parker의 책을 계속 사는 이유는
스펜서가 결국엔 항상 악당을 물리치기 때문이 아니라, 한눈에
구별할 수 있는 파커의 독특한 목소리 때문이다.

한 목소리와 다른 목소리를 구별 짓기 위해 애써 공을 들

이는 작가도 있고 직관적으로 그렇게 하는 작가도 있을 테지만, 어쨌든 작가라면 이를 위해 여러 다양한 기술을 사용한다. 파커가 사용한 방법 중 하나는 '말했다'를 제외하고는 다른 어떤 귀속 동사도 사용하지 않는 것이었다. 또 다른 방법은 스펜서와 그 조수인 호크가 주고받는 재담이다.

루스 렌델은 단어 선택과 문장 구성에 미묘한 차이를 두어 본명으로 발표하는 '웩스퍼드 경감Inspector Wexford' 시리즈와 바버라 바인이라는 필명으로 발표하는 심리 스릴러를 구별 짓는다. 전자는 독자가 호감을 느낄 법한 주인공이 등장하여 사건을 수사하는 시리즈물이며, 후자는 섬뜩한 분위기를 풍기는 독립 스릴러 소설이다. 렌델은 뛰어난 솜씨를 발휘하여 이 두 종류의 작품군에서 전혀 다른 목소리를 구현한다.

작품의 시대와 인물의 성별이 구별되도록 목소리를 표현하는 일은 가장 쉬우면서도 역설적으로 가장 어려운 일이다. 혹여 목소리가 제대로 맞아떨어지지 않는다면 그 인물은 진정성을 잃고 만다.

내가 쓰는 한 시리즈에 등장하는 주인공인 브루스 콜러는 재치 있는 입담과 선한 마음씨를 지닌 재활 중인 알코올 의존자다. 내가 쓰는 또 다른 시리즈의 주인공인 디에고는 기독교로 개종한 유대인 청년으로 콜럼버스의 첫 번째 항해에 동참한 선원이다. 이 두 사람이 각자 누군가 자신의 뒤를 밟는 상황을 설명한다고 가정해보자. 브루스는 아마도 이렇게 말할 것이다. "내가 어딜 가는지 그 사람한테 가르쳐줄 생각은 없었다."
디에고라면 아마 이렇게 말할 것이다. "내가 어느 곳으로 향하
고 있는지 그에게 가르쳐줄 의향은 없었다." 브루스의 목소리
가 좀더 입말답고 현대어다운 특징을 지닌다. 디에고의 목소리
에 시대성을 부여하기 위해 나는 축약어 사용을 피하고 조금
더 격식을 차린 단어를 사용했다.

나는 브루스가 처음으로 등장하는 장면의 첫 문장에서 브
루스의 목소리를 까칠하면서도 비꼬는 듯한 것으로 설정했다.
브루스는 빈민굴에 있는 자신을 발견하고 이렇게 말한다. "술
을 마시지 않은 채 눈을 뜨니 입안에서 썩은 토사물 맛이 느껴
졌다." 브루스는 주위를 둘러본 다음 결론을 내린다. "오늘이
크리스마스일 거라는 끔찍한 기분이 들었다." 반면 디에고는
성탄절에 대해 전혀 다른 식으로 이야기한다. "히브리력에 따
르면 오늘은 5253년 키슬레브 달의 스물다섯 번째 되는 날로
봉헌절의 이틀째 밤이다. 오늘은 또한 제독을 비롯한 다른 사
람들이 '우리 주의 시대 1492년의 12월 24일'이라고 부르는 크
리스마스이브이기도 하다."

《죽음이 나무를 다듬어 주리라Death Will Trim Your Tree》에서
브루스는 크리스마스 장식용 조명 때문에 낭패를 겪는다. 브루
스는 뉴욕 토박이다운 태도를 지닌 사람이므로 처음부터 나는
브루스가 욕설을 입에 달고 사는 사람이라고 생각했다. 하지만
이 이야기는 가족용 선집으로 출간될 예정이었다. 어떻게 하면

욕설을 쓰지 않고도 브루스의 목소리를 진정성 있게 전달할 수 있었을까? 나는 이렇게 썼다. "나는 바닥에 주저앉아 (……) 반짝거리는 전깃줄 무더기를 무릎 위에 놓은 채 이를 득득 갈았다. 고작 이따위 것을 위해 무려 357일이나 술을 끊으면서 인생을 송두리째 바꾸었단 말인가?"

내 두 편의 시리즈에서 주인공은 모두 남성이다. 브루스의 조수로 등장하는 바버라는 강인한 여성으로 그 목소리가 대화에서만 드러난다. 바버라의 입장에서 3인칭 관찰자 시점으로 이야기를 풀어갈 때 작가의 목소리는, 브루스가 1인칭 시점으로 이야기를 풀어갈 때와는 다르게 들려야 한다. 3인칭 관찰자 시점으로 쓴 한 장면에서 바버라는 살인 혐의를 받고 있는 성형외과 의사와의 약속을 지켜야 할지 고민하고 있다. "바버라는 자신의 코를 쓰다듬었다. 도대체 왜 코를 고치고 싶은 척을 해야 한단 말인가? (……) 10대에 이미 코 수술을 받은 여자들은 의심할 여지가 없을 만큼 완전히 똑같이 생긴, 살짝 집어내어 콧구멍이 너무 많이 들여다보이는 코를 갖고 있단 말이다." 레이먼드 챈들러는 절대 이런 문장을 쓰지 않았을 것이다. 제인 오스틴Jane Austen 또한 마찬가지다. 바버라의 입장에서 3인칭 시점으로 글을 쓸 때의 목소리는 단순히 그 언어뿐만 아니라 글의 내용과 관점에 따라 달라질 수밖에 없다.

내가 만들어낸 여주인공 중에는 삼촌에게 성적 학대를 받고 있는 열한 살 난 소녀 제니가 있다. 이야기에서 제니의 목소리를 설정하기 위해 나는 소재와 어휘 두 가지를 모두 활용했다. "엄마한테 문에 자물쇠를 달아도 되냐고 여러 번 졸라보았지만 엄마는 아직 내가 어리다고만 말할 뿐이다." 나중에는 이런 내용도 나온다. "내가 역사에서 가장 좋아하는 시대인 중세에는 남자들은 갑옷을 입고 다녔고 여자들은 정조대를 차고 다녔다. 장담하는데 그 사람들은 자신들이 얼마나 행운을 타고났는지 아마 알지 못했을 것이다." 제니의 목소리가 어른이나 남자의 목소리로 들리지 않게 하기 위해 굳이 10대들의 은어를 사용하거나 흔해빠진 사춘기 문제를 언급할 필요는 없다.

소설 속 인물이 1인칭 시점으로 이야기할 때라면 올바른 문법이나 표준어를 쓰지 않아도 괜찮다. 주인공은 "술맛이 대박인데!"라고 말할 수 있다. 하지만 3인칭 화자라면 "술맛이 매우 좋았다."라고 말하면서 글의 신뢰성을 유지해야 할 것이다. 인물의 어휘가 제한적이고 전문적인 한편 작가의 어휘는 그렇지 않을 수도 있다. 생생한 목소리를 만들어내기 위해서는 기꺼이 규칙을 어기고 위험을 감수할 필요가 있다.

| 실전 연습 |

이 연습에서는 소설 속 상황과 함께 인물과 배경의 목록을 소개한다. 각 상황마다 인물과 배경의 목록에서 서로 상반되는 항목을 골

내일 살해당할 것처럼 써라

라 조합해보자. 인종이나 출신지, 작업, 장애 여부, 결혼 여부 같은 특징을 덧붙여도 좋다.

선택한 인물을 1인칭 화자로 삼아 각 상황별로 한 장면을 쓴다. 각 인물과 배경에 따라 얼마나 독특한 목소리를 만들어낼 수 있는지, 한편 만들어낸 목소리가 각각 얼마나 달라질 수 있는지 살펴보자. 각 장면을 3인칭 시점으로 고쳐 쓴 다음 목소리가 어떻게 달라지는지 살펴보자.

상황	인물	배경
시체를 발견하다	연령과 성별	시대
범죄 혐의를 받다	25세 남자	현대
악당과 대면하다	25세 여자	19세기
부상을 당해 도움을 청하다	60세 남자	중세
납치를 당하다	60세 여자	기원전
누군가를 구출하다	13살 소년	미래
용의자와 이야기하다	13살 소녀	
사전에 참사를 막다	계층, 교육 수준, 신분	장소
사랑을 고백하다		
오랜만에 집에 돌아오다	부유층	대도시
기억을 잃은 채 깨어나다	빈민층	작은 마을
잘못된 장소에 도착하다	중산 계급	시골
작별 인사를 하다	노동자 계급	황무지
비밀을 지키다	노숙자	바다 위

독자는
작가의 시점으로
사건을 본다

캐서린 홀 페이지

조지 오웰은 《나는 왜 쓰는가?Why I Write》에서 "훌륭한 산문은 마치 창문과도 같다."라고 말했다. 이 한 문장은 내가 생각하는 글쓰기의 정수를 완벽하게 표현한다. 글쓰기란 독자들로 하여금 또 하나의 세계를 완전하게 들여다볼 수 있게 하는, 관찰자로서 그 세계에 잠시 들어가 볼 수 있게 하는 언어를 창조하는 일이다. 그리고 그 창조의 과정에서 시점은 극히 중대한 역할을 한다.

갑자기 다른 시점이 불쑥 끼어드는 일만큼 독자를 당혹스럽게 만드는 일도 없다. 책을 읽다 돌연 발목을 붙잡히는 것이다. '잠깐만, 이 사람은 누구지? 줄곧 듣고 있던 그 목소리에는 무슨 일이 일어난 거야?' 혹은 그보다 더 나쁠 수도 있다. '아니, 이 사람이 도대체 그걸 어떻게 알았대?'

미스터리 장르에서 작가는 독자와 공정하게 승부하려고 노력하면서 올바른 정보와 함께 '레드 헤링'을 이곳저곳에 흩뿌려둔다. 이 장르에서 시점 전환은 한층 피하기 어려운 함정이다. 이야기의 중도에서 또 다른 시점을 도입하여 단서를 흘리고 싶은 충동을 이기기란 쉽지 않기 때문이다. 작가는 속으로 킬킬 웃으며 이렇게 생각한다. '이렇게 하면 독자들은 계속 억측을 해대겠지.' 그렇다. 그렇게 하면 독자는 계속 억측을 해댄다. 그리고 도대체 무슨 일이 벌어지는지 의아하게 생각하다가 책을 덮어버리고는 좀 덜 복잡한 다른 책을 집어 들게 된다.

물론 다중 시점으로 글을 쓰는 일도 가능하다. 나는 《썰매의 시체The Body in the Sleigh》에서 다중 시점의 매력을 한껏 만끽했다. 시리즈의 주인공인 페이스 페어차일드의 시점에서, 메인 섬 농장에서 염소를 키우는 노처녀 메리 배서니의 시점에서, 문제를 껴안은 대학생 미리엄 카펜터의 시점에서, 섬에 사는 10대 소년 제이크 휘터커의 시점에서 글을 썼다.

인물의 시점을 확실하게 구분 짓는 일은 쉽지 않은 과제였지만 나는 각 시점들을 서로 멀찍이 떼어두는 방식으로 이를 해결했다. 그러니까 미리엄의 시점에서 한 문장을 쓰고 곧장 페이스의 시점으로 뛰어넘지는 않았다는 뜻이다. 시점과 목소리는 떼려야 뗄 수 없는 관계로 묶여 있으므로 여러 인물의 시점을 도입하기 위해서는 여러 인물의 목소리를 차용해야 했다. 이런 방식으로 글을 쓰는 일은 지금까지의 시간을 통틀어 가장 즐거운 경험이었다.

어떤 인물의 시점으로 글을 쓰며 목소리를 차용하는 일은 대화문에서 목소리를 차용하는 일과는 전혀 다르다. 여기에서는 시점에 어울리는 목소리를 만들어내는 연습을 소개할 것이다.

나는 《다락방의 시체The Body in the Attic》에서 낡은 일기의 내용을 이야기에 끼워 넣었다. 이 일기는 주인공 페이스가 매사추세츠 주 케임브리지에 있는 낡은 집에서 발견한 것이다. 페이스는 그곳에서 남편 토머스 페어차일드 목사와 함께 안식년을 보내고 있는 중이다. 1인칭으로 쓰인 일기의 발췌 부분은 중심 이야기와는 구분되도록 이탤릭체로 표기했다. 이 일기는 페이스와 독자에게 그 집에서 일어난 범죄 사건에 대한 세부 사항을 전달하는 한편 소설 안에서 또 다른 시점을 제공하는 역할을 한다.

애거사 크리스티의 《그리고 아무도 없었다And Then There Were None》에 헌정한 작품 《담쟁이덩굴의 시체The Body in the Ivy》에서도 비슷한 방식으로 시점을 활용했다. 대학 친구였던 여덟 여자의 이야기를 1960년대 후반에서 현재에 이르기까지 각각 풀어놓은 것이다. 나는 여덟 인물이 가상의 펠헴 대학에서 보낸 4년의 시간을 자신의 시점에서 이야기하는 장들을 쓴 다음, 현재 친구들이 다시 모인 죽음의 동창회 장면을 배경으로 이

내일 살해당할 것처럼 써라

장들을 펼쳐놓았다. 동창회에 참석한 친구들은 살인자가 돌아다니는 섬에 오도 가도 못하게 발이 묶여 있는 중이다. 그리고 살인자는 바로 그들 중에 있다.

3인칭 시점으로 글을 쓸 때는 다중 시점으로 글을 쓰는 것이 일종의 표준처럼 여겨지고 있다. 한편 1인칭 시점으로 이어지는 소설에서 독자는 화자가 누구인지 항상 알고 있다. 계속 이어지는 시리즈물이라면 1인칭 시점의 주인은 물론 그 시리즈를 이끄는 주인공일 것이다. 내 경우에는 페이스의 입장에서 글을 쓴다. 독자들은 주로 페이스의 목소리를 통해 이야기를 듣고 페이스의 눈을 통해 내가 만들어낸 세계를 본다. 이제 연습을 통해 내가 인물의 목소리를 어떻게 만들어내는지 어느 정도 감을 잡을 수 있을 것이다.

| **실전 연습** |

이 연습의 목표는 또 다른 페르소나를 차용한 다음 그 페르소나의 시점에서 어떤 장소를 묘사하는 것이다. 오웰이 말한 창문을 통해 지금 있는 장소를 둘러보라. 실내일 수도 있고 야외일 수도 있다. 사소한 세부 사항을 각별히 주의 깊게 살피라. 오감을 총동원하라. 이 연습은 구석구석 잘 알고 있는 곳에서 한층 효과를 발휘한다.

이제 아래 목록에서 한 인물을 고른 다음 그 인물의 시점에서 이 장소에 대한 짤막한 묘사 단락을 써보자. 글을 다듬을 필요는 없다. 여기서 중요한 점은 종이 위에 문장을 쓰는 일이다. 다른 사람과 짝을 지어 연습해도 좋고 글쓰기 모임에서 여러 사람과 함께해도 좋다. 돌아가며 자신이 쓴 글을 소리내어 읽은 다음 다른 사람이 쓴 글에서 관찰자의 정체를 추측해본다.

- 이제 막 걷기 시작한 아기를 가진 근심 많은 엄마 혹은 아빠
- 나이 많은 노인
- 기자
- 외계인
- 살인자
- 미래에서 온 시간 여행자
- 귀신
- 요리사
- 형사
- 건축가
- 촬영 장소를 물색하는 연출가
- 은둔자
- 기업가
- 과거에서 온 시간 여행자

내일 살해당할 것처럼 써라

- 개미

- 네 살짜리 아이

- 10대 청소년

- 이혼한 사람

- 우리나라에 처음 온 외국인

무슨 말인지 감을 잡을 수 있을 것이다. 가능한 한 많은 인물의 시점에서, 가능한 한 그 시점들이 서로 구분될 수 있도록 글을 써 보자. 변화를 주기 위해 바닥에 누운 시체의 시점을 덧붙여 묘사 단락을 써볼 수도 있다. 글을 쓰다 보면 그 인물이 자신을 사로잡 는 순간이 오기도 한다. 그 순간 이야기의 착상이 떠오를 수도 있 다. 착상이 떠오르면 그것을 밀고 나가라.

무엇보다도, 글을 써야 한다. 매일 글을 쓰라. 단지 일기나 일지 의 몇 문장에 불과하더라도 매일 쓰는 것이 중요하다. 메리 R. 라 인하트Mary R. Rinehart가 한 말이자 그녀가 쓴 글쓰기에 대한 사랑스 러운 작은 책의 제목이기도 한 이 문구를 기억하라. "글쓰기는 노 동이다."

현실에서
있을 법한
대화를 쓰자

존 P. 블로크

소설은 독자에게 기꺼이 속아주기를 요구한다. 독자는 물론 소설이 꾸며낸 이야기이며 현실에서 일어난 일이 아니라는 사실을 알고 있지만 어느 선에 이르면 그 경계가 모호해진다. 기꺼이 속아주기는 살인 미스터리 장르를 읽을 때 한층 중요한 역할을 한다. 미스터리를 읽는 독자는 이야기가 흡인력 있고 긴장감 넘치기만 하면 장르의 관습이나 플롯에서 억지로 끼워 맞춘 듯 보이는 부분까지도 흔쾌히 믿어주려 한다.

　대부분의 살인 미스터리 장르에는 범죄를 해결하는 인물이 여러 사람들과 연달아 이야기를 하는 장면이 등장하기 마련이다. 그러므로 대화는 독자의 관심을 사로잡기 위해 특히 중요한 역할을 한다. 대화에서는 첫째, 줄거리가 앞으로 진행되어야 하며 둘째, 인물의 개성이 드러나거나 반영되어야 하며 셋째, 독자에게 단서일지도 모를 어떤 사실이 전달되어야 한다. 그리고 어떤 식으로든 모든 대화는 현실에서 실제로 들을 수 있을 법한 것으로 여겨져야 한다.

대화에 현실감을 불어넣는 여러 가지 방법이 있다. 가장 기본적인 단계는 '현혹하기' 전략이라 불리는 방법이다. 현혹하기란 누구라도 믿고 싶어 할 만한 방식으로 이야기를 표현하는 전략이다. 말하자면 그 이야기(주로 대화를 통해 전달되는)가 믿지 않기에는 너무 흥미로운 것이다. '현혹된' 독자는 그 이야기가 진실이기를 바라게 된다.

한편 작가가 인물을 완전히 이해하지 못한다면 현실감 넘치는 대화를 만들어내는 일은 불가능하다. 또한 대화는 인물에게 살을 붙이는 중요한 도구로 사용되기도 한다. 다음 두 가지 예를 비교해보자.

"당신이 그 사람을 죽였습니까?" 경찰이 물었다.
"아닙니다. 맹세코 죽이지 않았습니다. 난 결백해요."

"당신이 그 사람을 죽였습니까?" 경찰이 물었다.
"그래요, 내가 죽였습니다. 담배를 사러 가게에 들른 다음 반대 방향으로 차를 후진시켜서는 내 처남인 그 개자식을

50여 차례 칼로 찌르고 손 닦을 휴지를 살 틈도 없이 곧바로 딸아이가 나오는 2학년 연극을 보러 간 거죠. 이 모든 일을 5분 만에 해치웠답니다. 여담이지만 딸애는 당근을 연기했고요."

첫 번째 예시의 대답은 어느 누구라도 할 수 있다. 이 대답에서는 그 인물만이 지닌 고유한 개성이 전혀 드러나지 않으며 독자에게 단서가 전달되지도, 플롯이 진행되지도 않는다. 그에 반해 두 번째 예시에서는 이 모든 임무가 훌륭하게 수행된다.

현실에서 일어나는 살인 사건은 재미와는 전혀 거리가 멀다. 하지만 소설 속에서 일어나는 살인 사건에는 무언가 흥미로운 구석이 있다. 독자는 살인 사건의 긴장감을 좋아한다. 나는 감히 살인 미스터리 장르가 사랑스럽다고까지 말하고 싶을 정도다. 비가 내리는 밤에 이보다 더 좋은 읽을거리도 없다. 작가가 제대로 표현해주기만 한다면 독자는 한층 소름 끼치는 내용도 기꺼이 받아들인다. 작가가 재미있는 대화로 독자를 즐겁게 한다면, 그에 현혹된 독자는 이야기의 진실성에 의심을 품지 않는다.

이미 입증되어 있는 한 가지 방법은 하드보일드풍 대화다. 하드보일드풍 대화에서, 온갖 풍상을 다 경험한 소설 속 인물은 누가 살해되었다는 말에도 눈썹 하나 까딱하지 않는다.

내일 살해당할 것처럼 써라

이 방법을 통해 작가는 살인 이야기를 즐기는 것에 대한 독자의 죄책감을 덜어준다.

> "그 사람들이 그 여자의 시체가 조각조각 난도질당한 것을 발견했다더군." 탐정이 말했다.
> 메리는 어깨를 으쓱했다. "그게 인생이지, 뭐."

또 한 가지 흔히 사용되는 방법은 '익살'이다. 이따금 아주 무시무시한 이야기, 긴장감 넘치는 이야기에도 어느 정도 우스운 구석이 있을 수 있다.

> "그 사람들이 그 여자의 시체가 조각조각 난도질당한 걸 발견했다더군." 탐정이 말했다.
> "글쎄, 그 여자를 얼마나 사랑하는지 말해주려고 줄지어 서 있던 사람들은 아니었겠지." 메리가 대답했다. "완전한 마조히스트가 아닌 다음에야 그녀가 죽은 걸 슬퍼할 사람은 없을 걸. 그러고 보니 생각났는데, 전남편에게 전화를 해야겠어."

한편 이야기를 신속하게 진행시키고 독자가 책장을 넘기도록 만드는 '재치 있는 짧은 대화'에서도 익살을 활용할 수 있다. "차를 타고 메리네 집에 가서 메리하고 이야기를 좀 하자."라고 밋밋하게 말하는 대신 다음과 같은 예처럼 대화를 써보자.

"메리네 집으로 다시 가야겠는데. 아이고야, 나는 운도 좋지."

"종일 못된 말을 하지 않았으니 나도 같이 가줄까."

"뭔가 메리네 집에 가기 전까지 못된 말만 할 것 같은 예감이 드는데."

"그럼, 우리 자기, 엿이나 드시지."

또한 불안에 시달리거나 무언가에 사로잡힌 듯 보이는 인물이 내놓는 고백이나 일장 연설 또한 극적인 효과를 발휘할 수 있다.

그녀는 나에게서 몸을 돌리더니 창밖을 내다보았다. "눈이에요. 눈이란 참 이상해요, 그렇지 않아요? 집처럼 포근하기도 하고 어린아이처럼 순수하기도 하지만 너무나…… 너무나 생명이 없어 보여요. 남편을 눈에 묻어줘야 할 것 같아요. 그게 내가 할 수 있는 최소한의 일이겠죠. 그 일이…… 잘 아시는 그 일이 일어난 다음에는요. 전기톱을 써본 건 그때가 처음이었어요. 프랭크가 날 자랑스럽게 생각했을 텐데. 전동 기구를 무서워하는 버릇을 고쳐주려고 계속 애를 썼거든요. 하지만 죽어버리면 자랑스러워 할 수도 없죠."

'병치' 또한 효과적이다. 즉 보통은 어울리지 않는 두 가지 내용을 함께 나열하는 것이다. "그러니까 생각이 나네요. 영안

실로 가기 전에 딸아이의 걸스카우트 쿠키를 가져가야 해요."

또한 대화를 둘러싼 '이야기'를 고려하라. 간단한 예를 소개한다.

"난 그 사람이 질색이야." 그녀가 소리쳤다.

"난 그 사람이 질색이야." 그녀가 하품을 하면서 말했다.

누군가 질색이라고 말하면서 소리를 지르는 일에는 시선을 잡아끄는 이렇다 할 구석이 없다. 누구라도 이런 말을 할 때는 소리를 지르기 마련이다. 하지만 하품을 하면서 이런 말을 한다? '도대체 이 여자는 누굴까, 그리고 그 사람은 누굴까?'

마지막으로 대화의 가지를 쳐내고 대화가 한층 신속하게 흘러가도록, 그 결과 한층 흥미로워지도록 만들라. 인물의 개성을 보여주지도, 플롯을 앞으로 이끌지도 못하는 단어가 있다면 그건 빼버리는 편이 좋다. 두 내용을 비교해보자.

"아내한테는 못을 좀 사러 철물점에 간다고 말하고 나왔어. 그 대신 곧장 메리네 아파트로 갔지. 겁이 났기 때문에 깊게 심호흡을 한 다음 안으로 들어가려고 초인종을 눌렀어."

"아내한테는 철물점에 간다고 했어. 곧장 메리네 집으로 차를 몰고 갔지. 깊게 심호흡을 한 다음 초인종을 눌렀어."

두 번째의 경우 말의 호흡이 빠르기 때문에 한층 흥미롭다. 또한 그가 심호흡을 한 이유가 겁이 났기 때문이라는 사실을 굳이 일일이 설명하지 않아도 독자는 쉽게 짐작할 수 있다.

| 실전 연습 |

- 각 인물에게 고백을 시켜본다. 인물의 개성이 뚜렷하다면 그 고백은 서로 바꾸어 쓸 수 없을 것이다.
- 같은 대사를 두고 하드보일드풍으로, 익살을 넣어서, 극적인 효과를 더해 고쳐 써본다. '재치 있는 짧은 대화'의 일부에 끼워 넣어본다.
- 하루 중 가장 객관적이며 비판적으로 사고할 수 있는 시간에(나한테는 이른 아침이 그렇다) 대화 장면 전체를 검토한다. 내용을 손상시키지 않는 선에서 한층 흥미를 더할 수 있는 방식으로 대화를 짧게 줄일 수 있는지 검토한다.

내일 살해당할 것처럼 써라

지역색을 살린
대화를
어떻게 쓸까?

스탠리 트롤립

'쿠부 형사Detective Kubu' 시리즈는 아프리카 남부의 보츠와나를 배경으로 하고 있다. 쿠부는 보츠와나 경찰청 범죄수사부에서 일하는 형사다. 모국어로 츠와나어를 쓰지만 보츠와나의 공용 어인 영어로 교육받았기 때문에 영어도 유창하다.

쿠부는 함께 일하는 동료와도, 다른 츠와나인(보츠와나의 국민)과도 츠와나어로 이야기한다. 또한 공무를 수행하는 과정 에서 영어, 독일어, 아프리칸스어 등 다양한 모국어를 지닌 사 람들과도 이야기를 나눈다. 한편 쿠부는 매주에 한 차례씩 부 모님을 찾아간다. 나이 많은 쿠부의 부모님은 예의범절을 엄격 하게 차리는 사람들이다. 인물이 이야기하는 방식에 각자의 차이점들을 정확히 담아내려면 어떻게 해야 할까?

영어권 독자가 읽는 책에 두 사람이 츠와나어로 이야기하는 장면을 그대로 넣는다는 것은 있을 수 없는 일이다. 두말할 필요도 없이 독자는 단 한 마디도 이해하지 못할 것이다. 인물의 대화가 츠와나어로 이루어지는 경우 작가는 다음 두 방법 중 한 가지를 선택하여 적용할 수 있다. 첫 번째 방법은 그 사람이 츠와나어로 이야기하고 있다는 사실을 언급해주는 것이다.

"구급차는 언제 도착하나요?" 그가 츠와나어로 물었다.

이는 효과적이기는 하지만 대화의 생동감을 전하지 못한다. 이것이 아쉽다면 두 번째 방법을 사용하면 된다.

"두멜라, 라. 구급차는 언제 도착하나요?" 그가 물었다.

'두멜라'는 츠와나어로 '안녕하세요'라는 뜻이며 '라'는 남자에게 사용하는 존칭이다. 이런 단어의 뜻은 대부분 책의 문맥만으로도 쉽게 짐작할 수 있다. 하지만 만약을 위해 본문에서 굳이 단어의 뜻을 설명할 필요가 없도록 책의 말미에 본문에 등장한 츠와나어 어휘 사전을수록 해도 좋다.

대화가 츠와나어로 이루어진다는 사실을 언급한 다음 대화의 나머지 부분은 그 지역에서 일반적으로 사용되는 구어체

내일 살해당할 것처럼 써라

영어로 쓴다. 미국인이 무언가에 대해 말하는 방식은 이를테면 호주인이 똑같은 것에 대해 말하는 방식과는 다를 것이다. 마찬가지로 영국인과도 다를 것이다. 아프리카 남부 지방에서 영어를 사용하는 사람은 흔히 아프리칸스어나 그 지역의 토착어에서 파생된 단어를 함께 사용한다. 그러므로 여기에 맞추어 인물 또한 이런 단어를 사용하도록 만든다.

이를테면 아프리카 남부 지방에서는 픽업트럭을 거의 대부분 '바키'라고 부른다. 이는 실제로 아프리칸스어에 있는 단어다. 마찬가지로 사람들은 바비큐 대신 '브라이플레이스' 혹은 '브라이'를 즐긴다. 단어 그대로 번역하자면 '브라이플레이스'는 '구운 고기'라는 뜻이다. 독자들에게 외국에서 일어나는 이야기를 읽고 있다는 느낌을 주기 위해 이야기의 흐름을 방해하지 않는 선에서 이런 단어를 섞어 쓰면 좋다.

"바키 짐칸에 타거라." 안드리스는 다섯 명의 소년에게 말했다.
"옴 피엣이 오늘 오후 브라이를 한다더라. 어른들이 먹을 고기를 남겨 두는 걸 잊지 말거라."

이 대화에서 '바키'와 '브라이'라는 어휘를 통해 지역적 색채가 더해진다. '옴'(아프리칸스어로 '아저씨'라는 뜻)이라는 단어에는 한층 포괄적인 의미가 담겨 있다. 이 단어는 아프리칸스어를 사용하는 사람들이 공경의 의미를 담아 사용하는 존칭이다. 옴 피엣은 아마도 그 이웃에 사는 농부로 소년들의 진짜 친척은 아닐 것이다. 실제로 아프리칸스어를 쓰는 연장자 남성을 만난다면, 전에 한 번도 만난 적이 없는 사람이라 해도 나는 그를 옴이라 부를 것이다.

고기에 대한 언급 덕분에 독자는 '브라이'라는 단어 뜻을 짐작할 수 있다. 이 대화 장면에서는 또한 아프리카 남부 지방의 삶에 나타나는 또 다른 문화적 측면이 포착된다. 이 지역에서 사람들은 어디를 가든, 시골에서든, 도시에서든 픽업트럭(바키)을 타고 이동한다. 이는 불법이지만 문화의 일부다.

작가는 누가 말하고 있는지를 구별 짓기 위해 대사에 특정 단어를 섞어 넣을 수도 있다. 그러면 "그가 말했다."라고 굳이 알려주지 않아도 독자는 말하는 사람이 누구인지 쉽게 짐작할 수 있다. 그 예로 《까마귀 죽음A Carrion Death》의 한 단락을 발췌한다. 여기 등장하는 법 과학자 이언 맥그리거는 스코틀랜드에서 온 이민자다.

쿠부가 막 떠나려는 참에 법 과학자가 방금 샤워를 한 것이 분명한 모습으로 걸어 들어왔다.

"지금 돌아오셨나 봐요." 쿠부가 물었다.

"30분쯤 전에. 신경을 가라앉히기 위해 스카치위스키 한 잔을 마셔야 했다네. 나를 그 미친 운전사하고 있도록 남겨놓

　　　　　　　　　내일 살해당할 것처럼 써라

고 가다니, 앤드리스 이 악당 같은 놈. 그 운전사 놈이 경찰차를 운전하겠다고 설치지 뭔가." 흥분한 법 과학자의 억양이 눈에 띄게 강해졌다. "그렇게 쥐고 흔들어댔으니 운전사야 기분이 겁나게 상할 수밖에 없지. 그 화풀이를 나하고 산림 경비원한테 쏟아부었다니까."

법 과학자가 스코틀랜드 출신이라는 사실은 그가 사용하는 단어에서 확연하게 드러난다(원문에서 법 과학자는 'verra'라는 단어를 사용하고 있다. 'verra'는 스코틀랜드 말로 영어의 'very', 즉 '몹시'라는 뜻이다. 여기서는 분위기에 맞추어 전라, 충남 사투리인 '겁나게'로 옮겨보았다. ─옮긴이).

말하는 사람이 그 언어에 능숙하지 못한 경우, 작가는 불완전하고 문법에 맞지 않는 문장을 사용하여 이 점을 보여주려 한다. 나의 세 번째 소설《사마귀의 죽음 Death of the Mantis》에 나오는 다음 단락에서 은돌리는 츠와나어를 모국어로 쓰는 반면 부시먼족 남자는 츠와나어를 아주 조금밖에 알지 못한다.

은돌리는 부시먼에게 몸을 돌리고 츠와나어로 또박또박 물었다. "언제 찾았나?"
"금세." 남자는 어깨를 으쓱했다.
"움직였나?"
남자는 고개를 흔들었다. "물 준다."

한편 쿠부의 나이 든 부모님의 행동과 말을 통해서는 이들이 예의범절을 엄격히 차리는 사람들이라는 사실을 보여준다. 쿠부의 아버지는 쿠부와 그의 아내가 집에 찾아올 때마다 이런 식으로 맞아들인다.

쿠부는 부모님에게 다가가 인사를 건넸다. "안녕하십니까, 아버지. 안녕하십니까, 어머니." 그러고서 왼손으로 공손하게 받친 오른손을 아버지에게 내밀었다.
윌몬이 엄숙하게 대답했다. "아들아, 잘 있었느냐?"
쿠부는 예의 바르게 말했다. "이제 왔습니다. 늦어서 죄송합니다."
"내 집에 온 것을 환영한다. 잘 지냈느냐?"
"저는 잘 지냅니다. 아버지와 어머니도 평안히 지내셨습니까?"
"우리도 역시 잘 지낸단다." 윌몬은 조용하지만 단호한 목소리로 대답했다.

악수를 하거나 물건을 건넬 때 왼손으로 오른손을 공손하게 받치는 행동은 츠와나인 사이에서 통용되는 손윗사람에 대한 공경의 표시다. 윌몬의 어투는 격식을 차리며 다소 딱딱한 인상을 풍긴다.
대화문 창작의 마지막 단계는, 작가는 특정 지역에서 사

내일 살해당할 것처럼 써라

람들이 이야기하는 주제에 대해 주의를 기울여야 한다는 점이다. 이를테면 음식이나 정치, 종교, 스포츠 같은 주제다. 소설 속 인물에게 그 지역에 사는 사람이라면 보통은 하지 않을 법한 이야기를 시키지 않도록 주의를 기울이자. 이를테면 프랑스 사람이 야구에 대한 이야기를 한다든가(미국에서 오랫동안 살았던 프랑스 사람이 아닌 다음에야) 멕시코에서 온 사람이 크리켓 이야기를 한다든가, 노르웨이 사람이 카레를 먹는 장면을 쓰지 않도록 주의해야 한다는 뜻이다. 이런 예외적인 경우도 현실에서는 얼마든지 있을 수 있지만, 지금은 독자들이 인물을 현실감 있게 받아들이도록 노력하는 중이라는 사실을 잊지 말자.

| 실전 연습 |

낯선 문화를 하나 선택하라. 다른 나라의 문화일 수도 있고 같은 나라의 문화일 수도 있다. 30분 정도 시간을 들여 인터넷을 통해 그 문화의 언어와 신앙, 관습, 지리 등에 대해 조사하라. 그다음 그 문화권 출신인 두 사람이 대화하는 장면을 쓰라. 이 사람들이 다른 문화권 출신이라는 점을 독자들이 분명히 알아차릴 수 있는 방식으로 쓰는 것이 중요하다. 독자에게 그 문화를 경험한다는 느낌을 안겨주라.

배경은
어떤 역할을
하는가?

윌리엄 켄트 크루거

생물학자에게 어떤 생물을 형성하는 데 가장 중요한 것이 무엇인지 묻는다면 아마도 환경이라고 대답할 것이다. 사회학자라면 한 사람을 이해하기 위해서는 우선 그 사람이 성장한 환경을 살펴보아야 한다고 말할 것이다. 소설에서 환경은 배경으로 치환된다. 요컨대 이야기는 장소의 고유한 요소들에서 비롯되며 그 요소들에 의해 형태가 결정된다는 뜻이다.

미스터리 장르에서, 나는 깊이 있는 배경으로 충만한 작품을 쓰는 작가들을 좋아한다. 제임스 리 버크James Lee Burke, 데니스 루헤인, 크레이그 존슨Craig Johnson, 리비 F. 헬먼Libby F. Hellmann, 루이즈 페니Louise Penny, 데버러 크롬비Deborah Crombie 같

내일 살해당할 것처럼 써라

은 작가들이다. 이 작가들이 쓰는 작품에서 사건들은 그 배경이 되는 장소와 아주 긴밀하게 연결되어 있어서 그 두 가지를 서로 떼어놓고 생각하기란 불가능할 정도다. 그리고 작품 속 사건과 인물이 사건에 대응하는 방식은 배경이 되는 장소의 지리적인 특징과 문화에 깊이 뿌리를 내리고 있다. 이런 작가들의 작품을 읽고 나면 단순히 문학적인 의미를 넘어서, 말 그대로 여행을 마치고 돌아온 기분이 든다. 실제로 몸이 다른 장소로 이동하는 듯한 감각이 느껴지는 것이다. 이 얼마나 멋진가! 당연한 결과로 나 또한 내 작품을 읽는 독자 들이 이런 기분을 맛보도록 최선을 다하고 있다.

그렇다면 여기에서 배경이라는 것은 무엇을 의미하는가?

이야기가 일어나는 곳

전 세계적으로 통용되는 의미에서, 배경은 이야기가 일어나는 장소다. 마이클 코널리의 '해리 보슈Harry Bosch' 시리즈의 배경은 로스앤젤레스이며 루헤인의 작품의 배경은 보스턴 남부 지역이다. 존슨의 작품은 와이오밍이며 내 작품의 경우 미네소타의 광활한 노스우드 지역이다.

또 다른 차원에서 배경은 이야기의 각 장면이 벌어지는 장소이기도 하다. 인기척 하나 없는 해변이나 식당, 사람들이 바쁘게 움직이는 사무실, 집의 거실 같은. 가장 기본적인 차원에서 배경은 독자가 소설에서 일어나는 일을 실감할 수 있게 만드는 요소라고 할 수 있다. 트럭이 멈추면서 기어를 변속하는 소리, 호화로운 식당에서 와인을 따라주는 종업원, 방 안으로 그림자가 드리우는 모습 같은 것들이다. 그리고 무엇보다도 배경은 공간이다.

인물로서의 배경

작가는 이야기에서 주요 인물을 대하는 것과 마찬가지로 배경을 대해야 한다. 인물에게는 목소리와 체취, 신체적 특징과 문화적 편견이 존재한다. 배경 역시 그렇다.

뉴욕의 목소리는 오하이오 시골 마을의 목소리와 전혀 다르다. 뉴욕의 목소리는 딱딱거리면서 다급한 말투로 투덜투덜 불평을 섞어 말을 이어가지만 오하이오의 목소리는 말수가 적은 데다 뒤에서 종다리 지저귀는 소리와 멀리서 통통거리며 다가오는 트랙터 소리가 섞여 있다.

시애틀의 냄새는 오마하의 냄새와 전혀 다르다. 시카고와 마이애미는 둘 다 대도시라 할 수 있지만 엄연히 다르다. 보스턴과 뉴올리언스의 전반적인 문화 환경은 마치 다른 우주에 존재하는 양 다르다.

분위기로서의 배경

배경은 이야기의 분위기를 빚어내는 데 일조한다. 그 기묘하고 초현실적인 플로리다의 배경이 없다면 칼 하이어센Carl

내일 살해당할 것처럼 써라

Hiaasen의 이야기는 어떻게 되겠는가? 로스앤젤레스의 그 비열하고 그늘진 거리에 드리운 분위기가 긴장감을 고조시키지 않는다면 레이먼드 챈들러의 작품에 그토록 불안감이 넘칠 수 있을까? 토니 힐러먼Tony Hillerman은 어떤가? 그의 작품에 고립감과 고독함, 자기성찰의 분위기를 멋들어지게 더해주는 텅 빈 남서부 사막에 대해 생각해보라.

배경은 곧 동기다

이야기에서 무슨 사건이 벌어지는가, 왜 그런 사건이 벌어지게 되는가의 문제는 그 이야기가 벌어지는 장소와 깊이 연관되어 있어야 한다. 힐러먼의 작품에서 이야기에 시동을 걸고 이끌어나가는 사건은 나바호 사람들과 포 코너스 지역에만 존재하는 특정 요소가 직접적인 원인인 경우가 많다. 제임스 리 버크의 작품에서 벌어지는 사건들은 그 복잡하게 뒤엉킨 원인을 루이지애나 남부 지역 특유의 문화와 풍습에서 찾아 볼 수 있다. 내 작품에서는 종종 미네소타 북부 지역에 만연한 인종 갈등과 편견, 긴장의 역학 관계에서 이야기를 이끌어나가는 사건이 발생한다.

어떻게 하면 깊이 있는 배경을 창조할 수 있을까? 내가 할 수 있는 최선의 조언은 이것이다. 여행기를 쓰지 말 것. 세부 사항을 길고 장황하게 늘어놓지 말라. 인물을 설정할 때는 적절하게 선별된, 정곡을 찌르는 세부 사항을 서서히 쌓아 올리는 것이 최선이다. 배경도 마찬가지다. 배경을 표현할 때는 그 장소의 속성을 간결하게 포착해내야 한다. 여기 그 예로, 챈들러의 비뚤어진 시선에서 나오는 관찰이 어떻게 말로의 사무실을 효과적으로 묘사해내는지 소개한다.

자갈무늬로 덮인 유리문에는 다 벗겨진 검은 페인트로 글씨가 쓰여 있다. "필립 말로…… 조사업." 상당히 낡아빠진 이 문은 역시 상당히 낡아빠진 복도 끝자락에 붙어 있다. 이 복도가 있는 건물도, 욕실을 온통 타일로 뒤덮는 것이 문명의 기본이던 시절에는 그 나름대로 새것이었을 것이다.

배경을 설정할 때는 감각적으로 상상력을 펼치라. 그 장소의 모습은, 냄새는, 소리는, 심지어 맛은 어떠한가?

장소는 이야기에서 다양한 역할을 수행한다. 요컨대 장소는 어떤 작가라도 새로운 작품을 쓰기 위해 자리를 잡고 앉았을 때 반드시 신중하게 고려해야 하는 가장 중요한 요소 중 하나인 셈이다. 작가가 배경을 깊이 있게 표현한다면 독자는 작품 전체를 실감 나게 경험할 수 있을 뿐만 아니라 사건이 벌어지는 매 순간을 만끽할 수 있다. 이 단단한 기초가 없다고? 그렇다면 당신의 독자는 광대한 익명의 바다에 빠진 채 표류할 수밖에.

내일 살해당할 것처럼 써라

내가 수업에서 즐겨 사용하는 배경 창작 연습을 소개한다. 방법은 아주 간단하다. 아래 여러 장소에 대한 목록이 있다. 적절하게 선별한 세부 사항을 이용하여 각 장소를 몇 문장으로 묘사한다. 이 묘사를 통해 장소는 독자의 상상 속에서 생명을 얻을 수 있어야 한다. 독자가 기대할 법한 요소와 전혀 뜻밖의 요소를 적절하게 뒤섞어 사용하는 것을 잊지 말라.

- 식당
- 부잣집의 거실
- 황폐한 호텔의 외부
- 도시의 거리
- 작은 마을의 중심가
- 농산물 품평회장
- 대낮의 골목
- 한밤중의 골목
- 사설탐정의 사무실
- 차 한 대 지나지 않는 고속도로

배경의 핵심만
간략하게
묘사하자

브루스 디실바

가장 오랫동안 기억에 남는 미스터리, 스릴러, 범죄 소설이란 그 책을 펼쳐 드는 순간 우리를 흥미로운 장소로 이동시켜 그 장소를 보고, 듣고, 만지고, 냄새 맡게 해주는 책들이다. 그 대표적인 예로, 데니스 루헤인의 작품을 읽으면서 우리는 보스턴의 노동자 계층이 사는 지옥 같은 동네를 구석구석 체험한다. 대니얼 우드렐Daniel Woodrell이 쓴 최고의 작품은, 말 그대로 우리의 덜미를 잡고서 그의 고향인 오자크 지방의 중심부로 끌고 들어간다. 제임스 리 버크의 '데이브 로비쇼Dave Robicheaux' 시리즈를 읽었다면 비록 집 밖으로 한 발짝도 나서지 않았다 해도 루이지애나 뉴이베리아로 여행을 다녀온 셈이다.

내일 살해당할 것처럼 써라

인상적인 소설을 쓰기 위해서는 적절한 배경을 선택하는 일이 극히 중요하다. 토머스 H. 쿡Thomas H. Cook이라는 위대한 범죄 소설 작가는 이런 말을 했다. "배경이 되는 장소가 얼마나 중요한지 알고 싶은가?《암흑의 핵심Heart of Darkness》에 강이 나오지 않는다고 상상해보라."

로드아일랜드의 프로비던스는 내가 속속들이 잘 알고 있는 장소 중 한 곳으로, 처음 발표한 범죄 소설《악당들의 섬Rogue Island》의 배경이 되었다. 어쩔 수 없는 상황에서 이 도시에서 도망쳐야 했던 주인공은 자신이 이곳을 그리워하는 까닭을 몇 마디로 압축해 독자들에게 설명한다. 이 단락은 이 책의 '설정 장면' 중 하나가 되었다.

나는 소금기 밴 바람의 냄새, 배에서 흘러나온 기름 냄새, 항구에서 마치 나사로처럼 일어나 우리의 코를 덮치는 썩은 조개 냄새가 그리웠다. 갖가지 빛깔의 끌배가 녹슨 짐배를 끌고 강을 거슬러 오르면서 포효하는 소리가 그리웠다. 해가 저물 무렵 의사당의 둥근 지붕이 고대 금화의 빛깔로 물들어 가는 모습이 그리웠다.

주인공이 프로비던스의 방화 단속반을 방문하는 장면에서 묘사의 시선은 도시에 한발 더 가까이 다가선다.

바깥에서 볼 때 그 칙칙한 정부 청사는 마치 판지로 된 상자를 아무렇게나 쌓아 올린 모양이었다. 건물 안으로 들어가니 복도는 온통 때투성이에 지저분한 녹색이었다. 공무원이 익사하지 못하도록 자물쇠로 꽁꽁 잠가놓지 않을 때면 화장실에서는 향긋하고도 독성 강한 냄새가 풍겼다. 승강기는 택시를 잡으러 뛰는 영감처럼 씨근덕거리며 덜컹댔다.

여기 소개한 묘사 단락이 그리 길지 않다는 사실을 눈치챘을 것이다. 묘사 단락은 마땅히 짧아야 한다. 범죄 소설 독자는 사건과 대화를 보고 싶어 한다. 장황하게 늘어지는 묘사 장면은 아무리 잘 쓰이더라도 독자를 금세 지루하게 만들 뿐이다. 독자가 이미 알고 있을 법한 사실을 생략하는 것만으로도 묘사를 짧게 줄일 수 있다.

18세기와 19세기에 쓰인 소설을 읽으면 묘사 단락의 엄청난 길이에 놀라지 않을 수 없다. 일부 작품에서는 몇 쪽에 걸쳐 이어지기도 한다. 일례로 허먼 멜빌은 독자를 내터킷의 한 작은 마을로 데려가기 위해서는 그 마을의 모든 것을 상세히 묘사해야 할 필요가 있다고 생각했다.

멜빌은 그 마을의 상점과 교회와 집의 건축양식부터 시작해서 항구에 매인 배 위의 삭구 장치, 획 하고 내려앉는 갈매기들의 울음소리, 고래잡이들에게서 풍기는 담배와 고래기름의 역겨운 냄새, 상점 진열창 너머로 보이는 물건의 모습, 길거

내일 살해당할 것처럼 써라

리를 오가는 남자와 여자의 옷차림, 말에 매인 굴레의 모습은 물론 도로의 포장재가 무엇인지에 이르기까지 그야말로 세세하게 묘사했다. 멜빌의 시대에 책을 읽는 독자들은 이런 세부적인 묘사를 한없이 흥미롭게 읽었다. 이 모든 광경이 그들에게는 전혀 새로운 것이었으니까. 그 시절에는 자신의 집을 중심으로 반경 80킬로미터 밖을 벗어나본 사람이 극히 드물었고 바깥세상에 대해 알려 주는 대중매체도 없었다.

오늘날의 독자는 다르다. 이제 독자의 머릿속에는 이미 경험은 물론 영화나 TV, 사진에서 얻은 수백만 가지의 이미지가 저장되어 있다. 멜빌이 몇 쪽에 걸쳐 묘사해야 했던 이미지는 말 한두 마디만으로 충분히 전달된다. 이를테면 멜빌은 1889년 마르스 광장에 세워진 324미터 높이의 철제 격자로 만들어진 탑을 묘사하기 위해서 엄청나게 많은 양의 원고지를 소비해야 했을 것이다. 하지만 지금은 그저 '에펠탑'이라고만 쓰면 임무 완수다. 직접 에펠탑을 보지 못한 독자도 사진과 영상을 통해 본 적이 있다. 에펠탑이 어떻게 생겼는지는 모두가 알고 있다.

치과 진료실에서 벌어지는 장면을 쓴다고 가정하자. 치과 치료용 의자나 반짝이는 철제 기구들이 놓인 쟁반이나 치과 의사가 입고 있는 하얀 의사 가운을 일일이 설명할 필요는 없다. 그저 '치과 진료실'이라고 쓰기만 하면 오늘날의 독자는 이 모든 광경을 알아서 머릿속에 떠올릴 것이다. 여기에서 작가가 반드시 묘사해야 하는 부분은 그 치과 진료실을 다른 일반적인 치과 진료실과 구별 짓는 요소들이다. 이를테면 대기실에 놓여 있는 철 지난 잡지들이 보통 있을 법한《뉴스위크Newsweek》나《스포츠 일러스트레이티드Sports Illustrated》가 아니라《권총과 탄약Guns & Ammo》혹은《용병Soldier of Fortune》이라면 이 부분에 대해 언급해야 한다.

《악당들의 섬》에서는 프로비던스의 낡은 시청 건물에서 어떤 사건이 벌어진다. 굳이 설명하지 않아도 대부분의 독자가 전형적인 시청 건물의 모습을 떠올릴 수 있기 때문에 나는 그저 프로비던스 시청이 일반적인 시청과 어떻게 다른지에 대한 세부 사항을 살짝 덧붙이기만 하면 되었다. 바로 이렇게.

케네디 플라자의 남쪽 끝자락에 세워진 시청 건물은 마치 어떤 미친놈이 갈매기 똥 무더기를 가져다가 조각한 악취미적인 조형물처럼 보였다.

내가 생각하기에 묘사는 이것으로 충분했다.

묘사를 할 때 단지 시각적인 요소에 한정되어서는 안 된다. 냄새와 소리, 감촉은 대개 풍경을 전달하는 데 시각적인 묘사보다 한층 효과를 발휘한다.

아까의 치과 진료실로 잠시 돌아가 진료실의 풍경을 머릿속에 그려보자.

아직은 그리 나쁘지 않다. 그렇지 않은가?

그러다가 전기드릴이 윙윙 돌아가는 소리에 귀를 기울인다. 덜컥 겁이 나지 않는가?

자, 이제 전기드릴이 돌아가는 동안 치아가 타는 냄새가 가득 풍겨 온다고 상상한다. 정말 겁이 나기 시작한다. 안 그런가? 그 느낌이 어떨지에 대해서는 더 이상 생각하고 싶지도 않을 것이다.

배경이 되는 환경의 물리적인 요소를 제대로 그려내는 일은 중요하지만 소설 속에서 제 역할을 하는 배경을 만들어내기에는 이것만으로 충분치 않다. 실제로 이는 배경을 만드는 작업의 극히 일부에 불과하다. 작가는 배경이 되는 장소의 역사와 문화, 그곳에 살고 있는 사람들(그들은 어떤 식으로 이야기하는지, 어떤 가치를 중시하는지, 그곳에서 일을 하며 산다는 것이 어떤 의미를 지니는지)을 제대로 이해할 필요가 있다.

수없이 많은 뛰어난 범죄 소설의 무대가 되는 뉴욕이나 로스앤젤레스처럼 익명성을 띤 대도시와는 달리, 내 작품의 무대가 되는 프로비던스는 너무도 작은 도시여서 폐소공포증을 일으킬 정도다. 거리에서 만나는 사람 대부분이 서로의 이름을 알고 있으며, 비밀을 지키기란 불가능에 가깝다. 한편 프로비던스는 국제적인 분위기에다 도시문제가 만연할 만큼 큰 도시이기도 하다. 키가 작은 사람이 간혹 그러하듯 이 작은 도시 또한 열등감에 시달리며 누구와도 싸울 듯한 기세를 품고 있다.

또한 이곳에는 수백 년 전 조직범죄와 부정부패의 유산이 아직까지 전해 내려오고 있다.

《악당들의 섬》의 이야기가 펼쳐지는 무대는 바로 이런 곳이다. 소설 속 모든 인물이 생각하고 행동하는 방식은 이 환경의 영향에서 자유롭지 못하다. 이를테면 주인공은 취재기자로, 부정행위를 조사하여 폭로하는 것이 그의 직업이다. 하지만 프로비던스에서 성장한 주인공에게 부정행위는 일상의 일부이기도 하다. 그러므로 주인공은 마권업자에게 돈을 거는 일이나 노후한 포드 브롱코를 도로에 정차시키기 위해 작은 뇌물을 건네는 일이 나쁘다고는 전혀 생각하지 않는다. 주인공의 관점에서 뇌물 수수는 콜레스테롤과 마찬가지로 좋은 종류와 나쁜 종류로 나뉜다. 탐욕스러운 정치인과 그 부자 친구들의 배를 불리는 뇌물 수수는 나쁜 종류에 속한다. 월급이 적은 공무원들의 주머니를 채워 그들이 자녀의 치아를 교정하고 대학 기금을 저축할 수 있게 해주는 뇌물 수수는 좋은 종류에 속한다. 주인공의 말을 빌리면 로드아일랜드에 뇌물이 없다면 제대로 굴러가는 일이 별로 없을 것이며, 특히 시간에 맞춰 제대로 처리되는 일은 하나도 없을 것이다. 메인 주의 포틀랜드나 오리건 주의 포틀랜드 출신 주인공이라면 이런 식으로는 생각하지 않을 것이 분명하다.

한 장소를 고르자. 이 장소를 묘사해야 하므로, 그것도 한 가지가 아니라 여러 가지 방식으로 묘사해야 하므로 잘 알고 있는 장소를 고르는 편이 좋다. 이제 영화감독이라면 '설정숏'이라고 규정할 법한 장면을 쓸 것이다. 배경이 될 도시 혹은 마을의 모습과 소리와 냄새를, 한발 물러나 어느 정도 거리를 둔 채 묘사하는 장면이다. 이 배경에 한 걸음 가까이 다가가 사건이 펼쳐지게 될 거리와 건물에 독자를 데려다놓아야 한다.

1단계

미스터리나 스릴러, 범죄 소설의 배경이 되는 도시 혹은 마을에 대한 설정숏을 쓰라. 보이는 모습만을 묘사하지 않는다. 오감을 전부 활용한다. 장면을 완성하면 아마도 글이 너무 길 것이다. 이를 반으로 줄여 고쳐 쓴다. 그다음 다시 한 번 반으로 줄여 쓴다.

2단계

이야기에 등장하는 장소 중 한 군데(거리, 술집 혹은 가정집)를 찾아가 본다. 거기서 보고 듣고 냄새 맡고 만질 수 있는 모든 사항을 기록하라.

이를테면 술집이라고 하자. 여기에서는 생맥주를 파는가, 병맥

주를 파는가? 위스키를 잔술로 파는가, 고급 칵테일을 파는가? 조명은 어두운가, 환하게 불이 밝혀져 있는가? 술집의 의자는 새것인가, 낡고 후줄근한가? 반짝이는 황동 가로장에 양치식물을 심은 도자기 화분이 놓여 있는가, 아니면 장식이라고 할 만한 거라곤 10년째 벽에 걸려 있는, 여자 나체 사진이 실린 달력이 고작인가? 주크박스가 있는가? 주크박스에는 어떤 종류의 음악이 담겨 있는가? 화장실에서는 솔잎 향이 풍기는가, 소독약 냄새가 나는가, 아니면 오줌 냄새가 진동하는가?

바텐더는 정장에 넥타이를 매고 있는가, 아니면 반팔 상의에 청바지를 입고 그 위에 흰 앞치마를 두르고 있는가? 허리띠에 꽂혀 있는 것은 아이폰인가, 45구경 권총인가? 이 술집은 전문직 젊은이들이 연애 상대를 찾아 모이는 장소인가, 아니면 술고래들이 찾는 단골집인가? 마룻바닥은 최근에 닦고 윤을 냈는가, 아니면 신발 밑창 아래 꺼끌꺼끌한 먼지가 느껴지는가?

기록해둔 사항들을 활용하여 이 장소를 생생하게 묘사해보자. 글을 완성하면 불필요한 세부 사항을 삭제하면서 반으로 줄여 쓴다. 그다음, 독자들이 이 장소를 제대로 느끼는 데 절대적으로 필요한 세부 사항만을 남기고 글을 다시 반으로 줄인다.

내일 살해당할 것처럼 써라

3단계

소설의 배경이 되는 장소의 역사와 문화가 이곳에 사는 인물의 가치관이나 삶의 태도에 어떤 영향을 끼쳤는지 설명하는 글을 원고지 15매 내외로 완성하라. 이 글을 쓸 수 있을 만큼 배경이 되는 장소에 대해 잘 알지 못한다면 지역의 역사를 다룬 책을 읽은 다음 이 지역의 역사가와 마주 앉아 책에서 읽은 내용을 토론하라. 이 원고지 15매의 글은 아마 소설에 들어가지 않겠지만 인물이 생각하고 행동하는 방식을 이해하는 데 참고가 될 것이다.

분위기는
배경, 인물, 대화에
영향을 미친다

필립 치오패리

작가로서 처음의 침체기는 글을 쓰기 시작한 지 몇 년 후에 찾아왔다. 벽에 부딪친 기분이었다. 어느 정도 나아갔다 생각했는데 막다른 궁지에서 벗어날 수가 없었다. 나를 가둔 한계를 도무지 뛰어넘을 수가 없었다. 글 자체는 충분히 만족스러웠지만 어딘가 독창적인 면이 결여되어 있는 듯 느껴졌다. 무언가 빠져 있었다. 열정이라든가, 강렬함이라든가, 조화 같은 요소가 없었다.

도대체 내 글에 무엇이 부족한 것인지 정확하게 분석하기 위해 나는 10대 시절 나를 가장 매혹시켰던 소설과 단편을 다시 찾아보았다. 윌리엄 포크너William Faulkner의 《소리와 분노The

Sound and the Fury》를 비롯하여 그레이엄 그린Graham Greene의 《사건의 핵심The Heart of the Matter》, 《사랑의 종말The End of the Affair》, 카슨 매컬러스Carson McCullers의 《마음은 외로운 사냥꾼The Heart Is a Lonely Hunter》, 트루먼 커포티Truman Capote의 《다른 목소리, 다른 방Other Voices, Other Rooms》 같은 작품들, 그리고 에드거 앨런 포의 모든 단편을.

이 작품들은 이야기의 모든 구석구석에 그 특유의 강렬한 분위기가 깊이 배어 있다는 공통점을 지닌다. 작품 특유의 분위기가 배경과 인물과 인물이 하는 말과 행동 모두를 감싸 안는다. 이 작품들은 자신만의 고유한 색채와 풍경과 음향, 그리고 그만의 고유한 정서적인 울림을 지닌, 그 자체로 완결된 세계를 내 앞에 펼쳐내 보였다. 책을 읽고 있는 시간만큼은 내가 머물고 있는 평범한 현실보다 한층 더 흥미롭고 매혹적으로 느껴지는 세계에 머물 수 있었다.

나는 내 작품을 통해 기본적인 이야기 구조와 사실들을 그럭저럭 책장으로 옮겨 전달할 수 있었다. 하지만 이야기를 그 특유의 색채로 물들여 독자들로 하여금 깊이 공명할 수 있도록 하는 것은 훨씬 더 어려운 과업이었다.

이후로 나는 소설의 분위기와 정취를 강화하는 데 한층 신경을 쓰는 한편 어떻게 하면 더 좋은 소설을 쓸 수 있을지 온갖 방법을 고심하기 시작했다. 글의 분위기는 이야기를 이끌어가는 모든 요소, 즉 배경과 인물과 대화에 영향을 미친다. 나는 각 장면의 일부로서 분위기를 조성할 필요가 있다는 사실을 깨닫기 시작했다.

배경은 아마도 소설의 분위기를 조성하는 데 가장 믿음직한 수단일 것이다. 그 예로 〈어셔가의 몰락The Fall of the House of Usher〉에서 포가 독자에게 어셔가의 음울하고 파멸적인 분위기를 전달하기 위해 공들인 장면을 살펴보자.

내가 들어간 방은 천장이 높은 데다 아주 넓었다. 그 끝이 뾰족하고 폭이 좁고 기다랗게 늘어진 창문들은 검은 참나무 마루에서부터 어찌나 높은 곳에 달려 있는지, 방 안에서 아무리 손을 뻗어도 창문에 닿을 성싶지 않았다. 격자창 사이로 흘러 들어오는, 진홍빛으로 물든 미약한 햇살 덕분에 그나마 방 안에 있는 큰 가구들을 간신히 분간해낼 수 있었다. 하지만 아무리 눈을 크게 떠보아도 방 반대편의 구석이나 번개무늬가 들어간 둥근 천장의 오목한 부분은 어둠 속에 묻혀 있을 뿐이었다. 벽에는 어두운 색감의 휘장이 길게 늘어져 있었다…….

이 장면에서 포는 방의 장식과 어두운 조명을 통해 숨이 막힐 듯한 공포와 불안감을 전달한다.

배경의 분위기를 전달하는 것만큼 탐정의 마음속 상태, 그 심경의 분위기를 설정하는 것 또한 중요하다. 마틴 C. 스미스Martin C. Smith는 《고리키 공원Gorky Park》을 여는 첫 장면에서 자신의 탐정인 아카디 렌코의 심리 상태를 그려낸다. 물리적인 배경 묘사에 더해 아카디의 심경을 슬쩍 보여주면서, 작가는 독자가 그 순간에 한층 더 몰입하도록 만든다. "수사부장이라면 마땅히 고급 상표의 담배를 피워야겠지만, 아카디는 싸구려 프리마 담배에 불을 붙이고 입안 가득히 그 맛을 빨아들였다. 이는 그가 죽은 이들을 상대할 때의 습관이었다."

탐정의 심경을 들여다보며 독자는 이야기에 한층 친밀하게 다가선다. 독자는 단지 범죄가 해결되는지, 어떻게 해결되는지 알고 싶기 때문만이 아니라 이 탐정이 어떤 사람인지, 인생을 어떻게 생각하는지 알고 싶기에 책을 읽어나간다. 탐정의 정체에 대한 의문은 독자가 풀어야 하는 또 다른 수수께끼, 밝혀내야 하는 또 다른 비밀인 셈이다.

알베르 카뮈Albert Camus는 《이방인The Stranger》의 법정 장면에서 무심함과 소외감으로 가득 찬 살인자의 심리 상태를 상당히 간단하게 표현해낸다. 뫼르소는 자신이 누군가의 생명을 빼앗은 혐의로 기소되었다는 사실보다 법정의 뜨거운 열기와 귀찮게 날아다니는 파리에 한층 더 신경을 쓴다.

대화 장면 또한 소설의 분위기를 설정하는 데 일조한다. 한 장면에서 벌어지는 대화는 특정한 글투(익살스럽든 사색적이든 위협적이든, 혹은 어떠하든지)를 지니고 있어야 한다. 작가는 어휘와 구문을 다르게 사용하면서, 입 밖에 나온 말과 나오지 않은 말을 교묘하게 배치하면서 대화의 글투를 설정할 수 있다.

배경과 인물, 대화를 통해 소설의 분위기를 설정할 때는 모티프를 적극 활용할 것을 권한다. 모티프란 반복적으로 등장하는 수사적 표현 양식을 의미한다. 모티프는 소설 전체에 걸쳐, 혹은 한 장면 안에서 강렬한 분위기를 조성할 수 있는 믿음직스러운 수단이다. 배경이 더운 여름날이든, 추운 겨울날이든, 봄날 저녁이든 상관없다. 반복적으로 등장하는 이미지와 세부 사항, 예컨대 더위나 추위, 시들어가는 것 혹은 피어나는 것들을 이용한다면 감각적인 방식으로 독자의 관심을 사로잡는 한편 작품 속 세계를 한층 풍성하게 만들 수 있다.

| 실전 연습 |

1단계

한 장면에 대해 초고를 쓴 다음 그 분위기와 정취를 한층 고조시키는 작업을 해보자. 앞서 언급한 요소 중 그 어떤 것에서부터 시작해도 좋지만 여기서는 배경으로 예를 들어보겠다. 사건을 강조하기 위해 장소의 물리적인 특징, 즉 색채와 빛의 상태나 소리, 냄새 등을 활용한다. 그 장소에 있을 법한 전형적인 세부 사항을 넣는 한편 그리 전형적이지 않는 특이한 세부 사항 또한 활용한다. 예를 들어 모텔의 어떤 방이라면, 모텔 방이 지닐 법한 일반적인 세부 사항에 더해 비슷한 부류의 다른 모텔 방들과는 구분되는, 그 방만 이 지닌 고유한 세부 사항 또한 염두에 두어야 한다는 뜻이다. 그 다음 배경과 관련 있는 모티프를 적어도 한 가지 이상 덧붙인다(모 티프는 시각적이거나 청각적, 촉각적, 후각적인 것으로 그 장소의 속성 혹 은 분위기에 어울릴 법한 무언가여야 한다). 이 모티프는 해당 장면 전 체에 걸쳐 내용을 엮어낼 수도 있고 가능하다면 앞으로 이어지게 될 장면에서도 활용할 수 있다.

2단계

다음으로 인물의 내면, 특히 주인공과 악당의 심경, 기분을 설정하 기 위한 세부 사항을 덧붙인다. 인물이 하는 행동과 더불어, 인물 이 그 행동을 하면서 어떤 생각을 하고 어떤 기분을 느끼는지 떠올 려보자. 요컨대 끊임없이 이런 질문을 던지는 것이다. 인물의 머리 와 마음에서 어떤 일이 벌어지고 있는가? 그 인물의 기분은 어떤 가? 이는 그 인물이 일상적으로 느끼는 기분인가, 아니면 전혀 느 껴보지 못한 새로운 기분인가? 할 수 있다면 다시 한 번 모티프를 활용하여 인물의 내면 상태를 표현한다.

3단계

이제 대화 장면을 살펴보자. 각 인물의 목소리를 구별할 수 있는

가? 그 목소리가 화자의 개성과 사회 계급과 교육 수준을 반영하

는가? 목소리에 화자의 심리 상태가 드러나는가? 여기에서도 마

찬가지로 모티프는 유용하게 활용된다. 독자가 화자를 좀 더 친숙

하게 느끼는 데 도움이 될 만한, 화자가 반복적으로 사용하는 말투

나 표현 방식 혹은 어휘가 있는가?

　이제 여기에서 깔아둔 것을 바탕으로, 이어지는 장면을 쓴다.

내일 살해당할 것처럼 써라

배경에 감각적인 요소들을 어떻게 집어넣을까?

루이즈 페니

우리를 먼 곳으로 데려가 주는
책만 한 프리깃함도 없네.

— 에밀리 디킨슨 Emily Dickinson

에밀리 디킨슨은 아마도 내면의 장소와 외면의 장소를 아울러 이야기했으리라. 그러나 어느 선에 이르면 이 두 세계는 서로 만나 융화된다. 나는 바로 이 점에 대해 이야기하려 한다. 작가는 자신의 작품이 프리깃함(호위함)의 탑승권이 되기를 바란다. 이 문학의 여행객을 위해 풍경과 소리와 감각으로 가득한 완전한 세계를 건설하기를 바란다.

처음 책을 쓰는 초보 작가는 대부분 인물을 먼저 고려한다. 탐정과 희생자와 용의자들. 하지만 책에는 또 다른 인물이 존재한다. 다른 인물만큼이나 실재하며 강렬한 생명력을 뿜어내는 인물, 바로 배경이다.

어떤 인물에 대해서든 겉모습을 묘사하는 일도 중요하지만 그 내면의 풍경을 그려내는 것이야말로 결코 없어서는 안 될, 어쩌면 한층 더 중요한 일이다. 같은 말이 배경에도 적용된다.

소설의 배경은 어디인가? 시골인가, 도시인가? 허구의 장소인가? 고향 마을인가, 외국의 도시인가? 파리인가, 타히티섬인가, 캔자스시티인가? 여기에는 옳고 그른 대답이나 좋고 나쁜 선택이 없다. 어떤 장소든 작가가 그 장소를 충분히 강하게 느끼고 있다면 충분히 흥미진진한 배경이 될 수 있다. 하지만 내가 들었던 유익한 충고에 따르면, 이미 잘 알고 있는 친숙한 장소를 고르는 편이 좋다.

저 밖에는 자신의 책을 출간하기 위해 편집자를 설득하려는 수천 명의 작가들이 있다. 어떻게 하면 그들 속에서 자신의 책을 눈에 띄게 만들 수 있을까? 편집자나 에이전트를 설득하기 위해 사용할 수 있는 모든 도구를 활용할 필요가 있다. 그중 자주 간과되는 한 가지 도구가 바로 강렬한 배경이다. 독자는 책을 통해 어디론가 이동하고자 한다. 그리고 작가에게는 독자를 그렇게 만들어줄 기회가 있다.

도나 리언Donna Leon의 베니스, 이언 랭킨Ian Rankin의 에든

버러, 토니 힐러먼의 미국 사우스웨스트 지역과 나바호를 생각해보라. 다른 작가들 또한 이 장소들을 배경으로 소설을 써왔으며 앞으로도 쓰게 될 것이다. 그렇다면 비슷한 장소에 대해 쓰는 작가들 사이에서 이 세 작가들이 이토록 강렬하게 존재감을 발산하는 이유는 무엇인가? 이들이 작품의 배경이 되는 장소와 그토록 *끈끈하게* 연결되어 있는 이유는 무엇인가? 바로 지역에 대한 작가의 열정이다. 이들이 그 배경에 생명을 불어넣었기 때문이다. 이들의 작품을 읽고 있노라면, 마치 그곳에 가본 기분이 들기 때문이다.

어떻게 배경에 생명을 불어넣을 수 있을까? 한 가지 분명한 사실이 있다. 끝도 없이 묘사를 길게 늘어놓아서는 안 된다는 점. 우리는 모두 장황한 묘사를 읽어내느라 고생하거나 대강 훑어만 보고 건너뛰어 읽으며 투덜거린 적이 있다. 그렇다, 절대 안 된다. 배경에 생명을 불어넣는 작업은 엄선하여 안배한 단어와 인상적인 세부 사항을 통해 간결하고 명쾌하게 이루어져야 한다.

여기 내가 배경을 만들기 위해 노력하는 방법을 소개한다. 내가 쓴 대부분의 작품에서 배경을 이루는 곳은 퀘벡의 시골 마을이다. 이곳을 나는 감각적으로 만들고자 노력한다. 관능적인 의미에서가 아니라 말 그대로 감각을 자극한다는 의미에서, 즉 모든 감각을 총동원한다는 말이다. 그러지 않고서 어떻게 세계를 건설할 수 있단 말인가? 허구의 세계는 건물이 아니라 바로 감각이다.

내 책이 프리깃함 역할을 한다면 나는 그 목적지가 틀리지 않기를 바란다. 내 소설을 읽을 때 사람들이 껍질이 얇고 바삭한 크루아상을 맛보고, 짙은 카페오레의 향기를 맡으며, 골수까지 파고드는 혹독한 추위를 느끼기를 바란다. 내가 보는 풍경을 보게 되기를 바란다. 퀘벡 시골 마을의 아름다운 풍경을 보고 그 풍경이 약속하는 평화로움을 느끼기를 바란다.

그다음 나는 범죄 사건을 일으켜 이 평화로움을 산산조각낸다. 이미 망가진 장소에서 벌어지는 범죄보다 낙원에서 벌어지는 범죄가 훨씬 끔찍하게 느껴지는 법이다.

그러면 날카롭고 인상적인 세부 사항을 손에 넣는 방법은 무엇일까? 내가 쓰는 방법이 궁금하다고? 나는 초고를 쓸 때 빈틈없이 꼼꼼하고 장황하게 써 내린다. 모든 요소를 빼곡하게 채워 넣는다. 처음에는 아무 걱정 없이 오두막에 대해서, 나무에 대해서, 크루아상에 대해서 지겨울 정도로 장황하게 늘어놓는다. 한번은 장미에 대해서 묘사하느라 두 쪽을 몽땅 써버린 적도 있다. 이 초고가 완성된 원고에 들어가지 않으리라는 사실은 잘 알고 있다. 실제로도 들어가지 않는다. 하지만 이렇게 걱정 없이 마음껏 글을 쓰는 일은 재미있을 뿐 아니라 나를 자유롭게 풀어주기도 한다.

초고를 쓰는 일에 옳고 그른 방식은 존재하지 않는다. 큰 성공을 거둔 창의적인 작가들 중에는 글을 쓰면서 동시에 바로바로 고쳐 쓰는 작가가 있다. 한편 나처럼 종이 위에 모든 것을 한꺼번에 쏟아부으면서 책이 완성될 때까지 여기에 대해서 걱정하지 않는 작가도 있다. 나는 그 안의 어딘가 완성된 원고가 있음을 안다. 이 과정을 통해 나는 내면의 비평가를 멀리 떨어뜨린 채 위험을 한껏 감수할 수 있게 된다.

또한 이 과정을 통해 착상을 떠올릴 공간을 마련할 수도 있다. 자유롭게 글을 쓰다 보면 전혀 생각지도 않던 착상이 떠오른다. 내 경우 내면의 비평가는 두려움을 몰고 나오며, 두려움이 피어나면 안전한 선 안에서만 글을 쓰게 된다. 결국은 내가 정말 쓰고 싶었던 소설과 한참 거리가 먼 책이 나오는 것이다. 전에 수백 번도 넘게 읽어본 듯한 기분을 주는 책. 참신하지도 않고, 생생하지도 않고, 내 것도 아니다.

충고 하나 하자면, 초고 단계에서는 걱정을 접어두라. 마음껏 신나게 쓰라. 실컷 즐기라. 모든 느낌과 냄새와 감촉과 건물에 대해 마음껏 묘사하라. 파리의 뒷골목, 프로방스 지방에 펼쳐진 라벤더밭, 보이시의 샌드위치, 뉴헤이븐의 봄날 아침에 대해서. 그다음 두 번째 원고에서 칼을 뽑아 들고는 대부분의 내용을 잘라내라. 깎아내고 다듬으라. 조각가처럼 말이다.

세 번째 원고에서 조금 더 깎아내라.

이제 네 번째 원고에서는 이 단어를 저 단어로 대체해보라. 세심하게 다듬으라.

그런 다음 다섯 번째 원고와 여섯 번째 원고에서 끝손질을 한다.

한 세계를 창조하는 일은 가슴 설레는 작업이다. 하지만 이 일은 아무 대가 없이 이루어지지 않는다. 여기에는 수고와 헌신과 상상력이 필요하다. 즐거움이 필요하다. 내가 만든 세상을 함께 찾아갈 이들을 초대하는 진정한 기쁨이 필요하다. 한편 작가는 이 항해를 가치 있는 여행으로 만들어야 하며, 승객에게 소중하고 가치 있는 존재로 대우받는다는 기분을 안겨 주어야 한다.

자, 이제 마지막 요령이다. 새로운 소설을 준비할 때 나는 공책 한 권을 펼쳐 그 안에 '묘사'라고 이름 붙인 장을 만든다. 산책을 나설 때마다 나는 책에 조금씩 흩뿌려 사용할 수 있는 사소한 세부 사항을 공책에 기록한다. 냄새, 맛, 풍경 같은 것들이다. 책에 생명을 불어넣어 줄지도 모를, 항해의 음악을 풍성하게 장식하는 꾸밈음이 되어줄지도 모를 세부 사항들이다.

| 실전 연습 |

1. 소설의 배경이 되는 장소를 적는다. 배경이 되는 시대를 적는다. 무슨 계절인가? 어느 시대인가? 그리고 이 다음이 아주 중요하다. 눈을 감은 다음 그 장소를 보고 느끼자. 소리에 귀를 기울이자. 다섯 가지 감각의 표제 아래 그 배경과 계절의 감각을 묘사하는 형용

내일 살해당할 것처럼 써라

사의 목록을 적어 넣는다.

2. 배경이 정말로 인물이라면 이 '인물'은 어떤 사람일까? 배경을 사람인 양 묘사하라. 어떻게 생겼으며 어떤 느낌이 드는가? 행복한 느낌인가, 우울한 느낌인가, 평화로운 느낌인가?

생생한 배경은
또 하나의
인물이다

데이비드 폴머

소설을 쓰기 위한 여정에서 배운 모든 교훈과 마찬가지로, 나는 배경의 중요성에 대한 교훈을 실수를 통해 어렵게 배웠다. 몇 년 동안이나 나는 배경을 다소 지루한 것, 사건이나 대화처럼 흥미로운 일의 뒤를 장식하는 움직이지 않는 배경막 혹은 창문이라고만 생각해왔다. 그리고 나중에 알게 된 바에 따르면, 헤아릴 수 없이 많은 신인 작가가 이 저주에 걸려 고생하고 있다.

내가 아직 책을 출간하지 못한 예비 작가 시절에 일어난 일이다. 단편과 장편 소설을 쓰고 있을 무렵, 무언가 빠져 있다는 기분이 들었지만 그게 무엇인지 정확히 짚어낼 수가 없었

내일 살해당할 것처럼 써라

다. 존경하는 작가들의 작품을 해체하여 분석해본 다음에야 그 작가들이 작품의 배경에 걸맞은 대우를 해주고 있다는 사실을 발견할 수 있었다. 나는 내가 쓰는 이야기의 배경에 충분히 관심을 쏟지 않았기 때문에 그 대가를 치르고 있었던 것이다.

이후 강렬한 배경을 만들어내기 위해 수고를 들이기 시작하자 그 노고는 전혀 예상치 못한 곳에서 성과를 드러내기 시작했다. 특히 수많은 작가가 너무 신경을 쓴 나머지 이따금 영원히 헤어 나오지 못하는 책의 깊은 부분에서 한층 빛을 발했다. 그곳에는 한때 촉망받던 작가들의 뼈가 햇살에 표백된 채 널려 있는 사막이 있다. 배경을 표현하자면 그렇다는 말이다.

책이나 이야기에서 배경이 독창적인 착상의 일부로 인정받지 못하는 것은 아니다. 연극에서 막이 오르거나 영화가 시작하면 관객은 즉각적으로 혹은 직접적으로 그 배경이 되는 시간과 장소에 몰입하게 된다. 배경은 관객 혹은 독자가 다음에 일어날 사건을 보고 즐기기 위해 필요한, 이야기의 기준이 되는 틀이다. 문제는 작가가 배경을 소설의 필수 요소로 여기지 않는다는 점이 아니라, 작가가 이야기 안에서 배경을 충분히 중요하게 다루지 않는다는 점이다. 내가 이 사실을 좀 더 일찍 깨달았으면 얼마나 좋았을까.

힘들게 배운 교훈을 압축하면 두 가지 기본 원칙으로 요약된다. 첫 번째 원칙이자 내가 지닌 신념은, 배경과 인물은 훌륭한 이야기를 떠받치는 두 가지 근본적인 기둥이라는 것이다.

두 번째 원칙은, 훌륭한 배경은 훌륭한 이야기 안에서 마치 인물 같은 역할을 한다는 것이다.

첫 번째 원칙부터 설명하자. 내가 창조해낸 세계로 독자를 끌어들이기 위해서는 인상적이고 생동감 넘치는 배경이 반드시 필요하다. 책장에서 뛰쳐나올 법한 생생한 광경과 소리와 냄새, 이 모든 것이 하나로 합쳐진 총체적인 감각 체험에 정신을 빼앗긴 독자는 소설 속 세계에 기꺼이 발을 담그게 될 것이다. 이 모든 것이 생생한 표현에 달려 있으므로 '말하지 말고 보여주기' 전략을 사용하려 한다면 이 순간이 바로 그 적기다.

그리고 이렇게 멋진 배경을 만들어냈다고 하자. 이 생생한 배경을 무대 삼아 흥미롭고 입체적이며 미묘한 존재로 완성시키기 위해 노력한 인물들은 힘든 과업도 손쉽게 해낸다. 위대한 배우를 멋진 배경에 데려다 놓고 즉흥 연기를 시켜보라. 배우들은 언제나 멋진 연기를 펼쳐 줄 것이다.

배경이 인물 같은 역할을 한다는 두 번째 원칙. 일부 작가들은 다소 이해하기 어려워할지도 모른다. 단지 정적인 배경막으로 취급되는 배경은 그저 그 자리에 놓여 있을 뿐 이야기를 이끌어나가는 데 아무런 도움이 되지 않는 것으로 여겨지기 쉽다. 그러나 우리의 일상을 떠올려보자. 우리는 종일 우리를 둘러싼 환경에 반응하며 살아간다. 인간은 주위를 둘러싼 환경과 소통하며 시간 속을 걸어간다. 그러므로 소설 속 인물 또한 마땅히 그래야만 한다. 배경 창작에서 작가의 목표는 계속해서

내일 살해당할 것처럼 써라

변화하는 환경을, 그 결과 한층 흥미로워지는 환경을 생생하게 그려내는 것이다. 요컨대 강렬한 배경은 허구의 이야기라는 거대한 환상을 지탱하는 데 반드시 필요한 요소다.

　강렬한 배경을 만들어내기 위해서는 그 허구적인 환경에 깊이 몰입하여 그곳과 친숙해져야 한다. 눈을 감고 그 배경의 한복판으로 빠져들 수 있어야 하며 배경의 구석구석마다 무엇이 있는지 알 수 있어야 한다. 이렇게 몰입해 들어가기 위해서는 그 배경을, 말하자면 배경의 뒷이야기를 조사해야 한다. 배경을 조사한다는 것은 우선 그 장소에 대한 글이나 방송 자료를 전부 찾아보고 자신의 것으로 소화해야 한다는 뜻이다. 지난 시대의 역사적인 배경을 조사하기 위해서는 단순히 책에서 습득하는 지식으로만은 부족하며 그 시대의 신문까지 찾아 꼼꼼히 읽어보아야 한다. 이는 그 시절 그 장소에서 벌어지던 일상생활의 혼란과 소음을 경험할 수 있는 유일한 방법이다.

　조사 작업을 끝마치고 나면 다음 단계는 이 내용을 글로 옮겨내는 일이다. 이 작업을 위해 글쓰기 기술을 연마하고 거장의 작품을 연구한다. 최고의 배경을 창조하는 작가는 너무 많아 다 언급하기조차 어렵다. 내 마음에 드는 작가를 몇 명만 들자면 제임스 조이스와 플래너리 오코너Flannery O'Connor, 존 스타인벡John Steinbeck이 있고 좀 더 최근의 작가로는 E. L. 닥터로, 제임스 리 버크, 토니 힐러먼, 마틴 C. 스미스에 더해 뛰어난 라틴아메리카의 작가들이 있다. 배경 창작에 뛰어난 솜씨를 발휘하는 예를 찾고 싶은가? 그 작가들의 작품 중 한 권을 골라 가장 처음 배경을 묘사하는 단락을 찾아 읽으면 된다. 시간이 멈추며 눈앞의 현실이 사라지고 소설 속 배경에 들어가 있는 자신을 발견한다면 그 책이 배경 창작 분야에서의 걸작이란 뜻이다.

위대한 작가들은 같은 말을 지루하게 반복하거나 자초지종을 일일이 늘어놓으면서 독자를 질려버리게 만들지 않는다는 점을 눈여겨보라. 거장은 독자를 납득시키기에 충분할 정도까지만 이야기한 다음 멈춘다. 그럼에도 독자는 이 작가들이 자신이 만든 배경을 뼛속까지 속속들이 이해하고 있다는 사실을 깨닫게 된다. 거장은 독자가 소설 속 세계를 이해하고 이 세계에 발을 담글 정도로만 배경에 대해 설명한 다음 이야기를 계속 진행해야 한다는 사실을 잘 알고 있다. 그게 전부다. 소설은 여행기가 아니다. 소설 창작의 다른 요소와 마찬가지로 배경은 이야기를 이끌고 나가기 위한 수단일 뿐이며 그 반대가 아니다.

대화 창작에서 좋은 귀를 지니는 것이 중요하듯이, 배경 창작에서는 감각을 집중시키는 능력이 중요하다. 다시 말해 단순히 보는 것이 아니라 관찰하는 능력이다. 우리는 시각 중심적인 문화에서 살고 있으며, 따라서 시각은 묘사에서 가장 중요한 역할을 담당한다. 다음으로 중요한 것은 자동차 소리, 자연의 소리, 음악 소리 같은 청각적 신호다. 그다음 후각 신호가 있다. 후각은 제대로 표현하기가 까다롭지만 기억을 떠올리는 데 강렬한 힘을 지닌 감각이다. 촉각과 미각이 따라올 수도 있겠지만 이 두 감각은 미스터리 소설에서는 그리 많이 사용되지 않는다. 하지만 이 다섯 가지 감각은 항상 작가의 도구 상자에 들어 있으며 언제라도 생생한 배경을 그려내기 위해 이것들을 꺼내 사용할 수 있다.

한편 자신의 고향 마을을 배경으로 삼는 작가들은 더더욱 공을 들여야 한다. 99퍼센트가 넘는 독자들이 그곳에 살지 않는다는 사실을 명심하라. 작가는 독자가 외부인이라는 사실을 이해해야 하며 외부인인 독자에게 배경을 소개하고 그들을 배경으로 유혹해 끌어들여야만 한다. 여기에서는 1인칭 시점으로 소설을 쓸 때와 똑같은 편집 원칙이 적용된다. 스스로 도취되어서는 안 된다. 독자의 눈으로 글을 읽으라, 아니 보라.

몇 가지만 더 이야기해보자. SF나 판타지 장르를 쓰는 작가들의 경우 이야기가 벌어지는 세계를 재현한다기보다는 창조할 테지만 여기에서도 마찬가지로 똑같은 교훈이 적용되어야 한다. 나는 소설의 배경이 되는 시대와 장소의 지도를 찾아보는 습관이 있다. 그리고 그 지도를 가로 120센티미터에 세로 90센티미터 정도로 확대한 다음 벽에 압정으로 붙여둔다. 이렇게 하면 소설 속 인물이 하듯이 그 배경 속에서 돌아다닐 수 있다. 또한 그 시대, 그 장소의 분위기를 떠오르게 하는 사진이나 인쇄물을 가능한 한 많이 찾아본 다음 역시 벽에 붙여놓는다.

언제나 더 좋은 장면을 쓰는 데 도움이 될 만한 작은 요령들을 찾자. 소설 속 배경은 그만큼 중요하기 때문이다.

| **실전 연습** |

1. 다섯 장의 색인 카드를 준비하여 각각의 카드 위에 배경이 될 만한 장소를 적어 넣는다. 이를테면 공원이나 상점, 집 같은 곳이다.

- 각 카드에 그 장소와 관련된 소리를 한 가지 적어 넣는다.
- 냄새와 감촉도 하나씩 적어 넣는다.
- 맛은 어려우므로 그냥 지나쳐도 좋다.

그다음 카드 한 장을 집어 그 장소를 묘사하는 글을 한두 단락으로 완성하라. 언제나 말하지 말고 보여주라는 원칙을 명심하라.

2. 신문이나 라디오에서 지역 뉴스 하나를 고른다. 뉴스에 등장하는 사건이 일어난 장소를 묘사하는 글을 광경과 소리, 냄새에 초점을 맞추어 쓴다. 그 글을 다른 사람에게 보여주고 배경이 느껴지는지 확인한다.

내일 살해당할 것처럼 써라

날씨는 독자를
이야기 속으로
끌어들인다

G. M. 맬리엣

소설가이자 영화 각본가인 엘모어 레너드는 작가들에게 "독자들이 건너뛰며 읽는 부분은 빼라."는 충고를 남겼다. 날씨 또한 틀림없이 이 범주에 들어갈 것이라 생각할지도 모른다. 어쨌든 날씨는 사람들이 딱히 할 말이 없을 때 이야기하는 주제니까. 느릿느릿 움직이는 승강기에 모르는 사람과 함께 탔을 때처럼 어색한 순간을 때우기 위한 대화 주제로 날씨만 한 것이 없다("정말 덥지 않나요?"). 또한 처음 만나는 사람과 공통의 이야깃거리를 찾을 때 기본적으로 등장하는 단골 대화 주제이기도 하다("일기예보에서 눈이 온다고 하던데요?"). 지루하다. 그러나 어떤 점에서는 필요한 주제다.

그러고 보니 엘모어는 이런 말도 했다. "절대 날씨 이야기로 책을 시작하지 말라." 엘모어가 날씨에 대해 유감이 있었던 것은 분명하다. 그러나 실제로 엘모어의 말은 옳은 것일까?

책을 쓰면서 작가는 암묵적으로 독자를 지루하게 만들지 않겠다고 약속한다. 그리고 날씨에 대해 끝도 없이 지껄여댄다면 독자를 지루하게 만들 것이 뻔하다. 작가가 이야기에 돌입할 용기를 끌어모으는 동안 준비운동 삼아 첫 쪽부터 장황한 묘사 장면을 길게 늘어놓는 일도 마찬가지다.

이런 묘사 단락은 쓰레기통으로 직행하거나 아니면 훨씬 단축된 형태로 정리되어 이야기 후반부의 속도 조절이 필요한 순간, 그러니까 행동에서 발을 빼고 잠시 생각을 정리한 다음 다시 행동에 돌입하기 전에 활용될 수 있을 것이다. 다시 말해 폭풍 전의 고요함 같은 순간이다. 작가는 놀라운 반전으로 독자의 뒤통수를 치기 직전 이 고요한 순간을 이용하여 아무런 의심도 품지 않고 있는 독자를 안심시킬 수 있다.

날씨가 등장하지 않는 이야기를 상상해보라. 《폭풍의 언덕Wuthering Heights》이나 《레베카》처럼 위험한 분위기를 바탕으로 이야기가 전개되는 책에 날씨가 등장하지 않는다면? 책이 다소 빈약하게 느껴지지 않을까? 뿌리 없는 공허한 느낌이 들지 않을까? 날씨는 어떤 사건의 전조가 되는 역할을 하기도 하고 사건과 대조를 이루는 역할을 하기도 한다. 이를테면 불운과 절망에 빠진 주인공을 비웃는 듯한 화창한 날씨처럼 말이다.

날씨는 독자를 소설 속 분위기에 젖어들게 하는 데 중요한 역할을 한다. 그리고 글쓰기의 다른 요소와 마찬가지로 날씨를 표현하는 방법 또한 매우 다양하다.

직접적으로 단지 "비가 내리고 있었다."라고만 말할 수도 있다. 이것도 나쁘지 않다. 하지만 장의 후반부에서 비가 내리고 있었다는 사실을 조심스럽게 암시하는 방법도 생각해보자. 이는 인물의 성격을 살짝 드러내는 작은 들창으로도 활용될 수 있다. 이를테면 이런 식이다. "세인트저스트는 회원제 클럽으로 들어가는 입구 한쪽에 놓인 우산꽂이에 흠뻑 젖은 우산을 꽂아 넣었다. 코끼리 다리 모양을 한 그 우산꽂이가 진짜 코끼리 다리로 만든 것이 아니기를 진심으로 바라면서."

특히 시리즈물을 집필할 때 나는 시리즈의 각 권마다 계절을 바꾸는 일이 필요하다고 생각한다. 그 이유가 단지 각 권마다 새로운 도전을 해보고 싶어서일 뿐이라 해도, 작가의 머릿속에서 전작과 신작을 구분하기 위해서일 뿐이라 해도 말이다. 이번 책에서 하늘은 어떤 모습일까? 인물은 어떤 옷차림을 하게 될까? 인물은 무엇을 먹고 마시게 될까? 피냐 콜라다? 뜨거운 커피? 이 모든 사항은 날씨에 따라 좌우된다.

심지어 플로리다에서도 계절은 바뀌기 마련이다. 매일 화창한 날만 이어지는 것은 아니다. 또한 지금까지 내 모든 작품의 무대가 되어주었던 영국처럼 날씨가 극적으로 변하지 않는 곳에서도 날씨의 변화를 표현해야 하는, 어쩌면 한층 어려운 과제가 있기 마련이다.

범죄 소설이라면 날씨가 범죄를 해결하는 데 일조할 수도 있다. 내 첫 작품에서, 형사는 한겨울 오래된 영국식 저택에서 벌어진 범죄 현장에 도착한다. 지면은 눈으로 덮여 있다. 눈에는 발자국 하나 찍혀 있지 않다. 이는 형사가, 그리고 독자가 저택에 사는 사람 중 누군가 살인을 저질렀다고 생각하게 되는 첫 번째 단서다. 특히 전통 미스터리 소설을 쓰고 있다면 가능한 한 용의자의 수를 제한해야 하며 그저 지나가던 낯선 사람이 범죄를 저질렀을 가능성을 배제해야 한다. 저택으로 들어가고 나오는 발자국이 있다는 것은 결국 침입이 일어났다는 증거가 된다. 누군가 외부인이 범행을 저질렀다는 단서를 암시한다면, 즉 눈 위에 발자국이 남아 있다면 이 소설은 정통 미스터리 소설이 아닌 스릴러 소설 혹은 법 과학 범죄 소설이 될 것이다.

선택하라. 날씨가 없다면 용의자의 범위를 좁히는 단서도 없다. 독자들이 젖어들 수 있는 배경도 없다. 소설 속 세계로 독자를 끌어들이는 감각적 체험도 없다.

| 실전 연습 |

1. 가장 좋아하는 계절을 떠올려보자. 그다음, 그 계절과 관련하여

내일 살해당할 것처럼 써라

떠오르는 냄새를 글로 옮긴다. 이를테면 '여름, 선크림 냄새', '가을, 낙엽 태우는 냄새' 같은 것이다. 계절을 곧바로 연상시킬 수 있는 냄새를 고르라. 그 냄새를 통해 독자를 겨울에서 끌어내 여름으로 초대할 수 있다.

2. 좋아하는 계절과 관련이 있는, 살아오면서 겪은 사건 한 가지를 선택하여 글로 써본다. 이때에는 날씨와 날씨의 영향에 대한 언급 없이 그 사건을 쓰려고 노력하라(그리 쉽지 않은 일임을 깨닫게 될 것이다).

3. 지금 어디에 있든 창문 밖을 내다보라. 아니면 공책과 연필을 챙겨 산책을 나서라. 구름의 빛깔과 구름이 흘러가는 모양을 묘사해보자. 나무가 있다면 나무의 빛깔과 모양을 표현해보자. 나뭇가지에 나뭇잎이 달려 있는가? 나무껍질은 무슨 색을 띠며 어떤 무늬인가? 땅에는 눈이 쌓여 있는가? 하늘에는 해가 밝게 빛나고 있는가? 새들이 지저귀고 있는가, 아니면 이미 따뜻한 남쪽 나라로 모두 떠나버리고 없는가? 거리를 걷는 사람들의 옷차림은 어떤가? 두툼한 모직 외투를 입고 있는가, 아니면 반바지에 반팔 차림인가? 어떤 소리가 들려오는가? 멀리서 낙엽 청소를 하는 소리인가? 한층 중요한 문제. 이 모든 풍경을 바라보며 어떤 기분에 젖어

드는가? 신이 나는가, 긍정적인 기분이 드는가, 마음이 평온해지는가, 갑자기 슬퍼지는가? 마음속에 어떤 기억이 떠오르는가?

4. 결정을 내리자. 어떤 계절을 배경으로 이야기를 펼칠 것인가? 그 계절에만 존재하는 요소들 중 소설 속 탐정이 이용할 수 있는 단서가 될 만한 것이 있는가? 이를테면 소설의 배경으로 겨울을 선택했다고 가정하자. 시체가 발견되었을 때 벽난로가 단서가 될 수 있을까? 불을 돌보지 않고 버려둔 시간, 나무가 다 타버릴 때까지 내버려둔 시간이 단서가 될 수 있을까? 이런 요소는 검시관이 추정하는 사망 시각에 어떤 영향을 미칠까? (인터넷에서 이 부분에 대해 참고할 만한 방대한 자료를 찾아 볼 수 있다. 상세한 법 과학 지식을 알 필요는 없지만 전혀 터무니없는 실수는 저지르지 말아야 한다.)

5. 항상 필기첩을 들고 다니자. 관찰하여 기록한 내용에 날짜를 기입하고 관찰 내용이 계절의 변화에 따라 어떻게 달라지는지 살펴보자. 장담컨대 관찰하여 기록한 내용 중 일부는 인상적인 세부 사항으로 변모하여 소설 속에 등장하게 될 것이다. 그리고 이야기에 마법적인 분위기와 현실감을 더해줄 것이다.

내일 살해당할 것처럼 써라

배경은
사건을 일으키는
곳이어야 한다

마이클 윌리

훌륭한 미스터리 소설에는 긴장감 넘치는 플롯과 흥미로운 인물 외에도 한 가지가 더 존재한다. 바로 생생하게 그려지는 장소. 책을 읽는 동안 우리는 이 장소에 머물게 되며, 다 읽고 나면 이 장소는 우리 안에 머물게 된다.

그 누가 레이먼드 챈들러의 《빅 슬립The Big Sleep》에 등장하는 스턴우드 저택을 잊을 수 있단 말인가? 그 커다란 "스테인드글라스 창에는 어두운 빛깔의 갑옷을 차려입은 한 기사가 마침 몸을 가리기에 적당한 긴 머리칼 말고는 몸에 아무것도 걸치지 않은 채 나무에 묶여 있는 한 여인을 구출하는 장면이 그려져" 있었다. 또한 "전 세계의 모든 마을에 있는 비밀 술집중에서도"〈카사블랑카Casablanca〉에 나오는 그 한곳의 비밀 술집을 누가 잊을 수 있단 말인가?

장소는 중요하다. 내 미스터리 소설《마지막 스트립쇼The Last Striptease》는 시카고의 노스디어본 거리를 둘러싼 동네에 대한 묘사로 시작한다.

이 집값 비싼 동네에는 교외에 사는 아내와 방금 이혼 수속을 마치고 돌아온 40대 남자들이 득실거린다. (……) 좋은 직장에 다니면서 돈을 많이 버는 남자들 혹은 괜찮은 직장에 다니면서 돈을 괜찮게 버는 남자들은, 여름이 돌아오는 주말이면 뒤뜰 잔디를 깎던 시절에서 벗어나 격렬한 섹스를 할 때를 빼고는 편안하고 게으르게 지내는 생활에 대한 꿈으로 부풀어 있다.

한편《못된 고양이 클럽The Bad Kitty Lounge》의 초반에서 탐정은 시카고의 북서부에 있는 성삼위 교회를 방문한다.

빛이 잘 들어오는 교회당은 마스카라를 칠한 열두 살짜리 아이만큼이나 화려하게 채색되어 있었다. 비계를 타고 올라간 화가는 그 둥근 천장에 장밋빛 살결을 가진 통통한 천사들이 천국의 푸른 하늘에서 유쾌한 소동을 벌이는 모습을 그려놓았다. 성모화에서 예수와 성모마리아는 둘 다 왕관을 쓰고 있었다. 예수는 어린 왕자처럼 옷을 차려입었고 성모마리아는 마치 과거 제국주의 시절 마가린 광고에 나오는 모델처럼 보이는 진홍빛과 금빛이 뒤섞인 옷을 입었다. 그럼에도 이 장소는 우중충한 동네 한복판에서 빛나는 그 모든 색감과 밝기만으로도 우리의 숨을 멎게 하기에 충분했다.

《잠 못 드는 밤A Bad Night's Sleep》의 서두에는 "시카고 남쪽에 있는 일곱 블럭"의 철거된 모습에 대해 묘사가 등장한다. 개발업자가 "20년만 내버려두었다면 여기는 두 세기 전까지만 해도 이곳을 뒤덮고 있었던 대평원으로 되돌아갔을 터였다. 30년이 흘렀다면 너구리 모자를 눌러 쓰고 사슴 사냥에 나설 수도 있었을 것이다".

《빅 슬립》이나 〈카사블랑카〉만큼 깊은 인상을 남기는 묘사 장면은 아니다. 하지만 이 장면은 소설의 글투와 태도와 분위기를 설정하는 한편 인물을 드러내고 플롯의 시동을 거는 역할을 한다. 내 탐정은 노스디어본 거리 주변 동네를 잘 알고 있다. 그 자신이 이혼한 후 이 동네에서 아파트를 구하러 돌아다녔기 때문이다. 또한 교회를 떠난 가톨릭 신자로서 탐정은 성삼위 교회를 방문하며 복잡한 심경을 느낀다. 시카고에서 평생을 살아온 토박이인 그는 그곳의 어느 거리와 어느 동네가 과거에 어떤 모습이었는지, 어떤 모습이 될 수 있는지 잘 알고 있다. 이러한 묘사 장면은 결국 소설이 나아가야 할 방향으로 이야기를 이끈다.

이것이 바로 배경 묘사 장면이 수행해야 하는 역할이다. 배경은 단순히 사건이 일어나는 장소 이상이어야 한다. 배경은 사건을 일으키는 곳이어야 한다. 너무 노골적으로 드러나서는 안 되겠지만(번개가 치고 데우스 엑스 마키나가 등장하여 플롯을 뒤바꾸는 작법은 고대 그리스 시대 이후 유행이 끝났다) 배경은 인물이 살고 있는 세계를, 그리고 그 세계를 대하는 인물의 태도를 독자에게 전달하면서 사건을 이끌어나가는 임무를 수행해야 한다.

여기 두 가지 방법을 제안한다.

첫 번째, 로버트 그레이브스Robert Graves는 작가들에게 글을 수정할 때 '어깨 위에 올라탄 독자'의 관점을 적용하라고 조언했다. 친숙한 장소를 관찰할 때 스스로에게 그 장소를 낯설게 만들 필요가 있다. 관찰하는 행위 자체에 집중하도록 스스로를 감시하면서 눈에 보이는 것과 보이지 않는 것을 모두 의식하도록 한다.

두 번째, 출간된 소설에는 대부분 이야기 속 장소와 실제 장소와의 유사점이 "전적으로 우연의 일치"임을 명시하는 면책조항이 들어가 있다. 이 조항을 너무 심각하게 생각하지 말자. 소설 속 배경을 실제처럼 그려내라.

내일 살해당할 것처럼 써라

1단계

미스터리나 스릴러 소설에 등장할 법한 장소를 방문한다. 직접 찾아가는 편이 좋다. 전에 가본 적이 있다 해도 다시 찾아간다. 그 장소를 새로운 시점으로 관찰하라. 휴대용 컴퓨터를 들고 가든가 연필과 공책을 가져가라. 기록하라. 간단한 글로 그 장소를 묘사하라.

2단계

자신을 도둑이라 가정하고, 그다음엔 살인자라 가정하고, 마지막으로 탐정이라 가정하고 눈과 귀와 코를 통해 그 장소를 관찰하라. 각 인물들의 입장에서 무엇이 중요한가? 각 인물은 이 장소를 어떤 식으로 다르게 경험하는가?

3단계

각 인물의 입장에 서서 이 장소를 전체적으로 관찰하라. 이상한 점이나 특히 눈에 띄는 세부 사항이 있는가? 이 장소에는 누가 살고 있으며 무엇이 있는가? 이 장소의 색은, 소리는, 냄새는 어떤가? 어떤 비유가 떠오르는가? 한편 이 장소는 어떤 역사를 지니고 있는가?

4단계

이 장소에서 일어날 법한 사건을 결정하라. 강도인가, 살인인가, 도둑이나 살인자의 체포인가? 소설 속 인물은 이 장소를 어떻게 바라보며 어떻게 이용할 것인가? 각 인물은 이 장소에서 어떤 장애물과 마주하며 어떤 흥분을 맛보게 될 것인가?

내일 살해당할 것처럼 써라

5장

동기, 단서, 액션, 반전

감정적인 보상은 강력한 동기가 된다

밸러리 스토리

최근 흥미로운 글을 읽었다. 내용인즉슨, 우리가 무언가를 바랄 때는 실제로 그 무언가를 바라는 마음보다 대상이나 목표에 수반되는 감정을 바라는 마음이 더 크다는 주장이었다. 오랫동안 글쓰기를 통해 내가 바라는 것이 정확히 무엇인지 궁금해하고 있던 나로서는 꽤나 흥미로운 주장이었다.

몇 년 전 첫 번째 소설을 쓸 무렵, 모든 신인 작가가 그러하듯이 나 역시 열렬한 소망을 품었다. '내 책이 출간되었으면!' 이 소망의 힘에 이끌려 여러 차례 원고를 수정하는가 하면 수십 편의 질의 편지와 시놉시스, 작품 개요서를 작성하며 부지런히 우체국에 드나들었다. 그 목표에 완전히 정신을 빼

앗겨 있었기 때문에 이런 의문을 마음에 떠올릴 새가 없었다. '왜? 왜 내 책이 출간되길 바라는 건데?'

처음으로 출간 계약서에 서명하고 난 다음에야 깨달았다. 책을 출간하는 일은 무척 재미있는 경험이지만 출간했다고 해서 그 전에 비해 기분이 달라지거나 하는 건 아니라는 사실을 말이다. 오히려 나는 한층 초조하고 불안해졌다. '이 일을 다시는 해내지 못하면 어쩌지?' 생판 초짜였을 무렵, 출간과 함께 지워지는 한층 무거운 부담감에 대해 아무것도 모른 채 마냥 행복하게 글을 쓸 때가 어떤 면에서는 더 좋았다. 처음 책을 팔고 난 이후 계속 글을 써나가기 위해서는 그보다 큰 용기를 내야만 했다.

작가가, 그리고 작품 속의 인물들이 추구하는 감정은 때때로 아주 단순하여 스스로는 그 감정을 느끼길 바란다는 사실조차 깨닫지 못한다. 차분하게 앉아 내가 왜 글을 쓰고 싶어 하는지 곰곰이 분석하기 전까지는 나도 전혀 깨닫지 못했다. 나 자신이 공동체의 일부라는 기분을 느끼고 싶었기 때문이라는 사실을 말이다. 나는 작가와 독자, 출판사, 글에 헌신하는 사람들이 모인 공동체의 일부가 되고 싶었다. 다시 말해 가족을 찾고 있었던 것이다. 이 사실을 깨닫고 난 후에야 나는 완벽해야 한다는 부담감을 내려놓을 수 있었다. 글쓰기는 그저 일상에서 끊임없이 새로운 착상을 떠올릴 수 있게 해주는 멋진 사람들과 대화하고 어울리는 일이었다. 글쓰기는 재미있었

내일 살해당할 것처럼 써라

다. 글을 쓰면서 나는 행복했고 어딘가 소속되어 있다는 기분을 누릴 수 있었다.

이런 경험을 작품 속 인물에게도 똑같이 적용할 수 있다. 인물이 바라는 목표 뒤에 숨겨진, 인물이 느끼길 바라는 감정을 깊이 파헤칠 수 있다면, 처음에 상상하던 것보다 훨씬 더 깊고 풍부하며 솔직한 이야기를 만들어낼 수 있다.

한 인물을 창조하기 위해 작가들은 흔히 그 인물의 생일에서 시작하여 어린 시절의 첫 기억, 현재 지지하는 정당에 이르기까지 여러 가지 세부 사항을 결정하는 데 시간을 들인다. 그런 다음에야 이 인물이 자신이 바라는 목표(대개의 경우 성취하기 까다로운)를 달성하기 위해 행동에 나서도록 만드는 것이다.

그러나 일단 루시 스리 트리스가 서른두 살의 여성이며 같은 사립학교를 나온 금발 여성만을 노리는 연쇄살인범을 체포하기를 바란다고 설정한 다음에도, 작가는 '그 이유'를 알아야 한다. 독자들이 루시의 이야기를 인상 깊게 기억하게 만들기 위해서는 단순히 다음과 같은 설명에서 그쳐서는 안 된다. "이는 루시의 직업이기 때문이다. 캐나다 국경 근처 외딴 지역에 근무하는 루시는 반경 300킬로미터 내에 존재하는 유일한 강력계 형사다. 루시는 이곳에 은둔하며 살고 있는 수녀들의 손에 성장했다."

독자들이 그 답을 알고 싶어 하며 또한 알아야만 하는 질문의 답은 이것이다. 도대체 루시는 왜 문명 세계와 단절된 채 살아가고 있는가? 어떤 감정적인 보상이 있기에 루시는 이곳에 머무는 것인가? 다시 말해 살인자를 잡고 싶게 만드는 동기 뒤에 숨은, 루시가 진정으로 느끼고자 하는 감정은 무엇인가? 인구가 746명하고도 2분의 1인 무스보닛의 작은 마을 밖으로 나오려 하지 않는 동기 뒤에 숨은, 루시가 진정으로 바라는 감정은 무엇인가?

이야기에 필요한 사건을 만들어내기 위해 인물이 무언가를 하는(혹은 하지 않는) 이유를 생각할 때에는, 어디에나 적용되는 기본 중의 기본인 '그냥 그렇기 때문에'라는 이유에 의지하게 되기가 너무 쉽다. 하지만 이 '그렇기 때문에'라는 이유를 좀 더 깊이 파고들 수만 있다면 이야기는 한결 풍부해진다.

루시가 살인범을 잡고 싶어 하는 이유가 역시 금발이었던 어린 여동생이 살해되었기 때문이라고 가정해보자. 당시 루시의 어머니는 병원에서 목 수술을 받는 중이었다. 아직 어린 아이였던 루시는 살해당한 여동생과 아픈 어머니를 돕기 위해 아무것도 할 수 없었던 자신에게 무력감을 느꼈고 그 이후 스스로를 책망해왔다.

여기서 한 걸음 더 나아가면 루시가 사는 인생의 다양한 측면에서 나타나는 감정을 파고들 수도 있다. 이를테면 외모와 인간관계, 특별한 관심사와 지식, 미래의 꿈과 희망에 대해 느끼는 감정들이다.

루시가 독신이라고 가정해보자. 독신으로서 루시는 자기

인생의 주도권을 쥐고 있으며 다른 누구를 책임지지 않아도 된다. 또한 누군가에게 의지하여 자신을 구해달라고 부탁할 필요가 없기 때문에 무력감을 느끼지 않아도 된다. 루시는 프랑스 문학을 전공했다. 그 덕분에 루시는 벽지의 고립된 환경에서도 도시적이며 세속적인 감정을 지닐 수 있는 한편, 유명한 프랑스 소설가였던 외증조부와 어떤 식으로든 연결되어 있다는 기분을 느낄 수 있다. 어머니의 사망 이후 자신을 길러준 수녀들에 대한 애정에서 루시의 성장 과정을 엿볼 수 있다. 루시는 결국 어머니와 여동생의 죽음으로 인한 우울증을 극복해낼 수 있었던 것이다. 수녀들에게 땔감과 따뜻한 외투를 챙겨주면서 루시는 자신이 그들에게 중요한 존재라는 기분을 느낀다. 루시가 프랑스로 여행을 떠나길 꿈꾼다는 사실에서 루시에게 희망이 있다는 사실을 알 수 있다. 언젠가 루시는 무스보닛을 어쩌면 영원히 떠날 수 있을지도 모른다. 키가 1미터 88센티미터인 루시는 스스로를 거대하고 괴상한 존재로 여긴다. 무스보닛 마을에서 가장 키가 큰 여자인 루시는 자신이 실제보다 크게 부각되는 듯한 기분을 느끼며 필요한 순간 사람들에게 겁을 줄 수 있다는 사실을 알고 있다. 또한 큰 키 때문에 인생을 함께할 동반자를 만나지 못할 것이라 생각하며 한층 더 우울해한다. 루시는 심한 프랑스계 캐나다인의 억양을 지니고 있으며 그렇기 때문에 프랑스로 간다 한들 아무도 자신의 말을 들어주거나 이해하지 못할 것이라 생각한다. 이는 루시가 실제로 프랑스로 떠나지 못하는 이유다. 또한 루시가 대도시에서 일자리를 구하려 하지 않는 이유이기도 하다. 직장 면접에서 루시는 자신이 시골뜨기 같다는 기분을 느낀다.

루시의 깊은 곳에 숨겨진 우울과 열등감, 회의감을 잘 알고 이용한다면 현실감 넘치며 책갈피 안에서 살아 숨 쉬는 인물을 그려낼 수 있다. 자신의 선택과 행동에 일관성이 있는 한편 이야기에 등장하는 악당에게 걸맞은 적수이자 목표가 되는 인물이다.

소설에 등장하는 탐정과 악당, 그리고 범죄의 희생자가될 인물은 흔히 서로의 가장 깊은 곳에 숨겨진 감정을 거울처럼 비추어낸다. 이 세 인물은 '정의 실현' 같은 목표를 공유할지도 모르지만 그것을 추구하는 행동 뒤에 숨은 감정은 서로아주 다를 것이다. 루시 같은 탐정은 자신이 알지 못하는 사람의 살인 또한 개인적인 문제로 받아들이지만, 살인자는 현실에서든 상상 속에서든 과거의 실수를 바로잡는다는 평계로 자신의 행동을 정당화할 것이다. 그리고 그 불행한 희생자가 자신도 알지 못하는 사이 위험한 처지에 몰리게 된 것은 그저 사랑받고 싶은 마음 때문이었는지도 모른다. 혹은 학교로 찾아와10년 전 교장이 대학 입학시험을 망쳐놓은 탓에 자신의 인생이 망가져버렸다고 호소하는 살인자의 이야기에 마음이 움직여 살인자를 도우려 했기 때문일지도.

내일 살해당할 것처럼 써라

1단계

세 가지 목록을 작성하라. 하나는 주인공 혹은 탐정을 위한 것이고 다른 하나는 악당, 나머지 하나는 주요 희생자를 위한 것이다. 그런 다음 세 인물이 각각 이야기 안에서 달성해야 할 주요 목표를 설정하라.

2단계

이제 감정에 대한 것이다. 인물 각각의 내면을 들여다보며 다음 물음에 답해 보자. 목표를 달성하고 나면 인물들은 어떤 감정을 느끼게 될까?

- 인물이 지금 그 감정을 느끼지 못하는 이유는 무엇인가?
- 인물은 자신이 바라는 그 감정을 전에 느껴본 적이 있는가?
- 그런 적이 있다면 얼마나 자주 느껴보았는가? 처음 그 감정을 느꼈던 것은 언제인가?
- 인물이 그 특정한 감정을 느끼길 바라는 까닭은 무엇인가? 그 감정이 중요한 이유는 무엇인가?
- 인물이 그 감정을 느끼지 못하게 된 것은 언제부터이며, 어떻게 해서 그 감정을 잃어버리게 되었는가?

- 그 인물이 피하고 싶은 부정적인 감정은 무엇인가?

3단계

마지막으로 주요 목표에 더해 그 인물이 바랄 법한 사람과 장소, 물건, 욕망을 생각해내어 목록으로 작성해보자. 각각의 목표에 따른 감정을 구분하자.

인물이 목표를 성취하면서 느끼게 되는 감정(긍정적인 것이든 부정적인 것이든)이 처음 목표로 삼았던 감정과 달라질 때 이야기는 한층 흥미로워진다. 새롭고 전혀 예상치 못한 감정에 대한 인물의 반응을 그리는 작업을 통해, '말하지 말고 보여주기' 원칙을 구현하는 솜씨를 한층 예리하게 갈고닦을 수 있을 것이다. 인물들이 이 뜻밖의 감정에 따라 행동하게 만든다면 작가는 이들에 대해 한층 즐겁게 글을 쓰며, 독자는 한층 즐겁게 글을 읽어나갈 것이다.

작가는 인물의
숨은 동기까지
알아야 한다

줄리엣 블랙웰

나는 문화인류학을 공부했다. 어느 학문에나 존재하는 전문용어라는 장벽만 일단 돌파하면, 문화인류학은 기본적으로 무엇이 우리를 인간답게 만드는지 분석하는 학문이다. 인간은 감정과 본능에 따라 움직이고 대부분 과거를 기억하며 과거에 따라 변화하는 존재다. 인간은 복수를 계획하며 낭만적인 사랑을 경험하는 존재이기도 하다. 인간은 지식과 부, 명성, 욕망, 성공……(이 목록은 끝도 없이 이어질 수 있다)을 갈망하는 존재다.

다른 동물에서도 앞서 언급한 특징 중 일부를 찾아볼 수 있다. 그리고 모든 인간이 같은 것을 갈망하는 것도 아니다. 하지만 인간으로 하여금 단지 먹고 자고 번식하는 행위 이상을 욕망하게 만드는 것은 바로 우리의 인간다움이다. 우리의 욕망은 강렬하며 그 뿌리가 깊다. 욕망은 우리가 하는 모든 행동과 행위, 생각을 물들인다. 어떤 욕망이 우리를 움직이는가에 대한 답을 찾는 일은 언제나 쉽지만은 않다. 그 욕망이 우리에게 어떤 영향을 미치며 무슨 일을 하게 만드는지 밝혀내는 일은 더욱 까다롭다.

하지만 여기서 작가는 유리한 고지에 서 있다. 작가는 소설 속 인물이 어떤 욕망에 따라 움직이는지 알고 있으며 이야기를 이끌어나가기 위해 이를 이용하기도 한다. 혹시 그 욕망을 모르고 있거나 제대로 이해하지 못한다면 차분히 앉아 그 부분을 파헤쳐볼 필요가 있다.

어떤 인물은 어머니에 대해 모욕적인 언사를 퍼부어도 그저 어깨만 으쓱하고 넘어갈 뿐이다. 한편 어떤 인물에게 이는 폭력적으로 돌변하여 덤벼들거나 심지어 죽이려 들기까지 하는 충분한 이유가 된다.

왜 이런 차이가 나타나는 것인가? 인물의 과거사. 어떤 인물의 과거사는 그들이 어떤 욕망에 따라 움직이는지를 결정할 때 없어서는 안 될 중요한 역할을 한다.

나는 소설 속 인물들의 복잡한 과거사를 생각해내기를 즐긴다. 물론 독자는 내가 생각해낸 과거사 가운데 극히 일부만을 전해 들으며 그 이상 알게 되는 일은 아주 드물다. 하지만 내 인물을 움직이게 만들기 위해서, 그리고 그 인물을 잘못을

내일 살해당할 것처럼 써라

범하기 쉬운 존재이자 역동적이며 복합적인 존재로 만들기 위해서 나는 그들의 행동에 불을 지피는 원인이 무엇인지 알아내야 한다.

소설 속 인물을 움직이는 힘은 인물이 중대한 결정을 내리는 장면이나 무언가 행동에 나서는 장면뿐만 아니라 책 전체를 관통하는 흐름에서도 나타난다. 무엇이 이 인물을 움직이게 하는가? 범죄 소설 중에서도 주인공이 전문적으로 범죄를 해결하는 일에 종사하지 않을 경우 이 질문은 한층 중요해진다. 이런 소설의 주인공에게는 굳이 범죄를 해결하고 악당의 뒤를 쫓으며 나쁜 사람들이 나쁜 짓을 저지르지 못하게 막아야 할 하등의 이유가 없기 때문이다. 왜 아마추어 탐정은 살인 사건을 해결하는 일에 뛰어드는가? 돈이 필요한가? 신망을 잃을 위기에 처했는가? 친구가 위협받고 있는가? 과거의 비밀을 덮기로 결심했기 때문인가?

스릴러 소설의 주인공이라면 여기서 한발 더 나아가 시간에 쫓기는 한편 어느 특정한 시점까지 누군가를(혹은 전 세계를) 구해야 한다는 의무를 떠안게 될 것이다.

시리즈물에서 작가는 여러 차원의 욕구를 배치해야 한다. 책 한 권 안에서 범죄 사건을 해결하고 갈등을 해소하기 위한 직접적인 동기에 더해 시리즈 전체를 관통하며 각 책을 넘나드는 큰 목표가 있어야 한다. 이런 목표는 아버지의 죽음에 대한 복수일 수도 있고 배우자 앞에서의 명예 회복일 수도 있다.

한편 즉각적인 동기에 대항하는 지속적인 동기가 있다. 인간은 아주 특별한 상황에 한정 지어 사람의 목숨을 빼앗는 일을 상상할 수 있다. 자기방어를 해야 한다거나 사랑하는 사람을 지키기 위한 상황 같은 것이다. 하지만 몇 년 동안 지속적으로 살인을 저지르기 위해서는 이와는 다른 종류의 동기가 필요하다. 연쇄살인범의 경우 뿌리 깊게 자리한 정신의 병이 그 원인일 수 있다. 혹은 반드시 명령에 따라야 하는 군인이거나 교도소에서 일하는 사형집행인이라는 외부적인 상황이 이유가 될 수도 있다.

이 모든 시나리오는 인물의 행동 뒤에는 어떤 동기가 숨어 있다는 가정에 기반을 둔다.

매일 소매점에서 일을 하고 집으로 돌아와 밤마다 TV를 보면서 저녁을 먹고 잠자리에 드는 클레런스 스미스의 이야기는 재미가 없다. 그러나 클레런스가 지닌 풍부하고 흥미로운 내면을 보여준다면 이야기는 달라진다. 어쩌면 클레런스의 온화한 겉모습은 어린 시절에서 비롯된 형에 대한 분노, 터져 나올 순간만을 기다리며 안에서 곪아 들어가는 분노를 감추고 있을지도 모른다. 지금 당장은 실패에 대한 두려움으로 주춤하고 있지만 자신이 하는 일에서 뛰어난 착상을 떠올리고 이제 곧 그 착상을 현실로 꽃피우게 될지도 모른다. 어쩌면 클레런스는 집에만 왔다 하면 무조건 TV 앞에 앉아 있어야 하는, 가족 내에 전하는 저주에 걸려 있는지도 모른다. 그러다 어느 날

내일 살해당할 것처럼 써라

아침 클레런스가 무심코 베푼 사소해 보이는 친절에 대한 보답으로 옆집 사람이 불쑥 찾아와 마법의 부적을 전해주려는지도 모른다⋯⋯. 가능성은 무궁무진하다. 인간을 움직이는 동기가 무궁무진하기 때문이다.

작가로서 우리는 자신이 만들어낸 우주를 지배하는 전지전능한 지배자다. 그 인물은 자신이 이타주의적인 행동을 한다고 생각할지도 모르지만 작가는 그가 착한 여동생으로 여겨지고 싶어 하는 욕망에 따라 행동한다는 사실을 알고 있다(그리고 교묘한 언급과 단서를 통해 독자에게도 이 사실을 알려줄 수 있다). 다른 인물은 자신이 정의 실현을 위해 행동하고 있다고 생각하지만 실제로는 복수를 하기 위해 행동하고 있음을 작가는 안다.

소설 속 인물을 벼랑까지 혹은 그 너머까지 몰아붙이는 인간의 욕망과 욕구를 이리저리 조합하며 가지고 놀아보자. 그리고 주인공에게 이 질문을 던지는 것을 잊지 말자. "지금 하는 행동을 하게 만드는 동기는 무엇인가?"

| 실전 연습 |

1단계

신문을 훑어보라. 흥미를 끄는 범죄나 미스터리 사건에 대한 기사를 찾아보자. 신문 기사에서 기자들은 사람의 감정이나 동기에 대해서는 자세히 다루지 않기 마련이므로 세부 사항은 상상력을 발휘하여 채워 넣는다.

어머니가 자신의 아이를 살해한 사건이 있다고 하자. 도대체 그 어머니는 어떤 이유로 그런 끔찍한 짓을 저지르게 되었을까? 모든 이야기에는 다양한 측면이 존재한다는 사실을 항상 명심하라. 영아 살해라는 끔찍한 범죄 사건도 예외는 아니다.

2단계

범죄로 이어지는 장면을 쓰라. 어머니는 아기를 볼 때마다 자신의 끔찍했던 과거를 떠올리는가? 아직 어리고 경험도 없는 미숙한 어머니가 아무 도움받을 곳 없이 혼자 아이를 맡아 키우고 있는가? 한숨 돌릴 틈도 없는가? 어머니가 아기의 아버지에게 화를 내는가? 아기가 어머니 자신의 인생에서 너무도 두려운 것, 너무도 두려운 존재를 떠오르게 만들기 때문에 아기를 죽이기에 이르렀는가? 어딘가에 이타주의적인 동기가 들어갈 여지가 전혀 없는가?

3단계

그 이후의 이야기를 계속 풀어나가라. 범죄가 일어난 이후의 나날에는 어떤 일이 벌어지는가? 그로부터 10년 후에는 어떤 일이 벌어지는가? 어머니는 범죄의 여파로 알코올 의존증이나 약물 중독에 빠지게 되었는가? 현재의 가족을 너무 소중히 여기는 나머지 지나치게 과보호적인 경향을 보이며 과거의 범죄 사실을 묻어두기 위한 것이라면 어떤 끔찍한 일이라도 기꺼이 저지르려 하는가? 누군가 어머니를 협박하고 있지나 않은가? 혹은 범죄를 저지른 경험에서 교훈을 얻은 후 마음이 넓은 사람으로 변모하여 죄책감에 시달리는 한편 다른 어린 어머니를 도우면서 살아가는 이타주의적인 인물이 되었는가?

4단계

과거를 떨쳐버리지 못하는 장면을 쓰라. 어머니가 과거에 저지른 범죄로 인해 현재 어머니의 인생에 있는 사람들(가족과 친구, 이웃)은 어떤 영향을 받게 되는가?

가능하다면 같은 기사를 두고 여러 사람과 함께 이 연습을 함께 해 보자. 글쓰기 모임에서 해도 좋다. 각 작가들이 그 범죄 사건(그리고 여파)을 설명하는 갖가지 다른 방식에서 기본적인 상황을 구성하는 사실이 똑같을 때라도 인물을 움직이는 욕구와 동기가 얼마나 다양해질 수 있는지 알게 될 것이다.

거짓말과 진실이
뒤섞일 때
깊이가 생긴다

스티븐 D. 로저스

처음 어머니에게 거짓말을 한 것은 말을 배우고 난 뒤 유치원에 가기 전의 어느 날이었다. 어머니가 무슨 말을 했고 내가 어떤 거짓말로 대답했는지는 전혀 기억나지 않지만 그 사건의 결말에 대해서만은 뚜렷하게 기억하고 있다. 어머니는 당장 나를 2층 화장실로 데리고 가서 내 입을 비누로 벅벅 닦아냈다. 비누는 하얀색이었는데 끔찍한 맛이 났다.

　그날 어머니가 나에게 무슨 말을 했는지는 여기에 적지 않을 것이다. 단지 그 단어 하나하나가 정확하게 기억나지 않는다는 이유에서다. 그 말을 틀리게 적는 일은 결국 거짓말을 초래하는 셈이니까. 거짓말은 나쁘다. 이젠 나도 그 사실을 잘

　　　　　　　　　　　내일 살해당할 것처럼 써라

알고 있다. 비누를 입안 가득 물어보면 그 사실을 깨닫게 될 수밖에.

몇 년이 흐른다. 2학년이 된 나는 스스로를 작가라고 단정하고 논리학 수수께끼와 암호를 모아 책을 한 권 쓴다. 논픽션. 진실인 셈이다.

시간은 쏜살같이 흘러 4학년이 된다. 무슨 이유인지 알 수 없지만 우리 집 TV 수신 상태가 엉망이라 UHF 방송이 전혀 나오지 않는다. 그 말은 곧 토요일 오후에 〈두 얼굴의 괴물Creature Double Feature〉을 보지 못한다는 뜻이다.

나는 괴물 영화를 보지 못할 바에야 직접 괴물 이야기를 쓰리라 결심한다. 그리고 K마트에서 돌아오던 길에 거대한 공룡이 목격되었다는 소식을 라디오에서 전해 듣는 한 남자에 대한 이야기를 쓰기 시작한다. 가족에게 위험을 알리기 위해 서둘러 집으로 돌아온 남자는 어두운 나무 벽에 연두색 카펫을 바닥에 깐 거실에서 편안하게 쉬고 있는 가족의 모습을 발견한다.

이야기는 여기서 더 나아가지 않았다. 연두색 카펫에서 막혀버린 후 더 이상 글을 쓰지 않았던 것이다. 연두색 카펫이라는 세부 사항에 대한 진실이 그 밖의 다른 모든 것이 거짓임을 드러낸다고 생각했기 때문이다. 성공적인 소설에서는 거짓말을 하지 않고 진실을 이야기한다는 사실을 그때 이미 나는 알고 있었다. 공룡이나 공룡에게서 자신의 가족을 보호하려는 아버지의 감정에 대해 진실을 이야기할 수 있을 만큼 내 인생 경험이 풍부하지 못하다는 사실을 깨달았으므로 나는 그 소설이 사장되도록 내버려두었다.

시간이 흘러 6학년이 된다. 나는 인생 경험이라는 것이 단어 그대로의 의미일 수도 있지만 비유적인 의미일 수도 있다는 이론을 세우고, 그 이론에 따라 마피아의 청부 살인업자를 주인공으로 하는 소설을 쓰기 시작한다. 나는 누굴 죽여본 적이 한 번도 없었지만 사회가 눈살을 찌푸리며 바라보는 까다로운 임무를 완수하는 일이 얼마나 힘든지에 대해서는 잘 알고 있었다. 어쨌든 나 자신부터 밖에 나가 공놀이를 하는 대신 집 안에 들어앉아 이야기를 쓰고 있었으니까.

그 청부 살인업자한테는 한 가지 이상한 점이 있었다. 얼마나 많은 사람을 두드려 패고 죽이는지와 상관없이 그는 절대 자신이 한 일에 대해 거짓말을 하지 않았다. 그다음 쓰게 된 소설의 주인공도 마찬가지였다. 또 그다음 주인공도 마찬가지였고 이후 수십 편의 소설에 등장하는 주인공도 그랬다. 나는 남자와 여자, 젊은 사람과 나이 든 사람, 착한 사람과 나쁜 사람에 대해 소설을 썼지만 그중 어느 누구도 거짓말을 하지 않았다.

세월이 흘러 고등학생이 된 나는 미스터리 소설을 좀 더 많이 쓰기 시작한다. 미스터리 소설을 쓰면서 가장 먼저 깨달은 사실은 미스터리에는 비밀이 등장하며 그 비밀이 거짓말에

내일 살해당할 것처럼 써라

의해 지켜진다는 점이다.

살인범이 혐의를 벗기 위해 거짓말을 하는 것은 말할 필요도 없고, 다른 인물들 또한 온갖 다양한 이유 때문에 거짓말을 한다. 곤혹스러움을 숨기려 거짓말을 한다. 수사관에게 좋은 인상을 남기려 거짓말을 한다. 자신이 기억하지 못하는 것을 숨기려 거짓말을 한다. 인물은 거짓말을 하는 한편, 작가가 이야기를 복잡하게 꼬기 위해 필요하다고 생각하는 순간마다 '레드 헤링'을 던져댄다.

수사관 또한 거짓말을 한다. 용의자들에게 자백을 받아내기 위해 거짓말을 한다. 자신의 실수를 감추기 위해 거짓말을 한다. 자리를 지키기 위해, 동료를 지키기 위해 거짓말을 한다.

생략에 의한 거짓말도 거짓말에 포함시킨다면 희생자 또한 거짓말을 한다.

나는 이를 득득 갈면서 거짓말을 늘어놓는 인물과 완전히 정직해질 수 없는 그들의 상황에 대해 너그러운 마음을 품도록 스스로를 단련한다. 잘못은 인물에게 있는 것이 아니라 나 자신에게 있기 때문이다.

글을 계속 써나가면서 생각이 달라진다. 비록 인물이 거짓말을 할지언정 거짓말을 할 만한 정직한 동기를 지니고 있다면 내 이야기는 다른 모든 이야기가 마땅히 그래야 하듯이 진실을 말하고 있는 것이라고 생각하게 된다.

나는 계속 글을 쓰고 마침내 작품을 팔 수 있게 된다. 작품을 출간한다는 사실로 인해 내 생각의 가치가 달라진다. 평론을 쓰고 소설 작법을 가르치기 시작하면서 나는 정직한 인물에 대한 문제는 생각보다 훨씬 더 흔하게 퍼져 있다는 사실을 깨닫는다. 왜 정직한 인물이 문제가 되는지, 그 이유는 한층 더 분명하다.

절대 거짓말을 하지 않는 인물은 비현실적이다. 절대 거짓말을 하지 않는 인물은 많은 갈등을 빚어낼 수 없다. 절대 거짓말을 하지 않는 인물은 그저 밋밋하게 남아 있을 뿐이다. 인물이 언제나 진실만을 말할 수 있고 진실만을 말해야 한다는 생각 자체가 이미 거짓이다. 이 거짓이 들어간 이야기는 결코 출간될 수 없다.

이 시점에서 나는 다음의 연습을 다듬어 완성했다.

| 실전 연습 |

주인공부터 시작하여 이야기에서 중요한 역할을 하는 다른 인물로 이 연습을 이어나간다. 우선 각 인물이 어떻게 거짓말을 하는지 결정하기 위해 다음의 짧은 장면을 써보자.

- 인물이 다른 인물의 감정을 해치지 않으려 악의 없는 거짓말을 한다.

내일 살해당할 것처럼 써라

- 인물이 다른 인물에게 사소한 일에 대해 거짓말을 한다.
- 인물이 다른 인물에게 이미 끝냈어야 하지만 아직 끝내지 못한 일에 대해 거짓말을 한다.
- 인물이 다른 인물에게 난처한 진실을 숨기기 위해 거짓말을 한다.
- 인물이 다른 인물에게 자신의 범죄 혐의를 벗기 위해 거짓말을 한다.

이제 다음의 세부 사항을 염두에 두고 생각해보자.

- 거짓말을 할 때 인물의 말투가 달라지는가? 목소리가 바뀌는가? 말수가 많아지는가, 적어지는가?
- 인물은 방어적으로, 공격적으로, 회피적으로 변하는가?
- 인물은 뻔뻔하게 거짓말을 늘어놓는가, 반쯤은 진실을 섞어 거짓말을 하는가, 생략에 의한 거짓말을 하는가?
- 거짓말을 할 때 인물의 몸짓이 어떻게 달라지는가? 얼굴 표정과 손과 몸 전체의 움직임을 한꺼번에 생각하거나 혹은 따로따로 구분하여 생각해보라.
- 거짓말의 경중에 따라 이런 세부 사항은 어떻게 달라지는가? 거짓말이 발각되었을 경우 일어날 수 있는 결과의 무게에 따

라 이런 세부 사항은 어떻게 달라지는가?

• 인물은 거짓말에 어느 정도의 진실을 포함시키는가?

• 인물은 거짓말쟁이로서 솜씨가 얼마나 좋은가?

• 거짓말을 듣는 대상은 거짓말을 얼마나 잘 알아차리는가? 그
리고 말로, 감정적으로, 신체적으로 어떤 반응을 보이는가?

이제 인물들을 하나의 집단으로 생각해보자. 각 인물에 대해 만
들어놓은 답을 서로 비교하면서 인물이 각기 다른 반응을 보이는
지 확인한다. 한 인물이 거짓말을 할 때 말투가 변한다면 다른 인
물은 눈길을 피하면서, 또 다른 인물은 자세가 변하면서 거짓말을
하고 있다는 사실을 보여주어야 한다.

인물과 인물 각각의 이야기에 충실하라.

거짓말하며 진실을 말하라.

수수께끼를
적절히 흩어놓으면
추진력이 생긴다

제라드 비안코

훌륭한 미스터리 소설을 읽는 일은 여러 측면에서 말을 타는 일과 비슷하다. 익숙하지 않은 지형이 나오면 조심스레 말을 천천히 걷게 한다. 익숙한 지형에서는 머리가 마구 흔들릴 정도로 빠르게 달린다. 또한 숨이 멎을 만큼 전속력으로 질주하게 하는 순간도 있다. 말을 모는 속도의 다양한 변화는 승마를 설레고 흥분되는 경험으로 만드는 핵심 요소 중 하나다. 또 다른 핵심 요소는? 두려움이다(내가 이 빌어먹을 말에서 떨어지면 어쩌지?).

계속해서 이 비유를 따라가 보자. 미스터리 소설을 쓰는 일은 말을 타는 사람을 위해 주행로를 마련하는 일과 어느 정도 비슷하다고 볼 수 있다. 작가는 말을 타는 사람이 승마를 즐기는 한편 어느 정도 도전 의식을 불태울 수 있도록 지형을 다양하게 배치해야 한다. 풀밭으로 덮인 오르막이 있어야 하고 비탈진 내리막도 있어야 한다. 구불구불 굽은 길과 나무가 빽빽하게 들어선 오솔길이 있어야 하며, 맹렬하게 질주할 수 있도록 길고 곧게 뻗은 평탄한 길이 있어야 한다.

주행로를 마련하는 과정에서 작가는 여러 교묘한 기술, 혹은 그리 교묘하지 않은 기술을 다양하게 조합하여 사용한다. 이런 기술을 통해 작가는 이야기를 재미있게 풀어나가는 한편 성공적인 미스터리·서스펜스 이야기라면 마땅히 갖추고 있어야 할 특별한 매력을 자신의 작품에 더한다. 작가가 사용할 수 있는 수많은 기술 중 다음에 대해 한번 생각해보자.

어떻게 하면 책장이 술술 넘어가는 미스터리 소설을 쓸 수 있을까? 독자가 "도저히 책을 내려놓을 수가 없었다."라고 말하는 책 말이다. 레이먼드 챈들러나 얼 스탠리 가드너Erle Stanley Gardner, 애거사 크리스티 같은 작가들은 어떻게 독자가 손에서 차마 놓을 수 없는 책을 쓸 수 있었을까? 이들 작가가 사용한 기술 중에는 '씨앗 뿌리기'라고 불리는 기술이 있다. 이 작가들은 사소하지만 교묘한 수수께끼 몇 가지를 자신의 소설 전체에 걸쳐 흩뿌려놓는다. 소설의 후반부에 발생하게 될 불행한 사건, 잔인하고 무자비하며 냉혹하고 부도덕한 사건의 전조가 되는 수수께끼들이다. 대개 장의 끝자락에 등장하는 이 작은 수수께끼들은 전체 이야기의 폭을 한층 넓혀주는 한편 소설의 첫머리에서 그 성공적인 결말에 이르기까지 독자의 관심을 견인한다. 이 작은 수수께끼들은 범인의 정체라는 커다란 수수께끼와 함께 뒤얽혀 "베이커 가 221B호"라는 말이 나오기도 전에 독자로 하여금 책장을 넘기도록 만든다.

'성공적인 미스터리 소설을 창작하기 위한 교묘한 소설 작법'이라는 강의에서 나는 남보다 한 걸음 더 앞서는 일이 얼마나 중요한지 강조한다. 한 걸음 앞서는 일은 아주 공격적인 오늘날의 시장에서 직면할 경쟁을 피하기 위해 반드시 필요하다. 씨앗 뿌리기 기술을 적절하게 사용하면 동료 작가들보다 몇 걸음은 더 앞설 수 있게 될 것이다. TV와 영화 분야에서도 시청자와 관객의 관심을 붙잡아 두기 위한 씨앗 뿌리기 기술의 중요성을 잘 이해하고 있기 때문에 온갖 광고와 영상, 예고편에 온통 신경을 자극하는 불확실성을 가득 채운다. 이런 불확실성은 관객이 좀 더 많은 것을 갈망하게 만드는 역할을 한다.

이제 앞서 언급한 작가들이 미스터리 소설에서 이 씨앗 뿌리기 기술을 어떻게 사용했는지, 그 사례를 몇 가지 살펴보자.

챈들러는 《안녕, 내 사랑》에서 4장의 마지막을 이런 문장으로 마무리했다. "나는 산수시 호텔을 나선 후 길을 건너 내 차로 향했다. 일은 너무 손쉬워 보였다. 지나칠 정도로 쉬운 듯싶었다." 나중에 가서 '일이 그리 손쉽게 끝나지 않을 것'이라는 사실을 알아내기 위해 뇌신경 의사가 될 필요는 없다. 이 단순한 두 문장을 심어둠으로써 챈들러는 독자들로 하여금 다음에 무슨 일이 일어나게 될지 궁금해하도록 만든다.

가드너는 《음악을 좋아하는 소 사건The Case of the Musical Cow》에서 13장의 끝자락에 이렇게 썼다. "반경 60미터 안, 7번 차의 위치에 좌표가 입력되었다. 함정이 준비된 것이다." 이 문장 뒤로 흐르는 으스스한 음악 소리가 들리지 않는가?

크리스티는 단편 〈이중 단서Double Clue〉에서 자신이 '범죄 소설의 여왕'이라는 사실을 다시 한 번 증명한다. 크리스티는 악마적인 인물인 로사코프 백작 부인과 포와로의 연애 관계를 암시하며 포와로의 입을 통해 그들이 언젠가 다시 만나게 될 것을 예언한다. 이 단편의 끝에서 포와로는 한숨을 쉬며 헤이스팅스에게 이렇게 말한다. "놀라운 여성이야. 친구여, 이런 느낌이 든다네. 아주 확실한 느낌이야. 나는 그녀를 다시 만나게 될 걸세. 그런데 그게 어디서일까?" 크리스티가 뿌려놓은 씨앗에 낚인 독자들은 다음 이야기를 열렬하게 기다리게 된다.

교묘한 수수께끼를 이용하여 책을 끝까지 읽어나가지 않을 수 없게 만드는 작가들의 수법을 이해하면 이 작은 수수께끼들의 중요성을 깨닫고 이를 작품에 적용할 수 있다. 여기서는 다른 대부분의 글쓰기 기술과 마찬가지로 자신의 역량을 과신하지 않도록 주의하는 일이 반드시 필요하다. 예리하게 배치해둔 말이 너무 많으면 이야기는 짐스럽고 무겁게 느껴진다. 대화는 명료하게, 묘사는 부족한 듯싶게 유지하라. 핵심을 전달하기 위해 꼭 필요한 말 외에는 하지 말라. 위급한 분위기는 간결한 글에서 생성되며, 독자는 이런 분위기를 통해 작가가 나누어줄 이야기를 한층 간절하게 기다리게 될 것이다.

여기 《거래의 달인The Deal Master》에서 내가 실행한 씨앗 뿌리기의 사례를 소개한다. 11장의 끝자락을 나는 이런 식으로 마무리했다.

귀에 닿을 만큼 어깨를 잔뜩 움츠린 채 사건 현장에서 빠져나온 그는 한 번도 뒤를 돌아보지 않았다. 모퉁이를 돌아 왼쪽으로 꺾은 다음 아무도 보고 있지 않다는 사실을 확인한 뒤에야, 자신이 자유라고 생각하는 것을 향해 다리가 허용하는 한 전속력으로 달렸다. 하지만 그것은 자유와는 전혀 동떨어진 것이었다.

│ 실전 연습 │

자신이 좋아하는 미스터리 소설을 다시 펼쳐 읽으면서 작가가 심어둔 작은 수수께끼를 찾아본다. 그다음 어떤 장의 마지막 부분을 열 가지 다른 방식으로 마무리해본다. 독자가 책을 덮지 못하고 밤을 지새우도록 씨앗을 확실하게 뿌렸는지 확인한다.

단서를
일상 속에
숨겨 보자

페기 에어하트

단서는 전통 미스터리를 지탱하는 척추라 할 만하다. 미스터리 장르는 수십 년 동안 수많은 하위 장르를 아우르며 확대되어왔지만 그 고전적인 뼈대는 에드거 앨런 포의 〈모르그 가의 살인The Murders in the Rue Morgue〉에서 찾아볼 수 있다. 이 미스터리 장르의 기본 뼈대는 아서 코넌 도일Arthur Conan Doyle의 손에서 한층 정교하게 완성되었고 미스터리의 '황금시대'를 지나는 동안(1913년에서 제2차 세계대전까지) 영국 작가들에 의해 전성기를 누렸으며 오늘날에도 G. M. 멜리엇G. M. Malliet이나 줄리아 스펜서플레밍Julia Spencer-Fleming을 비롯한 수많은 작가에 의해 명맥이 유지되고 있다.

내일 살해당할 것처럼 써라

〈모르그 가의 살인〉이나 셜록 홈스의 사건들을 떠올려보자. 이런 작품 초반부에는 대개 범죄 현장을 다루는 설정 장면이 등장하며 당혹스러울 정도로 다양하고 의미를 알 수 없는 세부 사항들이 소개된다. 〈모르그 가의 살인〉에서는 다른 세부 사항과 함께 "피투성이가 된 면도칼"과 "길고 두꺼운 회색빛 머리칼이 두세 뭉치…… 뿌리째 뽑힌 듯 보이는 것"과 "금화로 거의 4000프랑이 들어 있는 주머니 두 개"가 묘사된다.

탐정은 이 세부 사항, 즉 단서들을 분석하는 한편 사건을 수사하는 과정에서 더 많은 단서를 발견한다. 그리고 마침내 자신이 수집한 증거를 모두 합쳐 실제로 무슨 일이 벌어졌는지 설명하고 범인을 지목한다.

전통적인 방식으로 미스터리를 쓰겠다면 이런 단서를 깊이 연구해야 한다는 점은 군이 강조할 필요도 없을 것이다.

단서란 미스터리 소설에서 사건의 해답을 가리키는 혹은 가리키는 듯 보이는 무언가를 의미한다. 이는 누군가의 미소일 수도 있고 소리, 냄새일 수도 있으며 도일의 〈실버 블레이즈Silver Blaze〉에서처럼 '부재'일수도 있다. 홈스는 개가 짖지 않았다는 사실에서 진상을 유추하여 범인의 정체를 지목한다. 하지만 여기에서는 연습의 편의를 위해 단지 물리적인 단서만을 다루도록 하겠다.

단서는 도처에 있다. 매일의 일상을 살아가는 동안 눈을 크게 뜨고 미스터리 소설에 단서로 쓰일 만한 세부 사항을 찾아보라.

어느 날 내가 맨해튼에서 자동차에 앉아 오후 여섯 시가 되어 주차장이 열리기를 기다리는데 한 노숙자가 보도 한쪽을 따라 쌓여 있는 쓰레기봉투를 뒤지고 있었다. 돈으로 바꿀 수 있는 재활용 유리병을 모으고 있는 모양이었다. 내가 지켜보는 동안에도 노숙자는 자신의 쇼핑용 손수레에 병 몇 개를 챙겨 넣었다. 그런데 이상한 점이 있었다. 몇 번에 한 차례씩 노숙자는 쓰레기봉투를 열어 보고는 그 안에 유리병이 들어 있는 게 확실한데도 병을 챙기지 않고 지나갔다.

'왜 저 병들은 챙기지 않을까?' 어쩌면 돈으로 바꿀 수 있는 병이 아니었을지도 모른다. 맥주나 탄산수 병이 아니라 포도주 병이었을 수도 있다. 하지만 나는 상상력을 펼치기 시작했다. 노숙자가 쓰레기봉투를 뒤지는 장면을 목격하는 사람이 내 소설 속 탐정이라면? 탐정이 진상을 밝혀내려 하는 살인 사건의 피해자, 즉 때 이른 죽음을 맞이한 사람의 아파트 앞에서 이 장면이 펼쳐졌다면?

내가 창조한 탐정은 음악과 관련된 범죄 사건을 해결한다. 블루스 기타 연주법 중 보틀넥이라 부르는 것이 있다. 유리병의 목 부분을 잘라내어 가장자리를 매끄럽게 다듬은 다음 이 병목으로 기타를 연주하는 방법이다. 연주자가 손가락 끝으로 기타 줄을 프렛에 누르는 대신 그 병목을 이용하는 것이다. 그 결과 기타에서는 이 세상의 것이 아닌듯한 아름다운 소리

내일 살해당할 것처럼 써라

가 난다.

나는 탐정이 노숙자에게 왜 어떤 봉투에 든 병은 챙기지 않는지 묻는 장면을 써 넣기로 결심했다. "병목이 없잖아. 병목이 없으면 가져가도 돈을 쳐주지 않는다고." 이 대답 덕분에 탐정은 죽은 남자가 이제 곧 다가오는 기타 대회를 준비하고 있었다는 사실을 알아낸다. 대회에서 죽은 남자는 보틀넥 주법을 선보일 예정이었다. 그 결과 탐정은 사건의 해답에 한 걸음 다가선다. 경쟁이 심하고 열렬한 팬이 많은 보틀넥 기타의 세계에서라면 살인을 저지를 만한 동기가 수두룩하기 마련이다.

| 실전 연습 |

동네로 나가 산책하는 동안 주위를 둘러보면서 상상력을 발휘하자. 호기심에 불을 지필 만한 사물들을 눈여겨본다.

작년에 나는 한적한 교외 지역에 있는 우리 동네를 산책하면서 배수로와 인도, 집집의 잔디 위에 트럼프가 흩어져 있는 모습을 목격했다. 이 트럼프는 몇 주 동안이나 그 자리에 그대로 있었다.

이와 비슷한 부류의 수수께끼를 찾아내고 그 수수께끼가 최근 발생한 살인 사건의 단서가 된다고 가정하라. 희생자와 살인자와 동기를 창조한 다음, 탐정이 그 단서를 이용해 어떻게 사건 해결에 한 걸음 다가갈 수 있을지 생각해보자.

법 과학을
어떻게
적용해야 할까?

더글러스 코를레오네

소설에서 쉽게 이용할 수 있는 기술이란 존재하지 않는다. 숙련된 범죄소설 작가들은 이 사실을 어느 누구 못지않게 잘 알고 있다. 오늘날 법 집행기관에서는 뺑소니 사건에서 살인 사건에 이르기까지 최신식 법 과학 기술을 이용하여 모든 사건을 해결한다. 범죄 소설이 현재(혹은 미래)를 배경으로 삼는다면 어느 정도는 법 과학에 대한 지식을 다루어야 한다.

범죄 소설을 쓸 때, 작가는 법 과학 기술이 범죄를 수사하는 과정에 이용될 뿐 아니라 법정에서 증거를 분석하고 제시하는 과정에도 필요하다는 사실을 반드시 기억하고 있어야 한다. 고전 영화인 〈12인의 노한 사람들12 Angry Men〉을 생각해보

내일 살해당할 것처럼 써라

자. 50여 년 전만 해도 배심원단은 오직 의심쩍은 목격자의 증언과 원한 관계를 염두에 두고 살인 사건의 판결을 내릴 수 있었다. 오늘날이라면 12명의 노한 사람들 중 가장 노한 사람조차 증거가 없으니 처음부터 '무죄'에 표를 던져야만 했을 것이다. 이렇게 물리적 증거가 존재하지 않는 사건은 애당초 재판까지 가지도 못한다. 21세기 법정에서라면 그들은 머리카락과 섬유 분석, DNA 같은 흔적을 증거로 토론하고 있을 것이다.

범죄 소설에서 법 과학을 이용하는 일에 존재하는 난제는 세 가지로 요약된다. 첫 번째는, 작가가 알고 있는 법 과학 지식은 신뢰할 수 있는 것이어야 하며 그로 인해 도출된 결론은 반드시 옳아야 한다는 점이다. 여기에는 자료 조사가 필요하다. 두 번째 소설인 《불타는 밤Night on Fire》을 쓸 무렵 나는 방화 범죄 수사 과정을 제대로 이해하기 위해 여섯 종류 이상의 참고 자료를 찾아 조사했다. 수사관들이 발화 지점을 어떻게 찾아내는지, 방화 사건과 사고로 불이 난 사건을 어떻게 구분해내는지, 어떤 단계를 거쳐 방화범의 정체를 추적하는지에 대해 배웠다. 자료를 조사하는 한편 나는 이 분야의 전문가와 접촉하여 그들의 기술에 대해 문의했다. 이면에서 무슨 일이 벌어지는지에 대해 제대로 조사한 덕분에 나는 확실한 근거에 기반을 두고 소설을 쓴다는 자신감을 얻을 수 있었다.

내가 조사하며 배운 지식의 태반은 책에 들어가지 않는다. 대부분 지루한 내용이기 때문이다. 여기에 작가의 다음 난제가 기다리고 있다. 작가는 이야기에서 극적인 긴장감을 계속 유지해야 한다. 작가는 독자를 과학적 사실 설명이라는 지루한 늪에 빠뜨리지 않도록 늘 조심해야 한다. 과학적 지식은 단지 핵심을 전달할 수 있을 만큼만 사용해야 한다. 그렇게 하는 한 가지 방법은 그 설명을 단지 대화로만 한정시키는 것이다. 지루한 설명문은 독자를 잠들게 하지만 활기찬 대화는 이야기를 계속 움직이게 만든다. 법 과학 지식으로 무장한 사람과 법 과학 분야를 잘 모르는 사람 사이에서 질문과 답변이 빠르게 오가는 대화를 이용한다면 과학적 지식의 핵심을 전달하는 한편 이야기를 풍성하게 만들 수 있다.

범죄 소설에 법 과학 지식을 적용하는 데에서 맞닥뜨리게 되는 세 번째(그리고 아마도 가장 어려운) 난제는 참신함을 유지하는 것이다. TV에서 방영되는 CSI의 스핀오프 격 드라마는 몇 편이나 되는지 세다 잊어버릴 정도도 많으며 비슷한 프로그램 또한 이미 수십 편에 달한다. 이 프로그램들만 본다면 법 과학 분야에서 무언가 새로운 것을 생각해낸다는 것은 불가능한 일처럼 여겨질지도 모른다. 그러나 바로 이 지점에서 작가는 창의력을 발휘해야 한다. 과학 자체는 전적으로 새로울 필요가 없더라도 그것을 적용하는 방식은 새로워야 한다. 이를테면 나는 《한 남자의 천국One Man's Paradise》에서 범죄 현장에 용의자가 있었다고 하는 증거로서 입술 자국(기술적으로 '구순문'이라고 하는) 분석 기술을 사용했다. 이 기술은 또한 이런 종류

내일 살해당할 것처럼 써라

의 증거가 재판에 제출될 수 있는지를 결정하는 극적인 법정 심리 장면을 연출하는 수단으로도 활용되었다.

법 과학 지식을 활용한다면 최첨단을 달리는 범죄 소설을 쓸 수 있다. 내 경우에는 이야기에서 법 과학 분야를 극적인 방식으로 이용할 수 있는지, 내가 그 과학 지식을 참신하고 기발한 방식으로 표현할 수 있는지 결정하기 위해 다음 연습을 유용하게 활용했다. 당신 또한 다음 연습을 통해 소설 속에서 법 과학 지식을 적절하게 적용할 수 있을지 확인해보라.

| **실전 연습** |

1단계

법 과학의 한 분야를 선택하라. 지문 감식이나 혈흔 감식, 자국 증거(이를테면 신발이나 자동차 바퀴), 자취 증거(머리카락이나 섬유), 총기 시험, 방화 수사, 검시 조사(상처 분석과 독물 보고) 같은 분야다.

2단계

적어도 두 가지 서로 다른 자료를 통해 그 분야를 조사하라. 인터넷에서는 방대한 양의 자료를 찾을 수 있지만 그 신뢰성에 대해서는 반드시 확인을 거쳐야 한다. 범죄 소설 작가를 위해 쓰인 책도 몇권 있다. 이런 책은 서점에 있는 글쓰기 참고 서적 코너에서 찾아볼

수 있다. 또한 망설이지 말고 거주 지역의 법 집행기관이나 형사 사
건 전문 변호사에게 연락을 하여 도움을 청하라. 이런 전문가들은
대부분 친절하며 기꺼이 작가를 도와주려 할 것이다. 나중에 책이
출간되면 지면을 할애해 그들에게 감사의 뜻을 전할 수 있다.

3단계

이 분야의 법 과학 지식을 이야기에서 어떤 식으로 참신하게 적용
할 것인지 결정하라. 전혀 새로운 방식으로 생각하라. 우선 이 분
야의 법 과학 지식이 범죄를 해결하는 데 일반적으로 어떻게 적용
되는지에 대해 써본다. 이를테면 신발 자국 같은 것은 용의자가 범
죄 현장에 있었다는 사실을 증명하는 전형적인 증거다. 영리한 범
죄자라면 어떻게 이 지식을 이용하여 경찰을 속일 수 있을까?

4단계

마지막으로 이 법 과학적 증거와 그 의미가 논의되는 장면을 연출
하라. 이 장면에서는 주로 대화를 활용한다. 기술적인 용어를 너무
많이 사용하지 않도록 자제하되 독자를 무시하는 수준까지는 가
지 않도록 노력하라. 두 전문가(아마도 법 과학 전문가와 강력계 형사)
는 이 증거에 대해 어떤 식으로 이야기를 나눌까? 용의자의 정체
를 밝혀내기 위해 이 증거를 어떻게 이용할까?

액션의 성공은
다양성에
달려 있다

존 러츠

액션. 이는 오늘날 스릴러 장르를 이끄는 주요한 요소다. 무엇이 액션 장면에 속도감을 부여하는가?

스릴러 장르에서는 계속해서 사건이 벌어지며 그것도 빠른 속도로 일어난다. 혹은 무슨 일이 이제 막 벌어지려 하거나 이제 막 벌어진 참이다.

바로 이 지점에 위험이 도사리고 있다. 인물은 물론 작가에게도 위험한 순간이다.

수도 없이 많은 스릴러 소설이 미친 듯 내달리는 속도감을 끌어올리고자 의도적으로 삽입한 것이 뻔히 보이는 액션 장면들 때문에 무너져내린다. 이런 장면이 있다면 책은 책 이상의 존재가 되지 못한다. 작가와 독자가 손을 잡고 적극적으로 상상력을 펼치는 연합작전은 실패로 돌아간다. 손가락 인형을 움직이는 손가락이 드러난다. 계약이 깨지는 것이다. 독자는 더 이상 작가를 신뢰하지 않는다. 책갈피 뒤에 숨어 있던 현실 세계가 소설 속 세계로 밀고 들어온다. 소설의 한 가지 요소가 설득력을 잃는다면 나머지 요소 또한 설득력을 잃고 말 것이다.

그렇다면 어떻게 액션 장면을 이야기의 필수 요소 중 하나로 끌어안을 수 있을까? 어떻게 하면 이야기를 망치기보다 유리하게 작용하도록 만들 수 있을까? 몇 가지 확실한 방법이 있다. 형용사와 부사의 사용을 최소화하면서 속도감을 끌어올리는 것도 이런 방법 중 하나다. 같은 목적을 위해 문장 조각sentence fragment(독립된 문장이 될 수 없는 문장 성분을 말한다. ―옮긴이)을 활용할 수도 있다. 아니면 제한 시간을 설정하여, 인물이 가장 골치 아픈 상대나 장애물과 맞서 싸우는 한편 시간 자체와도 맞서 싸우게 만드는 것도 한 가지 방법이 될 수 있다.

그중에서 효과적이긴 하지만 종종 무시되거나 제대로 사용되지 않는 방법이 하나 있다. 바로 모든 감각을 활용하는 것이다. 무기는 햇살을 받으면 반짝이고 그늘진 곳에서는 위험해 보인다. 피에서는 불쾌한 맛이 난다. 싸움을 벌이는 인물의 피부는 땀투성이가 되어 미끌미끌하다. 땀에서는 냄새가 풍긴다. 뼈가 부러질 때는 특유의 소리가 난다. 거친 숨소리가 있을 수

내일 살해당할 것처럼 써라

도 있고 아픔을 이기지 못한 외침과 신음이 있을 수 있다. 풀이나 흙, 자갈 위를 걸어가는 발소리가 있을 수 있다. 우리에게는 시각과 미각, 촉각, 후각과 청각, 전부 다섯 가지 감각이 있다. 이 다섯 가지 감각은 모두 짧은 액션 장면에서도 손쉽게 이용할 수 있다. 글을 읽는 것만으로도 독자의 맥박이 빠르게 뛰도록 만들자.

한편 소설에 등장하는 폭력에 대해 말하자면, 나쁜 사건은 종종 너무 자주 일어난다. 열 쪽에 한 번씩 주인공이 방에 들어설 때마다 난타전이 벌어지거나 총격전이 벌어진다면 소설의 신뢰성은 크게 떨어지고 만다. 여기서의 요령은 다양한 종류의 액션 장면을 번갈아 활용하는 것이다. 90쪽에서 이미 멋들어진 칼부림 장면이 등장했는데 100쪽에 또다시 칼부림 장면이 나온다면 이야기가 주는 흥미가 떨어질 테니 말이다.

다양한 종류의 액션 장면을 번갈아 사용하는(그러므로 액션 장면을 좀 더 설득력 있게 만드는) 과업을 쉽게 만들어주는 한 가지 방법은 액션 장면을 종류별로 분류하는 것이다. 여기에는 주먹다짐이 있고 칼부림, 총격전, 독물 사용, 목 조르기가 있다. 폭력적인 사태를 일으키는 갖가지 방법으로 예를 든다면 물에 빠지기, 높은 곳에서 떨어지기, 자동차에 치이기, 동물에 잡아먹히기, 떨어지는 물건에 맞기 등이 있을 것이다.

추격 장면 또한 마찬가지다. 발로 뛰는 추격이나 자동차 추격이 있는가 하면, 지하철이나 공사 현장처럼 흥미로운 장소에서 펼쳐지는 추격이 있다. 인물이 부상당한 몸을 질질 끌며 적보다 한발 앞서 구명 무기를 손에 넣기 위해 움직이는 추격이 있고 물 위에서 배를 타고 벌어지는 추격, 헤엄을 치며 적을 쫓는 추격 장면도 있다. 그리고 시간 자체와 경주를 벌이는 종류의 추격 장면도 있다. 폭탄에 붙은 타이머의 시간이 가차 없이 줄어들고 있을 때 충분히 멀리 도망치거나 피난처를 찾기 위한 추격, 몸에 독이 치명적인 수준으로 퍼지기 전에 해독제를 찾기 위한 추격, 좀처럼 시동이 걸리지 않는 자동차의 시동을 거는 추격, 너무 늦어버리기 전에 기계나 장치를 작동시키기 위한 추격도 있다. 스릴러 소설 작가가 활용할 기회는 충분한 셈이다.

폭력이 일어난 이후의 장면을 쓰는 것도 효과적이다. 부서진 가구와 으스러진 뼈, 온갖 타박상과 치명적인 자상, 총알이나 산탄을 맞은 총상을 묘사하는 것이다. 폭력적인 장면을 인물의(그러므로 독자의) 머릿속에 다시 재현시키면서 그 마음속에 불안감을 조성하는 방법이다. 책을 읽고 불안감에 빠진 독자는 이미 책에 몰입했으리라.

안전하고 기분 좋은 공포감, 이는 스릴러 작가들이 성취하기 위해 고군분투하는 목표다. 그리고 스릴러 소설을 읽는 독자들이 바라마지 않는 것이기도 하다. 어린 시절 롤러코스터를 타면 얼마나 실없이 겁을 먹었는가? 그러다 롤러코스터가 서서히 멈추어 제자리로 돌아가기 시작할 때면 얼마나 안심이 되었는지! 그 순간 가장 먼저 하고 싶던 일은, 표를 한 장 더 사서 다시 한 번 롤러코스터에 오르는 것이었다. 정말 위협적이지 않은 위험은 중독성이 있다.

좋은 스릴러 소설도 마찬가지다. 독자는 다시 한 번 롤러코스터에 오르고자 한다. 그 작가의 다음 작품을 읽고 싶어 한다. 혹은 그 이전에 출간된 작품이 있다면, 그 작가의 작품 전체를 독파하고 싶어 한다.

그러므로 스릴러 소설을 쓰고 싶다면 그중에서도 긴장감은 물론 액션 장면과 속도감을 함께 갖춘 소설을 쓰고 싶다면, 독자가 책을 움켜쥐고 놓지 못하도록 치밀하게 계산된 여러 가지 방법을 활용해야 한다. 효과적인 방법을 기억하라. 액션 장면의 종류를 다양하게 만드는 방법. 그리고 그 장면을 쓸 때 모든 감각을 충분히 활용하는 방법이다.

다양화 전략의 효과는 단지 주식시장에만 적용되는 이야기가 아니다. 자신이 쓴 글을 읽으면서 이런 기술들을 적용했는지, 여러 가지 다른 종류의 액션 장면을 넣었는지 확인하라. 이런 전략은 독자들이 소설 속 세계를 믿도록 하는 데 도움이 된다. 애초에 독자는 소설 속 세계를 믿기 위해 책을 펼쳐 드는 것이다. 독자는 진심으로 기꺼이 속아주고 싶어 한다. 총격 장면이나 칼부림, 자동차 추격전이나 어두운 방에서 뒤통수를 맞는 장면이 두세 차례 연달아 등장하지 않도록 주의하라.

이런 일은 오직 현실에서만 일어나는 법이다.

지난 10년 동안 스릴러 소설은 가장 인기 있는 장르로 자리 잡았다. 그 이유를 이해하면 스릴러 소설을 쓰는 데 도움이 될지도 모른다.

가장 성공을 거둔 스릴러 소설을 몇 권 읽고 난 다음 액션 장면(혹은 그 여파를 다루는 장면)이 등장하는 부분을 표시한다. 그다음 작가가 반복의 단조로움을 피하기 위해 어떤 식으로 폭력의 종류를 다양하게 사용하는지 눈여겨 본다.

독자를 몰입시키기 위해 작가가 감각을 어떻게 활용하는지도 살펴보자. 살인이나 다른 종류의 폭력 범죄가 일어난 이후의 현장은 어떻게 묘사되는가? 이미 일어난 사건이 인물과 독자의 마음속에서 생생하게 재현되는가?

재미있는 스릴러 소설(혹은 어떤 종류의 소설이든)을 읽을 때면 시간을 두고 그 작품을 분석해보자. 그 소설이 재미있는 이유는 무엇인가? 가장 좋아하는 소설 열 편에 들어가지 못한다면 그 이유는 무엇인가? 재미없는 소설을 읽을 때에도 그 소설이 왜 재미없는지 밝혀내려고 노력하라.

좋든 싫든 간에, 우리가 읽는 모든 책은 우리에게 무언가를 가르친다.

주인공을 어떻게 위험에 빠뜨려야 효과적일까?

웨인 D. 던디

뛰어난 미스터리·스릴러 소설을 쓰면서 긴장감을 조성하고 싶다면 독자가 감정을 이입할 수 있는 인물을 위험에 빠뜨려라. 이는 오래전부터 잘 알려져 있는 비결이다. 그 인물은 독자에게 호감을 살 법한 희생자일 수도 있고, 주인공이 사랑하는 사람이거나 동료일 수도 있고, 말할 필요도 없이 주인공 그 자신일 수도 있다.

주인공이 위기에 처하면 극의 긴장감이 높아진다는 것은 분명하다. 그러나 글을 통해 그 위기 상황을 효과적으로 그려낸다는 것은 상당히 어려운 일이다. 특히 주인공이 시리즈물에서 계속 등장하는 경우 이 과업은 한층 어려워진다. 소설이

1인칭 시점으로 진행될 때 어려움은 두 배로 커진다. 1인칭 시점의 시리즈물에서 독자는 화자인 주인공이 어떤 무시무시한 위험에 처한다 해도 어떻게든 살아남게 될 것이라는 사실을 너무나 잘 알고 있기 때문이다. 1인칭 시점으로 소설을 쓸 때 "그리고 그들이 나를 죽였다."라는 문장으로 이야기의 결말을 맺을 수는 없는 노릇 아닌가.

그렇다면 어떻게 주인공을 위험에 빠뜨려야 할까? 독자들이 아주 조금이라도 몸을 움찔하게 만들기 위해서는, 최악의 결과에 대해 진심으로 걱정하게 만들기 위해서는 어떻게 해야 할까?

주인공을 위협하는 조건에서부터 이야기를 시작해보자. 여기서 필요한 것은 위험한 상황(이를테면 맹위를 떨치며 번지는 화재라든가 사납게 몰아치는 폭풍 같은) 혹은 설득력 있는 악당이다.

우선 악당, 즉 영웅에 대항하는 적수를 살펴보자. 악당은 사람을 죽이거나 심각한 상해를 입힐 수 있는 능력을 지녔거나, 그런 능력을 지닌 사람을 마음대로 부릴 수 있거나, 혹은 둘 다이다. 온갖 극악무도한 짓을 태연하게 해치울 수 있는, 위험하고 무자비한 사람이라는 사실이 이야기 안에서 이미 증명된 악당만큼이나 영웅 혹은 주인공의 능력치를 최대한 이끌어내며 독자의 긴장감과 불안감을 증폭시킬 수 있는 존재는 없을 것이다.

다들 어느 정도는 친숙하게 알고 있을 007 시리즈는 이

　　　　　　　　　　　내일 살해당할 것처럼 써라

점을 잘 보여주는 사례다(영화와 책 양쪽에서). 제임스 본드는 최악의 악당과 맞붙을 때 자신의 실력을 최고조로 발휘한다. 이런 악당으로는 블로펠드나 골드핑거나 그 부하인 오드잡이 있다. 독자는 본드가 다시 한 번 어떤 식으로든 악당을 물리치리라는 사실을 잘 알고 있다. 그러나 그 적수가 대항할 가치가 있는 상대라는 점이 제대로 표현된다면 결과가 뻔히 드러난 상황에서도 극의 긴장감과 영웅의 위기감이 조성된다. 그렇다, 독자는 본드가 결국에는 이 위기를 헤쳐나가리라는 사실을 알고 있다. 하지만 본드가 처한 위기가 충분히 실감 나게 그려진다면 독자의 마음속에는 "어떻게?"라는 의문이 떠오르며 그 결과 극의 긴장감이 형성된다.

좀 더 간접적인 원인으로 발생하는 위험, 이를테면 앞서 언급한 화재나 폭풍 같은 위험 또한 비슷한 방식으로 다룰 수 있다. 모든 독자는 이런 자연재해가 일으킬 수 있는 참상에 대해 이미 잘 알고 있으므로 이를 이용하여 위기감을 조성하는 일은 그리 어렵지 않다. 그다음 해야 할 일은 주인공 혹은 영웅이 어떻게 하다 이런 자연재해와 맞닥뜨리게 되었는지, 어쩌다 이런 재난을 겪을 위기에 처하게 되었는지 그 일련의 과정을 납득할 수 있게 그려내는 것이다. 이를 효과적으로 표현하는 문제는 어떻게 속도를 조절하는지, 또 어떤 단어를 사용하여 그 장면과 상황을 정확하게 포착해내는지로 귀결된다. 작가는 독자들이 직접 주인공의 자리에서 그 일을 경험하는 기분이 들도록 효과적으로 표현해야 한다.

이를 잘 나타내는 사례로 내 소설《값싼 피와 살And Flesh and Blood So Cheap》에서 이야기가 절정으로 치닫는 장면을 소개한다. 주인공인 사설탐정 조 한니발은 토네이도가 닥치는 길목에 꼼짝 못 하게 갇힌 자신을 발견한다. 주위에서는 뇌우가 몰아치고 있으며 조는 이미 사정없이 얻어맞고 난 후다.

나는 양팔로 무릎을 짚고 몸을 일으키려 애를 썼다. 다시 한 번 세이뮤가 떨어뜨린 권총이 생각났다. 필사적으로 몸을 이리저리 돌리면서 땅을 훑어보았다. 그 무기를 발견할 수만 있다면, 어떻게 해서든 권총 가까이 다가갈 수만 있다면······.

고무처럼 흐느적거리던 오른팔에서 힘이 빠지면서 나는 시가 모양처럼 길쭉하게 뚫린 배수로의 진흙 위로 코를 박았다. 오래전에 버려진 도로의 수로 같았다. 그때 무언가 이상한 기운이 느껴졌다. 폭풍이 몰아치는 소리가 변해 있었다. 마치 고도가 달라질 때처럼 갑자기 귀가 뻥 뚫리는 느낌이 들었다. 쉴 새 없이 몰아치는 바람 소리는 마치 좁고 긴 구멍을 억지로 통과할 때처럼 윙윙거리며 한층 높아졌다. 우박이 내 등과 다리를 휩쓸고 지나갔다. 바람이 돌진하는 열차처럼 성난 고함 소리를 내며 쇄도하기 시작했다. 수십 대의 열차가 수백 대로 늘어나, 어깨를 나란히 한 채 전속력으

내일 살해당할 것처럼 써라

로 달려들었다.

흙탕물에서 간신히 고개를 들고, 빗줄기와 주위를 온통 날아다니는 쓰레기 때문에 제대로 떠지지 않는 눈을 겨우 들어보니 바로 눈앞에 그것이 나타났다. 그것은 황야를 가로질러 내 쪽으로 똑바로 다가오고 있었다. 그 뒤로 번쩍하고 번개가 쳤다. 숨 막힐 정도로 극적인 광경이었다. 회색빛이 도는 검은 거대한 기둥이 꿈틀꿈틀하며 하늘과 땅을 연결하고 있었다. 높은 곳에서는 천둥과 번개가, 땅 언저리에서는 흙과 풀과 돌과 나무와 운 나쁘게도 그 길목에 있던 모든 것이 그 안으로 빨려 들어가고 있었다. 토네이도, 지구상에서 일어날 수 있는 가장 흉포한 자연현상이자 미국 중서부 지역에 여름마다 출몰하는 공포의 대상. 나는 토네이도가 휩쓸고 지난 후의 참상을 본 적이 있지만 그 토네이도의 목구멍 안을 직접 들여다본 적은 한 번도 없었다……

내가 의도한 바가 제대로 전달되었다면, 독자들은 자신이 이미 토네이도에 대해 알고 있는 사실에다 이 파괴적인 힘이 돌진해오는 동안 한니발이 직접 보고 느끼는 광경을 덧붙여 이 장면을 상상하게 될 것이다. 그 결과 위기감이 증폭되어 최상의 효과를 발휘하게 된다.

항상 명심할 것은 인물과 장면을 생생하게 그려내야 한다는 점이다. 그와 동시에, 독자 스스로 그 장면에 자신의 경험을 덧붙여 상상하도록 만드는 일을 두려워해서는 안 된다. 다시 말해 독자들에게 모든 것을 '말해주지' 않는 편이 더 좋을 때도 있다는 뜻이다. 독자에게 무언가를 '보여주고' 그다음 독자가 스스로 결론을 도출하도록 내버려두라.

이 점을 강조하기 위해 다시 한 번 악당에게로 되돌아가자. 작가가 해서는 안 되는 일은 이런 인물을 "비열하며 사악하고 극히 위험한 살인마 박사"라고 소개하는 것이다. 이런 설명을 통해서는 독자가 상상력을 펼칠 만한 그 어떤 토대도 마련할 수 없으며 진정한 공포심을 심어 줄 수 없다. 이런 표현으로는 살인마 박사를 왜 두려워해야 하는지, 그가 왜 극히 위험한 인물인지 아무런 근거를 제시할 수 없기 때문이다. 이런 소개가 효과를 발휘할 수 있는 유일한 경우는 소설 속 다른 인물의 입을 통해서, 대화를 하는 중에 이 말을 하게 만드는 것이다. 그러나 악당에 대한 두려움을 심어줄 수 있는 가장 효과적인 방법은 그 악당이 극악무도한 짓을 태연히 저지르는 모습을 보여주는 핵심 장면을 켜켜이 쌓아 올리는 것이다. 그러면 소설 속에 벌어지는 사건을 통해 그가 왜 위험한 인물인지 그 이유가 분명하게 드러나면서, 독자는 작가가 의도한 결론을 스스로 도출하게 될 것이다. 그런 다음 주인공을 악당과 대면시킨다면, 이미 영웅의 위기감을 조성하기 위한 기초 작업은 끝난 셈이다.

시리즈물이 아닌 단행본 스릴러 소설에서는 앞서 설명한

방법을 한층 쉽게 적용할 수 있다. 독자는 주인공이 이 모든 사건을 겪고도 살아남을 것인지 확신할 수 없으며 그 덕분에 긴장감은 한층 높아진다. 하지만 그러한 불확실성은 대개 독자의 마음속에서만 나타나는 차이다.

그러므로 적절한 위기감을 조성하기 위해 장면을 만들고 인물을 창작하는 과정 자체는 시리즈물이나 단행본 소설이나 상관없이 기본적으로 똑같이 이루어져야 한다.

마지막으로 정리하자면 이렇다. 가장 효과적으로 주인공을 위험에 빠뜨리기 위해서는 독자가 납득할 수 있는 위협적인 악당 혹은 상황을 만들어내야 한다. 최고의 효과를 내기 위해 장면을 생생하게 묘사하라. 플롯 요소를 적절한 속도에 따라 층층이 쌓아 올리라. 그리고 적절한 순간 독자가 그 사건을 직접 체험하고 있다는 기분을 맛볼 수 있도록, 그 사건을 '말하지 말고' 보여주라.

| 실전 연습 |

이 연습은 쉽고 시간도 얼마 걸리지 않으며 어떤 장르, 어떤 상황에도 적용 가능하다. 무엇보다도 이 연습을 통해 작가로서 자신이 쓴 글을 되짚어보며 글이 독자에게 불러일으킬 효과를 판단해볼 수 있을 것이다.

우선 자신에게 깊은 인상을 남긴 책이나 영화에서 한 장면(혹은 한 단락)을 고른다. 극적인 장면일 수도 있고 로맨틱한 장면일 수도 있고 액션 장면일 수도 있고 익살스러운 장면일 수도 있다. 아무것이나 좋아하는 장면을 고른다. 연습을 마치고 비교할 수 있도록 그 작품의 원본(책이나 DVD)을 계속 곁에 두는 편이 좋다.

일단 장면을 하나 고르고 난 다음에는 연습을 끝마치기 전까지 다시 읽거나 보지 않는다. 이 연습의 목표는 그 장면을 처음 보았던 그대로 재구성하는 것이 아니다. 특히 책에서 한 장면을 골랐다면 문장 하나하나를 똑같이 쓸 필요가 없다. 목표는 그 장면의 핵심, 즉 왜 그 장면이 마음에 들었는지, 왜 그 장면이 기억에 깊은 인상을 남겼는지를 자신만의 언어로 포착해내는 것이다. 그리고 자신의 글솜씨로 똑같은 인상을 전달할 수 있는지 확인하는 것이다.

자신의 언어로 그 장면을 만족스럽게 완성하고 난 다음 원본을 찾아 비교해본다. 대사를 틀리게 쓰지 않았는지, 이름이나 머리카락 색이나 옷차림 같은 세부 사항이 맞아떨어지는지는 중요하지 않다. 실제로 이런 사소한 문제에 대해서는 마음대로 지어내는 편이 더 좋다. 중요한 문제는 이것이다. 그 장면을 인상 깊게 만들었던 요소, 말하자면 극적 효과와 인물의 감정, 흥분감, 웃음 등을 만족스러운 수준까지 포착해냈는가? 같은 장면을 재구성한 나의 글이 다른 독자에게도 깊은 인상을 남길 수 있는가?

내일 살해당할 것처럼 써라

이 두 가지 질문에 진심으로 그렇다고 대답할 수 있다면 미래의 독자를 만족시킬, 그리고 그들의 마음에 깊은 인상을 남길 자신만의 독창적인 작품을 만드는 데 한 걸음 더 다가선 셈이다. 깊은 인상을 남기는 글을 쓸 수 있을 때까지 다른 작품, 다른 장면을 골라 연습을 되풀이한다.

옛 금언에 따르면 진정한 재능을 지닌 작가라면, 처음에는 비록 다른 작가의 표현 양식을 의도적으로 흉내 내며 글을 쓰기 시작했더라도 끝내 자신만의 재능과 표현 양식을 찾아 빛을 발하게 된다고 한다. 나는 이 말에 진실이 깃들어 있다고 믿는다. 글을 쓴다는 것은 이미지와 단어와 사건을 전달하는 것이며 이 모든 것을 한데 묶어 이야기라는 형태로, 나아가 깊은 인상을 남기는 이야기라는 형태로 전달하는 것이다. 이 과업을 완수하기 위해서라면 솜씨를 연마하기 위해 어떤 방법을 쓰더라도 상관없다. 궁극적으로 자신의 목소리를 찾아낼 수 있기만 하면 되는 것이다.

독자를 만족시킬 반전을 구상하자

멕 가드너

전환점이 없는 장면은 장면이라 할 수 없다. 적어도 한 인물의 운명이 어떤 식으로든 바뀌지 않는다면 글은 다만 설명, 대화, 묘사에 그칠 뿐이다. 이 글이 하나의 장면으로 변모하는 것은 오직 무언가가 변화할 때뿐이다. 쾅!

전환점은 장면의 끝자락에 등장해야 한다. 그리고 소설은 이 전환점에서 일어나는 변화와 상황 전환을 통해 앞으로 나아간다. 한 장면의 초고를 쓰기 시작할 때부터 전환점에서 뜻밖의 반전을 일으키려고 계획을 세워둘 수도 있다. 장면이 어슬렁어슬렁 진행되다가 난데없이 주인공이 자신이 비밀리에 결혼했다고 발표하는 것이다. 혹은 조그마한 스쿠터를 타고 달

내일 살해당할 것처럼 써라

리던 남녀가 모퉁이를 돌자마자 절벽으로 곤두박질친다거나.

뜻밖의 반전은 독자에게 큰 즐거움이 될 수 있다. 하지만 반전이 일어나기 전까지 모든 것이 그저 평범하기만 하다면 작가로서 우리는 할 일을 제대로 해내지 못한 셈이다. 독자를 사로잡기 위해서는 중요한 장면 안에 작은 전환점들을 마련해야 한다. 작은 전환점이란 단서들이 예상치 못하게 들쑥날쑥 나타났다 사라지며 인물들의 기대와 감정을 쥐락펴락하는 곳이다. 별것 아닌 것이 묘하게 마음에 걸리는 것으로 변모하는 곳. 여기에서 불안감과 긴장감이 높아진다.

독자들이 좋아하는 것은 바로 이런 부분이다. 범죄 소설을 읽는 전율과 매력이 여기에 있다. 독자는 거대한 압박에 짓눌리고 위기에 몰리면서 신체적으로, 정서적으로, 도덕적으로 고군분투하는 소설 속 인물에 대리 만족을 느낀다. 그러므로 우리는 독자가 이입할 수 있는 인물을 만들어 그 인물을 위험에 빠뜨려야 한다. 그러면 독자는 인물의 뒤를 쫓아 끝까지 따라올 것이다.

나는 어떻게 장면 안에서 긴장감의 나사를 조여야 하는지 시행착오를 거치며 배웠다. 《차이나 호수China Lake》의 초고를 쓸 무렵 그랑기뇰Grand Guignol(19세기 말 파리에서 유행한 잔혹한 소재를 다루는 연극을 가리킨다. ―옮긴이)풍으로 정보를 전달하는 장면이(좋다, 설명 장면이다) 하나 있었다. 이 장면에서 여주인공인 에반 델라니는 자신의 시누이가 다니는 과격파 목사가 이끄는 교회의 예배에 참석한다. 설교를 듣던 중 에반은 이 교회가 종말론파에 속한다는 사실을 깨닫는다. 다음 순간 한 남자가 고함을 지르기 시작한다. 남자는 목사에게 밑도 끝도 없이 터무니없는 소리를 지껄이다가 교회 밖으로 뛰쳐나가고, 난장판 속에서 예배는 끝난다.

극적인 마무리다. 하지만 그래서 어쨌다는 말인가? 에반은 구경꾼일 뿐 아무런 행동에 나서지 않았다. 행동도, 주인공을 쥐락펴락하는 움직임도, 아무것도 없었다.

다음번에 이 장면을 수정하면서, 나는 에반에게 큰 장애물을 던져주었다. 에반은 예배를 참관하고 있었던 것이 아니다. 에반은 그 상점처럼 생긴 교회의 뒤편에 숨어 있었다. 자신이 환영받지 못하는 존재라는 사실을 알고 있었기 때문이다. 다음 순간 에반은 광신적인 한 신자에 의해 외부인이라는 정체가 발각된다. 군중 사이의 분위기가 험악해진다. 에반은 시누이에게 도움을 청하지만 목사는 시누이에게 압박을 가한다. 사탄을 물리쳐라…… 즉 에반을 물리쳐라. 에반은 시누이에게 애걸한다. 제발 도와줘. 우리가 아직 친구라는 사실을 보여줘. 우리가 아직 가족이라는 사실을 보여줘. 하지만 시누이는 성난 군중이 에반에게 덤벼들도록 내버려둔다. 깡패 같은 경비원이 에반을 잡아채고는 통로 아래로 끌어낸다. 에반은 길거리로 쫓겨나게 되길 바라지만 최악의 경우 집단 폭행을 당하게 될지도 모른다. 군중이 에반에게 한 걸음 다가선다. 그 순간 한 남자가 불쑥 고함을 지르면서 등장한다.

남자가 등장하면서 장면은 그대로 멈춘다. 에반은 아직 구출되지 않았다. 불쑥 들어온 침입자는 옷차림이 단정치 못하고 험악한 분위기를 풍긴다. 술에 취했을 가능성도 있으며 어디가 아픈 것이 분명해 보인다. 어쩌면 전염병에 걸렸을지도 모른다. 무시무시해 보이는 남자다. 아이고, 무서워라.

이것이 두 번째 수정 원고였다. 나는 여전히 이 장면에 무언가 부족하다는 사실을 깨달았다. 세 번째 수정 원고. 미친 듯이 소리를 지르던 남자는 경비원에게 붙잡히고 만다. 남자는 경비원을 뿌리친다. 밖으로 도망친다.

여전히 무언가 부족해. 다시 쓴다. 남자는 줄곧 종잡을 수 없는 말을 큰 소리로 떠들어댄다. 경비원은 남자의 멱살을 잡고 교회 밖으로 끌어낸다. 끌려 나가지 않기 위해 남자는 에반을 붙잡는다. 남자의 손아귀에 붙잡힌 채 에반은 이 정신 나간 듯이 보이는 남자가 고열이 나고 기침을 한다는 사실을 알아차린다. 두 사람은 상점처럼 생긴 교회의 진열창을 향해 비틀거리다가 그대로 유리창을 부수고 밖으로 나간다.

나는 만족했다. 독자가 계속 책장을 넘기도록 만든 것이다.

이미 눈치챘는가? 작은 전환점을 쌓아 올리다 보니 인물이 살아나며 활기를 띠었고 인간관계가 위기에 몰렸으며 장면이 한층 훌륭한 결말로 마무리되었다. 내가 다음 연습의 가치를 높이 평가하는 것은 바로 이런 이유 때문이다.

1단계

어떤 장면을 위한 착상을 떠올린다. 전환점이 하나 있는 아주 기본적인 장면이다. A지점에서 B지점으로 이동하는 장면. 대략의 길을 터놓는다.

- A에서 B : 여주인공은 가장 친한 친구의 집에 살인자가 침입했다는 사실을 알아낸다. 주인공은 그 집으로 달려가 친구가 살해당하는 일을 막으려 한다. 초고에서 곧장 친구의 집으로 달려간 여주인공은 문을 부술 듯한 기세로 집 안으로 들어가서 하마터면 살해당할 뻔한 친구를 구해낸다.

2단계

이제 다시 처음으로 돌아가 이 길에 온갖 장애물과 뜻밖의 요소를 채워 넣는다. 길을 구불구불하게 만들라. 주인공이 가는 길을 가로막으라. 물리적인 방해 요소와 심리적인 방해 요소, 우연에 의한 방해 요소, 누군가 의도한 방해 요소를 번갈아가며 던져 넣으라. 무너뜨리고 방해하라. 산사태를 일으키라. 언어의 산사태, 말 그대로 진짜 산사태, 감정의 산사태를 일으키라.

- **방해 요소**: 이제 그 안에 장애물을 채워 넣자. 장면 전체에 걸쳐 주인공에게 압박을 가하고 주인공이 하고자 하는 일을 방해하면 그 장면의 불안감과 긴장감을 높일 수 있다.

  여주인공은 살인자가 친구의 집에 있다는 사실을 알아차린다. 전화를 걸어 친구에게 경고를 해주려 하지만 전화선이 끊겨 있다. 직접 가는 수밖에 없다. 오토바이의 시동이 걸리지 않는다. 여주인공은 철사를 이용하여 오토바이의 시동을 걸고 도로를 질주한다.

  눈앞에 친구의 집이 보인다. 하지만 트럭 한 대가 길 한복판에 비스듬히 세워져 도로 전체를 막고 있다. 주인공은 오토바이를 버리고 꽉 막힌 자동차들 사이를 달리기 시작한다. 경찰에 전화를 한다. 경찰은 출동하겠다고 말하지만 그들 또한 길이 막혀 사고 현장에 오지 못한다.

  이제 모든 것은 여주인공에게 달려 있다. 집에 도착하니 현관문이 활짝 열려 있다. 너무 늦은 것일까? 안으로 들어간다. 살인자는 여주인공보다 한 발 앞서 있다. 무기를 찾아야만 한다. 전기드릴을 움켜쥐지만 전원이 나가 있다. 야구방망이를 찾아 계단을 뛰어오른다. 문이 닫혀 있다. 그런 다음······.

나머지는 당신의 손에 달려 있다.

섹스 신을
활용할 때는
맥락이 중요하다

비키 헨드릭스

실망시키고 싶지는 않지만 섹스 신을 쓰는 일은 실제로 그 행위에 참여하는 것만큼 재미있지 않다. 이미 그 정도는 눈치챘겠지! 범죄 소설에서든 주류 소설에서든 섹스 신은 기본적으로 다른 어떤 장면과도 다를 바가 없다. 다만 대체로 대화가 좀 덜 나온다는 차이가 있을 뿐이다. 섹스 신은 저속한 단어에서 낭만적인 단어, 생리적인 단어에 이르기까지 그에 특화된 어휘가 필요하다는 것 외에는 일반적인 장면과 다를 바 없으며, 다른 장면과 마찬가지로 장면으로서의 역할을 수행해야 한다. 즉 인물을 전개하고 플롯을 움직이며 주제 의식을 다져야 하는 것이다. 일반적으로 섹스 신에는 두 인물이 등장하기 마련인

내일 살해당할 것처럼 써라

데, 사실 그것도 상상력에 따라 얼마든지 달라질 수 있다(경고: 동성 간의 섹스 신은 대명사를 사용하는 문제로 인해 엉망이 될 수도 있다). 성행위 자체는 평범한 행위에서 비정상적인 행위까지 여러 가지 종류가 있을 수 있으며 성교 자체가 반드시 이루어져야 한다는 법도, 항상 아름답게 묘사되어야 한다는 법도 없다.

지난 20년간 가장 호평을 받은 섹스 신 중 하나는 해리 크루스Harry Crews의《몸Body》에 등장한다. 이 장면에서 비만인 젊은 처녀는 자신의 집 욕조에서 '피부 기술자'라 자칭하는 강박적인 성격의 근육질 남자에게 유혹당한다. 처음에 나는 이 장면을 아름답지 않은 섹스 신의 사례로 소개할 생각이었다. 하지만 크루스의 독창적인 유머 감각과 묘사 솜씨 덕분에 이 장면은 보는 이의 눈에 기이한 섹시함을 불러일으키는 장면으로 탄생했다.

이야기가 한창 진행되는 중 등장하는 섹스 신에서는 굳이 애쓰지 않아도 인물을 발전시키고(제이슨 스타Jason Starr의《비틀린 도시Twisted City》에 나오는 자위 장면은 유쾌한 방식으로 인물의 성격을 잘 보여준다) 주제 의식을 다져야 하는 작가의 책무가 자연스럽게 성취된다. 하지만 플롯을 앞으로 움직인다는 책무를 다하기 위해서는 무언가 변화를 일으키는 장면의 흐름과 절정이, 그러니까 두 종류의 절정이 장면 안에 존재해야만 한다(하지만 꼭 그럴 필요는 없다). 섹스 신에서는 대개 명료한 대화를 넣기 어려우므로 장면 안의 흐름을 만드는 갈등을 쌓기 위해 서브텍스트가 극히 중요한 역할을 담당하게 된다. 그 장면의 갈등이 주로 주인공의 내면에서만 일어나는 갈등이라 해도 이는 행동을 통해 넘쳐 나와야만, 즉 표출되어야만 한다.

섹스 신을 쓰는 일이 다른 장면을 쓰는 일과 별반 다를 바 없듯이, 범죄 소설에서의 섹스 신 또한 주류 소설에서의 섹스 신과 특별히 다를 것이 없다. 단지 범죄 소설에서는 섹스에 대한 욕망이 범죄와 연관되기도 하고 혹은 그 욕망이 발전하여 범죄를 저지르는 지경까지 이르기도 한다. 제임스 M. 케인James M. Cain의《포스트맨은 벨을 두 번 울린다The Postman Always Rings Twice》중 프랭크와 코라가 처음 만나는 장면에서 맛보기로 살짝 등장하는 섹스 신을 생각해보자. 케인의 시대에는 키스 이상의 행위를 표현할 수 없었지만(이 장면의 경우 키스라기보다 깨물기라고 할 수 있겠다) 케인은 몇 가지 작은 세부 사항을 그려내는 것만으로도 두 사람의 뜨거운 열정을 충분히 전달하면서 독자로 하여금 이 두 사람이 코라의 남편을 죽이지 않고서는 만족할 수 없게 되리라 짐작하게 만든다.

또 다른 사례로, 주인공은 성행위를 통해 다른 인물을 교묘하게 조종하거나 혹은 자신의 주도권을 내주길 바랄 수도 있다. 작가의 솜씨가 특히 능수능란한 경우 소설의 주인공과 적대자가 성행위를 하면서 갈등을 증폭시킬 수도 있다. 이 점을 가장 감각적으로 전달하는 흥미로운 섹스 신이 제임스 W. 홀James W. Hall이 쓴 첫 번째 소설《대낮의 잠복Under Cover of

내일 살해당할 것처럼 써라

Daylight》에 등장한다. 여기에서 오랫동안 원수처럼 지내던 두 사람은 잠시 동안이나마 적개심을 극복하고 현실감 넘치는 멋진 섹스를 나눈다. 연결과 단절은 플롯을 복잡하게 뒤얽히게 만드는 요소이며, 따라서 말 그대로 몸을 결합하는 일은 플롯의 변화와 전개를 일으키는 극적인 행동이 될 수 있다.

내 소설인《마이애미 순결Miami Purity》에서 주인공은 섹스에 집착하는 스트리퍼다. 이 작품에 등장하는 수많은 섹스 신은 주인공의 성격을 보여주는 한편 주인공이 조종당하고 있다는 사실을 스스로 깨닫지 못하게 하는 도구로 작용한다.《잔혹한 시Cruel Poetry》의 주인공은 어디에도 소속되지 않은 창녀다. 그녀는 매혹적인 성적 매력을 이용하여 다른 두 인물을 퇴폐적이고 위험한 생활에서 벗어날 수 없도록 잡아둔다.

섹스 신을 쓸 때는 미리 충분한 서브텍스트를 구축해두는 일이 특히 중요하다. 그래야 독자가 성행위를 흥미진진하며 감정적인 의미를 지닌 행위로 읽어낼 수 있다. 인물이 일단 옷을 벗고 나면 제대로 설명할 시간이 없다. 여기 소개하는 연습을 할 때는 서브텍스트에 중점을 두도록 하자. 그러면 섹스 신이 정당한 존재 이유를 지니며 어느 누구도 그 장면이 불필요하다고 떠들 수 없을 것이다. 최상의 결과를 위해 이미 잘 알고 있는 두 인물을 활용하라.

| 실전 연습 |

1단계

A단에는 주인공이 변화하거나 발전하기 위해 반드시 느껴야만 하는 동기나 두려움, 희망, 믿음, 후회 등의 감정을 적는다. 여기서 발생하는 주인공의 변화와 발전은 플롯을 앞으로 이끄는 역할을 하게 된다. 이야기가 한창 진행되는 중이라면 인간관계의 변화나 자기인식에 대한 변화가 중요하다. 주인공의 변화 혹은 발전은 절정 장면에서 반전으로 나타날 수도 있다. B단에는 A단에 적은 항목을 극적으로 표현할 수 있는, 성적인 속성을 지닌 행동과 대화를 적는다.

2단계

이제 표를 치워버리고 꿈속으로 들어가자. 장면을 상상하라. 장소와 분위기, 인물의 모습과 서로 뒤엉키는 몸을 상상한다. 그 장면을 쓴다. 주인공이 행동하고 다른 인물이 반응하도록 만들라. 글이 막히는 경우에만 앞서 만들어놓은 표를 참고한다.

내일 살해당할 것처럼 써라

6장

퇴고

체계적인
원고 검토
단계를 만들자

잰 브로건

작가마다 새로운 소설에 착수하는 방법은 그야말로 각양각색이다. 어떤 작가는 쓰기 시작하기 전에 인물들의 일대기를 상세하게 작성하고 플롯의 개요를 세부적인 부분까지 미리 계획해둔다. 어떤 작가는 아무런 계획도 세우지 않으면서, 이야기에서 인물이 자신의 운명을 스스로 결정하므로 이를 그대로 전달만 하면 된다고 주장한다. 이 중 어느 부류이든 간에 글을 고쳐 쓸 때만큼은 체계적인 방식을 따르는 편이 좋다.

나는 신인 작가들에게 초고를 쓸 때는 할 수 있는 한 빨리, 헐겁게 작업하라고 충고한다. 스스로 기준을 낮추면 자기 비판의 여지를 두지 않은 채 한층 창의적으로 작업할 수 있기 때문이다.

어떻게 보면 초고를 쓰는 일은 천을 짜는 일과 같다. 작품을 만들기 위한 기본 재료를 만들어내는 일인 셈이다. 일단 충분히 만들고 난 다음에는 천을 재단하고 천 조각을 꿰매어 붙여 옷을 만들기 위한 본 혹은 설계도가 필요하다.

작가가 한창 초고를 작업하는 중에는 글쓰기 모임에서 듣는 조언이나 마음속 비평가가 하는 조언을 제대로 판단해내기가 어렵다. 아직 플롯과 인물을 어떻게 전개할 것인지 수많은 가능성을 두고 저울질하며 결정을 내리는 중이기 때문이다. 이때에는 고치길 꺼리는 경향, 즉 필요한 조언마저 거부하는 경향이 나타나기도 하고 지나치게 고치고 싶어 하는 경향, 즉 반사적으로 무조건 바꾸고 보려는 경향이 나타나기도 한다.

그러므로 문제는 다음과 같다. 초고에서 좋은 착상과 나쁜 착상을 구분하는 기준, 또한 이야기에 등장하는 장과 장면에 대해 도움이 되는 비판과 도움이 되지 않는 비판을 구분하는 기준을 어떻게 잡을 수 있을까? 그리고 원고를 고쳐 쓸 때 체계적으로 결정을 내리고 수정이 필요한 부분을 파악할 수 있는 가장 효과적인 방법은 무엇일까?

나는 원고 검토 단계를 체계적으로 수립해야 할 필요가 있다는 사실을 깨달았다. 또한 영화 시나리오에서 사용하는 4막 구조를 도입하면 이야기의 느슨한 부분과 한층 강조하여 고조해야 하는 장면을 찾아내는 데 큰 도움이 된다는 사실을

내일 살해당할 것처럼 써라

알게 되었다.

체계적인 퇴고 과정을 통해 그 목적지가 확실하면서도 독자가 계속 책장을 넘길 수 있게끔 속도감을 유지하는 미스터리 소설을 쓸 수 있다. 작가마다 초고를 쓰는 방식이 다른 것처럼 퇴고를 하는 방식도 천차만별이리라. 하지만 내 경우 '원고와 원고 사이'라고 부르는 이 방법을 통해 마치 기적과 같은 결과물을 얻을 수 있었다.

실전 연습

시작하기에 앞서 큰 서류 봉투 네 장과 편지지 크기의 종이 한 묶음, 그리고 펜이나 연필을 준비한다. 그리고 초고를 완성한 지 적어도 사흘쯤 지난 후에, 가능하다면 2주 후에 원고 전체를 인쇄한다.

1단계

네 장의 서류 봉투에 1막, 2막, 3막, 4막이라고 꼬리표를 붙인다.

2단계

인쇄한 원고와 다른 준비물을 챙겨 책을 읽기에 좋을 법한 조용한 장소를 찾아 편안하게 앉는다. 가능하다면 초고를 썼던 장소와 멀리 떨어진 곳이 좋다(나는 겨울이면 난롯가에 앉고 여름이면 방충망을 쳐놓은 베란다에 앉는다).

3단계

인쇄한 원고를 여기 소개하는 지침에 따라 4개의 부 혹은 막으로 나눈다. 각 막은 전환점에서 끝을 맺어야 한다(하지만 정확히 어느 지점에서 원고를 나누어야 하는지 너무 고민하지 않아도 좋다. 작업을 다 마치고 나면 어쨌든 다시 한 번 원고를 나누어야 할 테니까).

- 1막: 일반적으로 전체 원고의 20퍼센트에서 30퍼센트를 차지한다. 이야기에 시동을 거는 준비 단계다.
- 2막: 전체 원고의 30퍼센트에서 40퍼센트를 차지한다. 이야기의 중간 지점, 즉 이야기를 새로운 방향으로 이끄는 전환점에서 끝을 맺어야 한다.
- 3막: 전체 원고의 30퍼센트에서 40퍼센트를 차지한다(이는 2막의 양에 따라 달라진다). 반전에서 절정에 이르는 사건들을 차곡차곡 쌓아간다.
- 4막: 전체 원고의 10퍼센트 혹은 그보다 적은 분량을 차지하는 해답 편. 여기서는 내용의 미진한 부분을 매듭짓고 어떤 단서들이 어떻게 모여 사건이 해결되기에 이르렀는지를 설명하며 이 사건을 통해 주인공이 무엇을 배웠는지, 혹은 무엇을 얻

었는지 이야기한다.

4단계

초고의 1장부터 천천히 읽어나가면서 각 장마다 수정이 필요한 부분들을 상세하게 기록한다. 누구를 지칭하는지 애매모호한 대명사부터 시작하여 인물 전개에 대한 문제까지, 고쳐 써야 한다고 생각되는 문제라면 어떤 것이라도 지적해도 좋다. 생각이 떠오르는 대로 새로운 착상을 덧붙인다. 이를테면 "X한테는 깊이가 필요해, Z와 실패한 관계를 암시할 것", "여기에서 독약에 접근할 수 있는 길을 열어둘 것" 같은 식으로 쓰면 된다. 종이의 왼쪽 여백에는 원고의 쪽수를 기록해둔다. 장 전체에 적용되는 수정 사항일 경우에도 그 생각이 가장 처음 떠오른 쪽수를 기록한다. 수정 사항을 기록한 종이를 장별로 묶어 철해둔다. 철한 종이 뭉치를 각각 해당되는 막의 서류 봉투에 넣는다.

장별로 수정 사항이 몇 개인지는 중요하지 않다. 중요한 점은 수정 사항을 손으로 직접 기록하는 것이다. 수많은 연구에 따르면 손으로 글씨를 쓸 때에는 컴퓨터로 글을 쓸 때와는 다른 뇌 부분이 자극된다고 한다. 그리고 내 경험에 따르면 이렇게 수정 사항을 기록하는 작업이 절반에서 4분의 3 정도 진행되었을 무렵 기적이 일어난다. 불현듯 뒤죽박죽으로 섞인 실수를 명료하게 간파할 수 있게 된다. 소설을 통해 내가 무슨 말을 하고 싶은지를 정확하게 알게 된다. 각 인물의 역할과 여정이 뚜렷하게 그 모습을 드러낸다. 이야기에 대한 새로운 확신과 함께 강렬한 목소리를 발견하게 된다. 검토 과정에서 적어놓은 수정 사항 중 어떤 것을 받아들이고 어떤 것을 버려야 하는지를 분명하게 판단할 수 있게 된다.

5단계

다시 컴퓨터로 돌아가자. 술집이나 식당에 앉아 친구에게 이 이야기를 처음 들려준다고 생각하며 이야기를 풀어낸다. 세부 사항을 일일이 설명하느라 이야기가 지체되지 않도록 한다. 핵심은 생각을 효율적으로 간소화하여 정리하는 것이다. 플롯에 구멍이 있다면 이 단계에서 그 구멍이 발견될 것이다. 이야기에 두서가 없다면 그 점을 확실하게 알게 될 것이다. 이야기 구조가 명료하게 자리 잡게 될 것이다.

6단계

이 단계에 이르면 어떤 장이나 장면을 삭제하거나 덧붙이고 싶은 생각이 들 것이다. 원고를 다시 나누고 이 장을 이 막에서 저 막으로 옮기고 싶을 것이다. 소설의 개요와 장별로 작성한 수정 사항을 참고하여 책 전체에 대한 개괄적인 수정 계획을 세우자.

플롯 구조상의 변화 같은 큰 수정 사항에만 집중하라. 이를테면 인물이 추가되거나 합쳐지거나 하는 문제, 단서를 재배치하는 문제, 소설 전체에 걸쳐 주제를 어떻게 표현해야 하는지에 대한 문제 등이다. 이미 장별 기록에 상세히 적어둔 수정 사항을 장황하게 늘어놓을 필요는 없다.

7단계

이 수정 계획과 소설 개요, 앞서 작성한 장별 수정 사항 기록으로 이제 두 번째 원고를 쓸 청사진을 마련한 셈이다. 각 막을 고쳐쓰기 전마다 나는 전체적인 수정 계획을 다시 읽어본다. 그다음 장별 수정 사항을 참고하여 글을 고쳐 쓰면서 문제를 해결할 때마다 그 항목에 확인 표시를 한다. 이따금 수정 사항이 불필요하다고, 원래 썼던 방식이 더 좋다고 결정을 내리기도 한다. 그것도 나쁘지 않다. 이 퇴고 과정도 완벽한 것은 아니기 때문이다.

수고가 많이 드는 방법으로 여겨질 수도 있다. 하지만 여러 가지로 시행착오를 거친 끝에 나는 이 방법을 사용하는 편이 결과적으로는 훨씬 시간을 절약할 수 있다는 사실을 알아냈다. 게다가 이 방법을 이용하면 아무 성과도 얻지 못한 채 끝도 없이 글을 고쳐 쓰는 괴로움을 겪지 않아도 된다.

개요와 다르게 전개된다면 거리를 두고 원인을 파악하자

브라이언 에븐슨

그저 괜찮은 책과 훌륭한 책을 가르는 차이는 고쳐쓰기에서 나온다. 바로 세부 사항을 올바르게 표현하게 위해 시간을 들이는 작업이다. 고쳐 쓰는 데 시간을 충분히 들인다면 현실감 넘치는 대화, 일관성 있게 전개되는 사건, 명쾌하고 정확한 묘사, 소설의 내용과 딱 맞아떨어지는 분위기를 만들어낼 수 있다.

미스터리와 범죄 장르에서 고쳐쓰기는 특히 중요하다. 이런 장르의 소설에서는 이야기를 얼기설기 이어놓은 부분이 보이는 순간, 혹은 이제 무슨 사건이 벌어질지 작가가 무심코 누설해버리는 순간 책을 읽는 독자의 즐거움을 한순간에 망칠 수 있기 때문이다. 이런 실수가 발생하면 독자는 작가의 권위

내일 살해당할 것처럼 써라

를 불신하게 되며 소설의 진정성은 의심의 늪으로 빠져버리고 만다.

이따금 작가는 독자의 이런 불신을 역이용하기도 한다. 독자가 상황의 진실성이나 어떤 인물의 말에 의심을 품도록 만들어야 하는 경우다. 하지만 이 도구는 절대 낭비되는 일 없이 아주 조심스럽게 사용되어야만 한다.

장편이든 단편이든 이야기를 쓸 때 나는 초고에서 이야기의 역학 관계와 플롯을 제자리에 담아내려고 노력한다. 사건이 일어나는 순서는 물론 무슨 사건이 일어나는지, 어떤 갈등이 빚어지게 될지를 기본적으로 설정하고 각 인물에 대한 인상과 인물 사이의 인간관계를 결정한다. 이 목표를 모두 달성하고 나면 견고하고 안정된 이야기의 뼈대가 마련된 셈이며, 그다음에야 나는 이 뼈대를 토대로 삼아 그 주위에 이야기의 살과 피부를 붙여나갈 수 있다. 애초에 이야기의 뼈대가 제대로 자리 잡혀 있지 않으면 독자를 납득시킬 만큼 생명력이 있는 작품을 쓰는 일은(특히 장편 소설의 경우) 한층 어려워질 수밖에 없다.

그다음 원고를 고쳐 쓰는 동안, 나는 주로 이런 문제에 대해 고민한다. 이야기의 속도는 적절한가? 어떤 인물이 그 인물 특유의 어휘를 사용하는가? 세부 사항들이 어떻게 서로 연결되어 작용하는가? 어떤 사실이 언제, 누구의 입을 통해 밝혀지는가? 나는 소설의 모든 요소가 자연스럽게 어우러지며 이야기를 쌓아나갈 수 있는 방법을 모색한다. 이야기의 자연스러운 어울림은 독자들이 완전히 몰입하여 재미있게 읽을 수 있는 책, 독자로서 나 자신 또한 바라마지않는 책을 쓰기 위해 반드시 필요한 요소다.

이야기의 기본적인 뼈대가 없다면 글을 고쳐 쓰는 일은 이와는 전혀 다른 일로 한층 절박하고 부담스러운 작업이 될 것이다. 이런 경우 작가는 이야기의 큰 덩어리를 없애거나 이리저리 옮겨보다가 그만 지쳐버리고 만다. 차라리 작품 전체를 포기하고 처음부터 다시 쓰는 편이 훨씬 시간을 절약하는 방법일 수 있다. 내가 아는 수많은 작가는 모두 고쳐 쓰다 끝내 포기해버린 소설 한두 편씩 가지고 있다. 끝이 보이지 않는 상황에서 고치고 또 고쳐봐도 결국 어떻게든 완성되지 못한 채 서랍 어딘가에서 잠자고 있는 소설 말이다.

완벽한 고쳐쓰기에는 엄청난 수고가 들지만 가끔 그럴 만한 가치가 있는 이야기가 있다. 마음속에 콕 박혀 도무지 사라질 생각을 하지 않는 이야기들이다. 《열린 커튼The Open Curtain》을 쓸 당시 나는 이 책이 어떻게 완성될지 스스로 알고 있다고 생각했다. 개요도 있었을뿐더러 언제 무슨 사건이 벌어져야 하는지도 머릿속에 이미 정리가 되어 있었다. 마치 훌륭한 지도를 따라 길을 걷는 기분이었다. 1부와 2부까지는. 그런데 3부와 4부를 쓰기 시작했을 무렵 나는 미리 계획해둔 모든 사항이 제대로 맞아떨어지지 않는다는 사실을 깨달았다. 지도를 따라 열심히 길을 걸어왔더니 다리가 쓸려 내려가고 없는 형국이었다.

내일 살해당할 것처럼 써라

나는 어리석은 짓을 저질렀다. 이야기가 어디로 향해야 할지 새롭게 고민하는 대신 처음에 만들어둔 개요를 고집하면서 결과야 어찌 되든 계속 그 계획을 밀고 나갔던 것이다. 당연한 결과로 그 소설은 머리와 상체는 사람처럼 보이지만 하반신은 사람과는 전혀 다른 생물인 듯 보이는 작품으로 완성되었다. 결국 나는 마지막 부분을 버리고 다시 도전했다. 하지만 여전히 개요를 완전히 포기하지 못한 채 그 일부만을 버렸을 뿐이다. 그 결과 역시 참담했다.

마침내 나는 아주 오랫동안(처음에는 몇 주, 그다음에는 몇 달 동안) 개요를 옆으로 치워둔 채 이야기가 어떻게 흘러가야 하는지 고심하면서, 흐지부지 끝나버리는 결말 부분을 여러 가지로 다르게 완성하고자 갖은 애를 썼다. 1,000쪽이 넘는 원고를 썼고, 이 원고를 모두 던져버렸다. 이야기의 착상도 괜찮았고 내가 무언가 가지고 있다는 사실도 알고 있었지만 도무지 그것을 구체적으로 표현해낼 도리가 없었다. 몇 차례 아예 이 이야기를 포기해버릴 마음도 먹었지만 차마 그럴 수가 없었다. 그리고 마침내 전혀 기대하지 않던 순간, 불현듯 나는 3부를 다시 쓰기 시작했고 무언가 딱 맞아떨어졌다. 그 순간 내가 해냈다는 사실을 깨달았다. 이 작품은 에드거상의 최종 후보에 올랐다.

여기 고쳐쓰기의 핵심이 있다. 포기하지 말아야 할 때를 알라. 끈질기게 달라붙으라. 원하는 책을 쓰기 위해 시간을 들이고 수고를 아끼지 말라. 그저 괜찮은 책을 좋은 책으로 만들려 노력하고 그다음에는 좋은 책을 훌륭한 책으로 만들기 위해 최선을 다하라.

소설을 쓴다는 것은 연애를 하는 것과 비슷해서 제대로 하려고 하면 많은 대가를 지불해야 한다. 한편 놓아주고 새롭게 시작해야 할 순간 또한 알아야 한다.

| 실전 연습 |

1단계

글이 막혔다는(제대로 풀려나가지 않는다는) 기분이 드는 장면 하나를 고른 다음 이 장면을 다른 시점으로 고쳐 써본다. 1인칭 시점이라면 3인칭 시점으로, 3인칭 시점이라면 1인칭 시점으로 고쳐 쓴다. 형사가 화자로서 이야기를 풀어나갔다면 이번에는 살인자를 화자로 삼아 이야기를 고쳐 쓰면서 형사가 미처 알아채지 못한 부분을 살인자가 알아챌 수 있는지 생각해본다.

2단계

그다음 편안하게 앉아 고쳐 쓴 글을 자세히 살펴본다. 고치기 전에는 보이지 않던 어떤 부분들이 눈에 들어오는가? 고치기 전에는 눈에 띄지 않던 어떤 균열과 어떤 결점이 보이기 시작하는가? 시점에 문제는 없는가? 1인칭 시점으로 글을 쓰면서 화자가 알 리 없는 정보를 전달하려 했는가? 문제는 3인칭 시점이 생각했던 것만큼 객관적이지 않다는 것인가? 이 연습을 통해 장면에서 한발 물러나 거리를 둔 채 그 장면을 한층 객관적으로 바라볼 수 있게 된다.

3단계

이제 고쳐 쓴 글을 가지고 원래의 시점으로 돌아가자. 원본을 참고하지 않고 고쳐 쓴 원고만 보면서 원래의 시점으로 처음부터 장면을 다시 써본다. 원래의 시점에 충실하게 원고를 다시 쓰는 한편 고쳐 썼던 원고에서 마음에 드는 부분을 적용하려 노력한다.

글을 고쳐 쓰다 보면 종종 어느 시점에 이르러 인물의 목소리에 확신이 들지 않는 경우가 생긴다. 인물이 말하고 행동하는 방식이 책의 초반부에서 후반부로 넘어오며 미묘하게 달라져버린 것이다. 무엇이 잘못되었는지 확인할 수 있는 가장 쉬운 방법은 방해 요소를 모두 배제한 다음 비교하는 것이다. 초반에서 그 인물이 처음으로 말을 하는 대화 부분과 중반에서 골라 낸 대화 부분, 후반에 등장하는 대화 부분을 조금씩 따로 발췌하여(다른 문장은 일체 배제한 채) 한 문서에 합쳐놓은 다음 그 대화들을 한번에 쭉 읽어 내린다. 어떤 점이 달라졌는가? 어떤 점이 그대로 남아 있는가? 책의 내용을 되짚어 생각해본다. 그 인물이 변화할 만한 어떤 계기가 있었는가?

대부분의 경우 이 단계에서 알고 싶은 점을 밝혀낼 수 있다. 만약 실패했다면 한 단계 더 나아가야 한다. 책 중반부에 등장하는 대화를 몇 가지 더 발췌하라. 이번에는 대화 부분에 더해 그 인물이 누구에게 말을 하고 있는지 알 수 있도록 대화의 앞뒤 문장을 함께 가져온다. 여기까지 하면 대부분의 경우 문제가 스스로 그 정체를 드러낼 것이다.

첫 장부터
재미있어질
때까지 고쳐라

M. 윌리엄 펠프스

독자의 시선을 잡아끌면서 재미있게 지식을 전달하기 위해서는 훌륭한 소설가라면 마땅히 수행해야 할 한 가지 임무에 초점을 맞추어야 한다. 바로 스토리텔링이다. 책의 첫 장에서 독자의 시선을 사로잡지 못한다면 다 소용없는 짓이다. 작가로서 해야 할 일을 제대로 해내지 못한 것이다(그리고 십중팔구 그 독자를 영원히 놓쳐버린 것이다). 바로 이런 이유로 몇 년 동안의 경험에 비추어 심사숙고한 끝에 나는 책을 시작하는 방식을 바꾸었다. 오늘날 숱한 실화 범죄 소설 작가가(초기 작품에서의 나 자신을 포함하여) 보기만 해도 멀미가 날 법한 방법으로 소설을 시작하게 된 것은 바로 이 사람 때문이다. 트루먼 커포티. 또한 범죄 장르의 역사를 통틀어 뛰어난 저널리스트로 평가받는 제리 블레드소Jerry Bledsoe와 잭 올슨Jack Olsen, 제임스 B. 스튜어트James B. Stewart 같은 작가들도 한몫을 했다. 그렇다. 나는 바로 그 믿을 수 없을 만큼 지루하고 건조한 도시와 마을에 대한 묘사, 범죄가 발생한 지역 혹은 그 인근 풍경 묘사에 대해 이야기하고 있는 것이다. 내 추측에 의하면, 이렇게 묘사를 통해 책을 시작하는 전략 뒤에는 독자를 악마가 거주하고 있는 지역에 던져 넣기 위한 목적이 숨겨져 있다. 무언가 어둡고 사악한 사건이 이제 곧 발생하기에 앞서 독자를 이 장소에 친숙하게 만들기 위한 목적이다.

영화 시나리오 작가들도 이 전략을 사용한다. 하지만 도시 전체를 조감할 수 있는 카메라라는 도구와 문장 안에서 마을의 모습을 일일이 묘사해야 하는 글이라는 도구는 사뭇 다르기 마련이다. 첫머리부터 고속도로와 골목길과 다리와 날씨와 나무에 대한 묘사로 책을 시작한다면 긴장감이 떨어지는 것은 당연한 결과다. 평범한 일만 일어날 법한 전형적인 교외지역의 목가적인 풍경을 묘사하면서 작가가 실제로는 무슨 말을 하려는지 독자는 알고 있다. "독자들이여, 여기 우리가 있다. 66번 국도 인근에 있는 지극히 미국적인 장소. 그런데 바로 여기, 지구상에서 살인 사건과 가장 거리가 멀어 보이는 이곳에, 길모퉁이마다 괴물이 모습을 숨기고 있는 것이다."

다음의 예를 살펴보자. "옛 정취가 남아 있는 뉴잉글랜

내일 살해당할 것처럼 써라

드 지방 매사추세츠에 있는 노샘프턴 마을은 아름다운 풍경으로 둘러싸여 있다. 반듯한 평지 위로 너른 논밭이 끝없이 펼쳐진다. 하늘 위에서 내려다본다면 노스이스트 지방의 이 지역이 인디애나나 캔자스와 비슷해 보인다고 생각할지도 모른다."

위의 예시에서 단어들은 과연 이야기에 필요한 어떤 중요한 정보를 전달하고 있는가? 경이적일 만큼, 어쩌면 황홀할 만큼 뛰어난 솜씨로 세공된 이 문장들이 이야기를 앞으로 끌고 가거나 독자를 이야기 안으로 잡아끄는 역할을 하는가? 이야기에 긴장감이 넘쳐나게 만들고 독자로 하여금 책장을 넘기지 않고는 못 배기게 만드는가?

이런 의문을 염두에 두고서 《인 콜드 블러드In Cold Blood》의 서두를 읽어보자. "캔자스 서부에 펼쳐진 밀밭 평야 지대에 홀컴 마을이 있다. 캔자스의 다른 지방에서 '저쪽 지역'이라 부르는 황량한 곳이다."

이제 내가 초기에 글쓰기 양식을 어디에서 주워 배웠는지 알아차렸겠지. 앤 룰Ann Rule이 쓴 책을 몇 권 더 들춰보고 온다면 내가 무슨 말을 하는지 확실하게 이해하게 될 것이다. 책의 서두부터 정교하게 구성된 풍경(일반적으로 가까운 고속도로에 대한 언급에서 시작하여 물결치듯 펼쳐진 언덕에 대한 묘사가 길게 이어지는)의 묘사 단락이 이어진다(몇 쪽에 걸쳐 이어지기도 한다). 독자를 교외의 행복한 생활 한복판으로 던져 넣기 위해 세심하게 계획된 문장들이다.

그 후 몇 년에 걸쳐 담당 편집자로부터 '실생활 스릴러' 작가라고 불리는 존재(흥미롭지 않은가!)로 탈바꿈하는 동안, 나는 이런 정보(따분하기 짝이 없는 지리적 지식에 대한 허튼소리)를 책의 서두가 아닌 다른 곳에 넣으면 독자의 목덜미를 잡고 책으로 끌어들여 흥미진진한 독서 경험으로 빠져들게 만들 수 있는 확률이 더 높아진다는 사실을 알아차렸다.

책의 첫 쪽은 독자가 가장 관심을 기울여 읽는 부분이다. 작가는 첫 쪽에서 독자를 낚아야 하며 랄프 W. 에머슨Ralph W. Emerson이나 헨리 D. 소로Henry D. Thoreau풍의 과장된 산문으로 겁을 주어 독자를 쫓아 보내서는 안 된다.

다음 예를 살펴보자. "그녀는 자신의 목숨을 걸고 싸우고 있었다. 순찰차의 운전석에 앉아 있던 마이클 파이어스톤 경관이 아는 사실은 그게 전부였다. 경관은 경광등을 켜고 사이렌을 울리면서 차의 속도를 높여 달려나갔다."

행동과 긴장감으로 가득 찬 이 서두의 몇 문장만으로 독자의 마음에 의문의 씨앗을 심어둘 수 있다. '목숨을 걸고 싸우는 그녀는 도대체 누구일까? 왜 싸우는 것일까? 무슨 일이 벌어진 것일까?' 작가는 얼마 동안 이 전략의 효과를 우려낼 수 있다(모든 뛰어난 글쓰기에는 전략을 짜는 일과 함께 그 전략을 잘 우려내는 일이 필요하다). 해답은 나중에 제시한다. 해당 장이나 부가 끝날 무렵까지 아무 결실도 없이 책을 읽게 만들지만 않으면 된다. 물론 그럴 경우 독자에게는 보상을 해주어야 한다. 문

내일 살해당할 것처럼 써라

제를 완전히 해결하지는 않을지라도 독자의 호기심을 계속 자극할 수 있는 무언가를 던져주어야만 한다.

책의 서두에 대해 한 가지 더 조언하겠다(뜻밖의 선물이라고 생각해도 좋다). 어떤 책에서든지 작가는 그 책을 이끌어갈 목소리를 서두에서부터 즉시 적용해야 한다. 나는 문장의 속도와 운율에 많은 시간을(어쩌면 너무 많은 시간을) 쏟아붓는 경향이 있다. 무슨 말인가 하면, 구문론 얘기다. 문단의 구조 안에서 문장이 변화하고 흘러가는 방식 말이다.

대부분의 경우 나는 한 가지 단순한 원칙을 지키고자 노력한다. 긴 문장 뒤에는 짧은 문장을 배치한다는 원칙. 또한 각 문장을 이루는 단어의 수를 그 앞뒤 문장과 비교하여 주의 깊게 조절하려고 노력한다. 예를 들면 이런 것이다. "그는 방으로 걸어 들어온다. 주위를 살핀다. 금속으로 만들어진 의자에 털썩 주저앉는다. 깊이 숨을 들이쉰다."

독자가 의식적으로 알아차리든 말든 이런 식으로 문장을 배치한다면 독자의 마음에 운율감을 불러일으킬 수 있다. 즉 마음속으로 문장을 어떤 박자에 따라 읽어야 하는지 알려줄 수 있다는 뜻이다. '네 어절, 두 어절, 다섯 어절, 세 어절.' 하지만 주의해야 할 점도 있다. 일단 운율감 있게 시작했다면 계속 그렇게 써나가야 한다. 그렇게 하지 않으면? 물론 독자를 잃겠지.

책의 서두에 사용할 수 있는 서사 도구는 많다. 올바른 도구를 선택한다면 독자는 책을 펴는 즉시 책과 연결됨을 느낄 것이다. 올바르지 않은 선택을 한다면 화를 내며 책을 덮어버리고는 "책 참 거지 같네."라면서 투덜거릴지도. 실제로 글을 쓰기 시작한 뒤에는 자신이 저지른 실수를 얼른 깨닫고 온 세계의 작법 선생님들이 우리 머릿속에 주입시킨 황금 법칙을 따르는 것밖에 다른 방도가 없다. 즉 고쳐 쓰고, 또 고쳐 쓰고, 다시 고쳐 쓰는 것이다.

몇 년 동안 나는 작가 지망생을 대상으로 '어떻게 책을 출간하는가?'를 주제로 수업을 해왔다. 그때마다 나는 학생들에게 서너 차례에 걸쳐 강조한다. '글쓰기에서 가장 중요한 것'은 바로 독서라고. 나는 매번 설교를 늘어놓는다. "출판 시장에 발을 들이려는 신인 작가라면 마땅히 자신이 쓰는 양보다 많이 읽어야 한다!"

기존 작가들이 자신의 책을 출간하기 위해 해낸 작업을 이해하고 파악한 다음 거기서 교훈을 배워야 한다. 그 요령을 배우고 관점을 배워야 한다. 하지만 실수는 생기고 만다. 그리고 여기에서 가장 중요한 점은, 실수를 통해 무언가를 배우는 것이다. 내가 하고 싶은 말은, 실화 범죄 소설을 쓰고 싶다면 이 장르의 책을 읽고 성공한 작가들의 작품을 연구하면서 실화 범죄 소설이 어떤 식으로 구성되어 있는지, 그 감을 익혀야 한다는 것이다. 이 원칙은 로맨스 소설이나 판타지 소설이나 그밖의 장르에도 마찬가지로 적용된다.

내일 살해당할 것처럼 써라

자신의 작품을 펼쳐 성실하고 객관적인 시선으로 서두를 여는 문장을 읽는다. 그다음 스스로 질문을 던진다(솔직해야 한다). 이 서두가 독자의 관심을 사로잡을 수 있을까? 앞서 내가 제시한 질문으로 돌아가 보자.

- 서두를 장식하는 문장들이 과연 이야기에 필요한 중요한 정보를 전달하고 있는가?
- 서두를 장식하는 문장들이 이야기를 앞으로 끌고 가거나 독자를 이야기 안으로 잡아끄는 역할을 하는가? 이야기에 긴장감이 넘쳐나게 만들고 독자로 하여금 책장을 넘기지 않고는 못 배기게 만드는가?

자, 모든 신인 작가가 저지르는 가장 큰 실수 중 하나는 자신의 작품을 독자의 관점에서 읽어보지 않는 것이다. 우리는 우리 자신이나 이웃, 배우자나 형제자매(또 다른 이야기지만, 이런 사람들에게는 절대 작품을 보여주어선 안 된다)를 위해 글을 쓰는 것이 아니다. 우리는 독자를 위해 글을 쓴다. 그리고 우리의 독자는 책에 완전히 몰입해 들어가길 원하고 있다.

마지막으로 최종 관문이 남았다. 책을 여는 첫 문장과 서두를 자

신의 능력이 허용하는 한 간결하게 줄이고 긴장감 넘치게 다듬었

다는 생각이 들면 그 부분을 소리 내어 읽으면서 녹음해두자. 그런

다음 며칠 후 녹음한 내용을 다시 들어보자. 듣다 보면 어디에서

실수를 했는지, 어디에서 독자를 잠들게 만드는지 알아낼 수 있을

것이다.

첫 장을
열두 가지 방식으로
고쳐 보자

트위스트 펠런

서스펜스 소설을 쓸 때 나는 소설의 첫 장부터 당장 독자가 이야기에 빠져들기를 바란다. 이 목표를 성취하기 위해 사건을 일으키거나 사건을 촉발하는 플롯의 도화선으로 이야기를 시작한다. 이것으로 독자를 낚아 올리고 이야기의 시동을 거는 것이다. 도화선이 반드시 어떤 사건일 필요는 없다. 인물 소개나 상황 소개 또한 도화선이 될 수 있다. 책의 서두가 어떤 형식으로 시작되든 간에 나는 이 도화선을 가능한 한 책의 첫 문장 가까이 배치해둔다.

책에 가장 적절하게 들어맞는 플롯의 도화선을 어떻게 가려낼 수 있을까? 나는 서두의 초고를 쓴 다음 이를 열두 차례에 걸쳐 다시 쓴다. 그렇다, 열두 차례다. 새로 다시 쓴 서두를 선택하여 이야기를 시작할 때도 있고, 여러 차례 고쳐 쓰는 과정을 거치며 한층 다듬어지고 강화된 원래의 서두를 그대로 사용하는 경우도 있다. 어느 쪽이든 초고를 고쳐 쓰는 연습을 통해 속도감 넘치는 서두로 이야기를 시작할 수 있는 가능성을 높일 수 있다.

| **실전 연습** |

여기 이야기를 시작하는 열두 가지 다른 방식을 소개한다. 자신의 작품에 적용할 만한 방식을 가능한 한 여러 가지 골라내어 그 방식에 따라 이야기가 시작되는 첫 장을 각각 다시 써보도록 하자.

그다음 이야기를 발 빠르게 시작하고 독자를 낚아 올리는 데 가장 적절한 서두를 고른다. 이 연습은 이제 막 시작하려는 이야기에 가장 어울릴 법한 방식, 즉 목소리나 표현 양식을 찾아내는 데에도 도움이 될 수 있다.

1. 서술 없이 오직 대화만을 사용한다. 대화에는 플롯의 도화선이 들어 있어야 한다.

2. 주인공을 소개하는 인물 묘사에 플롯의 도화선을 끼워 넣는다.

내일 살해당할 것처럼 써라

이 경우 도화선은 인물이 하는 어떤 행동일 수 있다. 예를 들어 신문 기사를 읽은 주인공의 반응이나 주인공의 내면에 떠오르는 생각을 묘사, 서술하는 것이다.

3. 주인공의 관점이 아닌 다른 인물의 관점에서 이야기를 시작한다. 이를테면 악당이 주인공을 지켜보고 있게 만들라. 혹은 주변 인물에게 소설의 배경을 설명하도록 만들라. 어느 경우든 내용 안에 플롯의 도화선이 반드시 포함되어 있어야 한다는 점을 명심하라.

4. 간단한 사건으로 이야기를 시작하라. 이때 도화선은 플롯의 중심 사건보다 앞서 나타나야 한다. 이 장면에서는 사건을 서술하기보다 사건을 일어나게 만들라. 예를 들어 살인 사건이 벌어진다면 살인범의 정체를 숨긴 채 사건만을 보여주는 것이다. 범인의 정체를 밝히는 일은 중심 줄거리의 탐정에게 맡기라.

5. 회상 장면과 배경 설명을 모두 생략하라. 물론 이렇게 하면 정보가 누락될 수도 있다. 하지만 독자가 미리부터, 혹은 시간 순서에 따라 모든 정보를 다 알 필요는 없다. 어떤 사실을 알고 있다 해서 해당 인물에게 감정을 쏟는 것은 아니다. 독자가 인물에게 감정을 쏟는다는 것은 그 인물과 자신을 동일시한다는 뜻이며, 인물에게

감정을 이입하거나 혹은 감정적으로 영향을 받는다는 뜻이다. 또한 그 계기는 인물이 현재 처한 상황이지 그의 과거사가 아니다.

6. 첫 장에서 오직 제한된 방식을 이용하여 과거를 이야기에 엮어 넣는다. 주인공의 단편적인 기억만을 이용해 플롯의 도화선을 장치한다. 색이나 냄새, 대화의 일부 같은 기억을 사용할 수 있다. 그 기억이 독자가 인물을 한층 깊이 이해하는 데 도움이 되는지 거듭 확인하라. 사건의 진행을 멈추지 말라.

7. 첫 장을 주인공의 관점에서 풀어나가면서 특색을 부여하라. 주인공에게 세 가지 과거에 대한 이야기를 하게 만든다. 이를테면 주인공은 어떤 건물을 보며 고등학교 시절 숨어서 담배를 피우던 건물이 생각난다고 말할 수 있고, 혹은 사무실에 찾아온 한 여성이 자신의 여동생과 똑같이 붉은 곱슬머리를 지녔다고 말할 수 있다. 이 과거에 대한 언급 중 한 가지는 플롯의 도화선과 관계가 있어야 한다.

8. 이야기의 후반에 등장하게 될 중요한 사건 하나를 선택하여 첫 장에 그 전조를 보여준다. 이를테면 후반에 등장할 중요한 장면에서 주인공이 자신을 방어하기 위해 칼을 휘두를 예정이라면 책의

내일 살해당할 것처럼 써라

서두에서 주인공이 칼을 쓰는 장면을 도화선으로 넣는 것이다.

9. 첫 장의 배경이 되는 시기보다 훨씬 전에 발생했던 중대한 일을 플롯의 도화선이 되는 사건과 함께 언급한다. 이를테면 주인공이 10년 전 두 소녀가 실종되어버린 고아원을 방문하도록 만든다거나.

10. 첫 장을 다른 문체로 다시 써본다. 원래의 글이 익살스러운 문체였다면 이번에는 누아르처럼 써보는 것이다. 낭만적인 서스펜스처럼 썼다면 이번에는 하드보일드풍으로 다시 써본다.

11. 중심 줄거리를 이끄는 액션 장면으로 책을 시작한다. 액션이라고 해서 무조건 현란한 움직임이 가득해야 하는 것은 아니다. 책장에 여백이 많을수록 작가가 일을 잘하고 있다는 뜻이다. 사용하는 단어가 적을수록 이야기는 한층 긴밀해진다.

　동작을 나타내는 동사를 사용하라(고함을 질렀다, 뛰었다, 소리쳤다). 짧고 간결한 문장을 사용하라(모든 절을 문장으로 독립시키라). 문단은 짧게, 오직 한두 문장으로 끝내라. 시각에 더해 적어도 두 가지 이상의 감각(청각, 후각, 촉각, 미각)을 표현하라. 장면의 중심에 있는 인물의 신체적 특징 두 가지를 묘사하라. 머리카락 색깔이나 눈동자 색, 키, 웃는 모습은 이에 해당되지 않는다. 인물이 느끼는 감각을 그의 시점에서 표현하라. 자료 조사를 통해 알아낸 흥미로운 정보는 단 한 가지도 넣지 않는다.

12. 플롯의 도화선과 관련한 이야기의 미끼를 제시하며 첫 장을 마무리한다. 이야기의 미끼는 독자가 책을 내려놓지 못하고 계속 책장을 넘기게끔 만든다. 이런 미끼로 사용할 수 있는 몇 가지 예를 소개한다.

- 사건의 전조
- 어떤 인물의 뜻밖의 행동
- 주인공의 기대감(주인공은 자신의 행동이 어떤 결과를 불러올지 모른다)
- 어떤 인물이 제시하는 의문(의문은 풀리지 않는다)
- 독자를 놀라게 할 만한 새로운 정보 누설
- 새로운 위기
- 전혀 예상치 못한 방식으로 행동하는 인물
- 불현듯 제시되는 이야기에 대한 통찰

정도의 차이는 있겠지만 이야기를 시작하며 두는 초반의 수에는 각기 다른 양식이 수반되기 마련이다. 첫 장을 쓰는 열두 가지 방식을 고려하는 동안 자신의 책을 쓰기 위한 목소리를 발견하게 될 것이다. 어떤 한 가지 방식이 이야기를 시작하기에 최선이라는 생각이 들면 그대로 써나가라. 마음에 드는 서두가 몇 가지라면 그 서두를 모두 이용해 새로운 서두를 만들어낸다.

자신이 완성한 서두를 인쇄한 다음 소리 내어 읽으면서 각 문장에 이야기를 앞으로 밀고 나가는 힘이 있는지 스스로 되물으라(그렇지 못한 문장은 삭제하라). 이 작업을 마치면 적어도 '이번 단계에서의' 서두는 완성할 수 있을 것이다.

속도감이 떨어진다면
네 가지 요소를
확인하자

토머스 B. 캐버나

느긋한 속도에 걸맞은 부류의 미스터리 소설도 있는 법이다. 점잖은 영국 시골 지방이나 아늑한 미국식 민박집에서 벌어지는 범인 찾기 소설은 이야기가 천천히 진행되며 긴장감도 서서히 고조되는 편이 한층 자연스러울 것이다.

하지만 미스터리 장르에서 이야기의 속도는 얼마든지 빨라질 수 있으며 또한 마땅히 그래야 하는 수많은 하위 장르가 존재한다. 그중 스릴러는 속도감이 중요한 대표적인 장르다. 그러나 작가의 입장에서 책장이 술술 넘어가는 책을 쓰고 싶은 것과 실제로 긴박한 속도감이 넘치는 소설을 쓰는 일은 서로 전혀 다른 문제다.

　　　　　　　　　　　　내일 살해당할 것처럼 써라

한때 나는 거의 매주 이곳저곳으로 출장을 다녀야 하는 직장에서 일했다. 실제로 내 첫 소설의 대부분은 비행기 안에서 썼다. 출장을 다닐 무렵, 나는 비행기에서 시간을 빨리 보내기 위해 일부러 속도감 있는 책들을 골라 읽었다. 그래서일까, 직접 소설을 쓰는 일에 대해 진지하게 고민하기 시작할 때부터 나는 나 자신이 즐겨 읽던 부류의 이야기를 쓰고 싶어 한다는 사실을 깨닫고 있었다.

여기 다른 작가들이 '책장이 술술 넘어가는 소설'을 쓰기 위해 사용하는 기술 중 내가 발견한 몇 가지를 소개한다. 나는 이들 작가의 기술을 모방하는 한편, 나 자신의 고유한 목소리와 이야기를 지키기 위해 최선을 다했다. 그러므로 당신 또한 할 수 있을 것이다.

앞으로 밀고 나가는 기세

존 그리샴John Grisham은 자신의 법정 스릴러 작품에서 부차적인 줄거리와 회상 장면을 자제하는 편이다. 어떤 상황에서도 절대 회상 장면을 쓰면 안 된다고 말할 수는 없겠지만(회상 장면을 훌륭하게 활용하는 작품도 많다) 그리샴의 경우 이 전략은 상당히 잘 맞아떨어진 듯 보인다. 이 전략의 핵심은 앞으로 밀고 나아가는 이야기의 기세를 떨어뜨리는 일을 하지 않는다는 것이다. 플롯이 가파른 언덕에서 굴러 내려오는 바윗덩이처럼 빠른 기세로 나아가길 원하는가? 이야기에 한번 가속이 붙은 다음에는 그 속도를 줄일 만한 어떤 방해도 없어야 한다. 서투르게 표현된 회상 장면이나 자리를 잘못 찾은 설명 단락이 불쑥 끼어들면 이야기의 기세가 무너져 내리고 그토록 공들여 쌓아 올린 속도감 또한 망가져버릴 것이다.

가차 없이 밀어붙이는 긴박감

긴박감은 나에게 속도감을 빚어내기 위한 가장 중요한 요소다. 여기서 긴박감이란 이야기에 등장하는 인물을 향한 압박이라기보다는 작가 자신에게 가해지는 내면적 압박을 의미한다. 영화 시나리오 작가와 감독은 전체 상영 시간을 최소한으로 줄이기 위해 최대한 경제적으로 장면을 맞추어 이야기를 꾸려나간다. 소설가 또한 기본적으로 같은 작업을 한다.

한 장면을 쓰기 시작할 때 스스로 두 가지 질문을 던지라. 첫째, 어떻게 하면 이 장면을 최대한 늦게 시작할 수 있는가? 둘째, 어떻게 하면 이 장면에서 최대한 빨리 빠져나올 수 있는가?

작가로서 우리는 어떤 장면에 그 장면의 목적을 완수하기 위해 꼭 필요한 지면만을 할애하고 싶어 한다. 장면의 목적은 플롯을 전개하는 것일 수도 있고 인물을 선보이는 것, 혹은 잘못된 단서를 심어두는 것이거나 그 밖의 다른 것일 수도 있다. 이를테면 어떤 장면의 중요한 부분이 셀프서비스 세탁소에서 벌어지는 두 인물 사이의 대화라고 한다면 두 인물이 세탁소에 들어가 세탁기가 비기를 기다렸다 동전을 넣고 세제를 넣는 모습까지 일일이 묘사할 필요는 없다는 뜻이다.

결정적인 정보가 드러나기 직전 대화의 중간으로 뛰어들어 시작해도 좋다. 장면을 쓰기 시작하는 순간 시계가 째깍째깍 돌아가며 이렇게 말한다고 상상하라. "서둘러, 서둘러, 시간 다 됐다. 어서 나와!" 수많은 작가가 장면을 너무 일찍 시작한 다음 언제 끝내야 할지 몰라 장황하게 글을 이어가는 경향이 있다.

다중 시점

인물의 시점을 전환하는 방법을 이용하면 이렇게 장면 중간을 자르고 들어갔다 다시 나오는 일이 한층 쉬워진다. 이 인물에서 저 인물로의 시점 전환을 통해 전에 벌어지던 장면에 인물들을 그대로 남겨둔 채로 속도감을 고조시키기 위한 새로운 장면을 시작할 수 있다.

다중 시점은 전지적 작가 시점으로 전개되는 이야기에 가장 적합하다. 전지적 작가 시점에서는 작가가 각 장면마다 다른 인물들의 머릿속으로 들어갈 수 있기 때문이다. 하지만 1인칭 시점으로 전개되는 이야기(사설탐정 소설에서 흔히 보이는)에서도, 시간과 장소를 전환한다면 같은 효과를 얻을 수 있다.

절벽에 매달린 사람

마지막으로 책장이 술술 넘어가는 소설을 쓰는 가장 효과적인 방법 중 하나는 독자들이 자연스럽게 책을 내려놓을 법한 시점, 즉 장과 장이 나누어지는 부분에서도 계속 책을 읽어 나가고 싶도록 만드는 것이다. 어떤 장면의 중간에서 아무 결론을 내지 않고 그 장을 마무리 짓는다면 이것이 바로 '절벽에 매달린 사람', 즉 고전적인 클리프행어 전략이다. 작가의 목적은 독자를 애타게 만들어 그다음에 무슨 일이 일어나는지 궁금한 나머지 책장을 넘기지 않고서는 못 배기게 만드는 것이다. 이전 장에서 마무리 짓지 못한 장면을 이어지는 장의 서두에서 제대로 끝맺을 수도 있다. 이때도 역시 째깍째깍 재촉하는 시계를 염두에 두고 할 수 있는 한 신속하게 움직여야 한다.

혹은 이전 장에서 중간에 잘린 채 끝나버린 장면을 무시하고 전혀 관련이 없는 다른 장면으로 다음 장의 서두를 시작하는 방법도 있다.

여기에서 작가의 목적은, 독자가 그 이전 장의 장면이 어떻게 해결되는지 알아내기 위해 관련이 없는 장면을 읽으면서 책장을 계속 넘기도록 동기를 부여하는 것이다. 물론 제대로 솜씨 있게 처리하지 못하는 경우 이 전략은 이야기의 '앞으로 밀고 나가는 기세'를 무너뜨릴 위험을 안고 있다.

일단 책장을 넘기도록 독자를 설득하고 나면, 다음에 무슨 일이 벌어지는지 궁금한 나머지 원래 계획보다 잠자리에 늦게 들도록 만들고 나면, 작가는 임무를 완수한 셈이다. 독자가 책에서 고개를 들고 책을 펼쳐 읽기 시작한 지 이렇게 오랜 시간이 흘렀다는 사실에, 비행기가 벌써 착륙 준비를 시작하고 있다는 사실에 깜짝 놀라게 만들 수 있는 소설을 창작해낸 것이다.

| 실전 연습 |

1단계

최근 써놓은 장면을 다시 읽어보자. 이야기에 그 장면을 넣어야 하는 핵심적인 이유를 분석하라. 장면의 목적은 새로운 인물을 소개하는 것일 수도 있고 중요한 정보를 전달하거나 앞으로 일어날 사건의 전조 혹은 단서를 마련하거나 지금까지 일어난 사건을 정리하는 것일 수도 있다. 혹은 그 밖의 다른 목적이 있을 수도 있다.

2단계

일단 장면의 목적을 규명한 다음에는 그 목적에 부합하는 부분에 밑줄을 긋는다(문장일 수도 있고 문단일 수도 있을 것이다). 장면의 존재 이유를 규명하지 못한다면 장면 자체를 아예 빼버리는 일을 심각하게 재고하라.

3단계

그 장면의 목적을 달성하기 이전과 이후, 준비 단계와 마무리 단계에서 얼마나 많은 문장을 썼는지 검토하라. 장면을 객관적으로 분석하면서 설정을 위한 준비 단계, 장면을 결론짓는 마무리 단계, 다음 장면으로 넘어가는 전환 단계에 지금의 문장들이 꼭 필요한지 판단하라.

4단계

시험적으로 장면의 시작 부분과 마무리 부분을 잘라낸 다음(어디까지 자를 것인지는 당신의 손에 달려 있지만 가능한 한 과감하게 대폭 자르려고 해보자) 그래도 그 장면이 유효한지 검토하라. 장면의 목적이 달성되지 않는다면 너무 많이 잘라낸 것이다. 하지만 그 장면이 유효하며 제 역할을 하고 있다면 준비 단계와 마무리 단계는 아예 필요 없다는 뜻이다. 여분의 문장들은 이야기의 발목을 잡으며 속도를 느리게 만들 뿐이다.

7장

시리즈물 기획

권 수, 집필 기간, 출간 간격을 고려하자

샤론 와일드윈드

에이전트와 출판사는 묻는다. "그 작품은 시리즈물인가요?" 가장 흔한 답은 이렇다. "첫 작품이 잘 되면 시리즈물을 생각해 볼게요." 혹은 "영원히 끝나지 않는 시리즈물이 되었으면 좋겠어요." 두 가지 모두 에이전트나 출판사가 듣고 싶어 하는 대답이 아니다. 그들이 알고 싶어 하는 건 시장 잠재력이다. 몇 권의 책이 어느 정도의 기간에 걸쳐, 얼마나 자주 나오게 될 것인가? 저자는 고민한다. '내 인물이 꼭 말해야 하는 이야기가 도대체 몇 가지나 될까?'

시리즈물에 대해 고민하고 있다면 다음 네 가지 질문을 스스로에게 물어보라.

1. 나는 얼마나 건강한가?

2. 현재 꼭 해야 하는 일에는 무엇이 있는가?

3. 향후 5년 동안 짊어져야 할지도 모를 의무가 있는가?

4. 인생 중 5년에서 10년에 이르는 시간을 이 시리즈에 헌신하는 일에 대해 어떻게 생각하는가?

이미 해야 할 일이 많아 어깨가 무겁다면, 혹은 앞으로 그렇게 될 것 같다는 생각이 든다면 다섯 권짜리 시리즈 대신 세 권짜리 시리즈를 고려하거나 아니면 각 책을 내는 데 시간이 더 많이 걸릴 것으로 예상해야 한다.

시리즈물을 집필하는 일은 아이를 낳아 키우는 일과 비슷하다. 다만 12개월에서 15개월마다 새로운 아이가 하나씩 태어난다는 점이 다를 뿐이다. 작가는 새로 아이를 낳아야 할 뿐만 아니라 이미 태어난 아이까지 돌보아야 할 책임이 있다. 시리즈를 유지한다는 것은 새로운 책을 써내는 동시에 이미 출간되어 있는 책을 홍보하고 판촉하는 일까지 도맡아야 한다는 뜻이기 때문이다.

한 출판사에서 매년 꾸준히 출간되며 오랫동안 이어지는 시리즈는 이미 그 수명을 다했다. 시리즈물은 한층 짧은 것으로 그 모습을 바꾸었다. 어떤 경우에는 같은 시리즈에 속하는 책들이 다른 출판사에서 출간되기도 하고 그 형식이 바뀌기도 한다. 요즘 성공적인 시리즈는 대개 세 권에서 다섯 권으로 출간되는 추세다. 다섯 권이 넘어간다면 뜻밖의 횡재인 셈이다.

모든 시리즈물에는 시간의 흐름에 대한 설정이 필요하다. 각 책이 나올 때마다 인물의 시간은 얼마나 흘러 있을까? 어떤 독자들은 주인공이 2주에 한 번씩 시체를 발견하거나(미스터리 소설의 경우) 세상을 구하는(스릴러 소설의 경우) 것을 지겹다고 생각할지 모른다.

한편 시간에 대해 전혀 신경 쓰지 않는 독자들도 있다. 이들은 그저 재미있는 이야기를 읽길 바랄 뿐이다. 한편 전혀 다른 방향에서 생각해보자. 각 책 사이사이 오랜 시간이 흐른다고 한다면, 인물이 나이가 드는 과정은 어떻게 처리할 셈인가?

어떤 인물은 전혀 나이를 먹지 않는다. 에드 맥베인Ed McBain은 1956년에서 2005년까지 쉰여섯 권의 책과 수없이 많은 영화, 방송 프로그램, 여기에서 파생된 만화에 이르기까지 다양한 형식을 통해 '87번 관할구87th Precinct' 시리즈를 계속 발표했다. 경찰서 대기실의 모습이 변하고 형사들이 치르는 전쟁도 그 모습이 바뀌었지만 인물들만은 시리즈 전체에 걸쳐 거의 나이를 먹지 않은 채 그 모습 그대로 남아 있다.

1단계

다음 질문을 던지며 시리즈의 뼈대를 잡아보자.

- 시리즈는 몇 권의 책으로 구성될 것인가?
- 시리즈에서 인물의 시간으로 어느 정도 기간을 다루는가?
- 시리즈를 집필하는 데 어느 정도의 시간이 걸릴 것인가?

2단계

시리즈를 관통하는 이야기는 무엇인가? 모든 시리즈에는 시리즈를 관통하는 이야기가 있어야 한다. 인물은 어떤 문제로 어려움을 겪는가? 인물은 어떤 식으로 변화하는가? 인물의 기본적인 설정이 여러 가지 이야기를 지탱할 만큼, 인물의 운명에 여러 가지 변화를 초래할 만큼 복잡하면서도 탄탄한가? 오래 지속된 시리즈물에서 찾아볼 수 있는 시리즈 흐름의 몇 가지 예를 여기 소개한다.

- 앤 페리Anne Perry의 '윌리엄 몽크와 헤스터 래터리William Monk/ Hester Latterly' 시리즈: 기억 상실에서 서서히 회복되고 있는 몽크는 사고 이전에 자신이었던 남자와 현재 자신이 되고 싶은 남자 사이의 간극을 메우려고 노력한다.

- 얼린 파울러Earlene Fowler의 '베니 하퍼Benni Harper' 시리즈 : 어린 나이에 과부가 된 베니는 재혼한 이후 두 번째 결혼 생활이 첫 번째 결혼 생활과 전혀 다르며 그 덕분에 한층 행복하다는 사실을 서서히 인정하게 된다.
- 페이 캘러먼Faye Kellerman의 '피터 데커와 리나 라자루스Peter Decker and Rina Lazarus' 시리즈 : 정통파 유대인 여성과 원칙적으로는 유대인이지만 특별히 신앙이 독실하다고는 할 수 없는 남성. 두 사람은 서로 전혀 다른 종교적 세계와 세속적 세계 사이에서 합의점을 도출한다.

3단계

시리즈의 작품들을 하나로 묶어주는 작가의 인생 경험은 무엇인가? 이 경험이 작가의 플랫폼, 즉 발판인 셈인다.

4단계

이제 정보를 모두 합쳐 시리즈의 시놉시스를 작성한다. 시놉시스는 원고지 8매가 넘지 않도록 하자. 여기 한 가지 예를 소개한다.

- '새로운 서부 여성 미스터리' 시리즈

  뉴멕시코 주 투컴카리를 배경으로 펼쳐지는 세 권짜리 미스터리 시리즈. 주인공은 독립적인 성격의 서부 여성들이다. 러모나 샌도벌은 이혼한 전과자로 10대인 두 딸의 양육권을 되찾기 위한 싸움을 벌이려 한다. 베티 샌도벌은 러모나의 고모이며, 루이스 해나는 현재 농업 교사로 일하는 소몰이꾼이다. 시리즈에서는 아홉 달에서 열 달에 걸쳐 벌어지는 사건들을 다룬다. 14개월마다 책을 한 권씩 완성할 것으로 예상된다.

나는 소몰이꾼의 딸이자 아내다. 내 어머니는 루이스와 마찬가지로 전미소몰이꾼여성협회의 뉴멕시코 지부인 뉴멕시코 카우벨스의 회장을 지냈다. 이런 여성들 주변에서 살아온 일 자체가 나에게는 인생 수업이었다.

각 권의 가제와 줄거리는 다음과 같다.

- 《메사의 여자들》: 완성하여 검토를 위해 제출함

러모나는 전남편이 무언가 못된 일을 꾸미고 있다고 확신한다. 하지만 과연 누가 전과자의 말을 믿어줄 것인가? 다행히 러모나에게는 그녀의 말을 믿어주는 베티와 루이스가 있다. 전남편이 살인 현장에서 모습을 감추어버리고 남은 두 딸이 청소년관리당국과 관련한 문제에 휘말리자 러모나는 가석방 규칙을 어기고 다시 교도소에 수감될 위험을 무릅쓰면서까지 무슨 일이 벌어지고 있는지 알아내려 한다.

- 《누가 이 바람을 소유하는가?》: 집필 중

  서부 일부 지역에서 물에 대한 권리는 언제나 논란의 대상이 되어왔다. 하지만 누가 바람을 소유할 수 있단 말인가? 《누가 이 바람을 소유하는가?》에서는 한 대기업이 루이스의 학교가 산업스파이 행위를 했다고 주장하며 루이스를 대상으로 소송을 제기한다. 딸들의 양육권 신청이 법정에 접수된 와중에 러모나는 고약한 살인 사건 수사의 중심에서 활약하는 위험을 감수할 것인가?

- 《불의 메사》: 구상 중

  베티는 왜 밤중에 몰래 집을 빠져나와 투컴카리 산에서 나이 든 노인을 만나려 하는가? 그 노인이 사망한 채 발견되었을 때 루이스는 왜 더 이상 베티와 말을 하지 않으려 하는가? 《불의 메사》에서는 메사와 러모나의 딸들을 위협하는 불 이상의 위험이 등장한다. 인물이 발견하게 되듯이, 가장 오래된 비밀이야말로 최악의 비밀이다.

시놉시스에서 작가는 어떤 것을 약속해야 할까? 이 사례에서는 인물에 대한 설정과 시리즈를 관통하는 주제(러모나는 딸들의 양육권을 되찾을 수 있는가?)에 대해 약속하고 있다. 또한 14개월마다 책을 한 권씩 완성하겠다는 점도. 그 외에는 얼마든지 마음대로 해석할 여지가 남아 있다.

"그 작품은 시리즈물인가요?"는 첫 번째 질문이다. 마지막 질문이자 무한히 반복되는 질문은 "이 시리즈가 끝났나요?"가 될 것이다. 대답은 이러하다.

"아닌 것 같은데요."

자, 목표를 향해 나아가라!

내일 살해당할 것처럼 써라

인물의 모든 조건은 다음 이야기에도 이어진다

케이트 플로라

여기까지 읽어온 작가라면 인물의 흐름, 즉 '캐릭터 아크character arc'와 이야기의 흐름, 즉 '스토리 아크story arc'의 차이에 대해서 이미 이해하고 있을 것이다. 하지만 잠깐 복습을 해보자. 같은 인물이 반복하여 등장하는 범죄 소설 시리즈에는 두 가지 다른 흐름이 존재한다. '이야기 흐름'과 '인물 흐름'이다.

장르의 관습에 따르고 독자의 기대치에 부응하기 위해 이야기 흐름은 각 책 안에서 완료되어야 한다. 범인은 누구인가, 범행을 저지른 동기는 무엇인가 하는 의문이 해결되고 정의가 실현되어야 한다. 그러므로 범죄 소설을 구상할 때 작가는 희생자가 누구인지 알고 있는 상태에서 플롯을 전개해야만 한다.

희생자는 어디서, 어떻게 그리고 왜 살해되었는가? 책 전반에 걸쳐 어떤 단서와 '레드 헤링'을 숨겨놓을 것인가? 작가는 어떤 인물들이 등장하는지, 이 인물들의 목적이 무엇인지 알고 있어야 한다. 갈등을 통해 이야기가 전개되기 때문에 주인공과 악당의 목표가 무엇인지는 물론 어디에 거짓과 혼란을 배치할 것인지, 어디에 막다른 골목과 장벽을 등장시킬 것인지, 어디에 탐정을 좌절하게 만드는 장애물을 등장시킬 것인지, 탐정은 이 장애물을 어떻게 극복할 것인지, 언뜻 사소해 보이는 어떤 정보가 결국에는 어떤 역할은 하는지도 알고 있어야 한다.

범죄 소설 시리즈에 등장하는 인물의 흐름은 다음과 같은 방식에서 이야기 흐름과 다르다. 각각의 이야기는 한 권의 책 안에서 완결되는 반면 인물의 이야기는 완결되지 않는다. 시리즈의 각 권은 그 인물의 인생에서 오히려 하나의 장에 가까운 것이다. 다른 식으로 표현하자면 범죄 사건은 책의 결말에 이르러 깔끔하게 마무리되어야 하지만 인물의 이야기는 의문과 문제와 변화와 설명되지 못한 미진한 부분으로 가득할 수 있다는 뜻이다. 이 의문들과 미진한 구석은 시리즈의 다음 책에서 해명되거나 마무리되거나 혹은 여전히 미진할 것이다. 독자는 시리즈의 주인공에 대해 더 많은 사실을 알고 싶어 하며 책에서 벌어지는 사건을 통해 인물이 성장하거나 변화하는 모습을 보고자 하지만 인물의 이야기가 최종적으로 결론을 맺기를 기대하지는 않는다. 시리즈의 각 작품이 나올 때마다 주인공은 자신만의 여정을 떠나는 셈이다. 스스로에게 물어보라. 이 인물의 여정은 어떤 모습인가? 이 인물은 어떻게 변화할 것인가? (전혀 변하지 않고 그대로 남아 있는 시리즈 주인공도 있다는 사실을 염두에 두자. 수 그래프턴의 킨제이 밀혼 같은 인물이다. 또한 작품 안에서 시간이 얼마나 흐르는지, 주인공이 얼마나 나이를 먹게 되는지를 의도적으로 설정한 미스터리 작품도 수없이 많다.)

시리즈로 몇 권의 책을 세상에 내놓은 작가 중 많은 사람이 주인공에 대한 초기 설정 중 후회되는 것들이 있다고 말한다. 어떤 경우 이는 시리즈의 인물이 실은 단 한 차례만 쓸 수 있는 인물이었기 때문이기도 하다. 다만 편집자의 손에서 시리즈 인물이라는 칭호를 얻었을 뿐이다. 후회가 좀 더 늦게 찾아오는 종류의 설정도 있다. 예를 들면, 작가가 1권에서 낭만적이라고 생각했던 주인공의 임신이 앞으로 나오게 될 책에서 끝도 없이 지속될 육아 문제로 이어지게 되리라는 사실을 알아차리는 순간이다. 이따금 주인공을 연인과 어떻게 헤어지게 하는가의 문제가 발생하기도 한다. 이러한 경우에는 이미 그 연인에게 애착을 느끼고 있을 독자의 감정을 해치지 않도록 조심해야 한다. 어떤 경우, 작가 자신이 주인공의 애인에게 진력이 나거나 둘 사이의 관계를 새로운 국면으로 끌어올리려다 난관에 부딪치기도 한다(이는 현실에서도 종종 일어나는 일이다). 혹은 작가의 관심이 새로운 인물에게로 옮겨 가기도 한다. 물론 작가가 주인공 자체에 진력이 나는 경우도 있다.

그리고 인물에게는 강점과 기술, 미래에 필요할 수 있는데 미처 부여되지 못한 강점과 기술이 있다. 주인공이 극복해야 하는 약점, 극히 중요한 순간 주인공을 방해하는 약점도 있다. 인물의 잠재력을 발휘하지 못하게 하는, 혹은 타인을 신뢰하거나 성숙한 인간관계를 맺지 못하게 하는 두려움과 불안이 있다. 주인공의 직업 또한 시리즈가 진행되는 동안 문제를 일으킬 수 있다. 그 직업이 인물에게 어울리는 것으로 남아 있을 것인가, 지루하거나 유연성이 없는 것으로 판명될 것인가?

시리즈의 인물이 자신의 인생을 살아가는 동안 이런 문제는 끝도 없이 계속 밀려들 것이다. 그 원인이 무엇이든, 주인공이 책갈피 사이에 모습을 나타내기 전 인물을 제대로 준비시키는 한편 인물을 깊게 이해하는 데 충분히 시간을 들인다면 시리즈물에서 발생할 수 있는 대부분의 문제를 예상할 수 있을 것이다. 그리고 주인공이 범죄 사건을 해결하려 나설 무렵에는 인물의 강점은 물론 결점과 맹점까지도 마음대로 활용할 수 있게 될 것이다.

| 실전 연습 |

1단계

인물 전개 목록을 채워나가면서 각 중심인물별로 간략한 개요를

내일 살해당할 것처럼 써라

작성한다.

그렇다. 전에도 이런 충고를 들어봤을 것이다. 그리고 아마도 그 충고를 따르지 않았을 것이다. 싫은 숙제인 양 무턱대고 두려워하지만 말고 인물을 발견하는 연습이라 생각하자. 개요를 작성하기 위해 다음을 준비한다.

인물 전개 목록				
이름	나이	출생지	인종	직업
별명	머리카락 색	눈동자 색	체형	키

인물 전개 목록	
출생 순위, 형제자매 유무	사회적인 성격인가, 개인적인 성격인가?
결혼 여부, 연애 상태, 결혼에 대한 태도, 연애사	은행에 저축한 재산의 액수, 돈에 대한 태도
교육 수준, 부모님의 교육 수준	건강 문제, 걱정거리, 문제
직업에 대한 태도, 상사, 동료, 권한	운동신경이 얼마나 좋은가?
야망의 수준	취미와 관심사
전문 기술 보유 여부와 이것이 인물에 대해 알려주는 사실	반려동물
종교적 배경, 신앙, 미신	좋아하는 음악

주인공의 자동차와 그 차를 모는 이유	가장 소중히 여기는 물건
어머니, 아버지와의 관계	글씨체는 어떠한가?
절친한 친구와 그 이유	좋아하는 옷, 싫어하는 옷

- 인물 전개 목록에서 한 가지 항목을 고른 다음 자유연상법을 이용하여 그 항목에 대한 생각을 주인공의 관점에서 한 단락 정도 쓴다. 인물은 우리 눈 앞에 어떤 모습으로 살아나는가? 어떤 목소리로 이야기하는가? 특정 주제에 대한 자신의 생각을 어떤 언어로 표현하는가?
- 인물 전개 목록에서 다른 항목을 한 가지 더 고른 다음 앞선 연습을 다시 한 번 해본다. 여러 가지 항목에 대해 똑같은 연습을 하자. 앞으로 책을 준비하면서 주인공이 어떤 식으로 성장해나갈지, 악당을 물리치고 범죄를 해결하는 목표를 수행하면서 어떤 식으로 변화를 겪을지 예측해야 할 때가 오면 이 목록으로 되돌아온다.

2단계

다음 질문에 대답하며 인물의 세계관을 탐험해보자.

- 차를 운전할 때 작품 속 주인공을 함께 태운 다음 주인공의 눈에 무엇이 보이는지 이야기하게 만들라. 주인공은 다른 운전사들을 어떻게 대하는가? 교통 체증에는 어떻게 반응하는가? 지형과 날씨에는 어떻게 반응하는가? 주인공이 무엇을 눈여겨보는지 주의 깊게 살피라.

- 인물 전개 목록을 읽고 각 항목이 주인공에게 어떻게 적용되는지 고민해 본다. 이 작업을 통해 알게 된 사실을 토대로 주인공과 다른 인물의 갈등 장면을 쓴다. 주인공은 갈등에 어떻게 반응하는가? 갈등이 해소되고 난 후 어떤 기분을 느끼는가?

- 이야기의 플롯을 짜면서 주인공을 어떤 상황에 몰아넣을지 검토하라. 위험한 상황인가, 낭만적인 상황인가, 절망적인 상황인가? 기진맥진한 상태인가, 겁에 질린 상태인가? 그다음 이 상황을 겪으면서 주인공은 어떻게 변화할지 생각해보라. 이에 대한 답을 통해 그 상황을 겪는 주인공의 감정을 한층 분명하게 이해하게 될 것이다. 먼저 작가가 이해하면 다음 차례는 독자다.

항상 명심하라. 독자가 인물에게 감정적으로 애착을 느끼도록 만드는 일이야말로 피할 수 없는 작가의 임무 중 하나다. 인물에 애착을 느낄 때 독자는 책에 붙잡힐 것이며 좀 더 많은 이야기를 듣고 싶어 시리즈의 다음 책으로 향할 것이다.

심층 분석	
성격 중 가장 좋은 점	자신의 몸에 대한 태도
가장 두려워하는 것	죽음에 대한 태도
가장 큰 결점 부끄러움을 느끼는가?	자부심을 느끼는가?
가장 큰 강점	가장 어두운 비밀, 아킬레스건
가장 큰 자기모순	여러 사람 앞에서 이야기하는 일을 어떻게 생각하는가?
어떤 아이였는가?	어떤 청소년이었는가?
현재 마주한 가장 큰 골칫거리	곧 일어날 법한 가장 큰 변화
인물이 살고 있는 집, 아파트의 모습	냉장고에는 무엇이 들어 있는가? 쓰레기통에는 무엇이 들어 있는가?
어린이, 노인에 대한 태도	숨기고 있는 편견
일, 학교, 일상의 일과에 대한 태도	최초의 기억
잠은 잘 자는 사람인가?	어떻게 죽게 될 것인가? 언제 죽게 될 것인가?

내일 살해당할 것처럼 써라

시리즈
전체를 위한
개요서를 만들자

빌 크라이더

나는 몇 종류의 시리즈를 집필했다. 그중에는 '댄 로즈 보안 관Sheriff Dan Rhodes' 시리즈도 있다. 이 시리즈는 지금까지 스물 세 권의 책으로 출간되어 있으며 앞으로도 계속 나올 예정이다.

당신은 아마 내가 스스로 무슨 일을 하고 있는지 잘 알고 있으리라 생각할 것이다. 틀렸다. 물론 처음 쓰기 시작했을 무 렵과 비교한다면 지금은 시리즈를 어떻게 이끌어나가야 하는지 에 대해 조금 더 알고 있기는 하다. 어쩌면 내가 저지른 몇 가지 실수를 피할 수 있도록 조언을 해줄 수 있을지도 모르겠다.

실수의 한 가지 예. 처음 로즈 보안관 소설을 시작했을 때 나는 작가들이 소설을 쓰기 전에 먼저 개요를 짠다는 사실을 전혀 몰랐다. 책을 쓰는 일은 단순히 이야기를 하는 것일 뿐이라고 생각했던 것이다. 내 짧은 생각에, 이야기를 한다는 것은 글을 써나가면서 그때그때 내용을 지어내는 것이었다. 이것이 내 첫 번째 실수였지만 최악의 실수는 아니었다. 최악은 나중에 등장한다.

당시 워커 북스에서 미스터리 장르 편집자로 활동하고 있던 루스 캐빈Ruth Cavin으로부터 내 책을 출간하기로 결정했다는 소식을 담은 편지를 받았을 때, 나는 그 마지막 문장을 특히 유심히 읽었다. "속편 작업은 하고 있겠죠?"

나는 책을 출간하게 되리라고는 생각지도 못한 터였고, 같은 인물이 등장하는 다른 책을 읽고 싶어 하는 누군가가 있으리라는 가능성도 별로 염두에 두지 않았다. 그렇다고 루스에게 그 사실을 솔직히 고백했다는 말은 아니다. 나는 속편 작업을 하고 있다고 답장했다. 문제는 그렇게 시작되었다.

첫 번째 책을 쓸 당시 나는 그때그때 이야기를 지어내면서 인물과 장면을 창조했다. 마을 전체를 만들어냈고 가상의 지역을 창조해 그 안에 다른 여러 마을과 함께 이 마을을 집어넣었다. 소설 속 마을에는 주민과 거리와 상점이 있었다. 또한 각 인물에게는 머리카락 색이라든가 목소리의 울림이라든가 걸어다니는 방식, 미소를 짓고 웃음을 터뜨리는 방식에 이르기까지 각각 나름의 특징이 있었다. 물론 소설에서 이 모든 것은 지극히 당연한 일이다. 여기에 잘못된 것이라고는 하나도 없

내일 살해당할 것처럼 써라

다. 어쨌든 첫 번째 책까지는.

문제는 두 번째 책이다. 두 번째 책에서 나는 인물을 첫 번째 책에서와 똑같은 방식으로 보이고 들리게 만들어야 한다는 사실을 깨달았다. 머리카락 색을 바꿀 수도 없다. 여기 있던 상점을 저기로 옮길 수도 없다. 인물의 이름을 바꾸는 일 또한 결코 좋은 생각이 아니다.

자신이 창조한 인물과 배경에 대해 모든 것을 빠짐없이 기억하고 파악하는 작가도 있다. 로즈 보안관이 등장하는 두 번째 책을 쓸 때만 해도 나는 그런 작가 중 하나였다. 나는 젊었고 고작 두어 달 전에 첫 번째 책을 탈고한 참이었다. 별로 대수로운 일도 아니었다.

두 번째 책을 내고 그다음 세 번째, 네 번째 책을 냈다. 얼마 후 기억이 흐릿해지기 시작했다. 곧 어떤 인물이 운전하는 차의 종류나 살고 있는 집의 형태를 알아내기 위해 이미 나온 책을 뒤적이고 있는 나 자신을 발견했다.

컴퓨터가 등장하기 이전 시대였다는 점을 염두에 두자. 나는 전동 타이프라이터로 작업했기 때문에 예전 원고를 불러내어 검색 기능을 사용하는 방법은 상상도 할 수 없었다. 모든 작업이 구식 수작업으로 이루어져야만 했다. 나는 작품을 뒤적이는 수고를 덜기 위해 자신의 작품을 전부 읽은 친구에게 전화를 걸어 특정 세부 사항을 기억하는지 물어보는 작가를 적어도 한 명 이상 알고 있다.

나는 왜 이런 이야기를 늘어놓고 있는 것일까? 시리즈를 계획하고 있는 모든 작가, 자신의 작품을 시리즈로 발전시키고 싶은 희망을 품은 모든 작가에게 시리즈 '바이블bible'을 만들어야 한다는 사실을 강조해야 하니까. 시리즈 바이블이란 시리즈의 작품마다 계속 이어지는 사실들을 정리해놓은 개요서라 할 수 있다. 시리즈 바이블에 담아야 하는 몇 가지 항목을 소개한다.

• 인물

인물에 관한 모든 사항은 바이블에 들어가야 한다. 인물의 개성, 신체적 특징에 대한 묘사, 기벽, 습관, 과거사, 인간관계, 가족 등 기억할 필요가 있는 모든 사실을 바이블에 기록해 넣어야 한다. 시리즈에 등장하는 모든 인물에 대해, 별로 중요하지 않아 보이는 주변 인물에 대해서도 목록을 작성하라. 나중에 나올 책에 누가 중요한 역할을 할지 지금은 알 수 없는 법이다. 바이블에 넣기에는 너무 사소한 세부 사항? 그런 건 없다. 제대로 된 설명 없이 무언가를 바꾼다면 독자 중 일부는 분명 이를 알아차릴 것이다.

- 배경

소설 속 인물이 살고 있는 허구 세계에 대한 모든 것. 집, 상점, 마을의 외곽 지역, 거리, 건물 같은 것들에 대한 세부 사항을 기록해 넣는다. 이전의 실수에서 교훈을 얻은 덕분에 나는 지금 쓰고 있는 다른 시리즈에서 중요한 배경이 되는 마을의 지도까지 그려두었다. 이 역시 어떤 사소한 세부 사항도 그냥 넘겨서는 안 된다.

- 사건

소설 속 인물의 인생에서 일어난 중요한 사건. 이를테면 누군가 특별한 파티를 열었다면 나중에 나올 책에서 그 파티가 언급될지도 모른다. 무언가 불행한 사건이 있었다면(누군가의 집에 불이 났다든가 큰 자동차 사고가 있었다든가 하는) 나중에 어떤 인물의 마음속에 떠오르거나 누군가를 통해 언급될 가능성이 높다. 즉 미래에 그 세부 사항을 기억해내야 한다는 뜻이다.

- 플롯

바이블에는 각 책의 플롯에 대한 간략한 설명이 들어가야 한다. 그래야 나중에 누가 누구에게 무슨 짓을 했는지 알 수 있기 때문이다. 앞서의 경우처럼 자세하게 기록할 필요는 없다. 하지만 앞으로 나올 책에서 어떤 일이 일어나게 될지는 절대 알 수 없는 법이다. 나는 '댄 로즈 보안관' 시리즈의 첫 번째 책에 나온 사건을, 15년이 훨씬 지난 후 시리즈의 다른 책에 등장하는 플롯의 구성 토대로 사용한 적이 있다.

시리즈 바이블을 갱신하는 가장 좋은 시기는 원고를 수정할 때다. 무엇을 바이블에 덧붙여 넣어야 하는지 쉽게 파악할 수 있는 시기다. 계속해서 수정사항을 덧붙여나간다면 시리즈 바이블은 빈틈없고 꼼꼼하게 완성될 것이다.

컴퓨터에서 시리즈 바이블을 문서 하나로 정리해 저장해두면(혹시 모르니 파일 백업을 잊지 말라) 시리즈를 집필하는 일이 한층 순조로워진다. 마음의 평화를 얻을 수 있으며 귀찮은 수고를 덜 수 있고 친구를 귀찮게 하지 않을 수 있다. 어느 누가 이보다 더한 것을 바랄 수 있단 말인가?

내일 살해당할 것처럼 써라

글쓴이 소개

가 앤서니 헤이우드Gar Anthony Haywood

셰이머스상과 앤서니상을 수상한 작가로 열두 편의 범죄 장르와 수없이 많은 단편을 집필했다. 흑인 사설탐정인 에런 거너가 주인공으로 등장하는 미스터리 시리즈를 썼으며, 〈뉴욕 타임스The New York Times〉와 〈로스앤젤레스 타임스Los Angeles Times〉에 글을 기고하는 한편 〈뉴욕 언더커버New York Undercover〉와 〈D. C. 특수 수사대The District〉를 비롯한 TV 드라마의 각본도 집필했다.

그레이엄 브라운Graham Brown

비행기 조종사이자 변호사이자 막노동꾼(설명하자면 길다). 열정적인 독자였던 브라운은 '그래봤자 얼마나 어렵겠어?'라는 생각으로 소설을 쓰기로 결심했다. 그로부터 10년 뒤 랜덤하우스에서는 브라운의 첫 번째 소설 《검은 비Black Rain》의 판권을 구입했다. 그 속편인 《검은 태양Black

Sun》에서는 2012년 종말론에 대한 독특한 반전을 선보인다. 소설 집필과
더불어 영화 시나리오 작업도 병행하고 있다.

다이애나 올게인Diana Orgain

버클리 출판사에서 출간된 '모성 미스터리' 시리즈《근심거리Bundle of
Trouble》,《모성은 살인이다Motherhood is Murder》,《살인의 공식Formula for
Murder》을 쓴 작가. 샌프란시스코 주립대학에서 희곡 창작을 전공으로 문
학 학사와 예술학 석사를 취득했으며 부전공으로는 연기 학사를 취득했
다. 숱한 연극 무대에서 전문 배우로 활약하는 한편 여러 편의 광고에도
출연했다. 올게인이 집필한 희곡은 샌프란시스코 주립대학과 그린하우
스 프로덕션, 샌프란시스코의 플레이그라운드에서 공연되었다.

닥 매컴버Doc Macomber

20여 년 동안 작가로 활동하며 여러 편의 단막극과 영화 시나리오, 단편
소설, 청소년 소설, 성인 미스터리 소설을 집필해왔다. 현재 공군 특수
작전부대에서 근무하면서 컬럼비아 강에 띄워놓은 요트에서 살고 있다.
《피의 편지Blood-Letter》와《미스터리 독자 저널Mystery Readers Journal》에 기고
한 기사에서 자신이 창조한 베트남인 조사관 잭 부의 탄생 과정과 외국
인 탐정의 역사를 논의한 바 있다. 잭 부가 등장하는 작품으로는《살인
동전The Killer Coin》,《늑대의 치료법Wolf 's Remedy》,《조각Snip》 등이 있다.

더글러스 코를레오네Douglas Corleone

'케빈 코벨리 범죄' 시리즈의 저자. 첫 작품《한 남자의 천국One Man's
Paradise》으로 2009년 미노타우로스 북스상과 미국미스터리작가협회가
수여하는 범죄소설상을 수상했다. 다른 작품으로는《불타는 밤Night on

Fire》과《악의 선택Choice of Evils》등이 있다. 뉴욕에서 형사 변호사로 일했으며 현재 하와이에 살면서 전업 작가로 활동하고 있다.

데버러 터렐 앳킨슨Deborah Turrell Atkinson

토니 힐러먼의 나바호 이야기에서 영감을 받아, 하와이 섬의 전설과 민간설화에 서스펜스 추리를 엮어낸 범죄 시리즈를 써내고 있다. 여행 안내서에서는 절대 찾아볼 수 없는 하와이의 모습을 선보이는 이 시리즈로《태고의 비밀Primitive Secrets》,《초록 방 The Green Room》,《불꽃의 기도Fire Prayer》,《죽은 자들을 기쁘게Pleasing the Dead》등이 출간되었다. 현재 새로운 스릴러 시리즈를 집필 중이다.

데보라 쿤츠Deborah Coonts

어린 시절부터 이야기꾼이었으며 그 때문에 여러 가지 문제에 휘말리기도 했다. 유머 칼럼니스트로 활동한 끝에 〈뉴욕 타임스〉에서 2010년의 '주목할 만한 책'으로 선정된《행운을 거머쥐고 싶나요? Wanna Get Lucky?》를 출간했다. 2011년에는 그 후속작인《행운의 위조지폐Lucky Stiff》를, 2013년에는 시리즈의 세 번째 작품인《최고의 행운So Damn Lucky》을 출간했다.

데이비드 풀머David Fulmer

비평가들의 찬사를 받은 일곱 편의 미스터리 소설을 집필한 작가로 팰컨상과 배리상, 〈로스앤젤레스 타임스〉도서상 그리고 셰이머스상의 최우수소설 부문에 후보로 올랐으며, 벤저민 프랭클린상과 셰이머스상 최우수신인작품 부문에서 수상했다.

레베카 캔트렐 Rebecca Cantrell

1930년대 베를린을 배경으로 한 '한나 보겔 미스터리' 시리즈로 상을 받았다. 이 시리즈의 작품으로는《연기의 자취A Trace of Smoke》와《암살자의 밤A Night of Long Knives》이 있다. 소설집《실종Missing》과《첫 번째 전율First Thrill》에 단편 소설이 수록되어 있다. 베카 블랙Bekka Black이라는 필명으로《아이드라큘라iDracula》등 평론가들의 찬사를 받은 청소년을 위한 '아이몬스터' 시리즈를 집필했다.

레이첼 브래디 Rachel Brady

휴스턴에서 미국항공우주국 기술자로 일하고 있다. 관심사는 건강과 운동, 어쿠스틱 기타 그리고 모든 종류의 책이다. 작품으로는《마지막 방도Final Approach》와《필사적인 노력Dead Lift》으로 시작하는 '에밀리 로크 미스터리' 시리즈가 있으며, 그중《필사적인 노력》은 최고의 조수가 등장하는 미스터리 소설에 수여하는 왓슨상 후보에 올랐다.

로버타 이슬라입 Roberta Isleib

임상심리학자로《여섯 번이 모자라Six Stroke Under》와《치명적인 충고Deadly Advice》를 비롯하여 여덟 편의 미스터리 소설을 발표했다. 이슬라입의 작품은 애거사상과 앤서니상, 매커비티상의 후보에 올랐다. 2012년부터 루시 버데트Lucy Burdette라는 필명으로 '키웨스트 음식 비평가 미스터리' 시리즈를 발표하고 있다.

로버트 S. 레빈슨 Robert S. Levinson

《왈츠에 맞춰 룸바를A Rhumba in Waltz Time》,《우리 모두 안의 반역자The Traitor in Us All》,《죽음의 관문에서In the Key of Death》,《거짓이 시작되는

곳Where the Lies Begin》,《죽은 자에게 물어봐Ask a Dead Man》를 비롯하여 아홉 편의 베스트셀러를 집필한 작가. 그중《엘비스와 메릴린의 정사The Elvis and Marilyn Affair》는 할리우드기자클럽에서 뽑은 '최고의 소설'로 선정되었다. 로버트의 작품은《앨프리드 히치콕 미스터리 매거진Alfred Hitchcock Mystery Magazine》과《엘러리 퀸 미스터리 매거진》에 단골처럼 등장하며, 단편 소설〈영리한 갈색 여우The Quick Brown Fox〉는 데린저상을 수상했다.

루이즈 페니Louise Penny

'아르망 가마슈 미스터리' 시리즈의 저자다. 페니의 작품은〈뉴욕 타임스〉를 비롯하여 전 세계에서 선정한 베스트셀러 목록에 올랐다. 영국에서는 단도상, 캐나다에서는 아서 엘리스상을 수상했고 미국에서는 앤서니상, 애거사상, 배리상을 수상했다. 자신의 작품 속 인물과 마찬가지로 퀘벡의 작은 마을에 살고 있다.

리스 허시Reece Hirsch

첫 작품인 법정 스릴러《내부자The Insider》로 2010년 5월 국제스릴러작가상의 최우수신인작품 부문에 최종 후보로 올랐다. 모건, 루이스 & 보키어스 법률 사무소의 샌프란시스코 지점에서 사생활과 보안, 의료법 문제를 전문으로 하는 경영 변호사로 일하고 있다.

린 하이트먼Lynne Heitman

항공사에서 근무한 14년의 경험 덕분에 세상에 그리 어려운 일은 없다고 생각하게 되었다. 그 시기의 풍부하고 다채로운 경험을 살려 '알렉스 샤나한 스릴러' 시리즈를 집필했다. 보스턴 로건 국제공항을 무대로 하는《경착륙Hard Landing》과《퍼블리셔스 위클리Publishers Weekly》에서 '2002

년 최고의 스릴러'로 선정된 《활주로Tarmac》가 바로 이 시리즈의 작품이다. 《일등석 살인First Class Killing》과 《판도라의 열쇠Pandora Key》를 출간했으며 단편 〈인터뷰를 마치며Exit Interview〉는 《보스턴 누아르Boston Noir》에 수록되었다.

마샤 탤리Marcia Talley

애거사상과 앤서니상의 수상 작가로 범죄 피해자의 유족이자 탐정인 해나 아이브스가 등장하는 열 편의 미스터리 소설을 발표했다. 단편 작품은 여러 선집에 수록되어 있다.

마이클 윌리Michael Wiley

'조 코즈마스키' 시리즈의 저자. 이 시리즈의 작품으로는 《마지막 스트립쇼The Last Striptease》와 《못된 고양이 클럽The Bad Kitty Lounge》, 《잠 못 드는 밤A Bad Night's Sleep》 등이 있다. 미국미스터리작가협회의 일원으로 이사회 활동을 하고 있으며 미국사설탐정작가협회의 일원이기도 하다. 잭슨빌 노스플로리다 대학에서 영어를 가르치는 한편 자신이 어린 시절을 보낸 시카고를 배경으로 소설을 쓴다.

매슈 딕스Matthew Dicks

《아주 특별한 도둑Something Missing》, 《전혀 뜻밖이야, 마일로Unexpectedly, Milo》, 《이매지너리 프렌드Memoirs of an Imaginary Friend》의 저자로 소설을 쓰지 않을 때는 코네티컷 주 웨스트하트퍼드에서 아이들을 가르치는 한편, 가족과 시간을 보낸다.

내일 살해당할 것처럼 써라

멕 가드너Meg Gardiner

세계적 베스트셀러가 된 두 가지 스릴러 시리즈를 집필하고 있다.《차이나 호수China Lake》는 2009년 에드거상 '최고의 문고본' 부문을 수상했다. 《숨기고 싶은 비밀이 있는 사람들의 모임The Dirty Secrets Club》은 2008년 아마존에서 뽑은 '최고의 미스터리 스릴러 10선'으로 선정되었으며《RT 서평RT Book Reviews》의 비평가선정도서상을 받았다.《거짓말쟁이의 자장가The Liar's Lullaby》는 스티븐 킹Stephen King이 뽑은 2010년 흥행작 중 한 권으로 선정되었다. 오클라호마 출신으로 로스앤젤레스에서 법률을 공부하고 산타바버라의 캘리포니아 대학에서 글쓰기를 가르쳤다. 현재 런던 근교에서 살고 있다.

밸러리 스토리Valerie Storey

어린이 독자를 위한 이집트 미스터리 소설인《이집트 풍뎅이 사기 사건The Great Scarab Scam》과 작법서《신인 작가를 위한 기본 안내서: 착상에서 완고까지The Essential Guide for New Writers: From Idea to Finished Manuscript》를 비롯하여 일곱 권의 책을 집필했다.

브라이언 에븐슨Brian Evenson

십여 편의 소설을 발표한 작가.《마지막 나날들Last Days》은 미국도서관협회에서 수여하는 2009년 '최고의 공포소설상'을 수상했으며 또 다른 소설인《열린 커튼The Open Curtain》은 에드거상의 최종 후보에 올랐다. 그 밖의 작품으로는 단편집《기억 상실Fugue State》이 있다. 로드아일랜드 프로비던스에서 소설을 쓰며 브라운 대학의 문예 강좌에서 문학 창작을 지도하고 있다.

브루스 디실바Bruce DeSilva

40년 동안 기자로 근무했으며, 은퇴하여 전업 작가로 소설을 쓰기 직전까지는 통신사에서 글쓰기를 지도했다. 또한 《뉴욕 타임스 북 리뷰The New York Times Book Review》에 범죄 소설 비평을 기고하기도 했다. 첫 범죄 소설인 《악당들의 섬Rogue Island》은 《퍼블리셔스 위클리》가 뽑은 '최고의 신인작품' 선집에 선정되었으며 2010년 에드거상 '최고의 신인작품' 부문을 수상했다.

비키 헨드릭스Vicki Hendricks

누아르 소설인 《마이애미 순결Miami Purity》과 《이구아나의 사랑Iguana Love》, 《자발적 광기Voluntary Madness》, 《하늘 블루스Sky Blues》, 《잔혹한 시Cruel Poetry》의 저자. 그중 《잔혹한 시》로 2008년 에드거상의 최종 후보에 올랐다. 2010년에는 단편집 《플로리다의 고딕 이야기Florida Gothic Stories》를 출간했다. 현재 브로워드 대학에서 글쓰기를 가르치고 있다.

빌 크라이더Bill Crider

'댄 로즈 보안관' 시리즈를 비롯하여 팔십여 편의 소설을 발표한 작가. 텍사스 앨빈에서 아내 주디, 두 마리의 고양이와 함께 살고 있다.

사이먼 브렛Simon Brett

미스터리 소설을 비롯하여 여든 권이 넘는 책을 출간한 작가. '찰스 패리스' 시리즈, '파지터 부인' 시리즈, '페더링' 시리즈, '블라토' 시리즈, '트윙크스' 시리즈 등을 집필했다. 스릴러 소설인 《쇼크 투 더 시스템A Shock to the System》은 마이클 케인Michael Caine이 주연을 맡은 영화로 각색되었다.

샤론 와일드윈드 Sharon Wildwind

캐나다에서 활동하는 미스터리 작가이자 글쓰기 교사. 베트남 참전 여군인 엘리자베스 페퍼호크와 아비바 로젠이 등장하는 미스터리 시리즈를 발표했다.

소피 리틀필드 Sophie Littlefield

첫 소설《슬퍼하기 나쁜 날A Bad Day for Sorry》로 앤서니상을 수상했다. 또한《RT 서평》에서 평론가들이 선택한 '2009년 최고의 미스터리신인작품'에 선정되었으며 에드거상, 매커비티상, 배리상의 최우수신인작품 부문 후보로 오르기도 했다. 2011년 3월에는 첫 번째 청소년 소설《시간이 흐른 뒤Aftertime》를 출간했다.

소피 해나 Sophie Hannah

전 세계적인 베스트셀러가 된 심리 스릴러《작은 얼굴Little Face》과《진실을 이야기하는 사람의 거짓말The Truth-Teller's Lie》,《잘못된 어머니The Wrong Mother》,《무덤 속의 요람The Cradle in the Grave》의 저자. 대중성과 작품성을 동시에 인정받은 시집을 출간한 시인이기도 하다.

숀 둘리틀 Sean Doolittle

범죄, 서스펜스 소설을 쓰는 작가.《먼지Dirt》는 2001년 아마존닷컴의 '올해의 훌륭한 소설 100선'에 선정되었다.《화상Burn》은《머리말ForeWord》에서 선정한 미스터리 금상을 수상했다.《정화Cleanup》는 배리상을 수상했고 앤서니상의 최종 후보에 올랐다.《세이퍼Safer》는〈뉴욕 타임스〉와〈워싱턴 포스트The Washington Post〉,《피플People》의 열렬한 찬사를 받았다.

스탠리 트롤립Stanley Trollip

은퇴한 교육심리학 교수. 미국에서 교수 생활을 한 트롤립은 은퇴한 후 미국의 미니애폴리스와 자신의 고향인 남아프리카공화국을 오가며 살고 있다. 두 명으로 구성된 작가진 마이클 스탠리Michael Stanley라는 이름으로 동료 마이클 시어스Michael Sears와 함께 아프리카 남부를 배경으로 하는 미스터리 소설을 집필했다.

스티브 리스코Steve Liskow

2009년 블랙 오키드 중편 소설 수상작인 〈목 조르기Stranglehold〉가 《앨프리드 히치콕 미스터리 매거진》에 수록되었다. 2010년에는 《누가 죽음의 책을 썼나?Who Wrote the Book of Death?》가 출간되었다. 현재 단편 소설과 새로운 미스터리 소설을 집필하고 있다. 미국미스터리작가협회와 SICSister in Crime의 회원이다.

스티븐 제이 슈워츠Stephen Jay Schwartz

베스트셀러인 《불러바드Boulevard》와 《비트Beat》의 작가. 볼프강 페테젠Wolfgang Petersen 감독 밑에서 제작 이사로 일하며 〈에어 포스 원Air Force One〉, 〈아웃브레이크Outbreak〉, 〈레드 코너Red Corner〉, 〈바이센테니얼 맨Bicentennial Man〉, 〈마이티 조 영Mighty Joe Young〉과 같은 영화의 제작에 참여하기도 했다. 또한 디스커버리 채널에서 글을 써왔으며 현재는 영화 시나리오 작가이자 각색가로 활동하고 있다.

스티븐 D. 로저스Stephen D. Rogers

《총살Shot to Death》의 저자로 600편이 넘는 단편을 발표했다. 웹 사이트를 통해 그가 곧 발표할 새로운 작품의 목록을 비롯하여 여러 가지 소식을

내일 살해당할 것처럼 써라

발 빠르게 전하고 있다.

실라 코널리 Sheila Connolly

예술역사학에서 투자상담, 전문계보학에 이르기까지 갖가지 학위를 수집하고 여러 직업을 탐험한 끝에 2001년 미스터리 소설을 쓰기 시작했다. 2008년《썩은 사과 하나 One Bad Apple》를 발표하면서 시작한 '과수원 미스터리' 시리즈는《완전히 썩다 Rotten to the Core》,《붉고 맛있는 죽음 Red Delicious Death》,《살인자 작물 A Killer Crop》로 이어진다. 2010년에는《죽은 이를 위한 모금 운동 Fundraising the Dead》으로 '박물관 미스터리' 시리즈를 시작했다. 코널리는 SIC와 미국미스터리작가협회, 미국로맨스작가협회의 회원이다.

앤드리아 캠벨 Andrea Campbell

형사사법학 학사 학위를 받은 숙련된 법과학 조각가이자 화가.《아칸소 아이덴티 피케이션 뉴스 Arkansas Identification News》의 편집자이기도 하다. 형사사법학과 법과학을 다룬 책을 집필했으며 그중《법률의 편의: 형법, 증거, 절차에 대한 안내서 Legal Ease: A Guide to Criminal Law, Evidence and Procedure》는 대학 교재로 사용되고 있다.
또한 형사사법학 분야에서 활약하는 전문직 여성들의 블로그에서 법과학 전문가로도 활약하고 있다.

앤디 스트라카 Andy Straka

다섯 권의 소설을 발표한 작가. 사설탐정 시리즈로 셰이머스상을 수상했으며 앤서니상과 애거사상의 후보에 올랐다.《미스터리 신 Mystery Scene》에서 "1급 스릴러"라는 평을 받은《사악한 것들의 기록 Records of Wrongs》의 저자이며, 매년 버지니아 책 축제Virginia Festival of the Book에서 개최되는 그 유명한 '범죄의 파도Crime Wave 강좌'의 공동 창립자이기도 하다.

엘리자베스 젤빈Elizabeth Zelvin

뉴욕에서 정신과 의사로 일하며 글을 쓴다. 《죽음이 술에서 깨게 해주리라Death Will Get You Sober》와 《죽음이 그를 떠나도록 도우리라Death Will Help You Leave Him》 등 재활 중인 알코올 의존자 브루스 콜러가 등장하는 시리즈를 펴냈으며, 같은 인물이 등장하는 네 편의 단편 중 두 편이 애거사상 최우수단편소설 부문에 후보로 올랐다.

웨인 D. 던디Wayne D. Dundee

일곱 편의 장편과 세 편의 중편, 스무 편이 넘는 단편을 발표한 작가. 던디의 작품 대부분에는 사설탐정인 조 한니발이 등장한다. 몇몇 언어로 번역되어 있는 던디의 작품은 여러 부문에 걸쳐 에드거상과 앤서니상의 후보에 올랐으며 셰이머스상에도 여섯 차례 후보로 올랐다. 《하드보일드Hardboiled》의 창간자이자 원년 편집자이기도 하다. 최근에는 서부 소설 장르에도 도전하기 시작했다.

윌 라벤더Will Lavender

〈뉴욕 타임스〉에서 선정한 베스트셀러 《복종Obedience》의 저자. 2011년 7월 두 번째 소설인 《지배Dominance》를 출간했다. 바드 대학에서 창작 분야의 인문학 석사를 취득한 윌은 현재 켄터키 루이빌에서 아내와 자녀들과 함께 살고 있다.

내일 살해당할 것처럼 써라

윌리엄 켄트 크루거 William Kent Krueger

〈뉴욕 타임스〉에서 베스트셀러로 선정된 '코크 오코너' 시리즈를 집필한 작가. 로프트 문학센터와 미네소타 대학, 위스콘신 대학, 볼 주립대학에서 장르 문학 창작을 가르쳐왔다. 현재 미네소타 세인트폴에서 지내며 집 근처에 있는 작은 카페에서 모든 창작 활동을 수행하고 있다.

잰 브로건 Jan Brogan

비평가들의 찬사를 받은 '할리 어헌' 시리즈의 저자이자 저널리스트. 첫 번째 소설 《최종 원고 Final Copy》로 《드루드 미스터리 서평 Drood Review of Mystery》이 수여하는 '편집자의 선택상'을 받았다. 브로건은 논픽션과 미스터리 소설, 영화 시나리오 작법을 가르치고 있다.

제라드 비안코 Gerard Bianco

미스터리 스릴러 《거래의 달인 The Deal Master》의 저자. 캐럴 호니그 Carol Hoenig가 쓴 《출판 행사 계획을 위한 저자의 안내서 The Author's Guide to Planing Book Events》에서는 비안코가 자신의 소설을 홍보하기 위해 개발한 마케팅 기술을 찾아볼 수 있다. 미스터리 작법 기술에 대한 비안코의 강의는 독자와 작가 사이에서 모두 인기를 끌고 있다.

제이든 테럴 Jaden Terrell

《악마와의 경주 Racing the Devil》와 《어둠이 가득 찬 잔 A Cup Full of Midnight》의 저자. 두 작품 모두 내슈빌의 사설탐정인 자레드 매킨이 등장한다. 미국미스터리작가협회, 미국사설탐정작가협회, 국제스릴러작가협회, 테네시 작가동맹의 회원이다.

제인 K. 클릴랜드 Jane K. Cleland

독립미스터리책방협회에서 선정된 베스트셀러이자 애거사상과 앤서니상 후보에 오른 '조시 프레스콧 골동품' 시리즈의 저자. 그중《죽음의 연서Cosigned to Death》는《라이브러리 저널Library Journal》이 '코지 미스터리' 선집에 추천하는 스물두 편의 작품 중 하나로 선정되어 애거사 크리스티Agatha Christie, 도로시 L. 세이어스Dorothy L. Sayers의 작품과 어깨를 나란히 했다.

제임스 스콧 벨 James Scott Bell

베스트셀러인《속임수Deceived》,《죽음을 시험하다Try Dying》,《어둠을 시험하다Try Darkness》,《두려움을 시험하다Try Fear》를 비롯하여 여러 스릴러 소설을 집필한 작가.《작가 다이제스트Writer's Digest》에 소설 칼럼니스트로 글을 기고하고 있으며 글쓰기 책으로 베스트셀러가 된 시리즈《소설쓰기의 모든 것 1: 플롯과 구조Plot & Structure》,《소설쓰기의 모든 것 5: 고쳐쓰기Revision & Self-Editing》와《작가가 작가에게The Art of War for Writers》를 집필했다.

존 러츠 John Lutz

거의 모든 미스터리 장르를 넘나들며 40편이 넘는 장편 소설 및 250편에 이르는 산문과 단편을 발표한 작가로 에드거상과 세이머스상, 트로페 813상, 골든 데린저상을 수상했다. 미국미스터리작가협회와 미국사설탐정작가협회의 회장을 지냈다. 소설《백인 독신 여성은 똑같은 것을 찾는다SWF Seeks Same》는 〈위험한 독신녀Single White Female〉라는 제목으로 영화화되었고, 다른 소설《옛 여자친구The Ex》는 HBO 영화로 제작되었는데 러츠가 직접 시나리오 작업에 참여했다.

존 P. 블로크 Jon P. Bloch

'릭 도미노' 시리즈를 비롯해 부패를 주제로 한 여러 이야기를 발표했다. 소설을 쓰지 않을 때는 서던 코네티컷 주립대학의 사회학과 교수로서 학생들을 가르친다.

줄리엣 블랙웰 Juliet Blackwell

베스트셀러가 된 '마법 미스터리' 시리즈의 저자. 또한《벽이 말을 할 수 있다면If Walls Could Talk》으로 시작된 '귀신 들린 집 수리' 시리즈 또한 베스트셀러가 되었다.

여동생 캐럴라인Caroline과 함께 헤일리 린드Hailey Lind라는 필명으로 '미술 애호가 미스터리' 시리즈를 집필하기도 했으며, 그중 하나인《예술의 속임수Feint of Art》는 애거사상 후보에 올랐다. 미국미스터리작가협회의 이사를 지냈고, SIC 노던 캘리포니아 지부의 이사를 거쳐 지부장을 연임했다.

짐 네이피어 Jim Napier

전에는 범죄 소설과 창작을 가르쳤고, 지금은 범죄 소설을 쓰는 작가이자 평론가로 활동하고 있다. 네이피어가 운영하는 웹 사이트 '치명적인 반전Deadly Diversion'에서는 오늘날 범죄 장르를 다루는 비평과 관련 기사, 범죄 장르 작가 인터뷰, 독자는 물론 작가에게도 도움이 될 만한 자료를 찾아볼 수 있다.

캐런 하퍼 Karen Harper

〈뉴욕 타임스〉에서 선정한 베스트셀러 작가로 1982년 첫 작품을 발표한 이래 현대 서스펜스 시리즈와 역사 미스터리 시리즈를 비롯하여 50편이 넘는 소설을 발표해왔다. 아미시 교파의 여교사를 아마추어 탐정으로 등장시킨《어둠의 추수Dark Harvest》로 메리 히긴스 클라크상을 수상했다. 하퍼의 소설은 러시아어와 터키어를 비롯한 여러 언어로 번역되어 있다.

캐서린 홀 페이지 Katherine Hall Page

출장 요리사이자 아마추어 탐정인 페이스 페어차일드가 등장하는 시리즈의 작품으로 상을 수상했다. 영국과 미국에서 출간된 이 시리즈 외에도 단편과 청소년을 위한 미스터리 소설을 발표했고《주방에서 페이스를 찾으세요Have Faith in Your Kitchen》라는 제목의 요리책도 출간했다. 현재 뉴잉글랜드에 살고 있다.

캐슬린 조지 Kathleen George

피츠버그를 배경으로 하는 '리처드 크리스티' 시리즈의 네 번째 책《승산The Odds》으로 에드거상 후보에 올랐다. 이 시리즈의 다른 작품으로는 《테이큰Taken》,《추락Fallen》,《잔상Afterimage》,《은신Hideout》이 있다. 단편 선집《피츠버그 누아르Pittsburgh Noir》의 편집자이기도 하다. 피츠버그 대학에서 연극과 희곡 작법을 가르치고 있으며 여러 편의 연극을 연출하기도 했다.

캐시 피켄스 Cathy Pickens

첫 번째 미스터리 소설《남부식 튀김Southern Fried》으로 맬리스 도메스틱상 최우수 전통미스터리신작 부문에서 수상했다. 퀸스 대학 맥콜 경영 대학에서 법률을 가르치는 한편, 메클렌부르크 법과학 과정의 학장을 맡고 있다. 최근에는 미국 내 미스터리 작가 단체인 미국미스터리작가협회의 임원이자 SIC의 의장으로 활동하고 있다.

케이트 플로라 Kate Flora

변호사이자 작가로서 일곱 편의 '테아 코자크' 시리즈와 두 편의 '조 버제스 경찰 수사' 시리즈, 한 편의 서스펜스 소설을 집필했다.《에이미 찾기: 메인 주 살인 사건Finding Amy: A True Story of Murder in Maine》으로 2007년 에드거상 후보에 올랐다.

SIC의 회장을 지냈고, 2011년까지 레벨 베스트 북스의 공동 경영자로 일하면서 뉴잉글랜드 지방 작가들의 선집을 일곱 권 출간했다. 이 선집에는 피시상 수상 작가와 에드거상 후보에 오른 작가의 작품이 수록되어 있다.

크리스토퍼 G. 무어 Christopher G. Moore

소설가로 1988년부터 태국에서 살고 있다. 무어가 쓴 스물두 편의 소설은 12개 국어로 번역되었다. 2011년에 출간된《아홉 발의 황금 총알 9 Gold Bullets》은 사설탐정 빈센트 칼비노가 등장하는 시리즈의 열두 번째 작품이다. 이 시리즈 외에도 일곱 편의 소설과 '미소의 나라' 삼부작을 집필했으며《문화적 탐정The Cultural Detective》을 비롯한 세 권의 논픽션 작품을 썼다.

토머스 B. 캐버나 Thomas B. Cavanagh

《살인의 나라Murderland》,《탕아Prodigal Son》,《머리싸움Head Games》등의 작품을 발표한 작가. 그중《머리싸움》은 플로리다 도서상의 인기작품 부문 금상을 비롯한 여러 상을 수상했으며 셰이머스상의 최우수사설탐정소설 부분에 후보로 오르기도 했다. 니켈로디언과 월트 디즈니사를 비롯한 여러 방송사에서 어린이 프로그램 작가로 활약하며 상을 받기도 했다.

트위스트 펠런 Twist Phelan

스탠퍼드 대학을 졸업하고 소송 변호사로 일했으며 비평가들의 호평을
받은 '법정 미스터리 피나클 피크' 시리즈를 집필하고 있다. 각종 미스
터리 문예지와 선집에서 펠런의 단편 소설을 찾아볼 수 있다. 현재 산타
페를 배경으로 산업스파이가 등장하는 서스펜스 소설을 집필하고 있다.

페기 에어하트 Peggy Ehrhart

대학교수로 영어를 가르쳤던 에어하트는 이제 미스터리 소설을 쓰는 일
과 블루스 기타 연주에 온 시간을 쏟고 있다. 마거릿 J. 에어하트 Margaret J.
Ehrhart라는 이름으로 자신의 전문 분야인 중세 문학에 대한 글을 폭넓게
발표했으며 단편으로 상을 수상하기도 했다. 오래전부터 미국미스터리
작가협회와 SIC의 회원으로 활동해오며 《연인은 가고 Sweet Man Is Gone》와
《아무리 해도 친구가 없어 Got No Friend Anyhow》 등 '맥스 맥스웰 블루스 미
스터리' 시리즈를 발표했다.

필립 치오패리 Philip Cioffari

단편집 《상실된 것들과 파손된 것들의 역사 A History of Things Lost or Broken》
로 타트 신인 작품상과 D. H. 로런스상을 수상했다. 다른 작품으로는
미스터리이자 스릴러 소설인 《가톨릭의 소년들 Catholic Boys》, 《지저스
빌 Jesusville》 등이 있다.

할리 에프론 Hallie Ephron

서스펜스 소설을 쓰는 작가. 《절대 거짓말은 하지 마 Never Tell a Lie》는 메

내일 살해당할 것처럼 써라

리 히긴스 클라크상의 최종 후보에 올랐고 라이프타임 무비 네트워크에서 〈그리고 아기는 떨어질 것이다And Baby Will Fall〉라는 제목의 영화로 제작되었다. 또한 수상 경력이 있는 범죄 소설 평론가로서 〈보스턴 글로브The Boston Globe〉에 평론을 기고하고 있다. 작법서인 《미스터리 소설 작법: 스타일로 독자를 정복하는 법Writing and Selling Your Mystery Novel: How to Knock 'Em Dead with Style》은 에드거상 후보에 올랐다.

할리 제인 코자크 Harley Jane Kozak

첫 번째 소설 《죽은 자와의 데이트Dating Dead Men》로 애거사상과 앤서니상, 매커비티상을 수상했다. 그 외 작품으로 《데이트는 살인이다Dating is Murder》, 《죽은 전 남자친구Dead Ex》, 《거부할 수 없는 데이트A Date You Can't Refuse》가 있다.

헨리 창 Henry Chang

'차이나타운' 삼부작 《차이나타운의 심장박동Chinatown Beat》, 《개의 해Year of the Dog》, 《붉은 비취Red Jade》의 저자. 현재 이 삼부작의 주인공인 중국계 미국인 형사 잭 유가 등장하는 또 다른 수사 시리즈를 꾸준히 발표하고 있다.

헨리 페레스 Henry Perez

비평가들에게 호평을 받은 스릴러 소설 《킬링 레드Killing Red》와 아마존 킨들 베스트셀러 1위에 오른 《살아 있는 자를 애도하라Mourn the Living》의 저자. TV 방송과 비디오 제작자로 일을 시작하여 10여 년 동안 신문 보도 기자로 활약해왔다. 쿠바 출신으로 어린 나이에 미국으로 이민하여 가족과 함께 시카고에서 살고 있다.

G. M. 맬리엣 G. M. Malliet

《코지 미스터리 작가의 죽음 Death of Cozy Writer》은 2009년 애거사상의 최우수신인작품 부문을 수상했으며 IPPY 은상을 받았고 다른 문학상 네 곳의 후보로 올랐다. '세인트저스트' 시리즈의 두 번째 작품인《죽음과 칙릿 Death and the Lit Chick》은 2010년 앤서니상 후보에 올랐다. 이 시리즈의 세 번째 작품으로《모교에서의 죽음 Death at the Alma Master》을 발표했다. 현재《사악한 가을 Wicked Autumn》을 시작으로 하는 새로운 시리즈를 집필하고 있다.

M. 윌리엄 펠프스 M. William Phelps

범죄 전문가이자 강사, 방송인, 보도 기자로 활약하는 한편, 십여 편의 논픽션을 발표한 작가. 펠프스의 작품은 지금까지 100만 부가 넘게 판매되었다. 또한 CBS의〈얼리 쇼 Early Show〉, ABC의〈굿모닝 아메리카 Good Morning America〉,〈몬텔 윌리엄스 Montel Williams〉,〈수사 디스커버리 Investigative Discovery〉 등에 출연했으며 법정TV, 디스커버리 채널, 폭스 뉴스 채널 등 TV를 비롯하여 USA 라디오 네트워크, ABC 뉴스 라디오 등 라디오 매체에서도 활동하고 있다. 또한 쇼타임에서 방송한 시리즈〈덱스터 Dexter〉의 자문으로 활약하기도 했다.

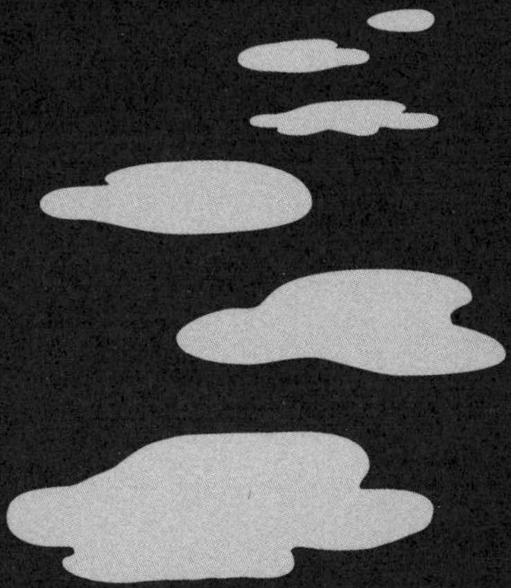

내일 살해당할 것처럼 써라

압도적 몰입감을 선사하는 미스터리 창작법 65

초판 1쇄 인쇄 2022년 5월 10일

지은이 루이즈 페니 외
엮은이 셰리 엘리스, 로리 램슨
옮긴이 지여울

펴낸이 김한청
기획편집 원경은 김지연 차언조 양희우 유자영 김병수
마케팅 최지애 현승원
디자인 이성아 박다애
운영 최원준 설채린

펴낸곳 도서출판 다른
출판등록 2004년 9월 2일 제2013-000194호
주소 서울시 마포구 양화로 64(서교동, 서교제일빌딩) 902호
전화 02-3143-6478   **팩스** 02-3143-6479   **이메일** khc15968@hanmail.net
블로그 blog.naver.com/darun_pub   **페이스북** /darunpublishers

ISBN 979-11-5633-452-1 03800